“나는 누

너를 사

구보다도
해.”
“뭐……해?
왜……
그런 짓을, 해?”

"너 따위가 마왕을 이길 수 있다고 생각하지 마"라며
용사 파티에서 추방되었으니
왕도에서 멋대로 살고 싶다

03

4 · 허구와 상실의 네크로맨스 메모리

CONTENTS

제4장

Episode 4

허구와 상실의 네크로맨스 메모리

소녀 β는 모순을 던져버리고

그것은 한번 잠들면 반드시 찾아오며 회피할 수 없는 악몽이었다.

압도적인 생생함과 질량을 가졌으며, 분위기까지 재현하여 세라를 괴롭혔다.

다가오는 안구.

사랑하는 오빠들이 괴물로 변해갔다.

에드도 조니도 세라를 위해 목숨을 버렸다.

하지만 살아남은 그녀 또한 안구에게 몰렸다.

뒤에는 벽, 앞에는 안구 떼.

접촉하면 끝장이다.

몸으로 들어와 접촉한 부위를 '증식'시키고, 이윽고 상대를 무수한 머리와 팔다리가 돋은 괴물로 변화시킨다.

「헉…… 크헉…… 아…… 아아…… 에드, 조니…… 기껏 지켜줬는데 미안해요. 저도 곧 그쪽으로 갈게요.」

세라는 포기한 상태였다.

열 살짜리 소녀를 앞에 두고도 안구들은 멈추지 않았다.

데굴데굴 굴러가 피부에 닿았고 몸속으로 잠입했다.

「싫어……. 싫어요………. 아아아…… 저는, 역시…… 죽고 싶지…… 않아요…….」

이제야 목숨이 아까워졌대도 별수 없다.

안구는 가차 없이 몸을 굴려 올라왔다.

세라는 벽에 힘차게 손톱을 세웠지만, 길은 열리지 않았다.

「아으…… 으앗, 히이이익…… 기분, 나빠……. 싫어. 나는, 괴물 따위가…… 되고 싶지…… 윽.」

손톱이 빠지며 손끝에 피가 배었다.

다리가 늘어났다.

몸이 부풀었다.

구역질이 나는가 싶더니 입에서 내장과 비슷한 무언가가 나왔다.

증상은 멈추지 않았고, 세라는 오빠들과 똑같이 고깃덩이로 변모해갔다.

「그……그만…… 우욱, 으, 윽…… 흐읍, 후, 윽, 크윽……오…… 읍, 끄으으으으으으으윽!」

◇◇◇

"싫어어어어어어어어어엇!"

세라는 그렇게 외치며 벌떡 일어났다.

"헉…… 헉…… 헉……."

어깨를 위아래로 들썩이는 그녀의 온몸은 식은땀으로 젖었고, 금색 머리카락이 뺨에 달라붙었다.

"으……아…… 으아아……!"

악몽을 꾸었다.

하지만 그저 꿈이 아니라 대부분은 세라가 실제로 체험한 '기억'이었다.

그 광경을 볼 때마다 그녀는 양손으로 얼굴을 덮은 채 어깨를

떨고 눈물을 흘리며 슬퍼한다.

——소중한 사람이 죽고 자신만이 살아남았다.

그 슬픔과 죄책감이 가슴을 채워서 견딜 수 없었다.

피부가 푸른 여성이 그런 세라를 다정하게 품에 안았다.

3마장 중 한 명인 네이거스였다.

교회의 불온한 움직임을 비롯하여 오리진 코어에 대해 파헤치던 그녀는 왕국의 각지에 점재한 연구소의 흔적을 조사하고 있었다.

하지만 생각처럼 성과가 나지 않아 큰맘 먹고 본진인 왕도에 진입했다.

거기서 교회를 조사하다가 우연히 안구에 쫓기는 세라를 발견하고 도와준 것이다.

세라를 구출한 네이거스는 즉각 조사를 일단락 짓고 왕도에서 탈출했다.

그러던 도중에 가디오와 스쳐 지났고, 바로 플럼에게 전언을 부탁했지만—— 그로부터 벌써 며칠이 지났다.

현재 두 사람은 왕도에서 떨어진 산장에 몸을 숨기고 있었다.

“옳지, 옳지. 걱정하지 마. 그놈들은 여기 없어.”

세라가 왕도를 나선 순간부터 안구는 탐색을 완전히 멈추었다.

“만약 덮쳐오는 놈이 있더라도 내가 지켜줄게.”

처음에는 마족인 네이거스에게 마음을 닫았던 세라지만, 지금은 등에 손을 감고 직접 가슴에 얼굴을 묻고 있었다.

마족을 믿는 것은 아니다.

자신을 키워준 교회에도 배신당하고 플럼 일행과도 헤어진 지금, 의지할 상대가 네이거스밖에 없었을 뿐이다.

"으…… 으으으…… 왜, 모두가…… 그런 꼴을 당해야 하나요……!"

"너희 잘못이 아니야."

"그럼 왜……!"

네이거스는 아무 말도 하지 않고 그녀의 머리를 계속 쓰다듬었다.

'교회의 잘못'이라고 말할 수도 있었지만, 세라도, 에드도, 조니도 모두 교회의 일원이다.

조직의 잘못이 아니라 그것을 통치하는 윗선들과 그들을 조종하는 오리진의 잘못이다.

"저는…… 추방, 당했지요……?"

한동안 오열한 세라는 아까보다 조금 차분한 모습으로 네이거스에게 물었다.

"듣자 하니 그런 모양이야."

교회는 세라를 반역자로 규정하여 추방하고 두 번 다시 왕도에 돌아오지 못하게 했다.

현재 그녀는 대죄인이다.

교회의 인간에게 발각되면 연행되어 해명할 기회조차 얻지 못한 채 처형될 것이다.

"하지만 바람을 조종해서 목소리를 들어보니 교회 사람들은 걱정하는 모양이야."

"……그런, 가요?"

“모두가 처분에 납득하는 건 아니야. 아니, 오히려 이해할 수 없는 처분이 내려져서 불신감을 품고 있어. 그러니 괜찮아. 곧 의혹이 풀려서 왕도로 돌아갈 수 있을 거야.”

편안한 말과 따스한 온기에 세라는 흐리멍덩한 눈으로 졸았다.

하지만 갑자기 무언가가 떠오른 듯, 가슴 사이로 파묻혀 있던 얼굴을 들어 네이거스를 바라보았다.

“응? 왜 그래?”

세라의 시선에 그녀는 미소 지었다.

“왜…… 네이거스는 그렇게까지 제게 다정한 거죠? 저는 교회의 인간이고 마족을 원망해요.”

“곤경에 빠진 아이가 있는데 그냥 내버려 둘 수는 없잖아?”

“악몽에 시달려 깨어나면 늘 안아줬어요. 제가 그때 일을 떠올리며 울거나 날뛰어도 싫은 기색 하나 없이 달래줬어요. 그런 건 누구나 할 수 있는 일이 아니에요.”

“으~음……. 그러게.”

다른 이유가 없다면 거짓말이다.

별로 말하고 싶지는 않지만, 네이거스가 왕도를 찾아갔던 이유는 ‘교회를 조사하기 위해서’만은 아니었다.

“뭔가를 숨기고 있나요?”

세라의 순수한 눈동자가 네이거스를 똑바로 바라보았다.

네이거스는 단순히 궁금해하는 그녀에게 대답하지 않는 것이 성실하지 못하다고 느꼈다.

“이상한 소리를 할 텐데, 실망하지 않을 거지?”

“실망할 법한 일인가요?”

그렇게 묻자 “응”이라고는 대답하기 어려웠다.

하지만 네이거스에게는 “아니”라고도 말할 수 없는 양심의 가책이 있었다.

“동굴에서 처음 만났을 때, 내가 네게 ‘귀엽다’고 했잖아?”

“그러고 보니 그랬어요.”

“그래서 너와 만날 수 없을까 싶어서…….”

“……네? 저를 만나기 위해서요?”

“저, 절반은! 나머지 절반은 교회의 악행을 파헤치기 위해…… 아니, 잠깐 기다려. 멀어지지 마. 거리를 벌리지 마!”

세라는 네이거스에게서 떨어져 스멀스멀 뒤로 물러갔다.

“동기는 흑심이었나요?!”

“아니야! 휘말린 사람이 네가 아니었더라도 구했을 거야. 그건 거짓 없는 사실이야.”

“뭐…… 그건 의심하지 않지만요.”

네이거스의 다정한 태도는 흑심 때문만은 아니다.

그것은 그 태도를 접한 세라가 가장 잘 안다.

임시변통으로 둘러대는 다정한 태도는 반드시 어딘가에 위화감이 생기기 마련이니까.

“다만 진심을 모두 숨기지 말고 드러내라고 하면 좀.”

“으으…… 어떻게 반응하면 좋을지 모르겠어요. 하지만 그게 다죠? 이제 감추는 건 없죠?”

“…….”

"왜 아무 말도 없어요?!"

"그게…… 세라가 플럼을 부를 때는 '언니'라고 했잖아?"

"그랬죠. 하지만 네이거스는 마족이고…… 일방적으로 원망했죠."

"그 응어리도 조금 풀렸으니 나도 언니라도 불러보는 게 어떨까?"

네이거스는 어쩐지 거칠게 콧김을 내뿜으며 그렇게 제안했다.

그 표정은 세라가 봐도 어딘가 변태 같았다.

"싫어요."

세라는 즉답했다.

"왜?!"

"어째 징그러워요. 네이거스는 네이거스로 충분해요!"

"뭐어~! 이름만 달랑 부르는 건 어쩐지 정이 없잖아! 시험 삼아 불러보자!"

네이거스는 어린아이처럼 떼를 썼다.

세라의 마음속에 있는 마족의 이미지가 와르르 무너졌다.

네이거스는 한동안 입술을 삐죽 내밀었지만, 무언가가 떠오른 듯 "헉" 하고 진지한 표정을 짓더니 뭔가를 중얼거리기 시작했다.

"……아니, 이름을 부르는 것도 그 나름대로 거리감이 좁혀지니 괜찮지 않나? 언니라고 하면 '동경'이나 '절벽 위의 꽃' 같은 느낌이 들지만, 이름을 부르면 친근감이라고 할까? 손 닿는 범위 안에 있는 것 같아서…… 흥분돼."

세라는 식겁하여 더욱 거리를 벌렸다.

그리고 그대로 산장에서 나가려 했다.

“저는 혼자서 여행을 떠나겠습니다.”

네이거스는 그런 세라를 뒤에서 붙잡아 필사적으로 말렸다.

“이거 놓으세요! 변태와 둘이서 여행하다니 참을 수 없어요!”

“반성할게! 방금 그건 조금 위험했다고 반성할 테니 참아!”

“방금 그걸 ‘조금’이라고 말하는 시점에 무리에요!”

“알았어. 이름을 불러도 되고 호칭으로 이상한 망상은 하지 않겠다고 약속할게!”

“……정말이죠?”

“노, 노력할게.”

“도통 믿을 수가 없지만, 일단은 믿을게요.”

세라가 멈추자, 네이거스는 안도하여 가슴을 쓸어내렸다.

그리고 두 사람은 또다시 침대로 돌아와 이번에는 세라가 네이거스의 다리 위에 앉더니 그 가슴을 등받이 삼아 기댔다.

“별로 달갑지는 않지만, 어느샌가 꿈에 대해 잊고 있었네요.”

“작전 성공이네.”

“거짓말 좀 하지 마세요.”

세라의 손이 네이거스의 허벅지를 꼬집었다.

“아야, 아파, 아파.”

“이렇게 허물없이 이야기할 수 있는 걸 보니 이미 네이거스를 믿나 봐요. 제가 생각해도 단순하네요. 그토록 마족을 증오했으면서.”

하지만 세라가 네이거스에게 마음을 허락한 것은 다만 다정하게 대해줬다는 이유뿐만은 아니다.

네이거스를 비롯한 마족은 하늘을 날 수 있다.
따라서 국경선을 쉽게 넘어 이렇게 왕국에 침입할 수 있다.
'마음만 먹으면 왕국을 괴멸시키기는 식은 죽 먹기겠죠…….'
그런데 마족은 먼저 공격하지 않았다.
그 시점에 왕국에서 이야기하는 '인간을 공격하는 괴물'이라는 마족의 이미지는 붕괴되었다.
"언젠가는 왕국 사람 모두가 세라처럼 되면 좋겠지만."
"어린아이에게 흑심을 훤히 드러내며 접근하는 네이거스 같은 사람이 있으니 힘들지도 모르겠네요."
"신랄해……. 세라는 의외로 독설가구나?"
"상대는 골라가며 한답니다."
"이건 기뻐해야 하나?"
"가능하면 슬퍼했으면 좋겠네요."
네이거스는 명백하게 기쁜 모양이었다.
꼬집어도 매도해도 소용없다면 이미 그녀는 무적이다.
하지만 그렇게 무적인 네이거스의 표정이 갑자기 어두워졌다.
"하지만 나도 마족의 전부를 아는 건 아니야. 마족이 인간을 죽일 일은 없다는 인식이 틀렸을 가능성도……."
"의심스러운 사람이 있나요?"
"없다고 생각하고 싶어. 하지만 오리진의 힘이 **새어 나왔**으니 의심해야겠지."
"새어 나와요?"
"……세라, 나는 아직 교회 시설을 더 조사할 셈이야. 빈손으로 마왕성에 돌아갈 수는 없어."

"그렇군요. 저는……."

"안전한 곳까지 데려갈 수는 있어. 하지만 교회에서 추방 처분을 받았으니 오리진교의 영향이 있는 곳은 힘들어."

"그건 왕국 전역이잖아요?"

"그래. 그러니까 안전한 곳은 마족령이라는 뜻이지."

"마족 중에 인간은 저 혼자뿐……인가요?"

"적극적으로 관계를 맺는 게 금지되었을 뿐이지 마족은 인간을 싫어하지 않아. 보다시피 기본적으로 온후한 종족이니 모두 다정하게 대해줄 거야."

네이거스의 말은 사실이다.

인간을 보았다고 일방적으로 벌벌 떨거나 적대하지는 않고, 오히려 상대가 어린아이면 더욱 정중하게 대해줄 것이다.

하지만── 네이거스 개인이야 그렇다 쳐도 마족이라는 존재에 대한 세라의 의심이 사라진 것은 아니다.

"그게 어렵다면 이대로 나를 따라올래? 교회와 적대하게 될 테고, 괴물과 싸우기도 할 거야. 마족령에서 보내는 것보다 훨씬 위험한데──."

"저는…… 회복 마법을 쓸 수 있는 정도라 별로 강하지 않아요. 도움을 줄 수 있는지조차 알 수 없어요."

"그건 걱정하지 않아도 돼. 세라를 보기만 해도 내 의욕이 샘솟는걸! 귀여움은 정의야!"

"그런 점이 가장 걱정이에요."

방금 그건 세라의 불안을 없애기 위해 일부러 장난을 쳤을 뿐이다.

……반쯤 진심이었을지도 모르지만.

“그보다 ‘쓸 수 있는 정도’라고 겸손하지만, 회복 마법을 쓸 수 있는 상대와 함께 있는 건 제법 큰 안심감을 줘. 그러니까 나로서는 세라가 따라와 준다면 진심으로 기뻐.”

그것은 네이거스의 거짓 없는 진심이었다.

환영한다면 세라가 거절할 이유는 없다.

“그럼…… 따라갈래요. 저도 교회에 대해 알고 싶거든요.”

“신난다! 세라와 둘만의 여행이 시작되는구나! 예~이!”

“단! 이상한 말은 금지예요. 성희롱하면 진심으로 패줄 겁니다?!”

“그건 어려운데. 나는 귀여운 걸 보면 참을 수가 없거든. 마족이니까.”

“그게 마족하고 무슨 상관이에요. 아무튼 절대로 그런 건 용서 못 해요……. 으앗?!”

네이거스는 세라를 억지로 끌어당겨 그 얼굴을 가슴에 품었다.

“나도 나쁜 버릇인 줄은 알아. 하지만 세라가 귀여운 게 잘못이야!”

세라는 버둥거렸지만, 마족은 마력뿐만 아니라 신체 능력도 인간보다 높다.

이윽고 단념한 세라는 얌전히 몸을 맡겼다.

피부색은 푸르지만 따뜻하고 부드럽고 쓸데없이 좋은 냄새가 났다.

세라로서는 인정하고 싶지 않지만, 이렇게 편안한 온기에 감싸인 지금만큼은 왕도에서 일어난 참극을 잊을 수 있었다.

8년 전, 마족이 고향을 멸망시켰을 무렵의 일을 세라는 거의 기억하지 못했다.

지금 그녀를 괴롭히는 슬픔도, 증오도, 마음의 상처도—— 그 대부분은 며칠 전에 에드와 조니를 앗아간 교회 때문에 생긴 것이다.

하물며 네이거스는 세라의 목숨과 마음을 구해주었다.

마족에 대한 증오가 흐려지는 것도 당연할지 모른다.

"……푸합!"

세라는 네이거스의 풍만한 가슴에서 얼굴을 번쩍 들고 그녀와 마주했다.

"에휴, 말이 끝나기 무섭게 이렇다니까요. 앞날이 걱정되네요."

"세라가 익숙해질 때까지 노력할게!"

"길들이려 하지 마세요! 뭐, 일단…… 잘 부탁드려요. 네이거스."

세라는 불만스레 뺨을 부풀렸지만, 그런데도 인사를 제대로 했다.

교회—— 아니, 부모와 다름없는 에른에게 그렇게 배웠기 때문이다.

"나야말로 오랫동안 잘 부탁해."

두 사람은 나고 자란 곳도, 피부색도, 눈 색도 다르다.

하지만 맞닿은 살갗 너머로 전해진 체온은 똑같이 따뜻했다.

세라는 마족도 인간도 똑같은 생물이라고 새삼스레 실감했다.

소녀 α는 모순을 알기 때문에

키릴, 진, 마리아, 라이너스── 네 명이 된 파티는 그런데도 여행을 이어갔다.

키릴은 여전히 표정이 어둡고 말수가 적었다.

덩달아 파티 전체의 분위기가 나빠졌지만── 지금은 조금 사정이 달랐다.

부루퉁하던 진이 묘하게 밝았다.

"멍하니 있지 마! 라이너스, 마리아, 키릴. 오늘은 진군하기 아주 좋은 날이야!"

"나 참, 진 녀석은 무슨 일이 있었던 거야?"

"의욕이 있는 건 좋아요. 저희도 서두르죠. 라이너스 씨."

"아, 그래……."

마리아도 고양된 모양인지 라이너스가 말을 걸자 평소보다 더 수다스레 대답해주었다.

두 사람이 컨디션을 회복한 것이라면 환영할 만한 일이리라.

하지만 라이너스는 구태여 거리를 두고 그들을 객관적으로 관찰했다.

그리고 살얼음 같은 '위험'을 감지했다.

고뇌를 제힘으로 타파한 것이 아니라 잘못된 방향으로 휘두른 것은 아닐까 하고.

그때, 앞에 있던 마리아가 라이너스 쪽을 돌아보았다.

그녀는 웬일로 표정에 변화를 보이며 불만스레 뺨을 부풀리고 그에게 다가갔다.

"제가 서두르자고 했죠?"

"아, 응……. 그랬지."

팔짱을 끼고 가슴을 들이밀자 아무리 라이너스라도 당황했다.

여성과의 스킨십은 익숙하지만, 상대가 마리아면 사정이 다르다.

"무슨 고민 있나요? 표정이 심각하네요."

"마리아가 밝아 보여서 무슨 일이 있나 하고 생각했어."

"대단한 이유는 아니에요. 평소보다 컨디션이 좋을 뿐이죠."

"그럼 됐고."

아마 그녀는 무언가를 숨기고 있을 것이다.

라이너스에게 말해주지 않은 건 이용 가치가 없다고 여겨서일까, 믿지 않기 때문일까?

아니면── 끌어들이고 싶지 않아서일까?

얼마 전까지는 마리아의 미소를 보면 그의 고민 따위는 쉽게 날아갔지만, 지금은 그녀의 표정을 볼 때마다 불안이 부풀어 올랐다.

'사실은 억지로 데려가서 여행을 막아야 할지도 몰라. 그리고 먼 곳에서 둘이 살면…….'

마리아는 온 힘을 다해 거부할 것이다.

하지만 그녀가 '옳다'고 믿는 것을 라이너스는 도무지 믿을 수 없었다.

"……왜 라이너스 씨는."

진지한 표정으로 생각에 잠긴 그를 보고 마리아의 표정이 어두워졌다.

"응?"

"아니요. 아무것도 아니에요. 가요. 라이너스 씨."

하지만 이내 표정에서 그림자가 사라지며 그녀는 얼버무리듯 라이너스와 손가락을 얽었다.

그리고 나란히 걸었다.

둘 사이에 보이지 않는 벽이 있는 것을 자각한 채로.

◇◇◇

마족의 영역을 나아가는 데 아니나 다를까 방해하기 위해 차이온이 덮쳐왔다.

최근 키릴 일행은 수차례에 걸쳐 그 한 명에게 격퇴당해 후퇴를 반복했다.

"지금의 네놈들에게는 열량이 없어. 이 정도면 충분해——. 플레어 메테오라이트!"

차이온은 거대한 화구를 생성했다.

하지만 마력을 과잉 소비하여 마법의 위력을 증대시키는 일리걸 포뮬러(법외주문)조차 사용하지 않았다.

차이온이 봐줄 정도로 용사 파티는 약해진 것이다.

유일하게 제대로 싸울 수 있는 라이너스가 차이온의 사정거리 밖에서 활을 당겼다.

세 발의 화살이 날아갔다.

그것들은 차이온에게 명중하기 전에 흩어져 각각 다른 방향에서 그를 덮쳤다.

"네놈만은 열량을 잃지 않은 모양이지만, 내게는 미치지 못해!"

그는 감싸듯 몸의 주위에 불꽃을 생성했다.

그저 그것만으로 라이너스가 쏜 화살은 타버렸다.

결코 만만한 공격이 아니었다.

그것을 아주 쉽게 태워버리는 차이온의 불꽃이 이상한 것이다.

하지만 라이너스는 공격을 늦추지 않고 재차 세 발의 화살을 뽑아── 이번에는 한꺼번에 쏘았다.

슈우우욱! 하고 허공을 가르는 소리가 명백하게 아까와는 달랐다.

"나쁘지 않은 열량이군. 하지만 이 정도로는 어림없다!"

차이온은 마찬가지로 불꽃의 화살을 한꺼번에 발사했다.

직후, 지상의 진이 그에게 마법을 쏘았다.

"블루 프레임."

"내게 불 속성 마법을 쓴다고? 정신 나갔구나?!"

마치 도깨비불처럼 푸른 불구슬이 흔들흔들 차이온을 향해 날아갔다.

굳이 대처할 필요성도 느끼지 못할 정도로 약한 불꽃이었다.

그는 그것을 무시하고 라이너스의 화살에 의식을 집중했다.

파이어 애로우와 화살이 부딪쳐 펑 하고 터졌다.

그러자 산산이 부서진 화살의 파편에 바람 마법이 깃들어 차이온에게 다가갔다.

"역시 그냥 화살이 아니군!"

"테라 메신저. 설령 원형조차 없는 나무 조각이 된대도 이 화살은 죽을 때까지 너를 쫓을 거야."

라이너스는 궁병이자 바람 속성 마법사이기도 하다.

전문적인 마법사보다 마력에 뒤지지만, 높은 신체 능력과 어우러져 높은 위력을 발휘한다.

차이온은 공중에서 빠르게 선회했고 따라오는 화살을 떨쳐내려 시도했다.

하지만 거리는 멀어져도 추적은 멈추지 않았다.

불꽃 마법으로 화살을 파괴해도 조각나 숫자만 늘어날 뿐이었다.

진의 블루 프레임도 마찬가지로 여유롭게 그를 따라다녔다.

"시건방지군!"

그는 그것들 모두를 끌어당기더니,

"블레이즈 스피어어어엇!"

자신의 주위를 초고온의 구체로 뒤덮어 전부 불태웠다.

라이너스의 화살은 순간적으로 재가 되어 사라졌다――. 하지만 진의 블루 프레임에 변화는 없었다.

불꽃 속에 있어도 푸른 불구슬은 똑같은 상태로 추적을 이어갔다.

차이온은 혀를 차더니 직접 그것에 접근하여 손으로 으스러뜨리려 시도했다.

그것이 그냥 불꽃이라면 문제없이 사라질 터였다.

하지만 푸른 불꽃은 그의 팔에 감겨 체온을 급속히 빼앗아갔다.

"뭣……? 불꽃이 아니야? 팔은 움직이지 않아. 그럼 이건 얼음―― 아니, 그렇다면 블레이즈 스피어로 사라질 텐데?!"

당황한 차이온을 보고 지상의 진은 씩 웃었다.

"블루 프레임은 불꽃이야. 하지만 동시에 얼음이기도 하지. 나 말고 무식한 원숭이들은 이해할 수 없을 테지만. 후훗, 하하하핫, 아하하하핫! 나는 마침내 이 영역까지 도달했다! 다음 공격으로 간다. 메두사 윈도우!"

진이 손을 뻗었다.

하지만 풍경에 변화는 없어서 아무 마법도 발동되지 않은 것처럼 보였다.

그러던 때, 차이온의 얼굴에 산들바람이 불었다.

찌릿……. 뺨에 무언가가 닿은 것 같아 손가락으로 만져보았다.

그러자 돌이 붙어 있었다.

집어서 떼려 하자 뺨의 피부까지 함께 딸려왔다.

"설마…… 내 피부가 돌이 된 건가?!"

두말할 나위 없이 원인은 이 '바람'이다.

차이온은 맹렬한 속도로 그 자리에서 이동했다.

"갔어. 라이너스."

진이 중얼거렸다.

그러자 마치 차이온의 움직임을 읽은 듯 화살이 날아와 그의 오른쪽 어깨에 박혔다.

"크윽……! 비, 빌어먹을. 묘한 마법을 쓰다니! 프로메테——."

차이온은 더 이상 봐주지 않고 대규모의 마법을 발동하려 했다.

하지만 마리아의 마법이 그것을 가로막았다.

"세이크리드 랜스!"

빛의 창이 차이온을 향해 고속으로 발사되었다.
그는 몸을 기울여 회피하려 했지만, 미처 다 피하지 못하여 오른팔이 꿰뚫렸고 살이 치이익 탔다.
"끄아악! 크윽, 하지만…… 아직 멀었다!"
그의 전의는 사그라지지 않았지만, 마리아의 마법은 아직 끝나지 않았다.
"스파이럴."
빛의 창이 꽂힌 채로 고속 회전을 시작했다.
"뭐, 뭐지……? 돌아……. 크, 윽, 큭…… 끄아아아아아아악!"
끼이이이이이이익—— 빛의 믹서가 살을 끌어들이고 힘줄을 비틀어 끊고 뼈를 부쉈다.
차이온의 팔은 보기에도 무참한 모습으로 변하더니 최종적으로 떨어져 나갔다.
"헉…… 으, 윽…… 이 자식……들……!"
그런데도 의사는 강하고 정열적이었다.
그들을 시틈에게 보낼 수는 없다는 마음 하나로 전의를 유지했다.
하지만 진과 마리아는 이미 다음 마법의 준비를 마쳤고, 라이너스도 그의 미간을 노리고 있었다.
유일하게 키릴만은 검을 쥔 채 어두운 표정으로 서 있을 뿐이었지만, 그녀 없이도 죽일 수 있을 것이다.
"이런…… 곳에서, 나는……."
그의 뇌리에 시틈이 우는 얼굴이 떠올랐다.
죽는 것만은—— 그것만은 피해야 한다.

"빌어먹을, 나는!"

그는 분노를 엿보이며 땅바닥에 떨어진 팔을 잡더니 단숨에 등을 돌려 후퇴했다.

"엘리먼트 버스트!"

"저지먼트 스톰!"

그런 차이온에게 진과 마리아는 가차 없이 마법을 쏘았다.

그것도 자신이 가진 최고 위력의 마법을.

엘리먼트 버스트는 4속성을 통괄하여 직선상에 존재하는 다양한 물체를 파괴하는 위력에만 특화된 마법이다.

4속성이 뒤섞여 있기 때문인지 하얀 섬광이 발사되므로 빛 속성 마법으로 보이기도 했다.

저지먼트 스톰은 본래 상대에게 거대한 빛의 검을 발사할 뿐인 '저지먼트'의 응용 마법이다.

검을 고속 회전시켜 주위를 끌어들이는 충격파를 만들어내어 보다 넓은 범위의 적을 정화하고 태운다.

차이온은 일단 저지먼트 스톰을 피했다.

완전히는 피하지 못하여 어깨의 살이 파였지만, 어차피 처음부터 오른팔은 너덜너덜했다. 아무 문제도 없다.

그리고 즉각 왼팔을 들어서 가진 마력을 몽땅 쏟아부어 불꽃과 엘리먼트 버스트를 충돌시켰다.

위력이 높다는 것은 보면 알 수 있었다. 자신의 마력으로는 없앨 수 없다.

따라서 흘려보내어 궤도를 바꾼다.

"크……윽, 으랏차아아아아아앗!"

그의 온 힘── 말 그대로 모든 것을 쏟아부어 광선은 겨우 휘어지며 멀리 저편으로 날아갔다.

광선은 상공에서 구름과 접촉하여 날아갔고 흐린 하늘을 맑게 바꾸었다.

차이온은 그 위력에 전율하며 어렵사리 후퇴에 성공했다.

◇◇◇

차이온은 성으로 돌아오자마자 제 방에 들어가 바닥에 쓰러졌다.

"시툼이 걱정하기 전에 치료해야 해……. 윽, 어디 보자. 역시, 하아…… 후, 이렇게 한심한 모습을 보일 수는 없지……!"

문제는 어떻게 사람을 부르느냐다.

우선은 마왕성에서 탈출하여 되도록 이목이 닿지 않는 경로로 걸어간 뒤 지인에게 연락을 취해야 한다.

차이온은 바닥에 누운 상태로 어깨를 위아래로 들썩이며 벽을 짚고 일어났다.

하지만 거기서,

"오빠, 돌아왔나요?"

가장 만나고 싶지 않은 사람이 방으로 찾아왔다.

"미치겠네……."

차이온은 재차 풀썩 쓰러졌다.

순간 이대로 입을 다물면 넘어갈 수 있지 않을까 하고 기대했지만, 아무리 생각해도 불가능했다.

왜냐하면 그와 시툼은 멋대로 서로의 방에 드나드는 사이이기 때문이다.

"목소리가 들렸어요. 거기 있죠? 들어갑니다."

무시당해서인지 조금 화가 난 듯한 말투로 시툼은 대답도 기다리지 않고 문을 열었다.

그리고 쓰러진 차이온의 모습을 보고 "히익?!" 하고 소리를 질렀다.

"오빠, 그 상처는 어떻게 된 거죠? 설마 용사들에게 당해서……!"

"……맞아. 한심해."

"네? 혹시 아까 아무 말이 없던 건 그런 이유였나요?! 새삼스러워요. 오빠가 한심하다는 정도는 알고 있다고요!"

"그건 그것대로 충격이네……."

차이온은 마음에 상처를 입었지만, 육체의 상처는 시툼의 회복 마법으로 금방 치유되었다.

떨어진 팔도 주워온 덕분에 금세 회복되어 본래대로 움직일 수 있게 되었다.

양암(陽闇)—— 시툼이 가진 희소 속성은 빛과 어둠의 마법을 다룰 수 있다.

특히 그녀는 회복 마법이 주특기라 자주 차이온에게 "마왕답지 않아"라는 놀림을 받았다.

"고마워."

차이온이 시툼의 눈을 보며 감사 인사를 하자 그녀의 뺨이 살짝 붉게 물들었다.

"감추는 게 더 싫어요. 이럴 때는 의지해요."

"한창 폼 잡고 싶을 나이거든."

"그 나이면 그만 졸업해야죠. 그리고 옷깃을 세우는 것도요."

"그건 안 돼. 이건 나의――."

"영혼이라고요? 말 안 해도 알아요. 나 참, 그것만 없으면 누가 봐도 멋있다고 생각하는데……."

시툼은 투덜투덜 불평했다.

속으로는 그건 그것대로 다른 마족에게 인기 있을 것 같아서 싫다――는 마음도 있었지만, 물론 말하지 않았다.

"그나저나 이렇게까지 당하다니 무슨 일이 있었던 건가요?"

그녀는 일어서더니 차이온의 침대에 털썩 앉았다.

"몰라. 갑자기 본 적도 없는 마법을 썼어. 위력도 열량도 전과는 차원이 달랐지."

그도 바닥에서 일어나 시툼의 옆에 앉았다.

"갑자기 강해지다니. 기껏 인원수도 줄어서 이대로 끝날 것 같았는데……."

"어중이떠중이를 속이고 이용해봤자 언젠가 파티는 붕괴된다――는 네 예상은 맞았지만, 그리 만만하지는 않았어."

차이온이 시툼의 머리를 톡톡 쓰다듬자 그녀는 그에게 기댔다.

마족은 싸움을 좋아하지 않는 종족이다.

어머니의 영향으로 더욱 그 마음이 강해진 시툼은 인간의 선의를 믿고 저항을 거의 포기했다.

용사들이 침공하기 전에 부근에 사는 마족은 북쪽으로 대피시켜 피해를 최소한으로 억제하려 했다.

마왕을 믿는 주민들 대부분은 명령을 받아들였지만, 개중에는 반대하는 자도 있었다.

그런 그들의 바람을 이루고자 3마장은 산발적으로 왕국에서 파괴 행위를 했지만, 물론 그런 것은 하고 싶지 않다는 게 시툼의 본심이었다.

"하지만 단순히 훈련만으로 갑자기 그렇게 강해질 수 있나?"

"혹시…… 그들도 오리진의 힘을."

"회전과 접속, 증식── 그것과 관계된 마법을 썼으니까. 이봐, 시툼, 정말로 봉인이 느슨해지지 않았어?"

"봉인 술식이 제시된 책은 마왕밖에 만질 수 없는 곳에 보관되어 있어요. 내용을 아는 사람은 저와 디자뿐이에요. 그러니 변했을 리가 없어요."

"왕국 녀석들의 모습이 이상해진 건 확실히 50년쯤 전이었지?"

"네. 어머니의 시대였죠. 그전까지는 양호한 관계를 유지했으니까요."

"그 사람이 실수했다고는 생각할 수 없어……. 어떻게 된 일인지 원."

선대 마왕 리투스── 시툼의 어머니이기도 한 그녀는 30년 전에 일어난 인마 전쟁 직후에 병으로 목숨을 잃었다.

마족치고는 너무 이른 죽음이었다.

그때, 그녀를 간호한 이가 시톰과 디저였다.

리투스는 딸에게 말을 건 뒤 디저의 손을 잡더니 작고 잠긴 목소리로 "디저, 당신이……"라며 그에게 딸을 맡기고 잠들 듯 숨을 거두었다.

그 뒤, 아직 어렸던 시톰이 마왕의 역할을 이어받아 디저와 차이온, 네이거스의 도움을 받아 무녀로서 봉인 관리를 이어왔지만── 어찌 된 영문인지 인간은 오리진의 힘을 손에 넣고 말았다.

또 다른 오리진이 존재할 가능성도 고려하여 네이거스를 조사에 투입했지만, 아직 뚜렷한 정보는 얻지 못했다.

"이대로 용사가 이 성에 다다르면 봉인이 풀릴 거예요."

"역시 죽일 수밖에 없어."

"하지만 그러면 오리진의 생각대로 되는 거예요! 용사를 죽인대도 더 큰 증오가 인간들을 움직여서 대립은 깊어지겠지요!"

"미안해. 경솔했어."

"아니요……. 저야말로 감정적이었어요. 죄송해요. 제가 물러터져서 오빠가 이렇게 다쳤는데……."

그녀는 그렇게 말하고 그의 몸에 더욱 체중을 실어 밀착했다.

그 무게를 느낄 때마다 차이온은 강하게 결심했다.

무슨 일이 있어도 반드시 그녀를 지키겠다고.

"그들을 말리려면 어떻게 해야 할까요……?"

"그 녀석들을 지원하는 교회나 왕국 그 자체를 막을 수밖에 없어."

"그들은 더 이상 저희 이야기를 들어주지 않아요."

이변이 시작된 50년 전이라면 몰라도 인마 전쟁이 일어난 30년 전의 시점에 이미 인간들은 마족을 악이라고 생각하게 되었다.

시툼이 마왕의 지위를 이어받은 시점에서 이미 모든 것이 늦은 뒤였다.

“밀서를 보내도 답변이 없어요. 물론 회담 신청은 무시당했죠. 마족과의 연결고리가 있는 귀족은 모두 권력을 잃거나 근거 없는 죄를 뒤집어써 실각했어요.”

“교회와 왕국의 권위를 실추시키기 위해서도 우리만으로는 힘들겠군. 아군으로 끌어들일 수 있는 인간이 없을까?”

“지금의 인간들은 모두 어렸을 때부터 ‘마족은 나쁜 놈들이다’라고 배운 자들이에요.”

“그럼 용사 파티에서 나간 녀석들은 어때?”

“음, 가디오 씨, 에타나 씨…… 그리고 플럼 씨였나요?”

시툼은 실제로 얼굴을 본 적이 없다.

차이온이나 네이거스에게 이야기를 들었을 뿐이다.

“이야기해볼 가치는 있을지도 몰라요. 네이거스는 만나본 적이 있죠?”

“그래. 하지만 그 녀석은 요즘 돌아오질 않아.”

“조사가 난항을 겪고 있겠지요. 그녀가 돌아오면 물어봐요. 시도해볼 가치는 있을지도 몰라요.”

“그래.”

이야기가 일단락되자 두 사람은 입을 다물었다.

시툼은 차이온의 어깨에 뺨을 딱 붙였다.

상처는 나았지만, 남은 피 냄새를 맡고 있자 불안해서 참을 수가 없었다.

"……왜 모두 싸우려는 걸까요?"

"그놈들에게도 관철하고픈 바람이 있겠지."

"제 바람은 싸움만 일어나지 않으면 이루어지는데요."

차이온은 슬프게 중얼거리는 시튬의 어깨에 팔을 감았다.

그녀는 온기를 느끼며 "부디 이런 시간이 계속 이어지게 해주세요"라고 기도했다.

◇◇◇

용사 일행은 차이온을 격퇴하고 전이석을 예정대로 설치했다.

그들은 키릴의 리턴으로 왕성 지하의 전이실로 되돌아왔다.

"이번에는 잘됐어. 어때? 라이너스. 나와 축배라도 들지 않을래?"

"아니. 나는 볼일이 있어."

"기껏 이 몸이 제안했는데 재미없는 녀석이라니까. 뭐, 좋아. 지금은 기분이 최고거든! 후하하하하하핫!"

진은 크게 웃으며 나갔다.

그 모습을 본 키릴은 침울한── 아니, 그보다는 당황한 모습이었다.

한편 마리아는 그의 뒷모습을 보고 어쩐지 만족스러워했다.

"저기, 마리아……."

라이너스가 말을 걸었지만, 그 전에 그녀는 방을 나섰다.

무시라기보다는 목소리를 듣지 못한 모양이었다.
그는 곤란한 표정으로 그 자리에 서 있었다.
“라이너스 씨. 저 두 사람에게 무슨 일이 있었을까?”
입을 다물고 있던 키릴도 묻지 않을 수 없었던 모양이다.
“몰라. 얼마 전부터 모습이 이상한 건 확실하지만.”
“내가 도움이 되지 못하는 바람에…….”
“신경 쓰지 말래도. 조금씩 컨디션을 회복해가면 돼. 네가 여행에 필요하다는 건 다들 알고 있으니까.”
“……응.”
라이너스의 격려에도 불구하고 키릴은 어두운 표정을 지은 채 밖으로 나갔다.
그리고 그녀는 바깥 공기를 쐬기 위해 성의 발코니로 향했다.
용사쯤 되면 바깥을 돌아다니기만 해도 사람들에게 둘러싸여 큰 소란이 일어난다.
특히 키릴은 다가가기가 편한지 사람들이 자주 말을 걸기에 기분을 전환하러 밖을 산책할 수조차 없었다.
그런 상황이 쌓여 그녀를 더욱 궁지에 몰아넣었다.
키릴은 우울한 표정으로 거리의 사람들을 내려다보았다.
그 시선 끝에는 언젠가 갔던 과자 가게가 있었다.
눈을 감자 그때의 정경이 선명하게 떠올랐다.
「으음~! 크림도 안에 든 스펀지도 과일도 다 맛있어. 역시 왕도야!」
「응, 맛있다. 엄청 맛있어.」

「후후후, 그렇게 급히 먹으면 금방 사라진다?」
「하나 더 먹을 거야. 플럼은 어떻게 할래?」
「그럼 나도…… 하나 더 먹을까? 에헤헤.」
그런 이야기를 하다 보니 순식간에 접시 위의 케이크가 사라졌다.
두 번째 접시는 서로의 메뉴를 바꾸어 주문했다.
「키릴이 있어서 다행이야.」
점원이 떠난 직후, 플럼이 키릴 쪽을 보며 말했다.
「갑자기 왜 그래?」
「나 같은 게 선택받아서 너무 불안했어. 실제로 다 엄청난 사람들이고 나는 쓸모없어서. 그래서…… 분명 나는 키릴이 없었다면 진즉 도망쳤을 거야.」
「플럼…….」
「키릴과 만나서 다행이야. 진심으로 그렇게 생각해.」
플럼은 쑥스러워하며 그렇게 말했다.
그녀는 마치 자신에게 구원받은 것처럼 생각하지만 실제로는 반대였다.
키릴은 플럼보다 더 불안과 압박을 느꼈고, 플럼이 없었다면 진즉에 무너졌을 것이다.
그래서 사실은 그때 솔직히 "고마워"라고 말해둬야 했을 것이다.
하지만 말하지 못했다.
말이 목에 걸려서 어떻게 말하면 좋을지 생각나지 않았다.
키릴은 이때만큼 말주변이 없는 자신을 저주한 적이 없다.
그리고 다른 기억으로 옮겨갔다.

다음에 떠오른 것은 그로부터 얼마 뒤에 일어난 일이다.
「또 너 때문에 한 명이 다쳤어. 어떻게 책임질 거야?」
「죄, 죄송해요…….」
땅바닥에 주저앉은 채 불쌍하리만큼 위축된 플럼의 모습.
키릴은 그것을 진의 옆에서 내려다보았다.
「너는 네가 얼마나 쓰레기인지 몰라! 사과하면 다인 줄 알아?!」
「으윽…….」
멱살을 잡힌 플럼은 괴로운 목소리를 냈다.
진은 반드시 다른 사람이 없을 때만 그녀를 나무랐다.
즉, 이곳에서 플럼이 도움을 구할 수 있는 건 키릴뿐이라 그녀의 시선이 자신 쪽을 향하는 것은 당연한 일이며── 동시에 구할 수 있는 게 자신뿐이라는 걸 알고 있었을 텐데.
그런데── 키릴은 눈을 돌렸다. 보고도 못 본 척했다.
용사로서의 압박에 짓눌릴 것 같다거나, 피로가 쌓여서 다른 사람을 생각할 여유가 없었다거나, 진이 무서웠다는 등 변명이라면 얼마든지 생각났다.
하지만 그 모두가 플럼을 내버려 둬도 되는 이유로 충분하다고는 말할 수 없었다.
그리고 결국── 플럼은 그 바람에 궁지에 몰려 사라졌다.
두 번 다시 돌아올 일은 없다.
그 행복했던 시간도, 자신의 마음을 지탱해주던 친구도.
이제 아무 데도 없다.
스스로의 목을 조른 셈이다.

"키릴 씨."

등 뒤에서 다가온 누군가가 그런 그녀의 이름을 다정한 목소리로 불렀다.

"마리아……."

키릴이 돌아보자 그곳에는 성녀가 서 있었다.

고민하는 자신에게 구원의 손길을 뻗고자 자비로운 미소를 지으며.

마리아는 키릴에게 다가가 그 손을 잡았다.

그리고 검은 수정체를 쥐여주었다.

"그건 '코어'라고 부르는 것이에요."

"코어……?"

안쪽의 나선을 빤히 보자 의식이 빨려들 것 같았다.

한기가 느껴졌다. 이것은 좋지 못한 것이라고 본능이 호소했다.

"진 씨도 저도 이걸 이용해서 더욱 강한 힘을 손에 넣었어요."

키릴은 그 힘을 얼마 전에 눈앞에서 목격했다.

'그 힘이 있으면…… 조금이라도 파티에 공헌할 수 있다면…… 진창에서 빠져나올 수 있을지도 몰라. 하지만――.'

쓰기만 하면 강해질 수 있다――. 그렇게 편리한 물건이 이 세상에 존재할까?

"도움이 되고 싶죠?"

마리아의 목소리는 평소와 똑같은데 괜스레 고압적으로 느껴졌다.

"그렇다면 이용해보세요. 분명 좋은 결과가 나올 거예요."

"정말 써도 괜찮아?"

"저도 이용하고 있고, 교회가 연구한 성과랍니다. 믿어주세요."

마리아를 믿지 않는 게 아니다.

키릴은 코어를 받아든 뒤 "고마워"라고 감사 인사를 하고 어깨에 멘 자루에 그것을 넣었다.

정말로 용건은 그것뿐이었는지 마리아는 "천만에요"라고 대답한 뒤 이내 성안으로 돌아갔다.

◇◇◇

마리아가 성안을 걷는데 흰 가운을 두른 금발의 여성이 다가왔다.

그녀는 멈춰 서서 안경을 슥 밀어 올리더니 입가를 끌어 올렸다.

"일은 어떻게 됐나요? 성녀님."

"에키드나 씨……. 네, 예상대로 키릴 씨는 코어를 받았어요."

"그거 잘됐군요. 열심히 연구한 성과인데 받아주지 않으면 소용없으니까요. 후훗."

눈물점이 특징적이고 요염한 여성의 이름은 에키드나 이페이라.

교회 내부에서는 마더와 동급인 지위── 즉, **어느 연구**의 책임자다.

"성녀님의 코어는 어떤가요? 증상이 나타나지는 않았나요?"

"아직은요. 키마이라 코어의 평판은 알고 있으니 걱정하지 않아요."

"후후후, 그거 다행이네요. '칠드런'이나 '네크로맨시'에게 질

수는 없으니까요. 하지만 저는 성녀님에게 무슨 일이 생길까 봐 불안했어요. 살아 있는 인간에게 쓰는 건 드문 일이니까요."

"걱정해주셔서 감사해요. 그럼 저는 볼일이 있어서 이만."

"어머, 붙잡아서 죄송해요. 그럼 또 봬요."

여성은 매력적인 미소를 지으며 복도 안쪽으로 떠나갔다.

홀로 남은 마리아는 머리에 직접 울리는 목소리에 의식을 집중했다.

「나쁘지 않아.」, 「조금만 더.」, 「이제 필요 없어.」, 「불안해.」, 「한시라도 빨리 부활을.」

수많은 목소리를 들었다.

"알고 있어요. 오리진 님."

성녀는 미소 지었다.

「통일한다.」, 「접속합시다.」, 「아니, 죽여.」, 「별의 의사를 없애는 게 우선이다.」, 「다음이 탄생할 가능성은 어쩌지?」, 「접속해야 한다.」, 「아니, 죽여, 죽여, 죽여.」

머리에 흘러든 목소리는 코어를 가지며 더욱 커졌다.

본래는 좀 더 통일된 의사지만, 특히 요즘에는 이렇게 의견이 갈려서 줄곧 혼란스러웠다.

이건── 모두 플럼 때문이다.

"우선은 키릴 씨를 성에 보내야 해요."

모든 것은 그 뒤에도 늦지 않다.

오리진의 봉인을 풀고 마리아의 목적을 달성하기 위해──.

"모든 생명을 없애기 위해."

그녀는 중얼거리며 성 밖으로 향했다.

"싫어, 싫어, 마족이 싫어. 그러니 멸망시켜야 해."

아무도 보고 있지 않다며 본성을 드러냈다.

"싫어, 싫어——."

소음이 뒤섞였다.

희미하게 떠오른 남성의…… **그 사람**의 미소.

고개를 저어 지워버렸다.

'잊어요.'

그런 잡음은 방해가 될 뿐이다.

'기대하면 안 돼요.'

믿어봤자 배신당할 뿐이다.

"인간이 싫어. 모든 생명이 싫어. 그러니 멸망시켜야 해."

그녀는 엄지를 으드득 깨물었다.

피가 났다.

그것을 핥아 철의 맛을 삼켰다.

증오는 가슴에 새겨져 있다.

그녀 자신의 존재 가치가 되어 성녀의 가죽을 뒤집어쓰고 다만 그것을 이루기 위해서만 움직이고 있다.

배신당하고 타협하며 모든 것은 **그것**을 이루기 위해서만.

망설임은 없다.

이 세상에 미련 따위는—— 전혀 없을 (터)이니까.

01 그가 놓친 것

잉크와 관련된 사건이 종식된 지 사흘이 지났다.

서구는 놀랄 만큼 평화로웠고, 당장 교회가 플럼 일행을 습격하는 일도 없었다.

잉크가 살아 있다는 사실을 모르는 것일까, 아니면 여유를 표현하는 것일까?

어느 쪽이든 마을은 부자연스러울 정도로 고요했고── 가디오와 함께 길드로 향하는 플럼의 가슴에는 불길함이 느껴졌다.

좁은 길로 들어서자 서구 특유의 흙내 섞인 바람이 불어왔다.

플럼은 얼굴을 찌푸리며 골드브라운 머리카락을 손가락으로 쓸어 올렸다.

"조용하군."

코트를 걸친 가디오가 중얼거렸다.

오늘 아침에 그는 플럼의 집에 찾아와 "길드에 따라올래?"라고 제안했다.

플럼은 그의 얼굴을 올려다보았다.

"교회도 습격해 오지 않았고요."

가디오는 그제와 어제, 단 이틀 만에 마더의 거점을 발견했다.

그가 얻은 정보와 잉크에게 들은 단서를 바탕으로 조사한 결과, 교회에 모습을 드러낸 그들의 발자취를 더듬는 데 성공한 모양이다.

물론 시설은 이미 껍데기만 남았지만, 어쨌든 그들은 거점을 하나 잃었다.
지금쯤 마더와 스파이럴 칠드런(나선의 아이들)은 새로운 은신처를 찾고 있을 것이다.
"데인이 사라져서 치안이 좋아진 이유도 있을 테지만, 오래는 이어지지 않겠지요."
"리더를 잃은 깡패들이 무슨 짓을 시작할지 상상만 해도 머리가 지끈거려."
가디오는 눈을 감은 채 "쯧쯧" 하며 고개를 좌우로 저었다.
서구의 불법자들은 데인에게 제어되어왔다.
그 틀이 제거되었으니 그들은 어떤 의미로 자유다.
"데인의 후임자를 노리려는 인간도 나오겠지."
"잘될 것 같지는 않지만요."
누가 뭐래도 데인의 카리스마는 대단했다.
별 볼 일 없는 깡패가 흉내 낼 수 있는 게 아니다.
"아마 여러 파벌이 난립하고 서로 대립하겠지. 그러니 길드에 가서 앞날의 대책을 도모할 필요가 있어."
"길드에서요?"
플럼은 가디오가 자신을 길드에 데리고 가려는 이유를 묻지 않았다.
궁금하지만 가보면 알 것이다.
그대로 별일 없이 길드에 도착하여 플럼이 먼저 안으로 들어갔다.
접수처에서 턱을 괴고 있던 이라는 그녀의 얼굴을 보자마자 "웩" 하고 싶은 표정을 지었다.

"자, 오늘은 영업 끝났어요."
"여전히 참 게으른 접수 담당자네요."
"데인이 없어서 한가해졌어. 나의 평온을 방해하지 말아줘."
"너무 막 나가는 거 아니야?"
"할 수만 있으면 막 나갈 거야. 그러니 지저분한 노예는 돌아가도록 해. 훠이훠이!"
"여전히 짜증 나는 여자야."
플럼은 "으르렁" 하며 적의를 드러내고 노려보았지만, 이라는 외면하고 시치미를 떼었다.
"라이선스도 없는 신인 모험가에게 워울프 토벌을 떠맡겼던 주제에. 중앙구의 길드에 고자질하면 잘리지 않을까?"
"후후훗, 어설프군. 대단하신 양반이 D랭크 정도의 노예가 하는 말을 들을 것 같아? 포기하고 그 붕대 노예랑 잘 지내."
"길드 마스터만 있으면 따끔한 맛을 보여줄 수 있는데!"
"아하핫, 할 수도 없는 망상이나 하며 한탄하도록 해. 우리 마스터는 엄청 유명한 랭크 모험가야. 그런 거물이 서구의 길드에 있을 리 없지!"
두 사람은 지지 않고 언쟁을 이어갔고, 플럼의 등 뒤에서 가디오가 불쑥 모습을 드러냈다.
그리고 이라의 눈을 똑바로 보며 말했다.
"불렀어?"
그녀는 드래곤이 노려보는 작은 새처럼 얼어붙었다.
단숨에 안색이 파랗게 질리며 온몸에서 식은땀이 쏟아졌다.

"가디, 오…… 라스컷……? 어, 어떻게 여기에……. 여행에 나선 거 아니었어?!"

"사정이 있어서 그만뒀어. 부를 수 있다면 불러보랬지? 이제 어떻게 할래? 이라 제리신."

"아, 아으…… 슬로우 군? 잠깐 나와서 이 누나를 좀 도와줄래?"

이라는 안에 있을 터인 후배를 불러냈지만 반응은 없었다.

슬로우는 기본적으로 순종적이지만, 여기서 가디오를 적으로 돌릴 정도로 무지하지는 않았다.

"안 도와줄 거구나……. 으으으……."

마침내 그녀는 말을 잃고 크게 위축되었다.

그리고 이라는 어찌 된 일인지 도움을 구하듯 플럼 쪽을 보았다.

물론 도울 이유는 없어서 혀를 날름 내밀며 거절했다.

"이 자식……!"

이라는 플럼을 노려보았지만, 이미 발버둥에 지나지 않았다.

"어라……? 가디오 씨는 이곳의 마스터였나요?!"

"일단 그렇다는 모양이야. 몇 년 전에 떠맡은 뒤로 이렇다 할 일은 한 번도 하지 않았지만."

"아, 그래서 아까 길드에서 대책을 세울 필요가 있다고 하셨군요! 가디오 씨가 마스터면 서구의 깡패도 마음대로 날뛸 수 없을 테니까요."

누가 뭐래도 권위 있는 S랭크 모험가 중 한 명이다.

그에게 맞설 어리석은 자는 흔치 않을 것이다.

"그런데 플럼, 이 여자 때문에 죽을 뻔했던 모양이지?"

"맞아요. 라이선스 발행 임무로 D랭크 몬스터를 떠맡겼지 뭐예요."

"본래는 F랭크에 해당하는 의뢰를 해결하면 라이선스가 발행될 터인데…… 두 랭크나 높은 의뢰면 신인 모험가에게는 죽을 가능성이 크지. 이건 용납할 수 없는 일이군."

"아, 아니, 그건 데인이 혼자 한 짓이야! 나는 말리려고 했어. 정말로! 게다가 결과적으로는 쓰러뜨렸으니 된…… 거잖아, 요? 플럼 너도 그렇게 생각하잖아? 응?"

너무나도 초조한 그 모습에 플럼은 웃음을 참지 못하고 입을 막은 채 어깨를 떨었다.

노예 따위에게 조롱당하는 굴욕에 이라는 카운터 밑에서 주먹을 쥐었다.

"나는 잘라도 상관없는데, 플럼은 어떻게 하고 싶어?"

"으~음, 어떻게 할까요……?"

"자, 잠깐. 너 진짜 고민하는 거 아니지?!"

"하지만 잘릴 만한 짓을 했으니까."

"그건 그렇지만!"

무사했으니 다행이지만, 사지가 날아가는 중상을 입었다.

플럼이니 살아남았을 뿐이다.

"나랑 네 사이에 새삼스럽게 왜 그래?"

"사이를 고려하면 더욱 자를 수밖에 없을 듯한데……."

"아, 앞으로 사이좋게 지내자. 응? 여기서 잘리면 나는 어떻게 살라고!"

"몸이라도 팔면 되지 않겠어?"

"넌 피도 눈물도 없냐!"

그건 네 얘기겠지——라고 딴죽을 걸고 싶은 마음을 꾹 눌렀다.

확실히 원망은 하지만, 데인 일행과 달리 그녀는 '고쳐 쓸 수 있는 인간'이다.

교회와 손을 잡은 데인과도 분명히 거리를 뒀으니 더 이상 몰아넣을 필요는 없을지도 모른다.

"감봉 처분 정도면 되지 않을까요?"

"그래? 플럼은 착하네."

"아아…… 다행이다. 고마…… 뭐? 감봉?! 기다려. 왜 내가 감봉을 당해야——."

"잘리지 않은 걸 감사히 생각해."

"윽……."

이라는 더 이상 아무 말도 할 수 없었다.

"내가 왔으니 지금까지처럼 적당히 일하는 건 용납 못 해. 착실하게 일해야 할 거야. 각오해 둬."

"네……."

이라는 풀썩 고개를 떨구었다.

플럼은 히죽히죽 웃으며 그 모습을 관찰했다.

가디오가 "할 일이 있어"라며 안쪽의 방으로 사라지자 이라는 플럼에게 덤벼들었다.

"너 때문에 이번 달부터 식비를 줄여야 하잖아?!"

"자업자득이야."

"흥, 잘난 척하기는. 그보다 네가 가디오 라스컷과 아는 사이인 걸 보니 정말로 그 플럼 애프리코트였구나?"

"이제 알았어?"

"당연하잖아. 그 영웅님이 설마 노예가 되어 서구에 잠입할 줄 누가 상상이나 하겠어?"

"에타나 씨도 우리 집에 있어."

"그 에타나 린바우가? 세 명이나 빠져나오다니 마왕 토벌은 어떻게 된 거야? 그보다 교회는 뭘 하고 있어?"

여행에 나섰을 세 사람이 왕도에 있다는 건 일반 시민에게는 불안을 야기하는 요소에 지나지 않을 것이다.

에타나가 나온 시점에 소문은 났을 테지만, 그녀는 좀처럼 밖을 돌아다니지 않기 때문에 그렇게까지 큰 소동은 일어나지 않은 모양이었다.

하지만 가디오는 그 체격 때문에 원치 않아도 눈에 띄고, 길드 마스터로서 일하면 남의 눈에 띌 일도 많아질 것이다.

"이전부터 이런저런 말은 들었지만, 얼마 전의 기분 나쁜 시체도 그렇고 교회도 수상해졌네."

얼마 전의 안구 소동에 교회가 연관되어 있다는 소문은 왕도 전체에 퍼지고 있었다.

더불어 가디오 정도의 거물이 '계시'—— 즉, 교회의 의뢰를 버리고 왕도로 돌아왔으니 의혹은 더욱 팽배할 것이다.

"다만 정말로 저 사람이 마스터로 복귀해도 괜찮을까?"

"가디오 씨에게 무슨 문제라도 있어?"

"모르는구나? 저 사람은 일부에서 '겁쟁이 가디오'라고 불려."
플럼은 "하핫, 그게 뭐야?"라며 코웃음을 쳤다.
"용감 그 자체인 사람인데?"
"지금은 그렇지. 하지만 동료를 버리고 혼자만 도망쳐 온 적이 있다는 이야기가 있어."
"감봉됐다고 원한을 품고 이야기를 꾸미다니……."
"아니거든! 못 믿겠으면 다른 모험가에게 물어봐. 아니면 본인에게 직접 확인해보면 되잖아?"
본인에게 "겁쟁이라고 불리는 모양인데 사실인가요?"라고 물어보라니 입이 찢어져도 못 한다.
플럼은 난처해하며 "으~음" 하고 끙끙댔다.

◇ ◇ ◇

그 뒤, 머지않아 가디오가 돌아왔다.
"마스터로서의 일은 내일 이후에 할게"라고 이라에게 말하고 플럼과 함께 길드를 떠났다.
밖으로 나가자 이번에는 가디오의 자택이 있는 동구로 향했다.
그 사이에 플럼은 줄곧 복잡한 표정을 지으며 아까 이라에게 들은 이야기를 떠올렸다.
"그 여자가 뭐라고 했어?"
"했다고 해야 할지, 물어봤다고 해야 할지."
플럼은 말을 흐렸다.

중앙구가 가까워지자 길도 점차 넓고 깔끔해지기 시작했으며 인파도 늘어났다.

스쳐 지나가는 사람들의 시선은 물론 가디오를 향해 있었다.

드문드문 플럼을 보는 사람도 있었지만, 그 대다수는 그녀의 뺨을 응시했다.

"겁쟁이 가디오라."

그는 직접 그 이름을 입 밖에 냈다.

"알고 있었군요?"

"사실이니까."

"그렇지 않아요. 가디오 씨는——."

"아니, 나는 겁쟁이야. 그 오명을 짊어져야 해."

그는 우격다짐으로 스스로를 나무라듯 잘라 말했다.

무슨 깊은 사정이 있는 모양이라 플럼은 더 이상 아무 말도 하지 않았다.

두 사람은 조용히 걸으며 불편한 분위기로 중앙구를 지나 동구에 들어섰다.

그리고 두 사람의 발은 고급 주택가의 일각에서 멈추었다.

"어서 오십시오. 주인님."

다가온 가디오의 모습을 보자마자 입구에 서 있던 병사가 깊게 고개를 숙였다.

"우와…… 여기가 가디오 씨 댁인가요?"

철 격자로 이루어진 문 너머에는 공원으로 착각할 정도로 넓은 정원이 있었다.

그 안쪽에 있는 저택이 아마 주거지일 것이다.

"응. 나만 사는 집은 아니지만."

문이 열리자 두 사람은 앞으로 이어진 돌길을 걸었다.

붉은 꽃이 달린 나무가 아치를 이루며 저택으로 향하는 길을 치장했다.

정원의 일각에는 색색의 식물이 즐비했고, 개인 주택에 있을 만한 크기가 아닌 나무가 그 한가운데에 자리하고 있었다.

또 다른 일각에는 그네를 비롯한 놀이기구가 놓여 있었고, 모래밭까지 준비된 어린이용 공간도 있었다.

S랭크 모험가가 되면 막대한 부를 손에 넣을 수 있다고 한다.

플럼은 두툼한 스테이크를 매일 먹을 수 있다거나, 눈치 보지 않고 케이크 한 판을 통째로 먹을 수 있을 거라고만 생각했는데—— 진짜 부자는 수준이 달랐다.

저택에 다다르기까지 플럼은 도시에 갓 올라온 시골 아가씨처럼 수상하게 두리번두리번 주위를 관찰했다.

줄곧 굳은 표정을 짓고 있던 가디오는 그런 그녀의 모습을 보고 마침내 뺨이 느슨해졌다.

한동안 걸어서 건물 앞까지 다다르자 안에서 누군가가 달려오는 발소리가 들렸다.

문이 열리고 작은 여자애가 뛰어나왔다.

그녀는 가디오에게 환한 미소를 보이며 날아들 듯 그에게 안겼다.

"어서 와! 아빠."

폭탄 발언이 예고도 없이 투하되었다.

아니── 32세라는 나이를 고려하면 결코 이상한 일은 아니다.

하지만 전혀 그런 이야기를 듣지 못한 플럼은 휘둥그레진 눈으로 입을 반쯤 벌리고 가디오 쪽을 보았다.

그는 얼굴을 손으로 덮더니 "에휴" 하고 보기 드물게 큰 한숨을 쉬었다.

02 싸우는 이유

"가디오 씨, 아이가 있었나요?"

"아니……. 나를 아빠라고 부르지 말랬잖아. 하롬."

가디오는 하롬이라 부른 소녀의 머리를 쓰다듬으며 말했다.

그 익숙한 모습은 아무리 봐도 부녀 사이였지만── 부정하는 걸 보니 피가 섞이지는 않았을 것이다.

"아빠는 아빠인걸. 엄마가 인정했는걸!"

하롬은 화를 내듯 뺨을 부풀렸다.

난처한 가디오가 쓴웃음을 짓자 이번에는 그와 비슷한 또래로 보이는 붉은 머리카락의 여성이 나타났다.

"어서 와. 가디오."

"응. 다녀왔어. 켈레이나."

그 대화도 역시 부부의 그것으로밖에 보이지 않았다.

"이제 그만 아빠라는 호칭을 인정해줘도 되지 않아?"

"무리야. 소마에게 할 말이 없어."

"소마뿐만 아니라 티아도 그렇지? 정말이지 의리를 지키는 데도 정도가 있어."

"그 이야기는 나중에 하자. 지금은 손님이 있어."

"어머나."

켈레이나는 그 말을 듣고 마침내 플럼의 존재를 알아챈 모양이었다.

"갑자기 의미심장한 이야기를 들려줘서 미안해. 아, 혹시 네가 플럼? 가디오가 재능 있다며 자주 이야기했던 아이잖아?"

자신을 칭찬한 이야기를 다른 사람에게 듣자 역시 쑥스러웠다.

하지만 플럼은 그것을 빈말로 받아들였다.

과거에 그녀의 스테이터스는 모두 0이었고, 카발리에 아츠(기사 검술) 따위는 전혀 쓰지 못했으니까.

"이런 곳에서 이야기하기도 뭐하니 올라가자. 가디오, 객실을 내어주면 되겠지?"

"그래. 그리고 심각한 이야기가 될 테니 둘만 있을게."

"아아, 그쪽 이야기구나? 알았어."

"뭐어? 기껏 아빠랑 놀 수 있을 줄 알았는데!"

가디오는 입을 삐죽 내밀고 불평하는 하롬을 안아 들더니 켈레이나에게 넘겼다.

하롬의 외모는 예닐곱 살로 보였다.

즉, 그럭저럭 묵직하기는 하겠지만 둘 다 가뿐히 다룰 수 있다.

켈레이나의 팔에는 흉터 같은 것이 있었다.

그녀도 본래는 모험가였으리라.

그렇다면 가디오와는 과거의 동료 관계일까?

"자자, 아빠는 나중에 놀아줄 테니 지금은 엄마와 놀자."

"엄마랑 노는 건 질렸어! 아빠가 좋아!"

하롬은 아무렇지도 않게 심한 말을 하며 켈레이나의 어깨 위에서 버둥댔다.

하지만 켈레이나는 꿈쩍도 하지 않았고, 두 사람은 거실 안쪽으로 사라졌다.

남겨졌다……기보다 이야기를 따라가지 못한 플럼은 멍하니 그 뒷모습을 바라보았다.
“가자. 플럼.”
“아, 네……!”
보폭이 크게 차이 나는 그에게 뒤처지지 않고자 플럼은 그 커다란 뒷모습을 총총 쫓아갔다.

객실의 벽면에는 비싸 보이는 그림 수 점이 걸려 있었고, 천장에는 샹들리에가 매달려 있었다.
소파도 쓸데없이 푹신푹신해서 앉았을 때 생각보다 더 엉덩이가 잠겼고, 플럼은 무심결에 “우왓”하고 소리를 질렀다.
어딜 봐도 고급스러운 물건이 가득해서 약간 졸부의 취향 같기도 할 정도였다.
지금의 가디오에게는 어울리지 않는 센스 같았다.
“본래는 교회의 이야기를 하고 장비를 넘기기만 하면 끝날 터였는데.”
플럼의 맞은편에 앉은 가디오는 한숨 섞어 말했다.
“장비?”
“저택의 창고에 **우리**가 모은 장비가 있어. 그중에는 저주받은 장비도 있어서 네게 도움이 될 거라고 생각했어.”
“받아도 될까요?!”

"나는 소화할 수 없으니까."

"감사합니다. 그럼 사양치 않고 받을게요."

저주받은 장비는 많은 모험가가 버리거나, 일부 강렬한 저주가 깃든 물건이 기호품으로 시장에 소량으로 나도는 정도다.

이따금 플럼도 대로변의 노점을 살펴보기는 하지만 만족스러운 물품은 좀처럼 만날 수 없었다.

그렇다고 시체가 산처럼 쌓인 곳이 그리 흔한 것도 아니라── 가디오의 제안은 그녀에게 더할 나위 없이 고마운 것이었다.

"하지만 그건 나중으로 미루자. 아까 본 아이와 여자가 궁금하지?"

"그야 물론 그렇죠."

아내가 아닌 켈레이나와 친자식이 아닌 하롬과 셋이 함께 산다.

복잡하고 기이한 인간관계가 상상되어 플럼의 머리는 터져버리기 직전이었다.

"켈레이나는 내 친구── 소마의 아내고 하롬은 두 사람의 아이야. 그리고 소마는 6년 전에 몬스터와 전쟁을 하던 중에 목숨을 잃었지."

그것만으로 터질 듯하던 플럼의 뇌 속은 깔끔하게 정리되어 대강의 사정을 이해할 수 있었다.

하롬은 현재 일곱 살이고 친부는 거의 보지 못해서 가디오가 친부나 마찬가지였다.

따라서 그를 아빠라고 부르며, 아마 켈레이나도──,

"가디오 씨의 친구라면 소마 씨도 강하셨겠네요."

"그래. 그 녀석은 나보다 강했어. 팀의 리더로서 모두를 이끌었고 늘 가장 앞장서서 용감하게 싸웠지."

"가디오 씨가 팀에……."

"나와 소마, 켈레이나, 티아, 제인, 로우── S랭크와 A랭크가 세 명씩 있었어. 어디서 누구를 상대하든 절대로 지는 법이 없다며 자만했지."

아니── 그것은 결코 자만이 아니다.

S랭크가 셋이나 있는 시점에 틀림없이 왕국 최강의 팀일 터였다.

"이 저택도 당시의 흔적이야. 여섯이 살기 위해 지었거든."

"함께 살 정도로 사이가 좋았군요?"

"그 녀석들과 있으면 그것만으로 즐거웠어. 나도 티아와 결혼한 참이라 행복의 절정이었을 테지."

가디오는 테이블의 표면을 멍하니 바라보며 말했다.

"부인이 있으셨나요?"

"그래. 소마가 결혼했으니 질 수 없었거든. 영원히 지켜주겠다고 맹세한 직후에 죽었지만. 내가 못난 바람에."

가디오는 그렇게 말했다.

"소마 씨 말고도 이곳에는 살지 못하셨군요? 무슨 일이 있었던 거죠?"

"6년 전, 우리는 대형 드래곤 토벌 의뢰를 받았어. 드래곤 정도라면 식은 죽 먹기이니 바로 끝내고 왕도로 돌아오자──. 그렇게 웃으며 현장으로 갔지. 왕도에서는 켈레이나와 아직 한 살도 되지 않은 하롬이 기다리고 있었거든. 하지만── 막상 맞닥뜨리자 그 녀석은 평범한 드래곤이 아니었어."

그는 일단 숨을 내쉬고 당시를 떠올리며 무거운 목소리로 말했다.

"얼굴이 소용돌이치는 괴물이었어."

"6년 전에 오리진 코어를 이용한 괴물과 싸우셨나요?!"

저도 모르게 몸을 앞으로 내밀고 외친 플럼에게 가디오는 조용히 고개를 끄덕였다.

"우리는 눈에 보이지 않는 공격을 받아 괴멸적인 피해를 입었어. 그래서 제인과 로우는 죽었지. 소마는 제법 선전했지만, 갑옷 안쪽에서 몸이 뒤틀리며 뭉개졌어. 마지막엔 티아가 나를 감싸다 심장을 꿰뚫려 죽었지……. 나 혼자만 살아남았어."

그 원통한 마음은 6년이 지난 지금도 사라지지 않았다.

가디오는 아마 평생 그 죄를 짊어질 것이다.

설령 누군가가 용서해준대도 다름 아닌 그 자신이 스스로를 용서하지 못할 것이다.

"목숨만 겨우 건져 도망친 뒤 왕도에 도착한 나를 기다리던 것은 '겁쟁이'라 매도하는 동업자들이었지. 그래. 확실히 그들의 말이 맞아. 나는 틀림없이 겁쟁이였어. 동료도 친구도 아내도 버리고 태연하게 돌아온 얼간이── 겁쟁이에 지나지 않아."

가디오는 이를 꽉 깨물고 주먹을 꽉 쥐었다.

"조금이라도 빚을 갚고 싶어서 습격받은 곳으로 돌아가 시체를 찾은 뒤 애도하려 했지만, 남아 있던 것은 소마가 쓰던 검은 갑옷

과 검뿐이었어. 사랑하는 아내의 유해를 거둘 수도 없었어."
말에도 분노가 배어 있었다.
그 후회를 잊지 않도록 그는 지금도 소마의 갑옷과 검을 사용한다.
"그 뒤 나는 검의 길에 올랐어. 두 번 다시 같은 실수를 반복하지 않도록 말이야. 하지만…… 공허함은 지금도 사라지지 않았지."
플럼은 할 말을 잃었다.
가디오와 알게 된 지 아직 반년밖에 되지 않아 과거도 몰랐던 그녀가 무슨 말을 하면 좋을지 쉽게 찾을 수는 없었다.
하지만 필사적으로 생각하여 마침내 찾아낸 것은――,
"과거에 무슨 일이 있었든 가디오 씨는 제게 영웅이에요. 겁쟁이가 아니라고요!"
그렇게 별 볼 일 없는 말이었다.
플럼은 적당한 말을 하지 못하는 자신이 답답했다.
하지만 마음은 전해졌으리라――. 가디오의 표정이 살짝 풀렸고, 어느 정도 온화함을 되찾았다.
"훗, 역시 너는 다정하구나."
"아니에요. 별말씀을요……."
"그럼 음울한 이야기는 여기까지 하고 첫 번째 본론으로 들어갈까?"
"교회에 대해서요? 이전에 들은 것과는 또 다른 이야기인가요?"
"그래. 대성당에서 입수한 정보는 또 있어. 싸움이 끝나자마자 이야기해야 했을지도 모르지만, 대성당에서는 나도 초조했거든.

머리에 담아두기는 했지만, 정리와 뒷조사를 하기 위한 시간이 필요했어.”

가디오가 안구에 쫓기게 된 계기는 대성당에 침입하여 칠드런에 관한 정보를 얻은 일이었다.

그런 상태로 단편적으로라도 자료의 내용을 외운 것만도 장하다.

“물론 완전하지는 않지만── 코어를 이용한 세 가지 연구팀이 존재한다는 것은 알았어.”

“오틸리에 씨에게 연구팀이 여럿 존재한다는 이야기는 들었어요. 하나는 스파이럴 칠드런(나선의 아이들) 맞죠?”

“그건 ‘아이들’을 가리키는 명칭이고 교회 내부에서는 연구팀을 ‘칠드런’이라고 부른다는 모양이야. 그리고 나머지 두 개가── ‘네크로맨시’와 ‘키마이라’야.”

“이름만 들어도 불길한 예감이 드네요.”

무심결에 내용이 상상되었을 뿐인데 플럼은 한기를 느꼈다.

“네크로맨시는 생물의 시체를 병기로 이용하고자 적합한 코어를 만들어내는 연구라는 모양이야. 팀의 리더는 다피즈 샬머스.”

“아, 그 사람── 이것도 오틸리에 씨에게 들었는데, 다피즈와 에키드나라는 연구자가 대성당에 드나든다고 했어요.”

“에키드나는 키마이라의 리더야. 그 두 사람과는 별개로 각각의 팀을 추기경이 관리하는 모양이야.”

“추기경이라면 교회에서 교황 다음으로 높은 사람들이죠? 확실히 다섯 명 정도가 있다고…….”

“그중 칠드런을 관리하는 게 타르치 칸스오카. 보통은 교회 소

유의 토지나 건축물 관리를 하는 남자야.”

“겸임하는군요. 교회도 인재가 부족한 걸까요?”

“추기경은 쉽게 늘릴 수 없으니까. 게다가 관리라기보다 감시하기 위해 두었을 가능성도 있어. 연구자는 자신의 이익을 위해 폭주하기 쉬워. 지난번 그 잉크라는 소녀의 처우도 교회가 허가하리라고는 생각할 수 없지.”

인체 실험의 존재 여부는 지금껏 철저하게 비밀에 부쳐져 왔을 터였다.

아무리 마더가 잉크를 버린대도 교회가 개입했다면 살려서 플럼 일행에게 넘기는 일은 절대로 없었을 것이다.

“항상 감시할 필요가 있을 정도로 머리가 이상한 녀석이 아니면 그런 실험을 할 수 없겠죠.”

“제일 미친 건 그걸 시키는 교회지만……. 이런, 이야기가 샛길로 빠졌군. 그래서 키마이라의 연구 내용 말인데, 이쪽은 다수의 생물을 조합해서 코어에 적합한 육체를 만들어내는 실험을 반복하는 모양이야.”

“네크로맨시는 육체에 맞는 코어를 만들려고 한다. 키마이라는 코어에 맞는 육체를 만들려고 한다. 각각 접근하는 방식이 다르다는 건가요? 이쪽을 관리하는 추기경은 누구죠?”

“관리자는 슬로와나크 세이티, 신부와 수도녀들을 통솔하지.”

“이쪽 역시 겸임이네요……. 칠드런의 책임자와 관리자는 알아내셨어요?”

“이쪽은 마이크 스미시와 파모 피미오라고 적혀 있었어. 파모는 치료 마법 연구부문의 수장이 틀림없어."

"굉장한 직함이네요. 마이크 스미시는 그 '마더' 본인일까요?"

"가능성은 커. 정체를 숨기기 위한 가명——이라기보다는 네게 들은 이야기로 판단컨대 마더라는 역할에 빠져들기 위한 연출일지도 몰라."

"살짝 이야기했을 뿐인데도 엄청난 괴짜인 걸 알겠어요. 하지만 이름을 알면 발자취도 쫓기 쉽겠죠. 만약 본명이라면 왕도에 어떤 단서가 남아 있을 테니까요."

"그래. 나는 우선 마이크 스미시부터 쫓아 볼 셈이야. 거점을 들켜서 조금이라도 당황한 지금이 적기겠지."

확실히 그것은 이치에 맞는 말이었다.

하지만 플럼에게는 마음에 걸리는 점이 있는 모양이었고——,

"저기…… 6년 전에 가디오 씨 일행을 습격한 괴물을 만든 건 아마 키마이라겠지요?"

"몬스터를 이용하는 건 그놈들뿐이니까."

결국 키마이라는 적어도 6년 전부터 왕도 밖에서 연구를 했다.

에니치데 부근의 연구 시설도—— 약 10년 전에 포기한 곳이었지만, 키마이라가 사용했을 가능성이 크다.

"그러니까 키마이라를 먼저 짓밟지 않아도 되냐고 묻고 싶은 거야?"

플럼은 고개를 끄덕였다.

동료와 친구뿐만 아니라 부인까지 살해되었으니 가디오의 원한은 상당할 터였다.

"확실히 나는 키마이라를 증오해. 놈들이 원수인 게 확실한 이상, 무슨 수단을 써서든 짓밟을 거야. 하지만 칠드런과 네크로맨시도 용서할 생각은 없어. 그놈들 모두가 똑같이 죄를 지었어."

가디오는 무겁고 낮게 말 자체에도 증오를 담아 이야기했다.

"그러니 언젠가는 교회 그 자체도 쳐부술 거야. 내가 힘을 기른 건 그러기 위해서지."

팀을 꾸렸을 때부터 그는 충분히 우수한 모험가였지만, 지금처럼 압도적인 힘이 있던 것은 아니다.

모든 것을 잃은 뒤 6년 동안 말 그대로 피나는 노력을 한 결과가 현재의 가디오인 것이다.

그것에 동기를 부여한 감정은 분노였다.

표출할 곳 없는 분노만으로도 이만큼의 힘이 되었다. 명확한 적을 찾은 지금, 그의 마음은 전에 없이 끓어오르고 있을 것이다.

"플럼, 너는 어때?"

"어떠냐니요?"

"목적은 확정되지 않았지만, 교회가 너를 여행에 끌어들인 이유는 오리진 코어를 파괴할 수 있는 유일한 수단인 '반전' 때문이잖아? 그리고 아마 놈들은 아직 너를 포기하지 않았을 거야."

"저도 그렇게 생각해요."

교회라는 조직도 그렇고, 더욱 깊은 곳에서 꿈틀대는 '오리진의 의사' 또한 플럼의 힘을 바라고 있다.

10년도 더 전에 폐기된 에니치데의 시설에 그녀의 이름이 남아 있었다는 말인즉, 아마 그녀가 시골 마을에 사는 평범한 아이였을 무렵부터 계속.

그만큼 오랜 시간 동안 생각해온 것이다――. 이 정도로 손을 뗄 리 없었다.

“여하튼 싸우게 될 텐데 그 동기가 너무 수동적이야. 지금 이런 각오로 그 미친놈들을 계속 상대할 수 있을는지――.”

그는 험악한 표정으로 말했지만, 실제로 그 마음은 다정했다.

힘없는 인간이 갑자기 힘을 손에 넣게 되어 새롭게 보이는 세상에 곧바로 적응할 수 있을 리가 없다.

폭력은 육체뿐만 아니라 인간의 마음도 부순다.

플럼도 이대로 싸움을 계속하면 언젠가 그렇게 되지 않을까――? 가디오는 그렇게 걱정한 것이다.

“가디오 씨, 제게도 수동적이지 않은 동기는 있어요.”

플럼은 단호하게 잘라 말했다.

그렇다. 그녀에게도 ‘버팀목’은 있다.

플럼은 자기 자신이 강해졌다고는 생각하지 않는다.

지탱해주는 사람이 있어서, 돌아가야 할 곳이 있어서 꺾이지 않고 싸울 수 있었다.

“밀키트가 있어요. 저는 이 마을에서 언젠가 소중한 사람과 멋대로 살겠다고 결심했어요. 그러려면 싸워야 해요. 가디오 씨만큼은 아니겠지만, 제게도 저 나름의 각오가 있어요.”

“소중한 사람이라. 그 말은…….”

가디오는 무언가를 말하려다 **눈치가 없다**고 생각하여 직전에 그만두었다.

"아니, 굳이 말할 필요도 없겠지. 확실히 그거라면 안심이야."
"네. 그러니 가디오 씨도 혼자 짊어지지 말고 힘들 때는 저희와 상의하세요."
"그래. 많이 의지할게."
가디오의 표정이 느슨해지자 플럼도 덩달아 씩 웃었다.

◇ ◇ ◇

객실에서 대화를 마친 가디오는 플럼을 창고로 안내했다.
플럼은 빛을 반사하며 빛나는 복도의 돌바닥을 걸었다.
끝없이 이어진 기다란 외길에는 일정 간격으로 항아리와 꽃병, 흉상 같은 미술품이 장식되어 있었고, 각각의 방문도 미술품이 아닐까 싶을 정도로 현란했다.
즐비한 항아리 하나만으로도 플럼이 사는 집을 살 수 있을 게 분명했다.
"내려가자."
그의 말대로 계단을 내려가 지하로 갔다.
앞에 있는 문을 지나자 몇 개의 목제 토르소가 즐비한 방이 나왔다.
그곳에 장식된 의복과 갑옷은 드레스와 로브, 레더 아머부터 플레이트 아머에 이르기까지 사이즈도 디자인도 매우 다양했다.
또한 선반에는 투구와 티아라, 건틀릿과 정강이 보호대, 부츠와 브로치 등의 방어구가 종류별로 즐비했다.

액세서리 종류는 유리 케이스에 정갈하게 담겨 있었다.

한손검, 양손검, 창, 해머, 메이스, 지팡이, 활—— 기타 등등 각종 무기는 벽면에 장식되어 있었다.

플럼이 무심결에 스캔을 사용하자 그 모두가 레전드 혹은 에픽 품질의 장비여서 놀랐다.

이곳에 나열된 장비만으로 저택을 훨씬 뛰어넘는 가치가 있었다.

"어, 엄청나네요……."

"쓰지 않을 거면 처분해야 하겠지만, 추억이 가로막아서 도무지 놓을 수가 없어."

동료와 친구, 그리고 그의 아내가 이용한 물건도 이 속에 섞여 있을 것이다.

하지만 플럼이 필요로 하는 장비는 이곳에 없었다. 방의 끝에 있는 문 안에 정리되어 있는 모양이었다.

작은 방으로 들어가자 저주받은 장비가 마구잡이로 쌓여 있었다.

충만한 피비린내가 코를 찔렀다.

플럼이 허리에 찬 피투성이의 스틸 건틀릿—— 그것과 마찬가지로 닦아도 피가 제거되지 않는 물건이 수없이 섞여 있는 모양이었다.

"로우 녀석이 취미로 모은 거라 묘한 장비만 있을 거야."

"엄청 독특한 분이셨군요?"

"다들 버리라고 했지. 설마 이렇게 도움이 될 줄은 생각지도 못했어."

가디오는 과거를 추억했다.

이 저택에는 추억이—— 행복하기에 괴로운 기억이 수없이 배어 있을 것이다.

플럼은 산더미처럼 쌓인 장비에 손을 뻗었다.

그리고 저절로 흔들리거나, 얼룩이 사람의 얼굴 모양이거나, 만지면 묘한 목소리가 들리는 장비를 하나하나 스캔했다.

그녀와 장비의 눈싸움은 한동안 계속되었고 투구를 집어 들었을 때 딱 멈추었다.

"어때? 괜찮은 게 있었어?"

"가디오 씨의 동료가 모은 물건인 만큼 제법 강렬한 장비들이네요."

"그런 것치고는 고민이 많아 보이네?"

"이왕이면 에픽 장비가 좋겠다 싶어서요. 아, 에픽이어도…… 괜찮겠지요?"

"저주받은 장비의 등급은 저주의 강도로 변하니까. 강하면 강할수록 나는 다루기 힘들어."

"그럼 잘됐네요."

"에픽이면 뭐든 괜찮은 거야?"

"그렇지는 않아요. 예컨대 이 투구 말인데요——."

플럼은 들고 있던 투구를 가디오에게 보여주었다.

칠흑 같은 금속으로 이루어진 그것은 곳곳이 보랏빛으로 변색되었고, 쓸데없이 모난 형태였다.

"어째 모양이 이상해서 시야가 쓸데없이 좁아져요. 저주받은 장비이니 뭔가 흉흉한 이유가 있을지도 모르지만요."

그녀는 그렇게 말하고 투구의 페이스 가드를 덜컹덜컹 여닫았다.
"확실히 이건 투구로 쓸 수 없겠어. 예술품으로 만든 것에 저주가 깃들었는지도 모르겠네. 기척으로 상대의 위치를 탐색한다면 시야가 좁아져도 문제는 없지만."
"저는 아직 그런 경지까지 이르지 못했거든요."
스테이터스의 '감각'이 상승하면 그가 말한 대로 기척을 감지할 수도 있을지 모른다.
하지만 플럼은 다룰 수 없는 능력이므로 검은 투구를 옆에 두자 원망스러운 듯 덜컹 흔들린 것 같았다.
그녀는 그것을 개의치 않고 본인의 마음에 드는 장비를 계속 찾았다.
"음, 이건……."
다음으로 플럼이 끌어낸 것은 가죽 벨트였다.

명칭 : 고통과 절규의 레더 벨트
품질 : 에픽
[이 장비는 당신의 체력을 363 감소시킨다.]
[이 장비는 당신의 민첩성을 212 감소시킨다.]
[이 장비는 당신의 감각을 749 감소시킨다.]
[이 장비는 당신의 독에 대한 저항력을 앗아간다.]
[이 장비는 당신의 고통을 증폭시킨다.]

어마어마한 이름이지만, 레더치고는 색이 짙은 그냥 더블핀 벨트로밖에 보이지 않았다.

그 색깔은 벨트를 피에 적신 결과일지도 모르지만, 이상한 냄새도 나지 않아서 플럼은 깊게 생각하지 않았다.

크기와 길이를 보아하니 바지를 고정하기 위해 이용한다기보다는 장식품으로 허리에 감고자 만든 것일까?

평소에 사용할 수 있을 법한 모양새지만—— 이름처럼 갑자기 어디선가 절규가 들리기라도 한다면, 그건 그때 생각할 문제다.

"'고통을 증폭시킨다'는 인챈트가 붙었는데 괜찮을까?"

가디오는 벨트를 허리에 감으며 몸 상태를 확인하는 플럼에게 물었다.

그러자 그녀는 갑자기 돌바닥에 강하게 주먹을 내리쳤다.

손에 피가 맺혔고 자칫하면 뼈에도 이상이 있을 법할 정도였지만, 상처는 이내 재생되었고 플럼은 태연했다.

"반전되면 통증을 별로 느끼지 않게 되는 모양이에요."

자해 행위에 별로 거부감이 없는 플럼을 보고 가디오는 저도 모르게 눈썹을 찌푸렸다.

"통증은 자신을 지키기 위해 생기는 거야. 느끼지 못한다고 해서 무리하지 마."

"알아요. 전혀 아프지 않은 건 아니에요. 실은 방금 그것도 조금 과했어요."

그렇게 말하기는 했지만, 가디오는 내심 불안했다.

데인의 부하와 싸울 때도 그랬지만, 그녀는 직접 적에게 돌진하여 싸워서 자신을 희생하는 경향이 있다.

반전의 마법을 사용하려면 대상에게 접촉할 필요가 있기 때문이기도 할 것이다.

확실히 다치기를 주저하지 않는 그녀의 싸움 방식은 상대에게 의외로 위협적이라고는 생각한다.

하지만 평범한 인간에게 육체는 소모품이 아니며 육체는 정신과도 이어져 있다.

고통을 경감시키는 이 인챈트가 그 싸움 방식을 더욱 나쁜 방향으로 이끌지 않으면 좋으련만――. 그는 그런 걱정을 했다.

명칭 : 웃는 살육자의 다마스커스 건틀릿

품질 : 에픽

[이 장비는 당신의 근력을 1,312 감소시킨다.]

[이 장비는 당신의 마력을 674 감소시킨다.]

[이 장비는 당신의 감각을 377 감소시킨다.]

가디오의 걱정을 아랑곳하지 않고 플럼은 또 다른 장비에 손을 뻗었다.

다음으로 그녀가 장착한 것은 험악한 디자인의 건틀릿이었다.

손끝은 흉기처럼 뾰족했고, 색깔은 마찬가지로 검은색이었다.

영혼 사냥꾼도 그렇고, 인간의 원한을 흡수하여 저주가 깃든 금속은 검게 변하는 것일까?

플럼은 현재 피투성이의 스틸 건틀릿을 사용하고 있지만, 에픽 장비를 손에 넣는다면 작별할 수밖에 없다.

밀키트와 만난 지 얼마 되지 않았을 무렵에 손에 넣은 것이라 미묘하게 애착이 가지만—— 잘 생각해보면 이렇게 피로 물든 건틀릿에 애착을 갖는 것도 이상하다.

플럼이 '사용하지 않는 장비는 어떻게 하지?' 하고 생각하는데 가디오가 제안했다.

"그것도 저주받은 장비지? 필요 없으면 그대로 창고에 넣어둬도 돼."

"그럼 그렇게 할게요."

플럼은 벗은 건틀릿에 대고 "지금까지 고마웠어"라고 감사 인사를 하며 저주받은 장비의 산 맨 꼭대기에 그것을 놓았다.

그리고 새로 장착한 두 개의 장비에 의식을 집중하여 에픽 장비로서의 특성을 확인했다.

벨트와 건틀릿이 입자로 변해 사라지자 각각 손등에 각인이 떠올랐다.

셔츠를 걷어 올리자 마찬가지로 배꼽 밑에도 모양이 다른 각인이 새겨져 있었다.

현재 그녀가 장착한 장비는 총 네 개다.

그것들로 인해 상승한 스테이터스를 합하면——,

근력 : 2,036
마력 : 1,267
체력 : 1,572
민첩 : 1,164
감각 : 1,315

합계 7,354로 중견 A랭크 모험가 수준은 된다.

진 때문에 노예로 팔렸던 그 무렵에 비하면 하늘과 땅 차이이다.

플럼은 스스로도 몸이 가벼워졌고, 온몸에 마력이 가득했으며, 오감이 예민해지는 것을 실감했다.

"그럼 지금 장착한 두 개로 할게요."

"그래. 마음대로 해. 그나저나 스테이터스 감소의 반전은 편리하군. 저주받은 장비는 통상적인 장비보다 스테이터스 증감이 커지는 경향이 있다고 해. 그만큼 네가 받는 영향도 크겠지."

"대가도 제법 커요."

평범한 인간은 단련하면 할수록, 싸우면 싸울수록 스테이터스가 올라가지만, 그녀에게는 해당되지 않는다.

저주받은 장비를 다룰 수 있다고 하면 거창하게 들리지만, 실제로는 저주받은 장비를 사용하지 않으면 F랭크 몬스터와도 제대로 싸울 수조차 없다.

"이왕 능력이 반전될 거면 게으름을 부리는 만큼 강해지면 좋

을 텐데요."

"이 세상은 그렇게 만만하지 않구나."

"만만했으면 좋겠어요. 아무도 손해 보지 않는데."

플럼의 그런 말에 가디오는 "훗" 하고 가볍게 웃으며,

"그래. 네 말이 맞다."

하고 어쩐지 슬프게 중얼거렸다.

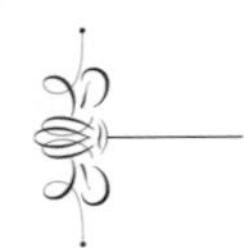

03 칼날을 시험해보기에 안성맞춤인 고깃덩이

지하실을 나서 계단을 오르자마자 하롬이 가디오의 가슴에 뛰어들었다.

"아빠. 놀자!"

어리광 게이지가 최대치까지 찬 모양이었다.

복도 너머에서 켈레이나가 곤란한 표정을 지으며 총총 다가왔다.

"하롬, 숨바꼭질하다가 엄마를 방치하는 건 너무하지 않니!"

"어린아이에게 속다니, 켈레이나도 참 둔하네."

"어쩔 수 없잖아. 요즘에는 하롬의 솜씨도 늘었단 말이야! 최선을 다해 숨지 않으면 금방 들킨다고!"

켈레이나는 부끄러움을 감추기 위해서인지 거칠게 말했다.

"아빠, 이제 됐지? 이제 볼일은 끝났지?"

"확실히 그건 그렇지만, 손님께 실례잖니. 하롬."

가디오는 머리를 쓰다듬으며 타일렀지만, 아무래도 하롬의 마음은 풀리지 않은 듯했다.

"하롬은 가디오 씨를 정말 좋아하네요."

"응. 정말 좋아해!"

"이건 제가 낄 틈이 없을 것 같아요. 그럼 저는 그만 쉴게요. 단란한 시간을 방해할 것 같거든요."

"뭐? 언니 벌써 가게? 같이 놀자!"

당연히 방해꾼으로 취급할 줄 알았는데 아무래도 하롬은 의외로 플럼에게 관심이 있는 모양이었다.

"하롬, 손님을 난처하게 하지 마. 미안해. 플럼. 우리 아이가 이상한 소리를 했네."

"아니에요……. 저는 딱히 상관없어요. 방해가 되지 않을까요?"

"오히려 어울려주면 고맙겠어."

그 뒤, 플럼은 하롬의 손에 이끌려 그녀의 방으로 끌려갔고, 밖이 캄캄해지기 시작할 때까지 놀아야 했다.

◇ ◇ ◇

식사 제안을 사양하고 가디오의 저택을 나선 플럼은 크게 숨을 내쉬었다.

"어린아이의 체력은 무시무시해……."

저주받은 장비를 새로 얻은 덕분에 능력이 향상된 그녀인데도 피로를 느낄 정도의 에너지였다.

집에서는 밀키트가 자신이 돌아오기를 기다릴 터였다.

느긋하게 쉴 틈은 없다며 플럼은 서둘러 서구로 향했다.

"플럼 씨 아니십니까?"

하지만 걷기 시작하자마자 뜻밖의 인물이 자신을 불러 세웠다.

에니치데에서 의뢰를 끝내고 오랜만에 만나는 리치였다.

하얀 와이셔츠에 검은 조끼를 입은 비교적 편안한 스타일로 몸종도 짐도 없는 걸 보니 이 근처를 산책하는 모양이라고 추측할 수 있었다.

"저쪽에서 오신 걸 보니 가디오 씨의 저택에 다녀오셨나요?"

"네, 뭐……. 어라? 제가 가디오 씨와 아는 사이라고 말씀드렸던가요?"

"그 에타나 린바우와 함께 사신다는 이야기는 이미 들었습니다. 지금이야 알고 있지만, 약초를 의뢰했을 때는 설마 영웅 플럼 애프리코트 본인일 줄은 몰랐죠. 그런 중요한 말씀을 하지 않으시다니 플럼 씨도 짓궂으시네요."

리치는 농담처럼 말했다.

"영웅이라고 하지 마세요. 저는 쓸모없는 인간이었는데요."

"사정은 모르지만, 제 아내를 구해준 시점에 충분히 영웅이세요."

"추어올려도 아무것도 안 나옵니다……. 그러고 보니 부인의 상태는 어떤가요?"

"덕분에 좋아지고 있어요. 마치 마법 같다고 아내도 기뻐했답니다."

"그 농담에 웃어도 될까요?"

"처음 들었을 때는 저도 무심결에 쓴웃음을 지었죠."

물론 리치의 아내인 포이에에게는 교회 몰래 약초를 입수했다는 말은 하지 않았다.

하지만 조금 순수한 면은 있어도 대상인의 아내답게 총명한 여성이었다.

아마 아무 말도 하지 않은 것만으로 이미 알아챘으리라.

"어라, 리치 씨. 이런 우연이 다 있네요."

플럼이 리치와 이야기를 나누는데 대단히 화려한 여성이 다가왔다.

털 달린 붉은 코트를 걸치고 커다란 코르사주가 잔뜩 달린 드레스를 입었으며, 일곱 빛깔로 빛나는 손톱, 때리면 아플 듯 커다란 보석이 박힌 반지. 결정타는 여러 가지 색깔이 뒤섞인 오팔 헤어였다.

화장도 짙었고 후각이 마비될 정도로 진한 향수 냄새를 내뿜었다.

"사티루스 씨야말로 산책하는 길이신가요?"

리치는 우락부락한 남성 둘을 호위로 거느린 그녀에게 웃으며 물었다.

그 표정은 플럼에게 향한 것과는 달리 명백하게 영업용이었다.

사실 그녀는 왕도 출신이 아닌 플럼도 이름 정도는 알고 있는 유명인이었다.

사티루스 프랑소와즈── 몇 개의 상점을 경영하는, 말하자면 리치의 사업 라이벌이었다.

"네. 가끔은 기분 전환을 해야죠. 이렇게 리치 씨와 만날 수 있으니 산책도 나쁘지는 않네요. 그런데 거기 서 있는 노예는 당신 소유물인가요?"

사티루스의 냉혹한 시선이 플럼에게 향했다.

노예를 완전히 깔보는 인간의 그것이었다.

"당치도 않습니다. 이분은 아주 우수한 모험가세요."

"어머, 겉모습은 무방비해 보이는데요. 그런 차림으로 소화할 수 있는 의뢰는 뻔하지 않나요?"

"겉모습과 숫자로 실력을 알 수는 없는 법이죠. 적어도 저는 이분을 전폭적으로 신뢰한답니다."

그런 말을 들을 정도의 일은 한 기억은 없어서 플럼은 쑥스러움에 몸을 배배 꼬았다.

"흐으음……."

리치의 말에 조금 흥미가 샘솟았는지 사티루스는 플럼을 찬찬히 관찰했다.

하지만 도중에 미간을 찌푸리며 곤혹스러운 표정을 지었다.

아마 스캔으로 플럼의 스테이터스를 보았을 것이다.

"뭐…… 리치 씨가 그렇게까지 말씀하신다면 우수한 사람이겠죠."

"네, 아주 든든한 분이세요."

"당신의 **소유물**이 아니라면 얼굴도 나쁘지 않아서 써보고 싶었는데 포기할 수밖에 없겠네요."

"써봐요?"

플럼은 고개를 갸웃거렸다.

사티루스는 대체 무슨 소리를 하는 걸까? 노예를 무엇에 쓸 셈이었을까?

아마 그녀는 인간성이 뒤틀려서 별로 다가가지 않는 게 좋을 인종일 것이다——. 플럼은 그렇게 직감적으로 깨달았다.

"아~아, 어디서 귀여운 노예가 뚝 떨어졌으면 좋겠는데……. 리치 씨, 괜찮은 아이가 있으면 제게 소개 좀 해주실래요?"

"저는 노예를 두지 않는 사람이라서요."

"어머, 그래요? 아까워라. 그렇게 편리한 도구는 달리 또 없어

요. 맞다. 다음에 같이 시장에라도 가요. 실제로 보면 리치 씨 역시 재미있을지도 모르잖아요! 우후후후훗!"

제 할 말만 하고 요염하게 웃은 그녀는 등을 돌려 그 자리를 떠났다.

그 모습이 보이지 않게 되자 플럼은 크게 한숨을 쉬었다.

"저 사람이 사티루스 프랑소와즈죠?"

"네. 보시다시피 취향이 고약한 암여우예요."

리치의 입에서 나온 가시 돋은 말에 플럼은 저도 모르게 당황했다.

"리, 리치 씨가 그런 말을 하시다니 별일이네요."

"표면적으로는 옷과 책에 대한 상점을 경영하는 사람이지만, 뒤에서는 더러운 장사를 하지요."

정말로 그녀를 싫어하는지 리치는 미소조차 짓지 않았다.

"그렇게까지 알고 계시면 고발할 수 있지 않나요?"

"물론 조사는 했고, 고발할 수 있을 만큼의 증거도 있어요. 하지만 그녀는 교회와 관계가 돈독해요. 지금 상태로는 흐지부지 종결되겠지요. 그들은 그 정도의 일은 아무렇지도 않게 해요. 때에 따라서는 제가 제거될지도 모르죠."

"교회에 대해 잘 아시네요."

"아버지 때부터 약초와 관련하여 반발하거나, 지금도 장사에 간섭하는 등 눈엣가시니까요."

교회는 민중의 생활에 부정적인 영향을 끼치더라도 자신들의 형편을 더 우선한다.

교회만 없으면 더 많은 돈을 벌 수 있고, 더 많은 사람을 기쁘게 해줄 수 있을 것이다——. 그렇게 생각하는 장사꾼은 리치뿐만이 아닐 터였다.

하지만 앞장서서 항의하는 상인이 없는 것은, 그만큼 영향력이 크다는 뜻이다.

"그러니 사티루스의 고약한 기호도 못 본 척하지요. 사실 그녀는 불과 얼마 전까지 올바르지 않은 노예 상인과 관계가 있었어요. 그곳에서 불법으로 노예를 구매했다는 모양이에요."

"왜 굳이 정규 경로를 이용하지 않고요?"

"규제가 강화되어 새로 노예가 되는 인간은 해마다 감소하고 있죠. 반응이 좋은—— 즉, **단념하지 않은** 노예나 **신선한** 노예를 손에 넣으려면 불법 수단을 이용할 수밖에 없어요."

"반응이 좋다니…… 마치 고문이라도 한다는 것 같네요."

"맞아요. 사티루스에게는 '아름다운 것을 부수고 싶다'는 성적 취향이 있거든요."

리치의 이야기는 쓸데없이 상세했다.

우연히 안 것이 아니라 적극적으로 조사하는 것이리라.

"하지만—— 그 노예 상인은 얼마 전에 살해됐어요. 상인과 주인이 노예에게 살해되는 일은 그리 드물지 않지만, 현장에는 수많은 시체가 나뒹굴었고 그것은 이미 처참한 모양새였다는군요. 어둠의 상인이었으니 표면적으로 일이 불거지지는 않았지만요."

노예 상인에 수많은 시체—— 그 광경에 플럼은 짐작 가는 바가 있었다.

아니, 아마 그 상인을 죽인 범인은 그녀 자신일 것이다.

"최근에는 직접 불법 노예를 모으는 방법을 모색하는 모양인데…… 저기, 플럼 씨, 왜 그렇게 굳어 계세요?"

"네? 아, 아니요……. 아무것도 아니에요."

플럼은 넋이 나간 듯 대답했다.

자신이 죽인 노예 상인의 이야기를 들은 것도 이유 중 하나였지만, 그보다 신경 쓰이는 것이 있었다.

죽은 노예 상인에게 불법 노예를 모으고 아름다운 것을 부수고 싶기에 노예를 고문한다——. 그녀는 그런 인물에 짚이는 바가 있었다.

'혹시 그 사티루스라는 여자는 밀키트의 전 주인이 아닐까……?'

그리고 플럼의 추측이 옳다면 밀키트의 음식에 독을 탄 장본인이다.

분노가 부글부글 끓어올랐다.

플럼은 사티루스가 사라진 모퉁이를 노려보았다.

지금 당장이라도 쫓아가 베어버리고 싶은 충동을 심호흡하며 진정시켰다.

하지만 일시적으로 냉정함을 되찾아도 그녀가 밀키트에게 상처를 입혔다는 사실은 사라지지 않는다.

플럼의 가슴에 검고 불길한 불꽃이 깃들었다.

그것은 그녀 자신도 놀랄 정도로 차갑고 잔혹한 증오였다.

"——그럼 그 녀석은 죽여야겠군."

플럼은 리치에게 들리지 않을 정도로 작은 목소리로 그렇게 결심하고 피가 밸 정도로 거세게 주먹을 쥐었다.

리치는 갑자기 살기를 내뿜는 그녀의 어깨에 머뭇머뭇 손을 뻗었다.

"저기…… 플럼 씨, 괜찮으세요?"

손끝으로 톡톡 두드리는 감촉이 느껴졌다. 플럼은 천천히 고개를 되돌려 리치 쪽을 보고 빙긋 웃었다.

"아, 죄송해요. 잠시 다른 생각을 하느라고요."

"그런 거면 됐습니다. 어째 이전에 만났을 때와 비교하면 조금 분위기가 변했어요."

마지막에 리치와 만난 뒤로 많은 일이 있었다.

아직 추억할 만큼 오래되지는 않았지만, 플럼에게는 꽤 오래전의 일처럼 생각되었다.

"해야 할 일을 찾았기 때문일 거예요. 그때는 아직 제가 어떻게 살아야 할지 찾는 단계였거든요."

그녀는 자신의 손바닥을 바라보며 말했다.

자신과 밀키트가 이 세상에서 평화롭게 살기 위해서는 어떻게 해야 할까?

평범해도 좋다. 특별한 것은 아무것도 필요 없다.

사실은 누군가를 죽이는 것도 싫고, 아픈 것도, 자신의 몸이 갈기갈기 찢어지는 것도 너무 싫다.

그렇지만 할 수밖에 없다.

타인의 목숨을 쓰레기처럼 다루는 교회, 그들에게 대항하려면 이쪽도 그들의 목숨을 쓰레기처럼 베어버려야 한다.

모든 원흉인 오리진에게 대항하기 위해서는 살을 깎는 고통을 감내하지 않고선 손끝조차 닿지 않는다.

"아무리 불합리하다고 한탄해도 그것만으로 상대가 사라지지는 않아요. 그렇다면 그 이상의 힘으로 짓누를 수밖에 없죠."

"확실히 약자를 지키는 강자는 환상이니까요. 누구나 자신의 사정을 우선하려 하죠. 만약 캐스팅은 그대로고 약자와 강자의 입장이 역전된대도 인간은 같은 짓을 반복할 거예요."

"역시 어느 한쪽이 사라져야 해결될 거예요."

"플럼 씨는 은인이세요. 말만 해주시면 협력할게요. 부디 혼자 떠안지 마세요."

"괜찮아요. 지금의 제게는 저를 지탱해주는 사람들이 있거든요. 게다가 리치 씨를 끌어들일 수는 없어요."

플럼은 리치를 생각해서 그렇게 말했지만, 그는 "새삼스럽네요"라며 웃었다.

"교회에는 진즉 찍혔어요. 기자와 손을 잡고 냄새를 맡고 다니거든요."

"기자라니…… 신문 기자 말씀이세요?"

왕도에는 몇 곳의 신문사가 있다.

단순히 일어난 사건을 게재하거나, 모험가를 타깃으로 하거나, 교회의 기관지 등 내용은 다양하다.

하지만 교회에게 불리한 내용은 쓰지 않는 점이 공통적이다.

인쇄소가 통제를 당하니 당연한 얘기다.

하지만 아무래도 리치가 말한 기자는 그 손이 미치지 않는 곳에 있는 모양이었다.
"이참에 소개할까요? 웰시!"
리치가 이름을 부르자 모퉁이에서 사냥 모자를 쓴 여성이 얼굴을 쏙 내밀었다.
타이트한 스키니가 잘 어울리는 그녀는 플럼에게 가볍게 손을 흔들더니 이쪽으로 총총 다가왔다.
"소개하죠. 이쪽은 웰시 맨캐시예요."
"안녕? 잘 부탁해. 플럼."
그녀는 밝은 표정으로 악수를 청했다. 그런데 왜 그런 곳에 숨어 있었지?
"맨캐시라면…… 혹시 동생분이세요?"
"부끄럽지만 맞아요."
"오빠, 내 어디가 부끄럽다는 거야?"
자신을 노려보는 동생에게 리치는 "그런 점이"라고 중얼거렸다.
"이런 동생이지만, 기자로서는 제법 우수하답니다."
"사티루스가 교회에 약초를 공급한다는 사실을 찾아낸 건 나야."
"교회에 약초를요? 금지하고 싶어 하면서 왜죠……?"
"교회 간부가 마법으로는 고칠 수 없는 병에 걸리지 않는다는 보증도 없으니까. 하지만 거래하는 양이 양인 만큼 다른 목적이 있는지도 몰라."
"아직 진위를 확인하지 못해서 기사로는 쓸 수 없지만, 교회와 교섭하는 카드 정도로는 쓸 수 있을 겁니다."
리치는 태연히 말했지만, 이야기의 내용은 제법 악랄했다.

"그러고 보니 오빠, 그 부부가 기다리고 있지 않아?"

"응? 아아, 그랬지……. 실은 얼마 전에 플럼 씨께 드린 집의 주인이었던 부부가 찾아왔어요."

"혹시 돌려달라는 건 아닐까요……?"

"아니요. 그 집은 플럼 씨 것이에요. 실은 저도 놀랐어요. 그분들은 상당한 고령일 테니까요. 이렇게 말씀드리면 실례지만, 설마 아직 살아 계실 줄은 몰랐네요."

전 주인── 플럼으로서는 꽤 신경 쓰이는 이야기지만, 바쁜 그를 붙잡을 수도 없었다.

"그러니 오늘은 그만 실례하겠습니다. 웰시, 명함 드려."

"네네~. 요즘에는 사티루스를 쫓는 일이 많으니 무슨 좋은 정보가 있으면 우리 회사로 와."

웰시는 그렇게 말하고 손바닥 크기의 카드를 내밀었다.

플럼이 아무 생각 없이 받고 보니 그것은 백지였다.

고개를 갸웃거리는 그녀를 본 웰시는 의기양양하게 웃으며 마법을 발동했다.

"번 프로젝션."

그러자 카드의 표면이 그을리며 문자를 그려갔다.

회사 이름과 주소, '신문 기자'라는 직함, 성명── 마지막에는 빈 곳에 자신의 초상화를 곁들였다.

매우 정교해서 초상화라기보다는 모사라고 하는 편이 좋을 것 같았다.

"문자를 쓰거나 그림도 그릴 수 있고, 눈에 띈 광경을 그대로 종이에 남길 수도 있어. 세계에서 진실을 도려내는 신문 기자 웰시 맨캐시를 앞으로도 잘 부탁해."

정해진 대사인 모양인지 그녀는 만족스레 그 말을 남기고 리치와 함께 플럼의 앞을 떠나갔다.

플럼은 캄캄해진 하늘에 명함을 들고 눈에 보이는 문자를 빤히 관찰했다.

"신문 기자라……."

과연 펜의 힘으로 얼마나 교회의 폭력에 저항할 수 있을까?

미지수이기는 하지만, 아군이 늘어나는 것은 든든한 일이다.

플럼은 명함을 주머니에 찔러넣고 이번에야말로 집으로 돌아갔다.

밀키트가 물뿌리개를 기울이자 그 끝에서 물이 흘러 집 앞에 놓인 화분의 흙을 적셨다.

물을 다 준 그녀는 웅크려 앉아 깜찍하게 핀 분홍색 꽃을 바라보았다.

이웃 아주머니에게 받은 것이었다.

얼굴을 붕대로 뒤덮은 그녀에게도 다정하게 대해주는 여성인데, 요즘에는 가끔 서로 반찬을 나누기도 한다.

그녀에게 받은 모종은 처음에는 꽃봉오리조차 맺히지 않았지만, 어제 아침에 활짝 피었다.

작은 달성감이 그녀이 가슴을 채웠다.

플럼과 만나기 전에는 품어본 적 없는 감정이었다.

편안함――. 극적이지도 선명하고 강렬하지도 않지만, 평온하고 차분한 따스함이 밀키트의 마음을 건전하게 달래주었다.

집안에서는 희미하게 저녁밥 냄새가 감돌았다.

오늘의 메뉴는 바질리스크 고기와 버섯을 넣은 토마토 찜에 콩튀김 포타주와 시저샐러드.

디저트로는 타고르라는 왕도에서 흔한 감귤 과일을 준비했다.

열매의 크기는 다른 감귤류와 별반 다르지 않지만, 알이 굵고 향기도 강하며 씹으면 상쾌한 향기가 코를 빠져나가는 게 특징이다.

또한, 신맛이 약하고 독특한 맛이 없어서 왕도에 타고르를 싫어하는 사람은 거의 없다.

하지만 아직 저녁밥은 완성된 게 아니었다.

그 사람이 돌아온 뒤에 완성하려고 생각하고 있었다.

딱히 좀처럼 돌아오지 않아서 참다못해 밖에 나온 게 아니다――. 문득 그런 변명을 하는 자신을 깨닫고 어쩐지 부끄러워졌다.

밀키트는 자신의 가슴에 손을 댔다.

플럼과 만나기 전의 자신에게는 없던 것이 그곳에 있었다.

이 집에서 살게 된 뒤로 밀키트의 몸은 충분한 영양이 공급되어 조금씩 통통해졌다.

그때마다 주인이 기뻐해서 그녀는 무심결에 많이 먹었다.

그러니 조금 삼가는—— 아니, 지금 중요한 건 그게 아니다.

손을 댄 살갗 저 너머의 바닥에 있는 따뜻한 감촉.

아마 이 녀석의 잘못일 것이다.

플럼의 귀가를 기다리다 못해 밖으로 나온 것도, 변명하며 부끄러워진 것도, 그리고 심장 소리를 시끄럽게 만드는 것도 모두 이 녀석 때문이다.

이름도 모르는 감정은 나날이 커졌다.

언젠가 플럼은 그 마음을 '신용'이라고 부른다고 가르쳐줬지만, 진즉에 그것을 뛰어넘은 것 같았다.

주인과 노예의 관계——라고 부르려 해도 지금까지의 주인에게 이런 마음을 품은 적은 없었으니 결국 진즉에 앞지른 것이다.

도무지 나오지 않는 답에 밀키트가 멍하니 생각에 잠겨 있는데,

"다녀왔어. 밀키트."

따뜻한 손바닥이 그녀의 두 뺨을 감쌌다.

위를 보자 그곳에는 사랑하는 플럼이 미소 짓고 있었다.

생각하고 싶은 건 많았지만, 그보다 뺨을 느슨하게 풀며 "어서 오세요. 주인님"이라고 대답하는 것을 우선했다.

"늦어서 미안해. 저녁 준비 도울 건 없어?"

"마무리만 하면 돼요. 함께 해주실래요?"

"그래. 얼른 끝내고 배고파서 난리 난 배를 세상에서 제일 맛있는 밀키트의 밥으로 잠재워야겠어."

"후후, 기대에 부응할 수 있을지 모르겠네요."

그런 대화를 나누며 두 사람은 손을 잡고 집으로 들어갔다.

포근한 행복에 둘러싸였던 그 공간은 현관문이 닫힌 순간에 또 다시 무기질적이고 차가운 돌바닥의 풍경으로 되돌아갔다.

아무도 없는 그곳에 덩치 큰 한 남자가 지나갔다.

그는 플럼의 집 앞에서 일단 발을 멈추고 빤히 바라보더니 "흥" 하고 콧방귀를 뀌며 떠나갔다.

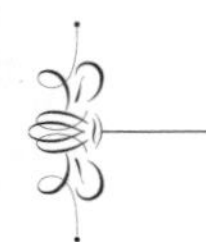

04 성역을 더럽히는 어리석은 자들에게

"에타나, 저녁 시간이야. 그만 일어나."

책상에 엎드려 있던 에타나는 잉크의 목소리에 눈을 떴다.

그녀는 눈을 비비며 멍한 표정으로 침대 쪽을 보았다.

그러자 잉크는 마치 에타나의 움직임이 보이는 듯 타이밍을 맞추어 "잘 잤어?"라며 웃었다.

그녀가 말하기를, '눈은 보이지 않지만 가까이에 있는 사람의 움직임은 기척으로 어렴풋이 알 수 있다'는 모양이다.

그녀는 플럼에게 빌린 한 사이즈 큰 셔츠를 입었고, 아까까지 누워 있었기에 검고 긴 머리카락은 조금 부스스했다.

"맙소사. 나도 모르게 잠들었네."

"응, 쿨쿨 잤어. 숙면하더라. 잠꼬대로 아버지랑 어머니를 찾았어."

"……그래?"

에타나는 평소와 다르지 않은 모습으로 맞장구를 치더니 "후우" 하고 숨을 내쉬었다.

"맥없는 한숨이네. 에타나에게도 부모님이 계셨구나?"

자신의 부모님이 누구인지 모르는 잉크는 별생각 없이 그렇게 물었다.

"나도 인간이야. 당연히 부모님이 있지……라고 말하고 싶지만, 친부모님의 얼굴은 몰라."

"응? 그래? 그럼 나랑 똑같네."

"확실히 사정은 비슷한지도 몰라. 부모님을 대신한 사람이 있었던 것도 포함해서."

"그 사람들 꿈을 꿨어?"

"여기 있으면 자주 그 무렵의 꿈을 꿔. 나는 몇십 년도 더 전에 이 집에 살았던 적이 있거든."

"그러고 보니 플럼네가 이곳에 왔을 때, 에타나가 불법 침입해 있었다고 말했는데……."

"그 무렵에 썼던 곳이 이 방이라 정겨워서 무심결에 그만."

'무심결에' 그랬대도 범죄는 범죄다.

하지만 아무 의미도 없이 그냥 들어온 것은 아니었다――. 잉크의 마음속에서 에타나에 대한 인상이 엄청난 괴짜에서 평범한 괴짜 정도로 수정되었다.

"……어라? 그보다 아까 몇십 년도 더 전이라고 하지 않았어?"

"응. 그랬어."

"으엥?! 에, 에타나는 몇 살이야?! 목소리로는 플럼과 별반 다르지 않은 정도일 줄 알았는데!"

잉크는 그녀의 모습을 볼 수는 없지만, 가령 봤다면 분명 더욱 곤혹스러웠을 것이다.

외모도 목소리도 10대 중반 정도의 소녀 그 자체니까.

"몰라. 내가 언제 태어났는지도 모르니까. 아마 예순 정도일까?"

"에타나 할머니!"

"아무리 나라도 그건 상처받으니 하지 마."

오래 살았다고 자각하는 그녀지만 할머니 취급받기는 싫은 모양이었다.

“하지만 에타나가 그 연령이라면 아버지와 어머니라는 사람들은 이미 안 계시겠지?”

“마왕 토벌 의뢰를 받은 건 그걸 확인하기 위해서이기도 했어. 여행에 나서기 전에 두 분이 마지막으로 살았던 마을에 가서…… 성묘는 했어.”

“그래? 에타나가 씩씩해서 두 분도 기쁘셨을 거야.”

“그랬으면 좋겠다.”

눈을 감자 킨더와 클로디아의 추억이 훤히 되살아났다.

얼굴을 마주하지 못한 것은 아쉽지만── 천수를 누렸다면 슬플 것은 전혀 없다.

“으으~음, 그나저나 에타나가 그렇게 연상이었을 줄이야. 눈이 보였으면 바로 알았을까?”

“몰랐을 거야. 외모는 잉크보다 조금 연상으로 보이는 정도니까.”

“뭐? 그래?! 평범한 인간인데 어떻게──.”

“에타나 씨, 저녁 다 됐어요!”

1층에서 울려 퍼지는 플럼의 목소리가 잉크의 말을 가로막았다.

“이런, 플럼이 부른다.”

“다녀올게. 네 건 나중에 가져올게.”

“응. 기대할게!”

잉크는 빙긋 웃으며 에타나를 보내주었다.

완전히 기운을 되찾은 것처럼 보이지만, 그녀는 아직 방에서 나갈 수 없다.

무슨 일이 일어났을 때를 대비하여 에타나는 주위에 떠오른 물고기 모양의 구체 하나를 방에 두었다.
이상을 감지하면 또 하나의 구체가 그것을 알리는 구조다.
식욕을 돋우는 토마토 찜의 향기가 2층 복도에까지 가득했다.
귀엽게 꼬르륵거리는 배에 손을 대며 에타나는 계단을 내려갔다.

"잘 먹었습니다!"
플럼은 만족스러운 표정으로 합장했다.
밀키트와 에타나도 뒤를 이었고, 에타나는 즉각 잉크의 몫을 2층으로 가져갔다.
플럼과 밀키트는 둘이서 뒷정리를 시작했다.
공동 작업에는 익숙해져서 플럼이 씻은 그릇을 밀키트가 물기를 제거한 뒤 능숙하게 식기대에 넣었다.
언제까지고 이렇게 평화로운 나날이 이어지면 좋겠다——. 플럼은 문득 그런 생각을 했고, 이루어지지 않는 꿈이라고 스스로 부정하며 조금 섭섭한 기분이 들었다.
"오늘 같은 날이 계속 이어지면 좋겠는데……."
하지만 동시에 밀키트도 그렇게 말했다.
때마침 똑같은 생각을 한 플럼은 공연히 기뻤다.
"그렇게 될 수 있도록 내가 노력해야 해."
"앗…… 죄송해요. 그런 뜻으로 한 말은 아니에요."

"나도 밀키트와 같은 마음이라 다시 결심했을 뿐이야. 교회와 얼른 싸움을 끝내고 느긋하게 살고 싶다."

언제쯤 그게 가능해질까——? 생각만 해도 가로막은 벽이 너무 많아서 진절머리가 난다.

하지만 미래에 기다리는 낙원 같은 나날을 손에 넣기 위해서라면 얼마든지 싸울 수 있을 것 같았다.

"주인님은 싸운 뒤에도 계속 왕도에서 사실 건가요?"

"이 집에도 정이 들었거든. 하지만 한번은 고향에 돌아가려나? 부모님과 친구에게 '나는 잘 살아 있어'라고 알리기 위해서라도 말이야."

"그때 저는 따라가지 않는 게 좋겠지요? 노예가 곁에 있어봤자 불편할 뿐일 테니까요……."

"나는 부모님께 소개할 생각인데? 이 아이는 저의 소중한 파트너입니다, 라고."

"파트너요?"

밀키트의 가슴이 쿵쾅거렸다.

파트너라는 말에는 제법 함축적인 뉘앙스가 포함되어 있는 것 같았다.

"노예는 아니고, 그렇다고 해서 친구와는 조금 다르잖아? 애매한 표현이기는 하지만. 어쩌면 부모님께 소개할 때는 또 다른 호칭으로 변해 있을지도 모르지."

"파트너로도 충분히 과분해요."

"과분하든 않든 변하는 건 어쩔 수 없어. 익숙해질 수밖에 없

지. 밀키트."

"그건 그렇지요……. 그러고 보니 주인님의 부모님을 뵈려면 역시…… 붕대도 풀어야겠죠."

밀키트는 식기를 내려놓고 붕대 끝을 손가락으로 만지작거리더니 머뭇머뭇 말했다.

"그러고 보니 그건 생각 못 했네……."

확실히 부모님께 소개할 때는 맨얼굴을 보여드리는 게 좋을 것이다. 하지만 자신을 제외한 다른 사람에게 보여주기는 매우 꺼려졌다. 아니, 솔직히 싫었다.

독점하는 기쁨과 독점 당하는 충족감.

밤이면 단둘이 나누는 그 의식에 담긴 의미를 플럼도 밀키트도 분명히 인식하고 있었다.

말하자면 그것은 독점욕이다.

처음에 플럼은 조만간 밀키트도 익숙해져서 맨얼굴로 밖을 함께 걸을 수 있게 되면 좋겠다고 생각했다.

하지만 실제로는 어떤가? 상황은 더욱 악화되어…… 아니, 악화라기보다 '심화'라고 표현해야 할까?

아무튼 지금의 플럼은 다른 사람에게 그 권리를 양보할 생각은 없다.

하지만 부모님 앞에서 붕대를 감은 채 있는 것도 틀림없이 실례다.

플럼은 생각을 거듭한 끝에——,

"그건 그때 가서 생각하자."

문제를 뒤로 미루기로 했다.

그러자 밀키트도 어쩐지 입가에 안도한 표정이 떠올랐다.

"그렇, 군요. 아직 시간은 있으니까요."

"그래. 잔뜩 있지. 아하하하……."

"에헤헤……."

그리고 두 사람은 웃으며 얼버무렸다.

하지만 아마 싸움이 끝날 무렵에는 증상이 더욱 진행되어 있을 것이다.

'아마 붕대를 감은 채로 소개하게 되겠지…….'

플럼은 확신 어린 예감이 들었다.

◇ ◇ ◇

당신은 오늘도 다정하다.

그래서 그녀는 꿈을 꾼다.

밀키트가 이렇게 또렷한 풍경을 꿈속에서 보는 건 처음 겪는 경험이었다.

그것은 '기억'이다.

어둡고 습하고 진흙과 피와 비명과 허무함으로 넘치는 그곳은 틀림없이 그녀가 걸어온 인생의 일부다.

매일의 행복 속에서 잊어가던 과거.

그것이 행복의 빛을 받아 더욱 짙은 그림자가 되어 밀키트의 앞에 나타났다.

「이봐, 알아? 너는 팔리기 위해 태어났어. 내 돈을 위해 열심히 일해.」

밀키트가 기억하는 한 가장 오래된 누군가의 말은 그것이었다.

세 살 무렵의 일이다.

아버지도 어머니도 변변치 않아서 밀키트는 일찌감치 노예 상인에게 팔렸고, 이내 부자 여성에게 넘어갔다.

친자식을 병으로 잃고 미쳐버린 귀족 여성이었다.

그녀는 몇십 명의 아이를 노예 상인에게서 사들여 시종들과 함께 친자식처럼 사랑하며 키웠다.

모든 아이에게 이름을 붙여주었고 충분한 식사도 주며 부족함 없이 생활했다.

당시에는 아동 매매가 인정되지 않아서 그 저택에 있던 모든 노예는 불법적인 수단으로 얻었다.

밀키트라는 이름은 그때 붙은 것이라고 한다.

그리고 여성은 구매한 노예가 자신의 아이가 죽은 세 살이 되면 애정을 잃고 다시 노예 상인에게 매각했다.

본래부터 갓난아기인 노예는 인기가 없기에 노예 상인은 세 살까지 아이를 키워주는 그녀를 편리하게 이용했던 모양이지만—— 밀키트가 매각된 직후, 그 행위가 기자에게 폭로되어 여성은 왕도에서 쫓겨났다고 한다.

하지만 팔려 간 밀키트와는 관계없는 일이었다.

노예 상인에게 아까 그 말을 들은 것은 그때였다.

그녀는 딱히 반감을 품지도 않고 멍하니 '아아, 나는 그런 존재구나'라고 자각했다.

그 뒤, 밀키트는 수많은 노예 상인과 부자 사이를 오갔다.

「싫어……. 무서워, 무서워, 무서워…….」

그것은 다만 리프레인.

실제로 일어났던 사건이 재생될 뿐이었다.

「그만……. 보여주지 마……. 나는 이제 그런 곳으로 돌아가고 싶지 않아…….」

하지만 그것은 틀림없는 악몽이다.

밀키트는 나락의 끝에서 벌레처럼 기며 살아왔다.

그것이 그녀에게 당연한 것이라서 불행하다고 생각한 적은 없었고, 동시에 행복이 무엇인지도 몰랐다.

하지만 모든 것을 알게 된 지금—— '당연한 것'이 두려웠다. '일상'에 비명을 질렀다.

아무리 밀키트가 거부해도 꿈은 재생을 멈추지 않고 다음 챕터를 보여주었다.

「좋다, 좋아. 드러난 갈비뼈, 쇄골……. 알아? 모르나? 아직 작으니까. 하지만 이 나이에서만 볼 수 있는 야윈 모습이 있어——.」

노예가 빼빼 마른 모습을 기록하는 데 성적 흥분을 느끼는 남자.

「그래. 너의 차가운 눈! 좋아! 좀 더! 좀 더 나를 원망해! 괴로워하고, 나를 원망하고, 모멸해! 그게 좋아. 그걸 원해!」

사회의 최약층인 노예에게 멸시받아 스트레스를 해소하는 여자.

「신은 말씀하셨지. 인간의 목숨에 가치를 매길 수는 없다고! 그렇다면 돈으로 사고 팔리는 노예는 인간이 아니야. 신의 가호도 없지. 아무리 아프게 하고 죽여도 나를 나무라는 일은 없어!」

그리고 어린아이를 망가뜨리는 데 집착하는 교회의 간부 등—— 그 밖에도 불법 노예를 원하는 자는 뒤틀린 성적 취향을 가진 변태뿐이었다.

특히 교회 간부에게 팔려갔을 때는 밀키트도 '이제 죽겠구나' 하고 생각했다.

하지만 운 좋게—— 혹은 운 나쁘게 그의 범행은 왕도의 기자에게 걸린 모양인지 발각을 두려워하여 밀키트에게 손을 대기 전에 울며 겨자 먹기로 모든 노예를 놓아주었다.

그리고 재차 상인의 곁으로 돌아왔을 때, 그녀는 열 살이 되었다.

거친 세상에서 살면서도 매우 아름답게 **완성된** 그녀는 이내 또 다른 주인에게 팔렸다.

그렇다. 사티루스 프랑소와즈였다.

자신보다 아름다운 것을 증오하며 망가뜨리고 싶어 하는 그녀에게 당시의 밀키트는 그야말로 안성맞춤인 상품이었을 것이다.

「아아, 네 얼굴을 보고 있으면 마음속에서 분노가 솟구쳐. 노예 주제에 왜 그런 얼굴인 거지?」

처음에는 매도와 함께 채찍 고문이 가해졌지만, 그것은 다른 노예에게 하는 고문에 비하면 꽤 부드러운 것이었다.

죽일 생각이 없었기 때문이리라.

함께 사육된 노예가 세 명 정도 죽었을 무렵, 밀키트에 대한 폭력이 멈춤과 동시에 사티루스는 다정해졌다.

지금까지와 달리 충분한 양의 식사도 제공되었고—— 무스타르드독을 섞는 바람에 밀키트의 얼굴은 문드러졌다.

「얼굴이 추해서 안쓰럽네. 그렇게 아름다웠는데 물거품이 됐어! 모두, 모두 물거품이 됐어! 아하하하하핫!」

뻔뻔하게 반복하며 히죽히죽 웃었고—— 하지만 그 대신 사티루스의 기분은 좋아져서 그 뒤에도 계속 식사와 잠자리가 제공되었다.

그사이에도 다른 노예는 채찍질을 당하고, 칼로 종아리가 갈라지고, 가는 구두 굽으로 배를 반복적으로 차인 끝에 피를 토하며 죽었고 쓰레기처럼 처분되었다.

하지만 밀키트는 끝까지 일종의 '오브제'로 취급되며 사티루스의 일그러진 자존심을 충족시키기 위한 도구로서 살아남았다.

「더러운 면상이야. 가엾어라. 가엾어. 왜 그렇게 되었을까?」

그녀는 기본적으로 노예가 괴로워하는 모습을 보며 즐기는 유형이지만, 밀키트를 그 상태로 계속 방치한 것은, 그럴 필요가 없을 정도로 그녀가 **최고의 걸작**이었다는 뜻이리라.

하지만 아무리 완성도가 좋아도 언젠가 '질리는' 날은 온다.

밀키트가 팔린 지 3년 뒤, 흥미를 잃은 사티루스는 재차 노예에게 그녀를 팔았다.

그리고 '아름다운 외모'라는 유일한 상품 가치를 잃은 밀키트는 플럼과 만난 그 감옥에 갇혀 그저 죽음을 기다렸다.

「아아, 드디어 끝났다…….」

썩은 고기 냄새가 충만한 차갑고 어두운 곳이 자신이 죽을 곳으로 어울린다——고 밀키트는 생각했다.

그리고 다만 그 순간이 찾아오기를 텅 빈 마음으로 기다렸다.

기다리고 또 기다렸다……. 하지만 결국 그것이 찾아오는 일은 없었다.

자신에게 내민 손을 잡고 말았기 때문이다.

따라서 이것이 다만 회상이라면 꿈은 여기서 끝날 터였다.

——하지만 이것은 불안이 만들어낸 악몽이다.

따라서 이제 곧 나타날 터인 '주인님'은 아무리 기다려도 오지 않는다.

오지 않은 채 노예 상인은 나타날 테고 '쇼'를 시작할 것이다.

아무도 구해주지 않고, 아무것도 변하지 않는다. 천장에서 떨어진 구울에게 먹혀 다른 노예와 마찬가지로 밀키트는 추하게 숨이 끊어질 것이다.

「왜…… 왜 끝나지 않지? 이런 건 아니야. 나는, 나는 여기서…… 싫어……. 오지 마. 그만해……!」

플럼과 함께 살아 행복을 알았는데 산 채로 먹히는 괴로움을 맛보는 것이다.

이것이 악몽이 아니고서 무엇이란 말인가.

그것을 특등석에서 관람하는 노예 상인이 웃고 있었다.

문득 깨닫고 보니 어느샌가 그 옆에는 사티루스가 앉아서 수없이 들은 높고 불쾌한 웃음소리를 내고 있었다.

「죽고 싶지 않아……. 끝내고 싶지 않아. 내게는, 아직…… 살고 싶은, 이유가——!」

◇◇◇

밀키트는 눈을 번쩍 떴다.

"방금 그건…… 꿈……?"

방은 아직 어두웠고, 창문에서 쏟아지는 달빛이 희미하게 전체를 비추고 있었다.

몸의 방향을 바꾸자 조금 떨어진 침대에서 플럼이 새근거리는 소리가 들렸다.

"이전에는 아무렇지도 않았는데…… 떠올리기만 해도 이렇게 괴롭다니……."

이제 노예 상인에게 살해될 일은 없다.

사티루스에게 폭력을 당할 일도, 독을 먹게 될 일도 없다.

하지만── 두 번 다시 일어나지 않을 과거의 일을 떠올리며 공포에 떨 정도로 플럼과 보내는 지금의 나날은 정말 행복했다.

상실의 불안이 머릿속을 메운 지금, 밀키트는 미친 듯이 주인의 온기를 바랐다.

같은 침대에서 자고 싶다고 부탁하면 플럼은 분명 허락해줄 것이다.

그 두 팔로 안아주면 두 번 다시 악몽을 꿀 일은 없을 것이다.

"하지만…… 그건 너무 심한 어리광이겠죠?"

밀키트는 자신을 나무라듯 중얼거렸다.

주인이 너그럽고 다정하기에 참아야 할 때도 있다.

안 그래도 곤란한 싸움에 맞서느라 피곤할 테니 조금이라도 부

담을 줄여줘야 한다.

"안녕히 주무세요. 주인님."

밀키트는 재차 눈을 감았다.

밀려드는 어둠이 조금 무서웠지만, 일단 오늘은 더 이상의 악몽을 꾸는 일이 없었다.

밤은 조용히 지나가 다시 아침이 찾아왔다.

작은 새가 지저귀는 소리에 어렴풋이 의식이 떠오른 플럼은 반쯤 잠에 빠진 머리로 1층에서 들리는 소리에 귀를 기울였다.

탁탁탁, 식칼이 도마를 두드렸고 치익치익, 프라이팬에서 무언가가 구워지고 있었다.

일상적인 소리. 평화로운 소리. 그녀의 소리.

생각해보면── 고향에 있던 무렵에도 일어나면 어머니가 같은 소리를 냈을 터였다.

그리운 기분을 느끼며 플럼은 상반신을 일으키고 저도 모르게 기지개를 켰다.

그리고 침대에서 나와 하품을 하며 계단을 내려가 거실에 얼굴을 내밀자,

"좋은 아침이에요."

하고 밀키트가 웃으며 맞이해주었다.

"응……. 잘 잤어……?"

플럼이 아직 잠이 덜 깬 듯 대답하자 그녀는 큭큭 웃었다.

그대로 세면대로 갈까 했지만── 플럼은 밀키트에게 다가가 가까이에서 얼굴을 빤히 바라보았다.

"뭐, 뭐가 묻었나요?"

"밀키트…… 잠이 부족해? 어째 얼굴이 피곤해 보이네."

확실히 밤중에 한 번 깨는 바람에 평소보다 몸이 무거웠다.

하지만 일상생활에 지장을 줄 정도는 아니었기에,

"괜찮아요. 아무 문제도 없어요."

라고 밀키트는 대답했다.

플럼은 "그럼 상관없지만"이라며 조금 불안하게 세면대로 향했다.

그리고 세수한 뒤 가볍게 손으로 머리 모양을 정돈하고 재차 그녀의 곁으로 돌아갔다.

"오늘은 일찍 일어나셨네요? 일이 있으신가요?"

"으~음, 그냥 눈이 떠졌을 뿐이야. 이거 자르면 될까?"

"부탁드려요. 아, 주인님."

"응~?"

밀키트는 플럼 쪽을 보더니 머리 위에 새싹처럼 쭝긋 선 머리카락에 손을 뻗어 정돈해주었다.

"자, 이제 됐어요."

"고마워. 잠이 덜 깨서 대충했더니. 에타나 씨가 봤으면 또 놀렸을 거야."

"몸가짐에 신경을 쓰시니까요."

그런 에타나는 자고 일어나도 머리카락 한 올 흐트러지는 법이 없다.

아무래도 수분을 조종하여 머리카락을 세팅하는 모양인데, 플럼은 늘 그 방법은 조금 치사하다고 생각했다.

"이걸 굽고 밖에 있는 꽃에 물을 주고 올게요."

"알았어. 밀키트가 키우는 그 꽃이 예쁘게 피었더라."

"네. 조금 자신감이 붙어서 이번에는 씨앗부터 도전해보려고요."

"좋다. 뭘 키울지 나도 같이 골라도 돼?"

"물론이죠!"

"그럼 이번 휴일에 사러 갈까?"

플럼은 아침 준비를 하며 약속을 잡았다.

밀키트는 즉시 어디에 갈지 생각하는 모양인지 겉보기에도 표정이 들떴다.

그리고 달걀프라이가 익자 그녀는 그것을 접시에 옮기고 주방을 떠났다.

그녀가 없는 동안 플럼은 홀로 샐러드를 준비했다.

채소를 썰어 네 명의 몫을 식탁에 늘어놓았을 때──,

"……?"

밖에서 전혀 소리가 나지 않는다는 것을 깨달았다.

현관으로 총총 달려가 모습을 살폈다.

"밀키트?"

좌우를 둘러봐도 그녀의 모습은 없었고, 물을 주는 물뿌리개만이 나뒹굴고 있었다.

물을 길으러 갔나? 아니면 이웃 아주머니와 수다를 떠나?

아니다——. 플럼의 날카로운 감각이 그 '소리'를 포착했다.

"지붕 위에 두 명——."

플럼은 죽여버리고 싶을 정도로 어리석은 자신의 모습에 분노했다.

"바보냐!! 두 번이나 비슷한 실수를 하나니!"

밖으로 나온 순간을 노린 유괴, 명백하게 아마추어의 솜씨가 아니다.

그리고 목표물은 플럼이 아닌 밀키트.

누가 지시했는지는 모르지만, 얼마 전까지 넥트한테 잡혀 있었다. 항상 가능성은 염두에 두어야 했다.

분하고 분하고 분해서 피가 밸 정도로 입술을 깨물었다.

그 분노를 부딪치듯 땅바닥을 박차며 도약—— 민가의 지붕 위로 뛰어올랐다.

무릎을 꿇은 자세로 시선을 좌우로 돌리며 적을 탐색했고, 탁 트인 시야 너머에 동쪽으로 도망치는 검은 두 사람을 발견했다.

빠득…… 이를 꽉 깨물고 무시무시하게 그 녀석들을 노려본 플럼은 지붕의 용마루를 따라 똑바로 질주했다.

끝까지 도달하자 주저 없이 박찼고 공중을 날아 옆집으로 갔다.

그렇게 집에서 집으로 차례차례 이동하여 밀키트를 잡아간 패거리를 추적했다.

"——스캔."

전력을 확인—— 한 명은 의식을 잃은 밀키트를 안고 있는 덩

치 큰 남자.

이름은 트라이트 란실라, 근력과 체력이 2,000이상, 스테이터스 합계치는 약 8,000.

또 한 명은 까불거리며 공중제비를 도는 몸이 가뿐하고 날씬한 남자.

이름은 데미세리코 라디우스, 민첩성이 2,000대 후반, 감각도 높았다. 생긴 대로 속도 특화형이었다.

합계치는 이쪽도 약 8,000, 약점은 체력이 세 자리로 낮다는 점일까?

둘 다 A랭크 모험가였다.

심상치 않다——. 하지만 이전의 플럼이라면 또 모를까 지금의 그녀에게는 그들과 싸울 수 있을 만큼의 힘이 있었다.

문제는 어떻게 거리를 좁히느냐지만—— 지붕 끝에 오른발을 걸어 몸 전체에 정제한 프라나를 집중시킨 그녀는 크게 도약했다.

전방에 있던 민가를 훌쩍 뛰어넘어 단숨에 접근했다.

"이봐, 어째 쪼그만 여자가 다가오는데?"

"걔도 노리는 건가? 못 들었는데. 간단한 일 아니었어?"

자신들을 능가하는 속도로 쫓아오는 아담한 소녀의 모습을 보고 남자들은 당황하기 시작했다.

하지만 남자들이 추적자에게 스캔해도 표시되는 것은 0의 나열이었다.

플럼 애프리코트라는 이름은 낯이 익었지만, 본인이라면 왜 노예의 인을 얼굴에 새겼을까?

하지만 본인이 아니라면 A랭크인 자신들의 속도를 따라오는 그녀는 대체 누구란 말인가?

“칫, 별수 없지. 내가 처리할 테니 너는 먼저 가.”

“데미세리코, 혼자 할 수 있겠어?

“상대는 꼬맹이 여자야. 랭크가 같다면 남자인 내가 더 강한 게 당연하잖아? 수지 때도 그랬어. A랭크라면서도 살짝 밀어 쓰러뜨렸을 뿐인데 헉헉 신음해댔지. 여자는 한 꺼풀만 벗기면 그런 존재야! 아, 이 경우에는 ‘한 꺼풀 벗긴다’는 게 그런 뜻이 아니야. 흐하핫.”

“몇 년 전 이야기를 하는 거야? 그때 너는 독을 탔으면서 잘도 그런 소리를 한다.”

“그래. 눈을 뒤집어 까고 거품을 물며 경련했지. 상태가 좋았지? 그때는 흥분했어. 그런데 지금은 그 현란한 할망구의 하인이야. 아아아아아! 부족해애애애애! 자극이 부족하다고오오오! 약! 적어도 강렬한 약을 원해~!”

머리카락을 흩트리고 미친 듯 머리를 흔들면서도 데미세리코는 발을 멈추지 않았다.

“그런 소리를 할 때야? 아무튼 저 녀석은 맡길게. 위험하면 도망쳐!”

의뢰주에게 받은 이 일은 길드를 통하지 않은 소위 ‘어둠의 의뢰’다.

리턴이 큰 만큼 리스크의 크기도 알고 있었다.

“헤이, 헤이. 걱정하지 말래도. 우선은…… 연습 좀 해볼까!”

그는 벨트에 장착한 케이스에서 액체를 떨어뜨리는 단검을 양손에 하나씩 뽑아 들었다.

그것을 "흡!" 하고 숨을 토해내며 휘둘러 던졌다.

그리고 착지 후, 후방으로 도약하며 속도를 늦추지 않고 왼손으로 또 한 번 던졌다.

두 개의 단검은 탄환처럼 일직선으로 플럼을 노렸다.

직후, 데미세리코는 다음 단검을 케이스에서 꺼냈다.

어디로 도망친대도 그곳에 추격을 가할 셈이었다.

하지만—— 플럼은 다가오는 단검을 알고도 전혀 회피하려 하지 않았다.

우직하고 광적으로 오로지 데미세리코를 향해 직진했다.

"핫, 피하지 않을 셈인가? 독에 마비되어 우리의 인형이 될 텐데?!"

아니, 플럼에게는 보였다.

그리고 그녀의 옆구리에 단검의 끝이 닿았고——,

"리버설(반전하라)."

단검은 방향을 바꾸어 이번에는 데미세리코를 향해 가속했다.

두 번째 단검은 플럼이 앞으로 내지른 오른손에 꽂혔다.

푸슉, 하고 축축한 소리를 내며 손등을 관통했고 내달리는 통증은 오른팔 전체가 움찔 떨릴 정도였다.

칼날에 잔뜩 묻은 독도 벨트의 인챈트인 '이 장비는 당신은 독에 대한 저항력을 앗아간다' 때문에 의미 없었다.

"반전 속성……. 본 적도 없는 희소 속성이라고는 생각했지만,

그런 거였군!"

데미세리코는 반사된 단검을 피하기 위해 옆에 있는 집으로 뛰어 옮겼다.

그리고 도약 중에 플럼을 향해 투척했다.

그녀는 공중제비를 돌아 그것을 피했고, 동시에 꽂힌 단검을 뽑아 원심력을 이용하여 데미세리코가 착지할 지점을 향해 던졌다.

자세는 볼품없었고, 익숙지 않아서인지 궤도는 어긋났으며, 속도는 별로 나지 않았다.

하지만 발을 붙인 직후인 그에게는 피할 정도의 여유는 없었고 멈춰서 받아쳐야 했다.

데미세리코는 날 길이가 50센티미터 정도인 글라디우스를 칼집에서 뽑아 받아쳐서 날아온 단검을 떨어뜨렸다.

하지만 동시에 그의 발은 멈추었고 플럼과의 거리가 단숨에 좁혀졌다.

접근전을 할 각오를 한 데미세리코는 허리에 매단 또 하나의 단검을 뽑아 쌍검술의 자세로 플럼과 맞섰다.

"A랭크 인간 정도는 다 알고 있는 줄 알았는데 아직 존재도 모르는 모험가가 있었군. 그것도 아직 젊은 여자……."

앞선 언동에서 짐작건대 플럼을 '여자'라며 얕보고 있을 것이다.

물론 데미세리코가 무슨 생각을 하든 플럼은 신경 쓰지 않았다.

그녀가 생각하는 것은 단 하나, 잡혀간 밀키트뿐이었다.

"잘도 밀키트를 데려갔겠다!"

검은 건틀릿이 플럼의 양팔을 감쌌다.

불길한 장비에 감싸인 오른손으로 아공간에서 영혼 사냥꾼을 뽑더니 기술도 책략도 없이 힘만 가득 실어 휘둘렀다.

데미세리코는 참격의 속도에 놀라면서도 한 발 물러났다.

가슴에 대검 끝이 스쳤고 옷이 찢어졌다.

"말이 필요 없군. 구멍 주제에 색이 부족하니 그만큼 선배를 공경하도록 해!"

남자는 즉각 앞으로 나서 그녀의 허벅지를 베었다.

대검을 휘두르며 생겨난 빈틈은 단검술사의 눈에 너무나도 큰 구멍이었다.

상처는 깊지 않았지만, 플럼의 바지는 찢어졌고 피가 배어 나왔다.

그리고 영혼 사냥꾼의 두 번째 공격이 펼쳐지기 전에 그는 또다시 플럼의 공격 범위 밖까지 거리를 벌렸다.

"섀도 미스트!"

나아가 마법을 발동하여 칠흑 같은 안개로 플럼의 시야를 가렸다.

플럼은 즉각 탈출을 시도했지만, 어디서랄 것 없이 데미세리코의 흉악한 칼날이 다가와 팔을 베었다.

다음에는 옆구리에, 다음에는 뺨에, 다음에는 발, 어깨, 등, 또다시 팔—— 어둠 속, 사방팔방에서 끊임없이 펼쳐지는 얕은 공격.

"완전히 봉인된 시야 속에서 일방적으로 괴롭힘을 당하는 기분이 어떠냐? 나는 즐거워. 아주 즐거워! 시체를 범하는 것과 비슷한 정도로 즐거워어어어어어! 히히힛—— 하아!"

시야를 봉인하고 대미지를 축적하며 움직임을 둔화시켜 때를 봐서 치명상을 입힌다──. 그것이 그의 전투 스타일이었다.

"우습군."

플럼은 그렇게 잘라 말했다.

상처는 이내 재생되었고 통증도 거의 없었다.

게다가 이런 안개도 몸에 쌓인 프라나를 해방하기만 하면──,

"하아아아아앗!"

카발리에 아츠, 프라나 스피어(기원진, 氣円陣).

충격파를 발사하자 안개는 흔적도 없이 사라졌다.

"그, 그 기술은 뭐야!"

불리한 상황을 알아챘는지 데미세리코는 옆에 있는 민가로 옮겨가려 했다.

거기서 플럼은 즉각 검을 휘둘러 프라나 셰이커(기검참)를 쏘았다.

데미세리코는 착지하자마자 구르며 수평 방향으로 죽 늘어서 사출된 검기를 피했다.

그리고 즉각 일어서서 단검을 던지려 했지만── 플럼의 공격은 아직 끝나지 않았다.

"리버설(돌아오라)."

기로 이루어진 칼날에는 반전의 마력도 담겨 있었다.

그가 피했을 터인 칼날이 자신에게 다가온다는 것을 알아챈 것은 두 다리와 몸이 둘로 쪼개진 뒤였다.

"엥……? 아, 아아앗, 으아아아아아아악!"

남자의 몸은 잘린 다리만을 지붕 위에 남기고 떨어졌다.

지금의 육체로는 제대로 착지도 할 수 없어서 땅바닥에 측두부를 강타하며 "크헉" 하고 희미한 신음만 했다.

그런데도 생존 본능이 그의 육체를 움직여 양팔의 힘만으로 필사적으로 도망쳤다.

하지만 그의 생에 대한 갈망을 비웃듯 누군가가 근처에 착지하는 소리가 들렸다.

드륵드륵, 검 같은 무언가가 땅바닥을 긁는 소리가 났다.

살의가 흉기를 들고 다가왔다.

"하……하히……익, 아파, 아파아아……. 싫어. 아픈 건 싫어. 기분 좋은 게 좋아……! 도망……. 도마아아앙…… 윽!"

이미 말도 되지 않는 소리를 내며 데미세리코는 팔의 힘만으로 도망치려 했다.

하지만 그 속도는 도주하는 것보다 느려서 금세 그림자가 그에게 쏟아지는 빛을 차단했다.

얼마 남지 않은 힘을 쥐어 짜내어 올려다보고는 금세 후회했다.

소녀는 얼음보다도 차가운 눈으로 데미세리코를 내려다보고 있었다.

"밀키트는 어디 있지?"

먼저 도망친 남자의 모습은 더 이상 보이지 않았다.

장소를 알려면 어떤 수단을 이용해서든 그에게서 정보를 끌어낼 수밖에 없었다.

"그만둬……. 부탁이야. 제발, 아직 범하고 싶은 여자가 있어. 죽고 싶지 않아……!"

하지만 데미세리코는 플럼에게 목숨만 구걸했다.

반복하여 “어디 있어?”라고 물어도 같은 말만 돌아오는 걸 보니 아마 털어놓을 마음이 없을 것이다.

그래서 검을 쳐들고 우선은 왼팔을 잘라냈다.

“끄아아아아아아아아아악!”

귀에 거슬리는 절규가 울려 퍼졌다.

“밀키트는 어디 있어?”

플럼은 피투성이가 된 검을 쳐들며 재차 물었다.

“살려줘어어……. 악의는 없었어. 다만, 돈이 필요해서……! 즐기는 것처럼 보였다면…… 미안해! 사과할게……. 사과할 테니! 명령이야! 나는 선량한 모험가라고! 정말이야아아……!”

죽어도 A랭크 모험가라는 거로군. 죽어서 의뢰주의 정보를 발설하지 않을 셈인 모양이다.

“이런 것도 별로 하고 싶지 않지만.”

정말 싫다.

아픈 것도, 아프게 하는 것도, 괴로운 것도, 괴롭히는 것도, 다치는 것도, 다치게 하는 것도, 전부.

정말로 싫지만, 밀키트를 구하기 위해서라면 할 수밖에 없다.

그러지 않으면 이 불합리함으로 가득찬 세계는 플럼의 소원을 들어주지 않을 테니까.

그녀는 쳐든 영혼 사냥꾼의 끝을 데미세리코의 손등에 댔다.

푸욱—— 꽂힌 칼날이 뼈를 부수며 관통했다.

“끄, 으으으으윽!”

아직 그 정도로 괴로워하는 목소리를 낼 기운은 있는 모양이라 즉각 죽일 수는 없었다.

하지만 이대로 팔을 망가뜨려도 정보를 불지 말지는 알 수 없었다.

그래서 플럼은 칼자루를 쥔 채 그의 육체에 반전의 마력을 쏟아 더 큰 고통을 주기로 했다.

"리버설(벗겨져라)."

빠각── 하고 작고 메마른 소리가 데미세리코의 손끝에서 울렸다.

"──윽?!"

엄지 손톱이 반전되어 목소리도 낼 수 없을 정도의 격통이 내달렸다.

"밀키트는 어디 갔지?"

그는 고개를 옆으로 붕붕 저으며 부정했다.

정말 짜증 나는 끈기다. 어차피 죽을 테니 다 불어버려도 될 것을.

아니면 플럼의 그것은 A랭크 모험가에게 정보를 끌어내기에는 아직 어설펐나?

시험 삼아 그의 모든 손톱을 뒤집었다.

그래도 털어놓으려 하지 않았기에 또 다른 부위를 반전시키기로 했다.

"리버설(부서져라)."

펑── 하고 이번에는 엄지 그 자체가 파열되었다.

"으, 윽, 오, 오오오오옷……!"

이것은 잘 참았는지 데미세리코의 복근에 한계까지 힘이 들어갔고 '오' 모양으로 벌어진 입에서 끊임없이 신음이 새어 나왔다.

"밀키트는 어디로 갔어?"

또다시 고개를 가로저었기에 이번에는 단숨에 나머지 손가락을 모두 날려버렸다.

"윽, 아, 아아아아아아아아아아아악!"

절규하는 도중에 손 그 자체도 파열시켰다.

"히익, 끄으으으윽! 끄아아아아아아악!"

더러운 절규에 플럼은 귀가 썩을 것 같았다.

"헉, 헉, 허억, 허어억……!"

"밀키트를 어디로 데리고 갔어? 말하지 않으면 죽지 않을 정도로 더 심한 짓을 할 거야."

플럼은 그렇게 말하며 쭈그려 앉아 데미세리코의 관자놀이에 손을 댔다.

얼굴? 눈? 아니면 뇌?

"더 심한 짓을 해도 되겠어?"

"싫어……. 아으, 아, 아아아……!"

데미세리코의 얼굴은 눈물과 콧물과 침으로 엉망진창이었다.

"아, 알았어. 말할게. 말할 테니 용서해줘어어엇!"

더 이상 입 다물고 있다가는 무슨 짓을 당할지 알 수 없다.

그녀가 선언한 대로 죽기 전에 죽기보다 괴로운 고통을 수없이 맛보게 될 것이다.

그렇게 될 바에야 자존심은 버리고 편한 죽음을 택해야 한다──.

그는 마침내 그렇게 결단을 내렸다.

"사, 사티루스, 야……! 사티루스가, 마을에서 발견한, 붕대, 노예를 데려오라고…… 그래서!"

"그 할망구는 아직도 그 아이를 못 괴롭혀서 안달인 거야……?"

플럼의 입에서 평소에는 절대로 나오지 않을 법한 더러운 말이 멋대로 쏟아져 나왔다.

"그래서 어디로 데려갔는데?"

"지하실이야! 저택의, 지하에, 비밀실이 있어. 하지만 그곳으로 이어진 통로는…… 저택의, 남동쪽에 있는, 초록색 지붕의 민가에……. 민가인 건 페이크야. 실제로는, 그냥 입구지."

"그래? 그곳에 가면 밀키트가 있군."

플럼은 일어나서 동구로 걸어가기 시작했다.

그런 그녀의 뒷모습을 보고 데미세리코는 마지막 힘을 쥐어 짜내어 마법을 발동했다.

"히…… 히힛…… 등을, 보였군. 여자라면…… 얌전히, 내게 무릎을 꿇어야지……. 이 빌어먹을 년아……! 섀도 배럿!"

주먹 크기의 검은 탄환은 플럼의 등을 향해 발사되었다.

"……질리지도 않는 녀석이군."

당연히 그녀는 알아챘고—— 돌아보자마자 영혼 사냥꾼을 한 번 번뜩였다.

발사된 검기는 마법을 없애고 땅바닥을 기는 남자의 몸을 둘로 쪼갰다.

단말마조차 없이 조용한 죽음이 찾아왔다.

플럼은 검을 집어넣고 이번에는 동구를 향해 달렸다.

05 사실은 너무나도 싫어서 미치겠지만

웰시는 사티루스의 악행을 파헤치기 위해 아침부터 그녀의 저택을 감시하고 있었다.

근처에 있는 아파트의 3층을 빌려 그 창문을 통해 집안의 모습을 살폈다.

"비밀실이 어디인지만 알면 잠입 계획도 세울 수 있을 텐데……."

웰시는 우연을 가장하여 하인에게 접근한 뒤 술을 먹여서 저택에 비밀실이 있다는 소문을 실토하게 했다.

하지만 장소까지는 알아내지 못했고 교회와의 연관성을 나타낼 확실한 증거도 찾지 못했다.

웰시는 창틀에 팔꿈치를 짚고 변하지 않는 풍경을 나른하게 바라보았다.

그러자── 펑! 하고 위에서 갑자기 큰 소리가 나서 그녀는 "후에엑?!" 하고 펄쩍 뛰어올랐다.

이어서 쿵, 쿵, 쿵 하고 두드리는 듯한 소리가 들렸다. 아무래도 지붕 위를 누군가가 걷고 있는 모양이었다.

그리고 의문의 인물은 지붕에서 뛰어내려 창문 앞을 지나 몇 미터 아래로 털썩 착지했다.

그녀는 황급히 창문에 달려들어 몸을 내밀며 방 밑을 들여다보았다.

"플럼? 뭐, 뭐 하고 있어?"

상대가 낯익은 소녀였기에 웰시는 머뭇머뭇 말을 걸었다.

하지만 그녀의 옷은 피가 묻어 더러웠고, 그 표정도 이전과는 딴판으로 아주 냉혹했다.

플럼이 목소리에 반응하여 노려보듯 올려다보았다.

하지만 그것이 아는 사람이라고 알아채자 힘을 풀고 미소를 지었다.

눈은 전혀 웃지 않았지만.

"아아, 웰시 씨. 마침 잘됐네요. 사티루스의 비밀실을 파헤치려고 하는데 따라오실래요?"

"뭐?! 갈래. 당장 갈게! 잠깐만 기다려!"

그녀가 그곳을 어떻게 알지――? 라는 의문은 들었지만, 그보다 특종이 더 우선이었다.

웰시는 계단을 뛰어 내려가 아파트에서 샤샤샥 뛰쳐나갔다.

그리고 플럼을 앞세워 저택과는 정반대 방향으로 나아갔다.

"저택에 있는 비밀실로 가는 거 맞지?"

"입구는 다른 곳에 있는 모양이에요."

"호오, 어디서 그런 정보를 얻었어? 아, 정보원은 밝힐 수 없나?"

"아까 사티루스가 고용한 모험가를 죽였는데, 그 사람에게 들었어요."

감출 일도 아니라 플럼은 시원스레 대답했다.

"……죽였다고?"

"제 파트너가 잡혀갔어요."

"아아, 그래서――."

웰시는 플럼에게서 이상하게 살기가 감도는 이유를 납득했다.

"여기예요."

플럼이 멈춰 선 곳은 초록색 지붕의 단층 주택이었다.

손을 뻗어 현관문을 열려 했지만 잠겨 있었다.

"말도 안 돼. 이런 민가에 입구가 있어? 혹시 탈출로도 겸하고 있는 건가?"

웰시가 차근차근 중얼거리는 옆에서 플럼은 문에 귀를 댔다.

안에서 작지만 소리가 들렸다.

이어서 평범한 민가를 방문할 때처럼 문을 두드렸다.

그러자 이내 문이 열리며 안에서 30대 정도의 남자가 얼굴을 내밀었다.

"무슨 일이지? 아가씨."

남자는 부드러운 미소를 지으며 말을 걸었다.

플럼은 살기를 감추지도 않고 그를 노려보았고, 웰시는 '혹시 평범한 민가인가?' 하고 곤혹스러워하며 두 사람을 교대로 보았다.

"사람을 찾고 있어요. 얼굴을 붕대로 칭칭 감은 아담한 여자애와 그 아이를 데려간 남자인데요."

"유괴구나. 치안이 좋은 동구에서 별일이 다 있네. 그 말은 범인이 이 근처에 잠입했다는 소리야? 아아── 듣고 보니 조금 전에 수상한 사람을 본 것 같아."

"그 이야기를 자세히 들을 수 있을까요?"

남자는 수상하게 씩 웃더니 "그래, 좋아"라며 흔쾌히 승낙했다.

"이런 곳에 서서 이야기하기도 뭐하니 안으로 들어와."

"그럼 실례하겠습니다."

플럼은 쉽게 집 안으로 들어갔다.

“기다려! 플럼.”

웰시는 필사적으로 그것을 막으려 했지만, 그녀는 귓등으로도 듣지 않았다.

별수 없이 웰시도 플럼에 이어 그 뒤를 따라갔다.

두 사람이 집 안으로 들어가자 현관문이 쾅 닫혔다.

소리에 반응하여 뒤를 보자——,

“죽어라아아아아앗!”

갑자기 도끼를 든 남자가 나타나 웰시에세 덤벼들었다.

집으로 끌어들인 남자와 숨어 있던 다른 남자까지 등장하여 총 세 명이 각각 무기를 들고 동시에 공격했다.

웰시는 “꺄아악!” 하고 비명을 지르며 반사적으로 목을 움츠리고 웅크려 앉았다.

머뭇머뭇 눈을 뜨자 털썩 하는 소리와 함께 바닥에 나뒹구는 남자의 상반신이 보였다.

주위를 둘러보자 다른 남자들도 둘로 쪼개져 있었다.

세 사람을 한 방에 처리한 플럼은 영혼 사냥꾼을 가볍게 흔들어 그곳에 묻은 피를 떨쳐내더니 입자로 바꾸어 수납했다.

조용해진 집안에 “으으……” 하고 상반신만 남은 남자의 신음이 울려 퍼졌다.

한 명만 겨우 산 모양이지만, 숨이 끊어지는 것은 시간문제일 것이다.

단면에서 쏟아질 것 같은 장기와 숨 박히는 피비린내가 뒤섞여

그 냄새에 웰시는 저도 모르게 입을 막았다.
"괜찮으세요?"
이런 상황인데 침착하게 말을 거는 플럼에게 웰시는 무심결에 "히익!" 하고 뒤집힌 목소리로 대답했다.
"바, 방금 순식간에…… 벤, 거야?"
"네, 그러지 않으면 제가 죽었을 테니까요."
플럼은 그렇게 말하며 웰시에게 손을 뻗었다.
죽는 게 싫다면 죽일 수밖에 없다——. 옳은 논리다.
하지만 웰시는 그 올곧은 살의가 무서워서 손잡기를 망설였다.
그녀의 표정에서 자신에 대한 '공포'를 감지한 플럼은 팔을 거두고 그녀에게 등을 보였다.
"아…… 아니야! 방금 그건……."
"목숨이 귀중하다는 정도는 저도 알아요. 하지만 모두가 그렇게 생각하는 건 아니에요."
오늘날까지 싸우며 플럼은 이 세계에 그런 인간이 차고 넘친다는 것을 알았다.
"자신의 이익을 위해서라면 쉽사리 타인을 죽이는 인간은 이 세상에 제법 많고, 그들을 말로 설득하기는 불가능해요. 소중한 사람을 지키고 싶다면 먼저 죽일 수밖에 없어요."
플럼에게 소중한 것은 자신과 밀키트의 목숨이다.
그 단순한 가치관에 따르면 망설이지 않고 상대보다 빠르게 움직일 수 있다.
"망설이지 않고, 감상에 빠지지 않고, 가차 없이 죽일 수밖에 없다……. 이건 틀린 말인가요?"

플럼은 일상적으로 살육이 발생하는 세계에 서 있다고 웰시는 이해했다.

그리고 그녀는 그런 세계에서 탈출하기 위해 끊임없이 발버둥치고 있다.

그 모습을 보고 무서워하는 것은 이 작은 몸으로 계속해서 싸우는 소녀에 대한 모독이다.

"정말 미안해."

"괜찮아요. 분명 웰시 씨 생각도 옳을 테니까요. 그럼 한시라도 빨리 비밀실 입구를 찾도록 해요."

그 목소리는 밝지만 그런 척하는 것이었다.

자신보다 어린 사람에게 강한 체하게 하다니. 웰시는 크게 부끄러워했고 "정신 똑바로 차려! 웰시" 하고 뺨을 찰싹 때리며 일어났다.

◇ ◇ ◇

숨을 들이마시자 탁한 공기가 폐를 가득 채웠다.

그 감각은 불쾌하고 흉흉하지만 어쩐지 정겨웠다.

"으…… 으으……."

밀키트는 부드러운 무언가의 위에서 눈을 떴다.

"나는…… 주인님과, 밥을 짓고…… 그리고, 밖에서 꽃에 물을……."

한 손은 땅바닥을 짚고 다른 한 손으로 머리를 감싸며 상반신을 일으켰다.

아무리 떠올리려 해도 화분에 물을 준 이후의 기억이 완전히 날아갔다.

"갑자기, 눈앞이 캄캄해졌는데…… 왜, 내가 이런 곳에……."

천천히 고개를 돌려 방을 둘러보았다.

오른쪽에는 책상이 있고 그 위에는 서류가 쌓여 있었다.

옆에는 유리문이 있고 그 안에 수상한 약품과 금속 공구로 보이는 물체가 있었다.

벽은 회색의 돌로 이루어졌고 전체적으로 차가운 분위기였다.

다음은 왼쪽이다.

천천히 시선을 옮겼고——,

"안녕? 밀키트."

눈앞에 현란한 여자의 얼굴이 나타났다.

잇몸이 훤히 보일 정도로 환한 미소.

가까이에서 보기에는 자극이 너무 강한 그 얼굴을 밀키트는 잘 알고 있었다.

과거의 주인—— 사티루스 프랑소와즈다.

"아…… 아아, 왜…… 어째서……?!"

공포에 질린 나머지 말이 제대로 나오지 않았다.

밀키트는 고개를 흔들고 "말도 안 돼, 말도 안 돼"라고 반복하며 뒤로 물러났다.

그녀의 반응을 보고 사티루스는 "우후후후후훗" 하고 불쾌한 웃음소리를 냈다.

"어머, 잠시 못 본 사이에 마치 인간 같은 반응을 하게 되었네. 기쁘구나. 아주 좋은 주인을 만났나 보지?"

"헉…… 헉, 아…… 싫어, 싫어엇……!"

밀키트는 네 발로 엎드려 방의 구석으로 갔다.

그 비겁한 소동물 같은 모습을 보고 "하아아" 하고 뜨거운 숨결을 내뱉은 사티루스는 일어나서 그녀를 몰아넣었다.

밀키트는 출구를 찾아 벽을 손톱으로 벅벅 긁었다.

"그렇게 겁먹지 않아도 돼. 어차피 아무도 구하러 오지 않으니까."

"주인님, 주인니이임……!"

"어머, 그 주인님은 너처럼 추한 노예를 굳이 찾아낼 만큼 훌륭한 사람이야? 별나네. 성욕을 해결할 거라면 더 나은 게 있을 텐데."

"으으으으…… 주인, 니이임……! 히, 으아아앗!"

사티루스의 손이 그녀의 뒤통수로 뻗어왔다.

그리고 머리카락을 움켜쥐더니 얼굴을 들이대고 광기 어린 눈동자를 희번덕거리며 말했다.

"유감이네. 너는 이제 두 번 다시 주인님을 만날 수 없어!"

"그렇지 않아요! 그런 일은!"

"어라? 언제부터 내게 말대답을 할 수 있을 정도로 대단해진 거지? 야, 야, 야, 어째 건방지지 않아?"

"제 주인님은…… 당신이, 아니에요……!"

“주인님을 고를 권리가 노예에게 있을 리 없잖아!”

히스테릭하게 외치며 밀키트의 머리카락을 잡은 채 바닥에 쓰러뜨렸다.

은색 머리카락이 사티루스의 손가락에 엉켰다.

그녀는 그중 한 올을 집어 들더니 “우훗” 하고 황홀한 표정을 지으며 입에 넣고 혀로 핥았다.

바닥에 쓰러진 밀키트는 또다시 기어서 다른 구석으로 갔다.

하지만── 이 방에는 출구다운 문이 없었다.

사방팔방을 벽으로 에워싸서 아무리 도망쳐도 반드시 막다른 길에 맞닥뜨렸다.

사냥감이 도망칠 수 없다는 것을 알기 때문인지 사티루스는 우아하게 드레스를 흔들며 서랍장까지 이동하여 빛나는 은색 칼을 꺼냈다.

“아아아앗…… 아, 아아앗……!”

천장에 늘어진 샹들리에, 그 빛을 칼에 반사시키며 사티루스는 겁먹은 노예 소녀에게 다가갔다.

“이 방은 말이지, 내가 특별히 주문해서 만든 곳이야. 비밀실의 깊숙한 곳, 수많은 장치를 지난 안쪽에 있는 진짜 비밀실이지. 여길 아는 사람은 나밖에 없어. 왜냐고? 그야 여길 만든 놈들은 모두 죽었으니까! 내가 죽였으니까!”

“주인니이이이이이임!”

“으흐흐흐흐흐! 그러니까 아무리 불러도 아무도 구하러 오지 않아……. 아니, 올 수 없어. 이곳은 내 비밀 정원, 꿈이 담긴 낙원!

발을 들여도 되는 건 나와 내 장난감뿐이지! 자, 춤추도록 해! 날개가 꺾여 괴로워하는 나비처럼! 춤춰! 토막 나서 괴로워하는 아이처럼!"

사티루스는 양팔을 크게 벌리고 빙글빙글 돌았다.

이곳은 그녀가 특별히 좋아하고 철저히 망가뜨리고 싶은 '장난감'을 데려오기 위해 만든 방이다.

몇 시간이든 며칠이든 천천히 손끝부터 온몸을 잘라내어 상처에 약품을 바르며 고통을 주고 눈꺼풀은 잘라내어 잠조차 허락하지 않는다.

그 노예가 죽으면 뒤이어 온 노예가 시체 처리와 방 청소를 한다.

지난번 희생자를 치우는 동안에 다음에는 자신이 이렇게 되나 하고 괴로워하는 모습을 보며 사티루스는 즐거워한다.

그리고 정리를 마치면 다음 고문이 시작된다.

"소문은 늘 들었어. 얼굴을 붕대로 칭칭 감은 노예는 밀키트밖에 없는걸. 게다가 해독되어 얼굴의 진물이 사라졌다지! 지금 주인님이 해줬어? 정말 다정한 사람이구나. 나보고 또 망가뜨리라고, 선의로 수리해줬는걸! 그래서 얼마 전부터 노리고 있었지. 반드시 내가 가져서 이번에는 특별히, 찬찬히, 끈질기게 놀아주겠다고! 게다가 감정까지 되찾았어! 이전의 밀키트는 무슨 짓을 하든 반응이 없어서 그거 하나가 아쉬운 장난감이었어! 기껏 예쁜 얼굴인데 이래서야 망가뜨려도 보람이 없거든! 비싼 돈을 주고 샀는데 슬픈 일이지. 이왕이면 최고의 비명과 목숨 구걸을 듣고 싶었어! 안 그래? 너도 미안하다고 생각했지?"

밀키트는 수차례 고개를 가로저었다.

"건방진 것. 주제를 모르는 이 느낌이 좋아. 아주 흥분돼! 우선은 붕대를 풀고 얼굴을 보여줘. 아름다운 것은 아름다운 모습을 본 뒤에 더럽혀야지! 간극! 그것이 무엇보다 짜릿하지! 자, 자, 얼른!"

그런 것을── 용납할 리가 없다.

그녀의 맨얼굴은 플럼만의 것이다.

밀키트는 얼굴을 감추듯 벽 쪽으로 웅크렸다.

"보여주고 싶지 않아? 아아, 그래? 주인님에게 지조를 지킬 셈이구나? 아하하하! 노예와 주인 관계, 금단의 사랑이라도 하니?! 그러고 보니 그 옷은 뭐야? 주인님이 맞춰줬어? 아주 예쁜 웨이트리스복이지만 실용적이지는 않아. 요컨대 취향인 거지. 성적 취향을 만족시키기 위한 옷! 얘, 밀키트. 그 주인과 네 사이에 있는 건 사랑이 아니야. 알아? 그저 성욕이지. 성, 욕!"

"아니에요! 주인님은 그런 사람이 아니에요!"

"아하하하하하! 웃겨 죽겠네. 나도 모르게 배 속에서 웃음이 나왔어! 아아아, 아하아앙! 희극이 따로 없네! 진심으로, 진──심으로 쳐부수고 싶어어어어어엇!"

사티루스는 그렇게 외치며 밀키트에게 뛰어들었다.

그녀의 거친 콧김이 하얀 피부를 간질였다.

너무나도 불쾌한 감각에 밀키트는 이를 잘게 덜덜 떨었다.

"이 칼은 에피타이저야. 아니, 식전주일지도 모르지. 그 밖에도 채찍이나 바늘이나 독도 준비되어 있어. 기대되지? 기대된다고 해. 안 해? 왜? 자, 말해. 말하라니까. 말하라고오오오오오옷!"

"윽…… ㅇㅇㅇㅇ……."

"자, 깨끗한 칼날이 네 몸에 다가갈 거야……. 이렇게 딱 대고——."

"히이익!"

"차가운 감촉이 무섭지? 겁나지? 그럼 겁을 내! 너의 그 얼굴이! 줄곧 보고 싶었어! 이제 본격적으로 망가뜨리면 어떻게 될까? 응?! 최고의 엑스터시를 맛볼 수 있을 것 같지 않아?!"

찍, 하고 칼이 밀키트의 웨이트리스복 표면을 갈랐다.

살갗에 상처는 나지 않았지만, 찢어진 소매를 보자 밀키트는 몸 대신 마음이 아팠다.

주인님이 사준 소중한 옷이——. 그것은 함께 보낸 시간의 기억도 들어 있어 몸보다 소중한 것이었다.

그 추억을 이 여자가, **이딴 여자가** 더럽혔다.

"다음은 치마다아아아앗! 자, 자, 소중한 옷이 찌지직 찢어져서…… 벌벌 떠네. 몸도 마음도 겁에 질리고 슬퍼하니 가여워! 아아앙, 하지만 난 그게 참을 수 없어!"

선언한 대로 사티루스는 프릴 치마를 찢었고 밀키트의 허벅지와 속옷이 훤히 드러났다.

"어머…… 어머나, 세상에. 참 선정적인 라인이네! 이런 걸 보면 네 주인님은 구출하는 게 아니라 흥분한 나머지 덮칠지도 모르겠어! 뭐, 그 전에—— 내가 죽일 거지만! 결국 네그로필리아인가? 시체를 덮쳐서 허리를 흔드는 거니까! 어머나, 불결해라. 그건 아무리 나라도 감당이 안 돼……. 아아…… 아하하하하하하!"

"으, 아…… 주인니이이임……!"

밀키트는 울부짖었지만, 눈앞에 칼을 들이대자 "히익" 하고 목소리가 딱 멎었다.

그것이 너무나도 우스꽝스러웠는지 사티루스는 수차례 칼을 뗐다가 들이대며 낄낄 웃었다.

하지만 그것에도 질렸는지 이번에는 왼손으로 머리를 잡아 벽에 내리쳤다.

"히이익!"

고통스러운 목소리가 편안하게 들려서 그것을 반복했다.

"아읏, 으…… 크, 윽…… 아, 아파…… 그, 만……!"

밀키트는 이마와 코에서 피를 흘려서 목덜미까지 피로 흠뻑 젖었다.

"그만두라고 하면 할수록 하고 싶어지는 건 왜일까?! 아아, 그래. 그거야, 그거. 좋아하는 사람일수록── 괴롭히고 싶어지는 거! 그러니까 이건 사랑이야! 사랑의 채찍! 꾹 참아! 나를 기분 좋게 해주기 위해서!"

사티루스는 그렇게 말하며 한바탕 강한 힘으로 밀키트의 머리를 벽에 내리쳤다.

하지만 모험가조차 아닌 평범한 여자의 힘이니 좀처럼 기절은 할 수 없었다.

그대로 미끄러져 내려와 바닥에 쓰러진 밀키트는 잠꼬대하듯 반복했다.

"주인, 님……."

반드시 와줄 것이라고 믿으며.

사티루스의 말이 진짜라면 분명 이 바람은 닿지 않을 것이다.

밀키트도 알고 있다.

이 세상에는 플럼보다 강한 사람이 많고, 극복할 수 없을 정도로 불합리한 일이 많다는 것을.

그래도── 믿고 싶다.

세상에 모든 기대를 버렸을 터인 밀키트가 그렇게 매달리고 싶을 정도의 희망을 그녀가 주었으니까.

"사…… 살려……."

"어라? 밀키트, 혹시 노예 주제에…… 주인에게 도움을 구하려는 거야?"

"으……으으으……윽."

사티루스의 지적에 밀키트는 주저했다.

플럼은 반드시 구해줄 것이다.

하지만 동시에── 그런 소망을 이루기 위해 자신을 희생할 사람이다.

그것을 알면서 목숨을 위험에 빠뜨리면서까지 이런 곳에 구하러 와주기를 바라다니── 노예로서 바라도 될 리가 없다.

"후후훗, 너는 역시 재미있어. 변했어. 마치 내 손에 죽기 위해 살아 있는 것 같아! 음후후후후, 하후후후훗, 망가뜨리는 보람이 아주 커……!"

사티루스는 일어나서 밀키트의 배를 있는 힘껏 밟았다.

"허억!"
"나도 모르게!"
"흐, 으읍!"
"즐기기 전에!"
"어흐윽……!"
"죽여버릴 것 같아아아아앗!"
"푸, 으흑…… 히익…… 흐으읍……."
둔탁한 통증과 함께 구역질이 나며 의식이 흐려졌다.
밀키트는 반쯤 벌어진 입에서 침을 흘렸다.
뇌 속에서는 바로 어제 들은 주인의 말이 재생되었다.
「이 아이는 저의 소중한 파트너입니다, 라고.」
노예가 아니라 대등하게 옆에 서는 존재로서.
구체적으로 어떤 관계인지 밀키트는 알지 못한다.
그런 거리감으로 타인과 어울린 적이 없기 때문이다.
"얼른 도움을 구해! 노예 주제에! 주제도 모르고! 저를 구해달라고 꼴사납게 외쳐! 나를 즐겁게 해달라고!"
"으…… 크흑, 히……익…… 아, 주……인……님……."
하지만 그것이 서로가 주고받는 것이라면.
"그래, 바로 그거야! 필사적인 모습을 더 보여줘! 더 발버둥 치고 더 저항해! 그리고 이루어지지 못한 채 배반당해 죽어가는 모습을 보여줘!"
"하윽…… 히…… 익…… 살려……줘……."
——밀키트가 먼저 바라도 되지 않을까?

“살려, 주……세요…… 주인……님…… 윽!”

그 말은 마법이 아니기에 말해도 상황이 변하는 것은 아니다.

어디까지나 밀키트 자신의 심정 변화에 지나지 않는—— 그녀를 내려다보는 사티루스의 눈에는 희열을 위한 **안줏거리**에 지나지 않는다.

“우훗, 후후훗, 크흐흐하하하아하하하하하핫! 도움을 구했네! 아~아, 아아아~아! 자, 노예 실격입니다! 주인도 방금 그걸로 정이 떨어졌습니다! 아하하하하하——.”

그때 굉음이 그녀의 웃음소리를 가로막았다.

방 전체가 흔들리며 흙먼지가 피어올랐고 벽에 큰 구멍이 났다.

“하하……하…….”

그 너머에서 걸어온 아담한 그림자.

“뭐……?”

사티루스는 뚫린 구멍을 멍하니 바라보았다.

그리고 흙먼지가 걷히며 나타난 소녀의 모습을 본 다음 순간——,

“너는 플, 크헉?!”

얼굴 한가운데에 플럼의 주먹이 박히며 사티루스의 몸은 날아가 벽에 부딪혔다.

“아…… 아아…… 으아아아…….”

형언할 수 없는 기쁨이 흘러넘쳤다.

이번만은 더 이상 무리라고 생각했는데.

“정말로…… 와, 줬어……!”

역시 밀키트에게 플럼은 그 누가 부정하든 진정한 ‘영웅’이 틀림없다──.

"저, 저…… 이, 이제, 글렀다고…… 이제 두 번 다시, 주인님과…… 만나지 못할 거라고……!"

"밀키트! 아아, 이 상처 좀 봐……. 미안해. 내가 더 잘 챙겼으면 이런 일은……!"

밀키트는 플럼에게 힘차게 안겼다.

그 체온을 느끼기만 해도 모든 통증을 잊어버릴 정도의 안심감을 얻을 수 있었다.

"아니에요……. 아니에요……! 주인님은, 구하러 와주셨으니까…… 그러니까, 그렇게, 사과하지 마세요……!"

뚝뚝 떨어지는 눈물이 플럼의 어깨를 적셨다.

그녀의 눈에도 눈물이 맺혔고, 밀키트를 무사히 구출할 수 있었다는 강한 안도가 엿보였다.

"교회와 나눈 편지도 있고 이건 주문서와 영수증이야. 교회의 도장도 확실히 찍혀 있으니 이건 두말할 나위 없는 증거야."

태연히 방으로 들어온 웰시는 재빨리 책상을 물색했다.

거기서 나온 문서는 모두 사티루스가 비밀리에 교회와 거래한 증거가 되는 중요한 것들이었다.

"플럼, 이걸 어떻게 하면──."

서류 처리에 대해 물으려던 웰시는 플럼 쪽을 보며 굳었다.

당연히 밀키트와 재회하면 본래 모습으로 되돌아갈 줄 알았는데── 플럼의 표정은 재차 말을 걸기가 주저될 정도로 냉혹하게 변해 있었다.

그녀는 영혼 사냥꾼을 한 손에 들고 벌벌 떠는 사티루스를 내려다보았다.

"어……떻게? 장, 치를…… 어떻게, 돌파, 했지……?"

확실히 장치는 난해해서 플럼과 웰시가 힘을 합쳐도 풀 수 없는 것들이었다.

하지만――,

"다 부쉈어."

우직하게 차례차례 문을 열 필요는 어디에도 없다.

프라나와 반전을 구사하여 힘으로 부셔 장치를 무효화시켰다.

"모험가, 가…… 읏, A랭크 두 명에, B랭크도, 있었을 텐데?!"

"다 죽였어."

사티루스의 눈이 공포로 휘둥그레졌다.

이제 그녀를 지킬 사람은 아무도 없다.

"물론 너도 죽일 거야."

"기, 기다려. 그랬다가는 너도 그냥 넘어갈 수는 없――."

거기까지 말한 그녀는 자기 자신의 말을 떠올렸다.

이곳은 비밀의 방이고 그 존재를 아는 사람은 자신밖에 없다.

지금은 망가져서 다소 발견하기 쉬워졌지만, 지금 있는 비밀실에 도달하기 위한 입구부터가 이미 감춰져 있다.

거기에 은폐 공작이라도 한다면 플럼이 입을 열지 않는 한 시체가 발견될 일은 없을 것이다.

"도…… 도, 돈, 은? 얼마든지…… 줄게. 물건이라도. 못 본 척만 해준다면 뭐든지!"

"그래? 그럼 네가 밀키트를 해친 만큼 받아야겠네. 얼마 정도일까?"
"금화…… 5천? 아니면 만—— 크허헉?!"
플럼은 사티루스의 멱살을 잡고 얼굴을 가까이에서 노려보았다.
"돈으로 될 것 같아? 목숨도 부족하다는 걸 아직 모르겠어?"
"그, 그럴 수가……. 아…… 아아, 부탁, 이야……. 나는, 아직, 죽고 싶지……."
겁에 질린 사티루스의 귀에 플럼의 손바닥이 닿았다.
그리고 그녀가 '리버설'을 외치자—— 찌직, 하고 귀의 **위아래**가 반전되며 찢어졌다.
"끄아아아아아아아아아아아악!"
방안에 새된 비명이 울려 퍼졌다.
사티루스는 피투성이가 된 귓가를 손으로 덮으며 "헥헥헥" 하고 개처럼 가쁘게 숨 쉬었다.
"웰시 씨, 자료는 모았나요?"
"으, 응……. 뭐, 대충은."
"그럼 밀키트를 데리고 먼저 나가실래요?"
"주인님은 같이 안 가세요?"
불안하게 묻는 밀키트에게 플럼은 부드럽게 미소 지었다.
"이제부터는 밀키트가 보지 않길 바라. 나를 싫어하게 될지도 몰라."
"저는 무슨 일이 있어도 주인님을 싫어하지 않아요!"
"아하하…… 그건 정말 기쁘지만."

플럼은 쑥스러워하며 손가락으로 뺨을 긁적였다.

"충격적인 장면을 보게 될 테니 보지 않는 게 좋겠다고 생각해. 그러니 웰시 씨를 따라갈래?"

"……알겠, 습니다."

그런 일이 일어난 직후다. 잠시라도 플럼에게서 떨어지고 싶지 않은 마음도 이해는 된다.

하지만── 지금부터 고문조차 미적지근하게 느껴질 정도로 처참하게 이 여자를 죽이려 한다. 도저히 보여줄 수 없다.

플럼은 미소를 지으며 웰시와 함께 방을 나서는 밀키트를 보냈다.

그리고 그녀들의 모습이 보이지 않게 되자마자 태세를 전환했다.

우선은 바닥에 떨어진 은색 칼을 주워 겁먹은 모습의 사티루스를 내려다보았다.

아까까지 밀키트에게 고압적으로 행동했던 그녀는 자신이 '장난감'이라 부르던 노예와 똑같은 입장이 된 지금 무슨 생각을 할까?

"각오는 됐어? 안 됐어도 할 거지만."

"기……기다려……. 나는, 그렇게까지 심한 짓을…… 하지 않았어……. 돈, 돈을 줄 테니, 그러니!"

"돈은 관심 없대도. 나도 사실은 이런 짓을 하고 싶지 않아. 하지만 죽이지 않으면 안 되잖아? 이딴 건."

과거와 현재의 죄.

그리고 단순히 '왜 이 빌어먹을 할망구는 싸울 힘도 없는 밀키트를 잡아간 거야?'라는 플럼의 분노.

당최—— 살릴 이유를 조금도 찾을 수 없었다.

"사, 살려줘……. 누구, 없어……? 앗, 으아아아아아악! 힉, 히익, 히이이이이이이이익!"

따라서 만장일치로 극형 이외의 선택지가 없는 그녀에게는,

"어, 얼굴은…… 안, 돼, 끄윽?! 큭, 히이이이이익……. 으악, 흐윽, 힉, 힉, 돌려, 헉, 코…… 코, 아아, 아, 직, 아아아아아아악?!"

지금까지 밀키트가 맛본 것 이상의 고통과 공포를,

"주, 죽어, 싫어, 죽고 싶지…… 않, 힉, 아아아아아아악, 돌려, 줘……. 내, 몸…… 돌려, 줘, 싫어어어어어어어어어어엇!"

조금의 자비도 없이 가해져야 한다.

"이제…… 그, 만…… 이, 이제…… 크헉…… 죽, 우웩…… 여, 우욱, 픕, 크으으으으으으으윽! 부, 부탁, 이…… 야, 죽, 여, 줘어어어어어……!"

방 밖에서 기다리는 밀키트와 웰시에게도 그 소리는 들렸다.

살이 뒤섞이고 피가 튀고 뼈가 부서지며, 이제는 뭐가 망가졌는지도 알 수 없는 파열음.

물론 사티루스의 짐승 같은 비명도.

"밀키트라고 했나? 플럼은 늘 저런 느낌이야?"

"아니요. 평소에는 아주 다정한 주인님이세요. 이렇게 생긴 저를 누구보다 소중하게 대해주는 분이시니까요."

밀키트는 뺨을 물들이며 기쁜 듯 말했다.

"그렇구나. 소중하게 대해주는 사람이니까 그렇다……?"

결국 절대로 화를 돋워서는 안 되는 유형의 인간인 것이다.

웰시가 플럼을 분석하는데 방에서 들리던 소리가 딱 멎었다.

그리고 **처형**을 마치고 방에서 나온 플럼은 가장 먼저 밀키트에게 달려가 재차 그녀의 몸을 안았다.

품에 안긴 그녀는 황홀하게 실눈을 뜨고 주인에게 붙어 뺨을 비볐다.

“오빠가 ‘신뢰할 수 있다’고 말한 이유를 잘~ 알 것 같아……. 아니, 역시 모를 것 같기도 하네.”

사이좋은 두 사람의 모습을 보며 웰시는 한숨 섞어 그렇게 중얼거렸다.

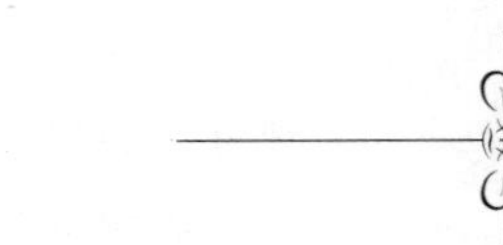

Re

사티루스의 저택에서 탈출한 플럼 일행은 우선 피폐한 밀키트가 쉴 수 있도록 근처에 있는 리치의 저택으로 향했다.

그리고 객실을 빌려 밀키트를 침대에 눕히자 그녀는 이내 안도한 얼굴로 새근거렸다.

빌린 옷으로 갈아입은 플럼은 침대 끝에 앉아 그녀의 머리카락을 쓰다듬으며 잠든 그 얼굴을 빤히 바라보았다.

"플럼 씨, 사티루스를 죽였다는 게 사실인가요?!"

웰시에게 아까 일어난 일에 대해 들은 모양이었다.

플럼은 수긍했고, 밀키트의 과거를 포함하여 오늘 일어난 일을 그에게 말했다.

"상당히 악독한 사람이라고는 들었지만, 밀키트 씨의 주인이었을 줄이야. 하지만 그녀는 교회와 연결되어 있어요. 의심을 사면 위험하지 않나요?"

"시체는 못 찾을 곳에 있으니 한동안은 괜찮을 거예요."

"우선 사티루스가 벌인 악행의 증거도 여기 있고, 정보를 잘만 내보내면 이쪽의 입장이 나빠질 일은 없지 않을까?"

사티루스가 행방불명이 된 지금, 얻은 정보를 모두 밝히면 의심은 플럼이나 웰시에게 향할 것이다.

하지만 자료 중에는 그녀가 노예를 고문한 끝에 죽인 증거도 포함되어 있다.

웰시의 말대로 잘만 이용하면 사람들로 하여금 '사티루스는 죽어도 싼 인간이었다'고 여겨질 수 있을 것이다.

교회와 연결되었다는 사실도 마찬가지다——. 요컨대 중요한 것은 정보를 공개하는 양과 타이밍이다.

"알겠어요. 그건 웰시에게 맡기지요."

리치도 비슷한 생각을 했는지 생각보다 흔쾌히 납득했다.

그 뒤, 남매가 방을 나서더니 밖에서 대화를 시작한 모양이었다.

플럼은 밀키트와 단둘이 남자 잠든 그녀의 천사 같은 얼굴을 보며 붕대 사이에 손가락을 대고 뺨을 가볍게 찔렀다.

그러는 사이에 점차 그녀도 졸음이 쏟아졌다.

아직 아침이지만, 일어난 사건이 너무나도 농밀해서 지친 모양이었다.

졸음과 싸울 이유도 없으므로 침대에 엎드린 채 잤다.

두 사람은 세 시간 뒤에 일어났고, 리치가 동구 교회에서 신뢰할 수 있는 수도녀를 불러준 모양이라 밀키트의 상처는 거의 치유되었다.

에타나는 필시 심기가 불편할 것이다——. 그렇게 상상한 플럼은 머뭇머뭇 현관문을 열었다.

그러자 그곳에는 아니나 다를까 언짢은 얼굴로 벽에 기댄 그녀의 모습이 있었다.

플럼과 에타나의 눈이 마주쳤다.

멀쩡한 두 사람을 보자마자 에타나는 안도의 숨을 내쉬었다.

그리고 플럼에게 다가가 검지로 이마를 찔렀다.

“아얏.”

“일어나보니 둘 다 온데간데없어서 걱정했어.”

에타나는 입술을 삐죽 내밀며 말했다.

나아가 그녀는 플럼의 목덜미에 얼굴을 들이대더니 코를 킁킁거렸다.

“……피비린내가 나네. 리치가 보낸 사람에게 연락은 받았지만, 자세히 설명해줘.”

옷은 서둘러 세탁했지만, 피부에 배었을까?

“밀키트가 예전 주인에게 잡혀가서 되찾으러 갔어요.”

“아무렇지도 않게 말하지만, 엄청난 대사건이야.”

“저도 그렇게 생각해요. 하지만 보시다시피 무사히 구출됐어요.”

밀키트가 겸연쩍은 듯 머리를 숙이자 에타나는 “흠” 하고 팔짱을 꼈다.

“교회와 연관 있어?”

가장 먼저 그것을 의심했다.

그렇다면 구출했다고 안심할 수는 없다.

당장이라도 다음 습격이 일어날 가능성이 있기 때문이다.

“밀키트가 잡혀간 사건이라면 관계없어요.”

“그럼 뭐…… 이번에는 상처도 없는 모양이니 아무 말도 하지 않을게. 하지만 앞으로는 나도 의지해줘.”

그때는 머릿속에 범인을 쫓을 생각만 가득했다.

당장이라도 쫓아가지 않으면 두 번 다시 구할 수 없을 것 같은 기분이 들었다.

게다가 에타나는 아직 자고 있었고 잉크를 혼자 두면 그쪽을 노릴 수도 있었다.

하지만 실제로는 에타나의 말대로 말을 했으면 빨리 해결되었을 것이다.

그녀가 조종하는 물 마법은 그만큼 만능이며 강력하니까.

"명심할게요."

"그래 줘. 그나저나 점심은 내가 차렸는데 먹을래?"

거실 쪽에서 은은하게 좋은 냄새가 풍겼다.

대답 대신 플럼과 밀키트의 배가 꼬르륵거렸다.

그날 오후는 아무도 집 밖으로 나가려 하지 않았다.

저녁도 집에 있는 재료로 만들었다.

에타나가 만든 점심도 충분히 맛있었지만, 에타나는 어찌 된 일인지 "역시 맛있어"라며 조금 분노했다.

밀키트는 영웅에게 이겨서 보기 드물게 의기양양한 표정이었다.

식후, 플럼은 반쯤 억지로 밀키트와 함께 씻었다.

아무래도 부끄러운지 그녀는 완곡하게 사양했지만,

"그럼 탈의실에서 나올 때까지 앉아 있을래."

라고 강하게 말하는 플럼을 당해내지 못하여 결국 꺾이고 말았다.

하지만 그래도 부끄러운 것은 부끄러운 것이었다——.

“우와, 역시 밀키트는 피부가 곱다. 부러워.”

라고 말하며 등을 밀어주거나,

“밀키트의 은색 머리카락은 정말 멋져. 가끔 ‘이 아이는 천사나 요정이 아닐까?’ 하고 진심으로 생각하기도 해.”

라고 머리카락을 만지며 말하자 얼굴이 새빨개졌다.

마지막에는 그렇게 넓지 않은 욕조에 둘이서 들어가 살갗을 밀착해서 쓰러지지 않은 게 기적일 정도로 체온이 상승했다.

그리고 마침내 취침 시간이 다가왔다.

색깔만 다른 잠옷을 입은 두 사람은 붕대를 풀고 평소처럼 가볍게 장난을 친 뒤 각자의 침대로 향했다.

방의 불을 끄자 실내는 어둠에 감싸였다.

플럼은 이내 눈을 감았지만, 밀키트는 그대로 멍하니 위를 보고 있었다.

어둠에 눈이 익숙해지자 조금씩 천장이 보였다.

‘——잠들기가 무서워.’

솔직히 그렇게 생각했다.

오늘은 사티루스를 만났으니 틀림없이 과거의 꿈을 꿀 것이다.

분명 지난번보다 더 처참하고, 구체적이고, 생생한 악몽을——.

차라리 이대로 잠들지 말고 밤이 지나가기를 기다릴까 생각하는데,

“있잖아, 밀키트. 이리 와서 같이 잘래?”

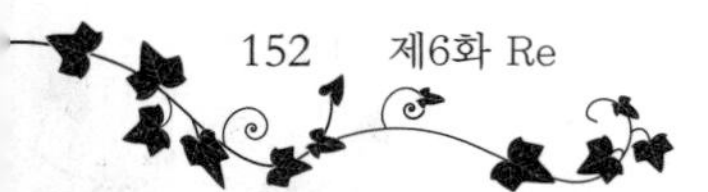

플럼은 이불을 들추고 밀키트를 불렀다.

달빛에 빛나는 주인의 미소에 가슴이 크게 쿵쾅거렸다.

"아, 아무리 그래도 그건 좀. 싱글침대라 너무 좁을 거예요."

"딱 붙으면 문제없어."

아까 욕실에서 그랬듯 플럼의 말은 평소보다 강압적이었다.

"하지만 왜 갑자기 그러세요……?"

"밀키트, 자기 전에 어쩐지 쓸쓸한 표정을 지었지? 사실은 혼자 자기가 무섭지 않나 해서."

"……그런 것까지 간파하세요?"

"간파한다기보다 나도 같은 기분이었으니까."

"주인님께서요?"

"자기 전에 밀키트가 없어지는 게 아닐까 하고. 하지만 꼭 끌어안고 있으면 그럴 걱정은 없잖아?"

한순간의 일로 사람은 쉽사리 없어진다.

게다가 두 번이나 그것을 경험했다.

다음에는 자는 사이에 사라질지도 모른다――. 그렇게 막연한 불안에 공연히 두려워질 때가 있다.

"저기…… 정말로 괜찮을까요?"

"오히려 내가 부탁하고 싶을 정도야."

"그럼…… 실례할게요."

밀키트는 베개를 들고 이동한 뒤 주인의 이불 속으로 들어갔다.

이불 속은 이미 플럼의 체온으로 따뜻했고, 그것에 감싸이자 마치 품에 안긴 듯 마음이 진정되었다.

기쁨과 부끄러움이 반반이었다.

안심은 되지만 가슴이 뛰어서 오히려 잠이 확 깰 것 같았다.

"조금 더 가까이 와."

너무 소극적이라 침대에서 떨어질 것 같은 밀키트의 몸을 플럼이 확 끌어안았다.

"아……."

"후후, 밀키트도 참. 가슴이 엄청나게 두근거리네. 포옹쯤은 늘 하는 거잖아?"

"그렇게 말씀하시는 주인님도…… 엄청나요."

"그, 그건…… 포옹이랑 같이 자는 건 사정이 다르니까……. 안 그래?"

"후훗, 주인님도 저랑 똑같으시네요."

가까이에서 본 밀키트의 미소는 천사를 넘어 여신이었다.

절을 할 것만 같은 욕구를 꾹 참았지만, 심장은 솔직해서 더욱 시끄럽게 쿵쾅쿵쾅 뛰었다.

하지만 그 고동도 편안했다.

꿈에 대한 공포에서 벗어날 수 있는 것은 주인의 품에 안겼을 때뿐이다.

체온과 맥박과 냄새가 눈을 감아도 당신이 그곳에 있다고 가르쳐줘서 안심하고 졸음에 몸을 맡길 수 있었다.

"저기, 주인님."

"왜?"

밀키트는 사티루스에게 공격을 당했을 때 '구해주기'를 바랐다.

주인이 자신을 구하러 와주기를 바랐다.

그 결과 플럼은 자신을 구해주었지만—— 그 순간, 노예와 주인이라는 관계는 완전히 부서진 것 같았다.

아니, 본래 플럼은 밀키트를 노예로 대하지 않았다.

요컨대 그것은 노예와 주인 이외의 관계성을 모르는 밀키트의 생각이었다.

플럼과 자신의 사이에 존재하는 것이 그것 이외의 형태가 되었을 때, 어떻게 접하면 좋을지 몰랐다.

따라서 사양하고, 인내하고, 자신이 아는 범위 내에서 해결하려 했다.

템플릿을 더듬으면 최소한의 의사소통은 할 수 있었으니까.

하지만 이제 그 방침조차도 유지할 수 없게 되었다.

자신의 의사로 영역 밖에 발을 내디딜 때가 온 것이다.

"저기…… 만약 괜찮으시다면 말인데요."

조심스레 긴장하며 웅얼거리면서도,

"내일부터도…… 이렇게, 한 침대에서 자도, 될까요?"

그녀는 플럼에게 '어리광'을 부렸다.

플럼은 밀키트에게 얼굴을 들이대더니 이마를 콩 맞대고 빙긋 웃으며 말했다.

"내가 말하려고 했는데."

플럼은 밀키트에게 거짓말을 하지 않는다. 무조건 그렇게 믿을 수 있다.

그래서 그 말은 밀키트의 가슴속 깊은 곳까지 스며들었다.

그리고 느꼈다.

자신은 지금 소중한 사람과 같은 소망을 품고 있다——. 바로 그 기쁨을.

“내일 같이 옷이라도 사러 갈까? 찢어졌잖아.”

“네. 주인님도 같이 새 옷을 사요.”

“밀키트에게 골라달라고 해야겠다.”

“자신은 없지만…… 열심히 골라 볼게요.”

“후후후, 기대된다~. 또 가고 싶은 곳은 없어?”

“글쎄요……. 그럼 맛있는 음식이 먹고 싶어요.”

“맛있는 음식이라. 그럼 좀 분발해서 비싼 레스토랑에 가는 건 어때?”

“고급 레스토랑이요……?”

“사양하지 않아도 돼. 지갑 걱정은 하지 마.”

“지갑 걱정보다 너무 고급이면 집에서 따라 할 수 없을 거예요.”

“그렇군. 그럴 셈이었구나?”

“네. 반드시 제 것으로 만들어서 그 어떤 가게보다 제 요리를 맛있게 생각하시길 바라요.”

“음~ 이미 진작에 그렇게 됐는데…….”

두 사람은 침대에서 바싹 달라붙은 채 내일 외출할 계획을 세웠다.

결국 그것이 지나치는 바람에 잠이 홀딱 깨서 평소보다 한 시간 정도 늦게 잠이 들었다.

◇◇◇

다음 날, 둘 사이에 감도는 들뜬 분위기를 에타나가 감지하지 못할 리 없었다.

소시지를 입으로 옮겨 반쯤 입에 넣고 꼭꼭 씹어 삼킨 뒤——한마디를 툭 내뱉었다.

“오늘 데이트해?”

“콜록, 콜록!”

때마침 수프를 삼키려던 플럼은 액체가 기도로 들어가 요란하게 기침을 했다.

밀키트가 황급히 다가가 등을 문지르며 컵을 건넸다.

플럼은 물을 단숨에 마시더니 어깨를 들썩여 숨 쉬며 에타나를 노려보았다.

“아니거든요!”

“그런 분위기로만 보이는데.”

“무슨 말씀이세요? 어제 찢어진 옷을 사러 갈 뿐이에요. 옆길로 잠시 샐 거지만.”

“그걸 세간에서는 데…….”

“쇼핑이라고 해요! 대체 저와 밀키트가 밖에 나가는 게 왜 데이트죠? 이상하잖아요. 그렇지? 밀키트.”

“네, 주인님과 저는 다만 쇼핑하러 갈 뿐이에요.”

두 사람은 그렇게 말했지만, 에타나는 “그걸 데이트라고 한다고 생각해……”라며 불만스러워했다.

물론 당사자인 두 사람에게는 정말로 그럴 마음이 없었다.
친구도 아니고 어디까지나 파트너.
모호한 관계지만, 지금의 두 사람은 그것에 만족했다.
굳이 말하자면, '가족'에 가깝다. 하지만 단언컨대 두 사람의 관계는 몹시 뜨겁다.
"……이해가 안 되네."
에타나가 두손 두발을 들 정도로 미묘하고 아슬아슬한 상태였다.

◇◇◇

그리고 플럼과 밀키트는 마을로 나갔다.
두 사람이 손을 잡고 걷는데 밀키트는 힐긋힐긋 플럼의 머리 쪽을 보았다.
"뭐 묻었어?"
"그 머리핀을 하셨길래요."
"아아, 이거? 물론이지. 밀키트에게 받은 건데."
얼마 전에 밀키트가 직접 만들어서 준 핀이다.
이렇게 플럼이 머리에 단 모습을 보자 새삼스레 '싸우는 데 방해가 되지는 않을까?'라거나 '주인님께서 하시기에는 너무 화려한 걸지도 모르겠어' 등 부정적인 생각이 떠올랐다.
"정말 귀여워. 아주 마음에 들어."
하지만 플럼은 신나게 말했다.
그렇다면 좋아해준 것을 순순히 기뻐해야 한다──고 밀키트

는 스스로에게 되뇌었다.

그런 대화를 나누며 두 사람이 가장 먼저 향한 곳은 이전에 밀키트의 웨이트리스복을 샀던 그 옷가게였다.

이미 점원이 자신들의 얼굴을 외운 데다 돈을 척척 지불해서 그런지 처음처럼 노예라며 싫은 표정을 짓는 일은 없어졌다.

플럼과 밀키트는 이게 좋네, 저게 좋네, 이야기를 나누며 특별히 마음에 드는 게 있으면 탈의실로 가져갔다.

"오…… 가끔은 이런 것도 좋다."

"조금 밋밋한 것도 같은데요."

"밋밋하다기보다 평범한 느낌? 하지만 네가 입으면 뭐든 잘 어울리니 반칙이야."

"뭐든 그렇지는 않아요. 자꾸 그렇게 말씀하시면 진짜인 줄 안다고요."

밀키트가 맨 처음에 입어본 옷은 베이지색 드레스 위에 두툼한 하얀색 앞치마를 두른 아주 심플한 웨이트리스복이었다.

머리에 쓴 캡도 세련되다기보다 머리카락이 떨어지지 않게 하려는 기능성을 중시하여 요염한 맛이라고는 조금도 없었다.

다만 이것은 이것대로 생활감이 있다고 할까? 집안일을 하는데 특화된 맛이 있었다.

"정말 잘 어울리나요?"

빤히 바라보는 플럼의 시선에 밀키트는 불안한 듯 물었다.

"평소의 밀키트는 너무 예뻐서 누가 데려갈까 봐 불안했는데, 그 옷을 입으니 뭐랄까……? 안심이 된다고 할까? 가정적이라고 말하면 되려나?"

그 말을 듣고 밀키트는 다시 한번 거울을 보며 치마 끝을 잡거나 모자의 각도를 조정하며 상태를 확인했다.

"주인님께서 그렇게 말씀하신다면 첫 번째 후보로 꼽을게요."

"그래. 그러자!"

밀키트는 일단 그것을 보류해두고 다음 옷으로 갈아입었다.

"그러고 보니 밀키트는 의외로 프릴이 많이 달린 걸 좋아하는구나?"

"나풀나풀한 드레스는 귀여워요."

"그럼 아까 그건 별로 마음에 안 들었어?"

"그렇지는 않아요. 저는 늘 비슷한 옷만 고르니 아주 신선한 기분으로 입을 수 있었어요."

이야기를 하는 사이에 옷을 다 갈아입었다.

커튼이 열렸다——고 생각했는데 밀키트는 어찌 된 일인지 얼굴만 내밀고 플럼 쪽을 보았다.

그 얼굴은 목덜미까지 새빨갛게 물들어 있었다.

"이, 이건, 주인님께서, 고르셨나요?"

"응. 아까 말했다시피 프릴이 많아서 귀엽다고 생각했는데……무슨 문제라도 있어?"

"아니요. 그게…… 우, 우선 봐주세요."

천천히 커튼이 열리며 그 전모가 드러났다.

"와우……."

그 모습을 본 순간, 플럼은 저도 모르게 외쳤다.

위는 예상대로 프릴이 많아서 귀여웠지만, 문제는 아래였다.
치마가 아무튼 짧았다.
아슬아슬하게 속옷이 보이지 않는 정도의 길이밖에 되지 않아서 요즘 살이 오른 밀키트의 허벅지가 훤히 드러났다.
그녀는 얼굴을 붉히며 필사적으로 치맛단을 잡고 다리를 가리려 했다.
그 모습을 보자 플럼의 가슴 고동이 쿵쾅쿵쾅 뛰었다.
"미, 미안해. 설마 치마가 그렇게 짧을 줄은 몰랐어."
"주인님께서 이런 걸 좋아하신다면, 저기…… 집안에서, 만이라면, 입어도 괜찮아요……."
아주 매력적인 제안이었다.
하지만 플럼이 고개를 끄덕이면 소중한 것을 잃어버릴 것만 같아서 꾹 참았다.
"아, 아니. 무리하지 않아도 돼. 다른 걸 입어보자, 다른 거!"
"알겠습니다."
밀키트는 커튼을 치고 가슴에 손을 댄 채 "휴우우" 하고 크게 숨을 내쉬었다.
부끄러워서 그녀의 가슴도 시끄럽게 고동쳤지만——,
"……하지만 가끔은 그런 것도 나쁘지 않을 것 같아요."
새빨개진 플럼의 얼굴을 떠올리며 그런 생각을 했다.
그렇게 몇 분 뒤, 또다시 새로운 의상을 선보였다.
이번에는 웨이트리스복이 아니라—— 순백의 원피스였다.
"이것도 주인님께서 고르셨죠?"

“응…….”

플럼은 매료되었다.

본래부터 그녀는 밀키트에게 청순한 이미지를 품어서 하얀 드레스가 틀림없이 어울릴 것으로 생각했다.

하지만 실제로 입혀보니 설마 이렇게까지 잘 어울릴 줄은 몰랐다.

“어느 집안의 아가씨 같아.”

“과찬이세요. 주인님. 이렇게 붕대를 칭칭 감은 아가씨가 어디 있어요.”

그것마저 매력적으로 보이는 것은 틀림없이 플럼이 그녀를 편애하기 때문이겠지만.

하지만 가령 맨얼굴을 드러내고 이 옷을 입었대도 스쳐 지나는 사람들은 모두 밀키트를 양갓집 규수라고 생각할 것이다.

“정말 아름다워…….”

저도 모르게 그렇게 중얼거렸다.

지금 눈에 비친 광경을 잘라내어 그림으로 남기고 싶었다——. 어울리지 않게 그런 생각을 했다.

“저기…… 가, 갈아입을게요.”

너무나도 뜨거운 시선이 부끄러워서 참다못한 밀키트는 또다시 모습을 감추고 말았다.

그리고 본래 입었던 웨이트리스복으로 갈아입고 밖으로 나왔다.

“어떻게 할까요? 더 고를까요?”

“맨 처음에 입었던 웨이트리스복은 사도 되지 않을까 하는데. 확실히 가격도 저렴했지?”

"네. 다른 옷에 비하면요."

밀키트는 가격표를 확인하며 말했다.

참고로 가장 비싼 옷은 두 번째로 입었던 미니스커트 웨이트리스복이다.

"그럼 그건 사기로 하고, 두 벌 정도 더 있었으면 하는데."

"주인님은 안 사세요?"

"이 가게에서 내가 입을 만한 옷은 별로 없을 거야."

"가끔은 분위기가 다른 주인님을 보고 싶어요."

"……그래? 그럼 밀키트가 내게 어울릴 만한 걸 골라줄래?"

"그래도 될까요?"

그러자 그녀는 실로 즐거운 듯 활발하게 옷을 고르기 시작했다.

이렇게까지 신난 밀키트의 모습은 보기 드문 일이다.

"그렇게 입히고 싶었구나……."

어떤 걸 고를지 플럼은 약간 불안했다.

그러더니 한 벌을 건넸고, 플럼은 옷을 확인할 새도 없이 등 떠밀려 탈의실로 들어갔다.

밀키트는 커튼 앞에서 방긋방긋 웃으며 주인이 옷을 갈아입기를 기다렸다.

플럼은 커튼 안에서 "에엥……?" 하고 곤란해하며 별수 없이 그것을 입었다.

커튼이 열렸다.

그리고 모습을 드러낸 그녀는── 밀키트가 대단히 좋아할 법한 프릴 가득한 웨이트리스복을 입고 있었다.

"우와아아……."

밀키트는 뺨에 손을 대며 감탄하는 목소리를 냈다.

한편 플럼은 윗옷 자락을 잡고 얼굴을 새빨갛게 물들인 채 고개를 숙이고 있었다.

설마 웨이트리스복을 입었을 뿐인데 이렇게 수치심이 자극될 줄이야. 늘 입히던 그녀인데도 뜻밖이었다.

"안, 어울, 리지……?"

"그렇지 않아요! 주인님은 아주 귀여우세요!"

밀키트는 열변을 토했다.

플럼은 더욱 새빨개져서 당장이라도 커튼을 닫고 싶은 충동에 사로잡혔다……. 하지만 꾹 참았다.

이것도 밀키트를 위해서니까.

"옷에 묻힌 것 같지 않아?"

"완벽한 차림이라고 생각해요."

"집안일을 지독하게 못 할 듯한 분위기가 나는 것 같은데."

"그 간극이 좋아요!"

"어째…… 밀키트는 평소보다 흥분하지 않았어?"

"……아."

지적받자 굳었다.

"죄, 죄송합니다. 들떠서 그만……."

주인에게 자신이 좋아하는 옷을 입힐 기회는 그리 흔하지 않다.

아니, 플럼의 경우에는 부탁만 하면 뭐든 입을 테지만, 밀키트가 그런 말을 꺼내는 법은 좀처럼 없을 것이다.

즉, 플럼 자신이 "뭐든지 입혀도 돼!"라고 말하지 않는 한 지금 같은 상황은 실현되지 않는 것이다.

"다른 옷은 다음에 입어보자. 밀키트가 기뻐해서 좋지만, 슬슬 내가 한계거든……."

"아니에요. 저는 신경 쓰지 말고 그렇게 하세요!"

샤, 하고 커튼이 닫혔다.

그리고 플럼은 서둘러 옷을 갈아입어 평소의 움직이기 편한 셔츠와 쇼트팬츠 스타일로 되돌아왔다.

마지막으로 가볍게 생각하자 허리에 벨트가 감겼고, 거울을 본 플럼은 한숨을 쉬었다.

"밀키트가 기뻐하는 얼굴을 보고 싶지만, 이 차림이 훨씬 더 편해……. 으~음, 딜레마네."

플럼은 탈의실에서 나와 밀키트의 웨이트리스복을 두 벌 정도 더 샀다.

그리고 가게를 나서 고급 레스토랑에 가기로 했다.

중앙구의 대로에는 여전히 사람들이 북적였다.

플럼은 밀키트를 혼잡 속에서 감싸듯 손을 잡고 조금 앞에서 걸었다.

"그나저나 사람이 엄청 많네요……. 나날이 사람이 늘어나는 것 같아요."

"관광객이나 상인도 점점 늘어나는 모양이야. 마차의 왕래도 많아졌어……. 봐, 마차 때문에 인파가 갈라졌지? 저것 때문에 흐름이 막히나 봐."

한때는 마차 전용 통로를 만든다는 이야기도 있었던 모양이다.

하지만 왕국은 그보다 다른 일에 열의를 쏟는지 어느샌가 흐지부지되었다.

비단 통로뿐만이 아니었다.

인프라 정비나 시설 수선, 치안 유지── 왕도는 발전하는 모양새지만 다양한 문제를 품고 있다.

그리고 그 대다수는 해결되지 않은 채 방치되어 조금씩 민중의 불만은 높아졌다.

"밀키트, 정신없지 않아?"

"괜찮아요."

"좋았어. 그럼 조금 세게 헤치고 나갈 테니 손 놓지 마."

사람과 사람 사이를 밀어젖히듯 앞으로 나아갔다.

그리고 어렵사리 목적지인 고급 음식점까지 다다랐다.

고급이기는 하지만, 드레스 코드를 맞추어야 들어갈 수 있을 정도의 가게는 아니다.

물론 '노예'라는 이유로 쫓겨날 가능성은 있지만── 점원은 뺨의 문장을 보고도 표정 하나 바뀌지 않았다.

과연 교육이 잘된 모양이었다.

하지만 손님 중에는 플럼을 보고 노골적으로 싫은 표정을 짓거나, 옆을 지나가기만 했는데 발을 걸려는 자도 있었다.

물론 일반인의 다릿심으로 지금의 플럼을 넘어뜨릴 수는 없고, 다리를 건 쪽이 아파 보였지만.

두 사람이 자리에 앉아 잠시 기다리자 웨이트리스가 메뉴를 들고 왔다.

그것을 펼친 밀키트는 눈을 동그랗게 뜨고 플럼과 그곳에 적힌 가격을 교대로 보았다.

"먹고 싶은 걸 골라도 돼."

"그, 그럼……."

그런 말을 듣기는 했지만, 밀키트는 비싼 음식을 주문하는 뻔뻔한 면모를 갖추지 못했다.

그렇다고 해서 저렴한 음식을 주문하면 데려와 준 플럼에게 실례이니 적당히 비싼── 요컨대 정말로 먹고 싶던 것을 주문했다.

이어서 플럼은 밀키트가 주문한 음식보다 비싼 음식을 주문했다.

그리고 음식이 나오자 그 예술 작품 같은 모습에 놀란 밀키트는 입에 넣고는 음미하며 맛을 훔치고자 미간을 찌푸리며 끙끙댔다. 그런 밀키트를 보고 플럼이 웃는 사이, 순식간에 식사 시간이 지나갔다.

그럭저럭 비싼 값을 치렀지만, 두 사람은 음식값 이상의 만족감을 얻고 가게를 나섰다.

"휴우~ 잘 먹었다~."

"아주 맛있었어요. 그걸 집에서 재현하기는 제법 어려울 것 같아요."

"그런 맛을 즐긴 데다 나중에 다시 한번 밀키트가 만들어 주겠다니, 한 번에 두 번이 맛있는 점심이네."

"너무 기대하지 마세요. 프로의 맛에는 비할 수 없으니까요."

"무슨 소리야? 밀키트 양. 몇 번이든 말하겠지만, 네가 만드는 음식은 천하일품이야."

"밀키트 양이요……?"

지나치게 흥이 나는 바람에 플럼은 저도 모르게 묘한 말투로 이야기했다.

"아하하, 다음엔 어딜 갈까? 우선은 꽃이라도 보러 갈래?"

신이 난 플럼의 머릿속에서 행복한 데이트 계획이 빙글빙글 돌았다.

액세서리 가게에 가서 어제 일을 보답할 선물을 사도 좋고, 아침에 간 곳과는 다른 가게에서 분위기가 다른 옷을 서로 입혀보는 것도 좋겠다.

나머지 시간에는 시장을 구경하며 저주받은 장비가 나돌지 않는지 찾아보거나 주방용품을 보고 마지막에는 오늘 먹을 저녁 재료를 사는 것도 좋겠다.

오늘은 사티루스의 일을 조금이라도 머릿속에서 지우기 위해 실컷 즐길 생각이었다.

"주인님과 함께라면 어디든 좋아요. 분명 어디든 즐거울 테니까요!"

플럼만큼 내색은 하지 않지만, 밀키트도 충분히 들떠 있었다.

오늘은 주인님의 배려를 받아들여, 이런저런 복잡한 생각을 하지 말고 실컷 놀 생각이었다——. 적어도 그 순간까지는.

"응……?"

걸어가던 밀키트는 어느 방향을 본 채 발을 딱 멈추었다.

"……응? 왜 그래? 밀키트. 갑자기 멈추고 말이야."

손을 잡고 있었기에 당연히 플럼의 발도 멈추었다.

그리고 밀키트와 같은 방향을 보고—— 그녀도 똑같이 굳었다.

북적대는 인파.

그 틈에서 마치 한 사람만 다른 공간에 있는 듯 쓸데없이 또렷이 그 모습이 보였다.

코르사주가 죽 늘어선 화려한 드레스 위에 털 달린 붉은 코트를 걸치고 손톱에 선명한 색깔을 발랐으며 커다란 보석이 박힌 반지를 여러 개 끼고 있었다.

머리카락은 다양한 색깔이 뒤섞인 오팔 헤어.

그리고 얼굴에는 한 번 보면 잊을 수 없는 현란하리만큼 두꺼운 화장.

"어……째, 서?"

"이상하네요……. 저 사람은 분명 주인님께서 죽였을 텐데요!"

부정해봤자 현실은 변하지 않는다.

그 녀석은 확실히 살아 있었고, 유령도 아니거니와, 자신의 두 발로 걷고 말하고 웃었다.

"사티루스 프랑소와즈……!"

플럼이 그 이름을 부르자 목소리를 들었는지, 아니면 우연인지 일순 두 사람의 시선이 마주쳤다.

사티루스는 하얀 이를 드러내며 웃었다.

플럼의 등줄기에 소름 끼치는 오한이 내달렸다.

07 꿈은 행복한 미쳤습니다, 그것은 당신입니다

사티루스는 마치 플럼과 밀키트의 존재를 알아채지 못했다는 듯 그 자리를 떠났다.

두 사람은 한동안 어안이 벙벙했지만, 이대로 놓칠 수는 없었다.

"쫓아가자!"

"아, 네!"

미행을 시작해보니 사티루스는 하인과 함께 중앙구의 자신이 경영하는 상점을 둘러보는 모양이었다. 그리고 몇 곳의 가게를 돈 뒤, 교회와 얽히는 일 없이 동구에 있는 자택으로 훌쩍 돌아갔다.

플럼은 직접 따져 물을까도 생각했지만, 함정일 가능성도 있었다.

"우선은 에타나 씨와 상의하는 게 좋을지도 모르겠어."

저택 근처에 있는 모퉁이에서 입구를 엿보며 플럼은 중얼거렸다.

그리고 자신의 팔에 단단히 매달린 밀키트의 머리를 톡톡 쓰다듬었다.

그녀의 얼굴은 파랗게 질려 있었다.

기껏 악몽을 꾸지 않을 수 있게 되었는데――.

"정말 곤란하네. 아무리 부자라지만 갑자기 되살아나다니."

"역시…… 진짜, 겠지요? 비슷한 다른 사람이라고 생각하고 싶지만요."

"확실한 증거가 있는 건 아니지만, 그 '눈'은 진짜라고 생각해. 너는 어떻게 느꼈어?"

"저도 진짜라고 생각해요. 보고 있으면 살갗에 달라붙는 듯한 불쾌한 느낌이 들어요."

아주 추상적인 감각이지만, 그것은 바꿔 말하자면 복제할 수 없는, 본인이 아니고서야 낼 수 없는 분위기 같은 것이다.

어떤 의미로 물증보다 명확하게 본인이라는 사실을 나타낸다.

"그토록 철저하게 죽였으니 살아남았다는 건 말도 안 돼."

"그럼 역시 오리진 코어일까요?"

교회에 존재하는 세 개의 연구팀.

그 중 어느 곳과 관련이 있다면 가능성이 큰 것은——.

"네크로맨시, 려나?"

"정답이야. 누나."

플럼의 말에 맞장구를 친 것은 밀키트가 아니라 어린아이의 목소리였다.

그 기색이 낯설지 않은 플럼은 돌아보자마자 영혼 사냥꾼을 뽑아 휘둘렀다.

"이런. 갑자기 과격한 인사네!"

"힉……."

그의 모습을 본 밀키트가 겁먹은 목소리를 냈다.

"넥트!"

"아, 이름을 기억하는구나? 기뻐라."

그곳에 나타난 이는 하얀 셔츠를 입은 열 살도 되지 않은 소년—— 스파이럴 칠드런 중 한 명인 넥트 린케이지였다.

그는 플럼의 살기에도 아랑곳하지 않고 건방지게 히죽히죽 웃었다.

“부주의한 거 아니야? 안 그래도 가디오 씨에게 몰려서 여유가 없는데 이런 대낮에 당당히 나타나다니.”

“여유가 없어? 아하핫, 그럴 리가 없잖아? 우리도 마더도 여전히 순조롭게 연구를 진행하고 있어. 오히려 잉크 같은 실패작이 사라져서 더 편해졌을 정도야.”

“허세 부리기는……!”

플럼은 밀키트를 감싸듯 앞으로 나서서 넥트와 대치했다.

하지만 그는 전혀 공격할 모습을 보이지 않았다.

“아이, 그렇게 맹견처럼 덤벼들지 마. 진정하고 나랑 이야기를 나눌까? 말해두겠는데, 오늘은 딱히 싸우러 온 게 아니야.”

“말이 통하는 상대라고는 생각하지 않는다만.”

“나를 다른 팀이 만들어 낸 괴물과 똑같이 생각하지 말아줘. 우리 칠드런은 유소년기부터 코어를 사용하고 있으니 **익숙**해. 나는 나지, 아빠(오리진)를 따르기만 하는 인형이 아니야.”

확실히 넥트의 말투는 조금 건방진 어린아이의 그것이었다.

게다가 아무리 장비를 갖추어 강해졌다지만, 밀키트를 지켜가며 가디오도 쓰러뜨리지 못한 상대와 제대로 싸울 수 있다고는 생각할 수 없었다.

여기서 감정에 휘둘려 싸워서는 안 된다——. 그렇게 생각한 플럼은 일단 검을 내렸다.

“말이 통하는 상대라 다행이네.”

“시시한 소리 말고 용건만 말해.”

“그럼 간결하게 말할게. 나와 손잡지 않을래?”
뜻밖의 제안에 플럼은 굳었다.
“말해두겠는데, 장난치는 거 아니야. 이제부터 하는 이야기는 누나들이 키마이라나 네크로맨시의 존재를 안다는 걸 전제로 할 건데 상관없지?”
“……어디 한번 들어보자.”
플럼이 노려보자, 넥트는 어깨를 움츠렸다.
“이런, 이런. 뭐, 들어주는 것만도 다행인가? 교회에는 오리진 코어에 관한 세 개의 연구팀이 있는데 왜 이걸 하나로 통일하지 않는지, 누나는 알아?”
“경쟁시키려고?”
“정답이야! 우와, 의외로 머리가 잘 돌아가네? 좀 더 앞뒤 가리지 않고 본능에 따라 움직이는 유형인 줄 알았는데. 뭐, 그래서 우리와 다른 팀은 사이가 나빠. 당연하지. 최종적으로 셋 중에서 두 팀은 잘려 나갈 운명이니까.”
“라이벌인 네크로맨시를 짓밟기 위해 나와 손을 잡고 싶다?”
“이해가 빨라서 좋네. 어때? 나쁜 제안은 아니라고——.”
“거절한다! 밀키트를 잡아간 너의 제안에 응할 이유는 없어!”
끝까지 들을 것까지도 없이 플럼은 단호히 잘라 말했다.
바로 옆에 있던 밀키트가 느닷없이 사라지는 공포를 그녀는 분명하게 기억한다.
실제로 잡혀갔던 밀키트는 그 이상으로 그를 두려워할 것이다.
그런 상대와 손을 잡다니 말도 안 된다.

"미운털이 단단히 박혔구나. 그건 그 데인이라는 변변치 못한 남자에게 부탁받아서 한 일일 뿐이야. 나는 거기 있는 붕대 누나가 어떻게 되든 관심도 없었어."

"그런 감각이 싫어. '오리진의 목소리를 들으며 의식은 빼앗기지 않았다'고 말했지만, 근본적인 가치관과 윤리관이 일그러져서야 더욱 심각하지!"

"그래……? 누나가 그렇게 말한다면 그럴지도 모르지. 나는 외부인과 이렇게 이야기를 나눈 적이 별로 없어서 내가 어떻게 일그러졌는지 잘 모르겠지만 말이야."

"이해했다니 다행이네. 그럼 우리는 그만 갈게."

플럼은 일방적으로 이야기를 끊고 밀키트의 손을 끌며 그 자리를 떠나려 했다.

그러자 넥트가 두 사람의 뒤통수에 대고 들으라는 듯 큰 소리로 외쳤다.

"혹시 에타나 린바우에게 조언을 구할 셈이야? 지금은 그만두는 게 좋을 텐데."

"……무슨 소리야?"

"우리가 무슨 짓을 했다는 뜻이 아니야. 하지만 생각해봐. 그 사티루스라는 여자는 코어를 장치하고 살아났잖아? 명백하게 네크로맨시의 짓이야. 지금까지는 들키지 않도록 은밀하게 움직였으면서 이렇게 알기 쉽게 누나에게 도전장을 내밀었어! 그렇다면 다른 영웅님들에게도 놈들의 마수가 뻗쳤다고 생각하는 게 자연스럽지 않아?"

"크윽…… 밀키트, 꽉 잡아!"
"알겠어요!"
플럼은 밀키트를 안아 들고 전속력으로 집을 향해 달려갔다.
넥트는 손을 팔랑팔랑 흔들며 두 사람을 보냈고, 모습이 보이지 않게 된 순간에 움직임을 멈추었다.
표정에서도 건방진 미소가 사라지더니 무거운 한숨을 쉬었다.
"에휴…… 처음에는 다 이렇지. 아니, 어쩌면 간파했는지도 몰라. 누나가 말한 대로 이건 '일그러진 가치관'인가?"
그는 플럼이 떠난 곳과 반대 방향으로 향하며 눈을 가늘게 떴다.
"하지만 거짓말은 하지 않았어. 나는 분명히 말했을 뿐이야. **다른 영웅님**에게 마수가 뻗쳤다고 말이야."
딱히 속일 의도가 있던 것은 아니다.
다만 플럼과 손을 잡고 싶은 넥트의 입장에서는 그녀가 궁지에 몰리는 편이 유리할 뿐이었다.

◇◇◇

가디오는 예정보다 빨리 길드의 잡무를 마치고 귀로에 올랐다.
모험가가 모인 길드라면 교회 관련 정보도 얻을 수 있지 않을까――? 그런 계산도 했기에 길드 마스터의 업무를 받아들였지만, 현재까지 성과는 올리지 못했다.
그리 쉽게 꼬리를 밟을 수는 없다는 건 알고 있었지만, 약간 초조했다.

하지만 계획 없이 돌진해도 별수 없다며 일단 오늘은 켈레이나와 하롬을 위해 시간을 보내기로 했다.

"어울리지 않는 짓을 했네……."

그렇게 홀로 중얼거린 가디오의 손에는 케이크가 든 상자가 들려 있었다.

명백하게 들뜬 모습을 떠올리자 쑥스러웠다.

수치심을 느끼면서까지 누군가의 선물을 산 적은 티아의 선물을 산 이후로 처음이었다.

"켈레이나와 하롬이 기뻐해주면 좋겠는데."

그도 알고 있었다. 언제까지고 아내인 티아와 소마를 비롯한 친구들의 죽음을 질질 끌 수는 없다는 것을.

하지만 가장 큰 문제는 가디오 자신이 납득할 수 있는지였다.

사랑하는 여성과 친구, 동료들을 버리고 도망친 겁쟁이── 그런 자책을 버리지 못한다면 앞으로 나아갈 수는 없다.

하지만 동시에 조금이라도 켈레이나와 하롬의 기대에 부응하고 싶다고도 생각했다.

두 사람을 위해 사 온 케이크에는 가디오 나름의 각오가 담겨 있었다.

참고로 가디오가 그 케이크 가게를 고른 계기는, 과거에 여행하던 도중에 플럼에게 추천받았기 때문이었다.

「키릴과 함께 먹으러 갔는데 엄청 맛있었어요!」

그때 그녀의 눈은 여행에 지쳤을 터인데 반짝반짝 빛났다.

아무리 봐도 케이크를 먹을 것 같지 않은 가디오에게 그렇게까

지 권했을 정도다. 필시 맛있었으리라.

——그런 일을 떠올리는 사이에 현관에 다다랐다.

그러자 그가 문고리를 만지기도 전에 안쪽에서 문이 벌컥 열렸다.

"헉…… 헉…… 가, 가디오, 드디어 왔구나!"

"그래. 하롬에게 주려고 케이크를 사 왔는데."

"고, 고마워……. 하지만, 하지만 그럴 때가 아니야!"

켈레이나의 모습이 심상치 않았다. 하롬에게 무슨 일이 생긴 걸까?

켈레이나는 팔을 당겨 가디오를 어딘가로 데려가려 했지만, "아……" 하고 소리 내며 그 자리에 멈춰 섰다.

그도 앞에 선 인물을 보고—— 마찬가지로 얼어붙었다.

"어서 와……. 아니지. 이 경우에는 그 반대겠지."

그녀는 또랑또랑하고 밝은 목소리로 말했다.

"다녀왔어. 자기."

만면에 떠오른 미소는 6년 전과 다르지 않았다.

"티아?"

가디오가 도망칠 수 있도록 목숨을 내던진, 누구보다도 사랑스러운 여성——. 있을 리가 없는 사랑하는 아내가 그곳에 서 있었다.

"물론이야! 아무리 봐도 나잖아? 자기의 파트너 겸 아내인 티아 라스컷."

기쁨을 느끼기에 앞서 머리가 새하얘졌다.

"그런 말도 안 되는……."

그녀가 죽는 장면을 확실히 봤을 터였다.

그런데 어찌 된 일인지 티아는 생전의 모습으로 그곳에 서 있었다.

이상하다. 받아들여서는 안 될 광경이다.

뇌 속에 경고가 울려 퍼졌다.

모험가로서 단련해 온 이성이 "접근하지 마"라고 요란하게 경고를 울렸다.

하지만 그런 것을 날려버리는 환희가 시간 차를 두고 가디오의 머릿속을 메웠다.

그 손에서 케이크가 든 작은 상자가 떨어졌다.

정신을 차리고 보니 그는 티아를 있는 힘껏 안고 있었다.

08 빠지다

"숨 막혀. 자기."

굵은 양팔에 안긴 티아는 기쁜 듯 미소 지었다.

"……티아."

가디오는 만감이 교차하는 목소리로 그녀의 이름을 불렀다.

"응. 그렇게 애처롭게 부르지 않아도 나는 여기에 있어."

그녀 또한 그에게 흘러넘치는 애정을 담아 대답하며 등에 팔을 감았다.

"티아……."

"헤헤, 수줍음 많은 자기가 이렇게 열렬한 포옹을 해주다니 살아 돌아올 만하네."

품속에 확실히 그 감촉이 있었다.

이렇게 분명하게 실체가 존재하는데 꿈일 리가 없다.

"하지만 슬슬…… 진짜로 숨이 막히는데……. 항복, 항복!"

티아는 가디오의 등을 탁탁 두드렸다.

제정신이 든 그는 팔의 힘을 풀고 이번에는 티아의 어깨를 잡더니 정면에서 얼굴을 보았다.

"아주 늠름해졌네. 말이 6년이지 와닿지는 않았는데, 자기의 얼굴을 보니 싫어도 알겠어."

"티아는 똑같아."

그렇게 말하며 그녀의 발그레한 뺨에 손을 가져다댔다.

그 손끝은 떨렸다.

마치 당장이라도 무너질 듯한 모래 조각을 만지듯이.
그리고 검지가 닿자 손끝에 비단처럼 매끄러운 감촉이 되돌아 왔다.
몇 번을 확인해도 믿을 수 없지만, 죽었을 터인 티아가 눈앞에 존재했다.
"하지만 이 온기는 여전하네."
티아는 뺨에 닿은 커다란 손에 자신의 손바닥을 포갰다.
눈을 가늘게 뜬 그녀 또한 가디오가 자신의 눈앞에 있는 것을 확인하는 모양이었다.
그 분위기가 타인이 범접할 수 없는 둘만의 세계를 자아냈다.
켈레이나는 그런 그들의 모습을 조금 떨어진 곳에서 복잡한 표정으로 바라보았다.
한동안 그것이 이어졌고, 티아는 아쉬운 듯 천천히 손을 뗐다.
"할 말도 많으니 안으로 들어갈까?"
그녀는 빙글 돌아보며 켈레이나에게 물었다.
"내 방은 어떻게 됐어?"
"아, 저기…… 그때와 똑같아. 청소도 되어 있고."
"그래? 고마워. 켈레이나. 그럼 내 방에서 이야기하자."
가디오는 티아의 손에 끌려 집 안으로 들어갔다.
켈레이나는 두 사람의 뒷모습을 다만 바라볼 수밖에 없었다.
머리가 이해하기를 거부했다.
교회의 실험에 대해 모르는 그녀는 그 이유를 추측조차 하지 못한 채 고독하게 두 사람의 뒷모습을 보내줄 수밖에 없었다.

◇◇◇

어느 지역에 매우 아름다운 열매를 맺는 나무가 군생했다.

하지만 그 열매에는 독이 있어서 먹으면 아주 조금씩 몸이 잠식된다는 것을 그 지역에 사는 사람들은 모두 알고 있었다.

하지만 어느 남자는 친구와 담력을 시험해보기 위해 그 열매를 하나 먹었다.

그것으로 담력은 증명되었고 남자도 설사만 하고 끝났지만, 어찌 된 일인지 그는 매일 열매를 계속 먹었다.

주위 사람들이 충고해도 남자는 먹기를 그만두려 하지 않았고 결국에는 독 때문에 피를 토하며 죽었다는 모양이다.

왜 그는 그럴 줄 알면서 섭취를 멈추지 않았을까?

단순한 이야기다.

그 나무의 몹시도 감미로운 맛에 그가 사로잡혔기 때문이다.

가디오는 과거에 로우에게 들었던 그 이야기를 떠올렸다.

당시의 가디오는 "멍청한 남자네"라며 웃고 넘어갔지만—— 과연 지금의 그에게 남자를 비웃을 권리가 있을까?

"으~음, 그나저나 자기는 와일드해졌네."

저택 내 티아의 방.

그녀는 소파에 앉은 그의 무릎 위에 앉아 그 얼굴을 마구 만졌다.

이전부터 그에게 어리광을 부릴 때는 늘 이 자세였다.

하지만 이렇게까지 친밀한 관계가 된 것은 그녀가 죽기 1년쯤 전이라 그리 긴 기간은 아니었다.

"예전의 가늘고 상큼한 자기도 좋지만, 지금의 자기도 이것대로 멋져. 생김새는 그대로이면서도 믿고 보호받을 만한 멋진 남자가 된 것 같아. 과연 내 남편이야."

"그래?"

"응. 그래. 틀림없어. 내가 그렇게 생각했으니까."

그녀는 그렇게 말하며 두툼한 가슴팍에 기댔다.

가디오는 자연히 그녀의 등에 팔을 감았다.

"내게는 불과 한 달 전의 일 같은데, 벌써 6년이나 지났구나."

"저택은 변하지 않았지?"

"응. 이 방은 완전히 그대로네. 하지만 왕도의 거리나 살던 사람은 모두 변했어. 켈레이나도 그렇고 하롬……이랬나? 소마와 켈레이나의 아이가 저렇게 컸을 줄은 몰랐어."

티아는 쓸쓸하게 말했다.

6년의 공백은 이제 도저히 메울 수 없다.

그런 그녀를 보고 가디오는 조금씩 경계를 풀었다.

그녀에게는 감정이 있다. 온기도 있다.

이것이 티아가 아니라면 무엇을 믿으면 좋단 말인가.

"게다가 나도…… 변했지?"

"살아 돌아왔다고 했지? 무슨 일이 있었어?"

사실은 묻고 싶지 않았다.

하지만 말도 안 되는 일이 일어났다.

그리고 거의 틀림없이 교회와 연관이 있다는 것은 부정할 수 없는 사실이다.

그렇다면 캐묻지 않을 수는 없다.

그리고 때에 따라서는—— 자신의 손으로 그녀를 죽이는 일도 고려해야 한다.

"나도 잘 모르겠지만, 오리진 코어라는 걸 죽은 내 몸에 박았대."

예상은 했지만, 그 단어가 나오고 말았다.

가디오는 주먹을 쥐고 쥐어 짜내는 듯한 목소리로 말했다.

"역시, 그랬……구나."

"그렇게 말하는 걸 보니 자기는 오리진 코어에 대해 아는구나? 그럼 설명은 생략해도 되겠네? 아무튼 그 신비한 힘을 제어하고 약화시켜 내 몸이 괴물이 되지 않게 조정할 수 있게 돼서 드디어 외출 허가가 났어."

그것이 티아 자신의 입에서 나온 말이라니 가디오에게는 몹시 의외였다.

교회의 함정이라면 불리한 사실은 감출 터였다.

아니, 오히려 허위 사실을 당당히 밝혀 그가 방심하게 하려는 걸일까?

의도를 읽을 수 없어서—— 가디오는 미간을 찌푸렸다.

티아는 그런 미간을 빤히 바라보더니 검지를 뻗어 만지며 주름을 슥슥 문질렀다.

"또 복잡한 표정을 짓네. 기껏 다시 만났으니 더 웃었으면 좋겠는데."

"그럴 수는 없어. 오리진 코어는 위험해. 우리 팀을 괴멸시킨 그 몬스터도 코어로 강화시킨 괴물이었어."

"그것도 다피즈 씨에게 들었어. 당시에는 아직 제어에 소홀했다더라. 그렇다고 해서 납득할 수 있는 건 아니지만, 이렇게 살아 돌아왔으니 아무 말도 할 수 없었어."

"다피즈 샬머스……. 역시 네크로맨시로군."

"그것도 아는구나? 안경을 쓰고 늘 흰 가운을 입는 깡마른 남자야. 그 사람도 죽은 부인을 되살렸대."

하나를 물으면 열을 대답한다.

이래서야 연구소의 위치도 물으면 대답할 정도였다.

"왜 전부 술술 부느냐는 표정이네? 내가 자기에게 감출 이유가 없잖아? 게다가 다피즈 씨도 아무것도 감추지 않아도 된다고 했어."

"영문을 모르겠어. 무슨 속셈이지……? 교회의 녀석들은 무슨 목적으로 너를 되살려서 일부러 내게 보낸 거야?"

가디오는 초조한 모습이었다.

그런 그를 앞에 두고도 티아는 침착하게 미소 지으며 말을 이었다.

"다른 연구팀이 어떤지는 모르지만, 적어도 네크로맨시의 목적은—— 죽은 자를 되살리는 것, 그뿐이니까. 소중한 사람이 죽어서 슬퍼하는 누군가가 있다면 도와주고 싶은 거야. 다피즈 씨도 같은 경험을 했으니까. 정말로 그뿐이라고 생각해."

티아가 거짓말을 하는 것처럼은 보이지 않았다.

적어도 생전의 그녀를 아는 가디오에게는 그랬다.

확실히 오리진 코어는 제어만 할 수 있으면 지금까지 인류가 포기했던 기적을 일으킬 수 있는 힘이 있다.

그 성과가 그의 눈앞에 있는 티아라면――.

"……안 되겠어. 나는 아직 믿을 수 없어."

가디오는 그렇게 말하며 고개를 옆으로 저었다.

그런 그를 보고 티아는 슬픈 표정을 지었지만, 이내 미소를 회복했다.

"한 번에 받아들이기는 힘들 거라고 다피즈 씨도 말했어. 그야 그렇겠지. 자기뿐만 아니라 켈레이나에게도 6년 전에 죽은 사람인걸. 그런데 갑자기 돌아오면 곤란하겠지."

"미안해……. 나도 할 수만 있다면 순순히 기뻐하고 싶어."

"사과하지 마. 하지만 또 만나줄 거지?"

"또? 어디 가게?"

"아직 내 몸은 세부 조정이 필요하대. 방심하면 오리진에게 몸을 빼앗길지도 모른대. 그래서 두 시간 정도 뒤에는 일단 연구소로 돌아가야 해."

"그래……?"

가디오는 아쉬움을 느꼈다.

아무리 자신에게 "교회의 함정이다"라고 되뇌어도 눈앞에 있는 그녀는 확실히 죽은 자신의 아내인 티아다. 환희를 억누를 수 없었다.

"여기서 섭섭한 표정을 짓는 자기가 나는 정말 좋아. 조만간 조정을 마치면 같이 살게 될 수 있다고 들었으니 그때까지 참아.

아, 하지만 시간이 될 때까지 이렇게 붙어 있어도 될까?"

"그것까지 거부하지는 않아."

"후후, 다행이다. 자기는 여전히 다정하네."

꿈처럼 평온한 시간이 흘러갔다.

가디오의 가슴에 소용돌이치는 불안은 아직 사라지지 않았다.

하지만 그녀의 온기를 느낄 때마다 확실하고 분명하게 엷어졌다.

위험하다. 하지만 리스크의 대가로 얻을 수 있는 것이 너무나도 크다.

잠기면 잠길수록 가디오는 달콤한 늪에서 빠져나올 수 없게 되었다.

◇ ◇ ◇

켈레이나는 가디오가 떨어뜨린 상자를 주방에서 열었다.

안에는 두 사람 몫의 케이크가 들어 있었다.

물론 그가 자신을 위해 샀을 리는 없다. 누구를 위해 준비한 것인지는 생각할 것까지도 없다.

아랫입술을 깨물었다.

켈레이나 자신도 분한지 슬픈지 잘 알 수 없었다.

"엄마, 그 사람은 누구야?"

어느샌가 옆에 있던 하롬이 엄마에게 물었다.

"가디오의 부인이란다."

"아빠의 부인? 엄마가 되는 거 아니었어?"

그런 말은 한 적이 없다.

하지만 착실히 그 방향으로 가던 분위기는 있었기에 하롬은 물론이거니와 켈레이나도 기대라고 할까—— 확신에 찬 마음을 품기 시작했다.

당장은 어렵더라도 1년 뒤…… 아니, 2년 뒤에는 가디오와 결혼할 수 있지 않을까 하고.

"진짜 부인이 돌아왔으니 내가 나설 자리는 없어."

"정말? 엄마는 가짜였어?"

"……윽."

악의 없는 하롬의 말이 켈레이나의 가슴에 꽂혔다.

단어를 잘못 선택했다. 그것은 진짜와 가짜라는 말로 표현할 수 있는 것이 아니다.

켈레이나의 마음도 진실이었을 테니까.

하지만 두 번째고 2등이다.

서로 상처를 보듬는 두 사람의 타협안에 지나지 않는다.

"엄마, 하롬의 아빠는 그 사람이 있으면 아빠가 되지 않아? 그럼 하롬은 그 사람 필요 없어!"

"하롬, 그런 말 하면 못써——."

"하지만 그 사람은 무섭단 말이야! 엄마가 훨씬 멋진걸!"

"아아, 정말. 멋지다고 말하면 화를 내려야 낼 수 없잖니!"

켈레이나는 몸을 웅크려 하롬의 머리를 쓰다듬으며 말했다.

"티아는 좋은 사람이야. 분명 하롬도 이야기를 해보면 마음에 들 거야."

"절대로 아닐걸?"

"해보기도 전부터 단정 지으면 안 돼. 사람이란 말이지……."

"아니. 아니야, 엄마. 하롬이 무서운 건 싫어서가 아니야."

하롬은 싫어한다——기보다 겁에 질린 표정을 짓고 있었다.

불온한 기색을 느낀 켈레이나는 무턱대고 부정하지 않고 그녀의 말에 귀를 기울였다.

"그 사람은 텅 비었어."

추상적인 그 말에 켈레이나는 고개를 갸웃거렸다.

"텅 비어?"

"웃고 있지만 웃지 않아. 즐거워 보이지만 전혀 즐거워 보이지 않아."

"으응? 미안해. 하롬. 엄마도 알아듣게 설명해줄래?"

"……그럴 수 없어. 모르니까. 하지만 하롬은 그렇게 생각했어!"

아이의 감각은 어른이 이해할 수 없다.

단순히 티아와 궁합이 좋지 않을 것이다——. 하지만 실제로 이야기를 나누면 잘 따를 터였다.

왜냐하면 어딜 가든 어린아이의 사랑을 받는 건 늘 티아 쪽이었고, 이전에는 지금보다 훨씬 거칠었던 켈레이나는 공포를 사는 쪽이었으니까.

그녀는 하롬의 말을 깊게 생각하지 않고 다시 머리를 쓰다듬더니,

"우선 가디오가 사 온 케이크라도 먹을래?"

라며 웃었다.

하롬은 여전히 불안한 표정을 짓고 있었지만, 식욕에는 저항하지 못하고 고개를 끄덕였다.

◇◇◇

넥트와 헤어진 플럼은 밀키트를 안은 채 왕도를 달렸다.

사람들의 시선을 끄는 것도 신경 쓰지 않고 오로지 최단거리로 목적지에 도착할 생각만 했다.

그대로 집에 도착하자 기세를 늦추지 않고 집으로 뛰어들어 가 큰 소리로 외쳤다.

"에타나 씨, 괜찮으세요?"

"……갑자기 무슨 일이야?"

그리고 식당에서 쉬는 에타나를 발견하고는 안도하며 가슴을 쓸어내렸다.

"휴우우…… 다행이에요. 아까 넥트가 나타났어요. 그런데 에타나 씨에게 위기가 닥쳐왔다며……. 하지만 무사한 모양이라 안심했어요……!"

플럼은 흐물흐물 무너져내렸다.

아무리 체력이 향상되었다지만 사람을 안고 전력 질주하려면 제법 많은 체력이 소모된다.

밀키트는 세면실에서 수건을 가져와 땀을 흘리는 플럼에게 건넸다.

"칠드런? 또 왜?"

"그게 말이죠, '네크로맨시를 짓밟기 위해 손을 잡자'고 하더라고요. 칠드런과 다른 팀은 적대 중이라면서요. 물론 거절했지만요. 그나저나…… 에휴, 완전히 넥트에게 속아 넘어간 모양이네요."

실내를 둘러봐도 싸운 흔적은 보이지 않았다.

에타나에게 위기가 닥쳤다는 말은 넥트가 플럼을 놀리기 위해 한 거짓말이었을까?

"어디서 만났는데?"

"동구에 있는 사티루스의 저택 근처요."

"왜 또 그런 곳에 갔어? 오늘은 밀키트와 데이트를 했을 텐데."

"그러니까 데이트가 아니에요……."

밀키트는 뺨을 붉히며 소극적으로 부정했다.

"그게 말이죠, 되살아난 사티루스와 대로에서 마주쳤어요! 아마 요전번에 가디오 씨에게 들었던 '네크로맨시'가 한 짓일 거예요."

"그래? 네크로맨시가…… 사티루스를……."

에타나는 눈을 내리깔고 아주 침착한 표정을 지었다.

생각했던 것과 다른 반응이라 플럼은 고개를 갸웃거렸다.

"저기…… 일단 에타나 씨와 상의하는 게 좋을 것 같아서 돌아왔는데, 어떻게 할까요? 그냥 두고 뒤를 밟을 생각도 했는데, 아무래도 교회는 저희의 반응을 예측하고 그 녀석을 되살린 것 같아요. 그렇다면 미행당할 리스크는 이미 고려했겠지요."

"그래. 그럴지도 모르지……."

에타나의 모호한 말에 밀키트도 고개를 갸웃거렸다.

"…………."

나아가 그녀는 그대로 침묵하는가 싶더니 갑자기 일어났다.

"에타나 씨?"

"생각할 게 있어. 잠시 밖에 나갔다 올게."

"네? 저기…… 네, 알았어요. 다녀오세요."

에타나는 어두운 표정으로 집을 나섰다.

플럼과 밀키트는 현관문이 닫히는 소리를 듣고 이번에는 서로 바라보며 동시에 고개를 갸웃거렸다.

"에타나 씨가 좀 이상하죠?"

"응. 넥트와 사티루스의 이야기가 그렇게 충격적이었나? 아니면…… 내가 알아채지 못했을 뿐이지 무슨 일이 있었나?"

"실은 아까부터 신경이 쓰였는데, 선반에 있는 유리컵 몇 개의 위치가 바뀌었어요."

그 말을 들은 플럼은 선반을 보았지만, 너무나도 미미한 변화라 봐도 알 수 없었다.

"에타나 씨나 잉크가 쓴 게 아닐까?"

"세 개가 변했으니 둘이서 쓴 것이라기엔 위화감이 들어요."

"음…… 누군가가 이곳에 와서 에타나 씨가 차를 내어준 것일지도 모르겠군. 잉크에게 물어볼까? 2층에서도 소리는 들릴 테니까."

두 사람은 2층으로 이동했다.

잉크는 아직 방에서 나오도록 허가를 받지 못해서 문 너머로만 이야기할 수 있었다.

플럼이 문을 두드리자 안에서 "네" 하고 나른한 목소리가 들렸다.
"다녀왔어. 잉크."
"다녀왔어요."
"어서 와! 데이트는 재미있었어?"
에타나와 비슷한 잉크의 말에 플럼은 휘청거렸다.
"그러니까 데이트가 아니래도……."
"아하핫, 그랬어?"
몸을 회복했다지만 문 너머라고는 생각할 수 없을 정도로 잉크의 목소리는 또랑또랑했다.
수술 후의 경과는 제법 순조로운 모양이다.
"그 이야기는 됐어. 그런데 묻고 싶은 게 좀 있어."
"아, 혹시 손님 이야기야? 그거라면 나는 누가 왔는지 몰라."
그 말을 들은 밀키트는 "역시……"라고 중얼거렸다.
"그건 어쩔 수 없지. 여기서는 기껏해야 누군가가 움직이는 소리 정도밖에 들리지 않을 테니까……."
"아니. 이야기는 들려. 나는 귀가 밝거든. 하지만 그때는 자고 있었고, 마침 일어났을 때는 이야기가 끝나서 돌아가려는 타이밍이었어."
"저기…… 그럼 연령이나 몇 명이었는지는 알아?"
"성인 남자가 한 명, 그리고 할아버지와 할머니가 한 명씩이었을 거야."
"세 명……."
"유리잔 개수와 일치해요."

"할아버지와 할머니는 에타나와 무척 친밀한 것 같았어."

잉크는 어쩐지 쓸쓸하게 말했다.

플럼은 왕도에 에타나의 지인이 있다는 이야기를 들은 적이 없었다.

아니, 그런 이야기를 듣기는커녕 그녀가 어떤 경위로 왕도에 불려왔는지도, 정체가 무엇인지도 확실히 모른다.

겉모습은 자신과 비슷한 정도지만 이야기를 해보면 연상 같고, 마법 솜씨도 지식도 명백히 10대의 그것은 아니다.

그 밖에도 이제는 알 수 없을 약초 취급법이나 의술에 능하고 지식량은 학자도 능가할 정도다.

"내게 물어보러 온 걸 보니 에타나는 두 사람에게도 말하지 않았구나?"

"잉크 씨에게도 함구했나요?"

"숨길 거면 당당히 감춰도 되는데 꽤 불편해 보였어. 에타나는 숨기는 데 젬병인가 봐."

아까 플럼과 이야기할 때랑 똑같다.

에타나 나름대로 갈등하는 것이며, 그 말인즉── 털어놓을지 말지를 두고 고민해야 할 법한 사건이 일어났다는 뜻이기도 하다.

"본인에게 직접 묻는 게 좋을까요……?"

"아니. 에타나 씨는 우리에게 말하지 않아도 된다고 판단한 거겠지. 그렇다면 이야기해 주기를 기다리자."

"플럼은 다정하네."

"그런 게 아니라 단순히 나보다 에타나 씨가 훨씬 더 똑똑하다

고 생각하니까. 분명 그게 옳을 거야."

"그러니까 그런 점이 다정하다고 생각하는데?"

"저도 그렇게 생각해요."

"치, 칭찬해도 아무것도 안 나오거든?"

확실히 플럼이 줄 수 있는 것은 없지만, 쑥스러운 얼굴을 본 것만으로 밀키트는 배가 불렀다.

집에서 나온 에타나는 동구의 골목길을 걸었다.

「가족의 죽음을 극복하며 인간은 강해진다고 합니다. 하지만 죽지 않는다면 그보다 좋은 건 없죠. 저는 그렇게 생각합니다.」

아까 집에 찾아온 어느 남자가 한 말을 떠올렸다.

그── 다피즈 샬머스는 에타나의 **의부모**였던 킨더와 클로디아를 데리고 나타났다.

얼마 전 잉크에게 말한 대로 두 사람은 진즉에 죽었고 성묘도 했다.

즉, 사티루스와 마찬가지로 오리진 코어로 소생된 것이다.

「제게는 수지라는 소꿉친구가 있었습니다. 내성적이라 늘 집안에 틀어박혀 있던 저와는 대조적으로 그녀는 대단히 활발하고 활동적인 여성이었죠. 서로에게 끌린 것은 기적이었을지도 몰라요. 저와 그녀는 어렸을 때 결혼을 약속했고, 자연스레 연인으로 발전했죠. 그것은 서로가 어른이 된 뒤에도 변하지 않았고, 어엿한 사회인이 된 뒤 정식으로 결혼하자——며 당시의 저희는 밝은 미래를 확신했습니다.」

누구나 막연한 불안을 품고 산다.

그 크기의 차이는 있을지언정 인간은 단순히 행복만을 구가할 수 있을 정도로 속 편한 생물은 아니다.

오히려 행복해지면 질수록 그것을 상실하는 공포와 싸워야 한다.

손에 넣지 않았으면 좋았을 것이다——. 그렇게 후회해도 이미 늦었다.

다피즈가 이야기를 하는 사이에 옆에 앉은 클로디아는 어머니가 딸에게 하듯 에타나의 머리를 쓰다듬어 주었다.

그리고 킨더는 그것을 흐뭇하게 지켜보았다.

오랫동안 잊고 있던 감각이 존재조차 잊고 있던 상흔을 메워갔다.

행복과 동시에 또다시 상실의 공포가 생겨났다.

「수지는 모험가였어요. 창술가로서 솜씨는 확실해서 젊은 나이에 A랭크까지 올라가 사람들의 선망을 받았지요. 제게도 자랑스러운 아내였어요. 하지만 그것은 동시에 주위의 질투를 산다는 뜻이기도 했습니다.」

불쾌한 기억을 떠올렸는지 다피즈의 표정이 흐려졌다.

그는 고개를 숙이고 왼손의 약지에 낀 반지를 바라보았다.

「그리고 어느 날, 그녀는 함께 의뢰받은 모험가들과 원정을 가서—— 무참한 모습으로 돌아왔어요. 동료에게 속아 능욕을 당한 끝에 온몸이 잘려 죽었지요. 그 뒤, 우연히도 근처를 지나던 모험

가가 유기된 시신을 회수하여 제게 보내줬어요.」

괴로움에 일그러진 시신의 얼굴.

추억이 담긴 펜던트를 거세게 쥔 채 상처가 새겨진 손바닥.

썩고 부서지고 악취가 나는 육체.

사랑하는 사람을 잃은 그에게는 그 썩은 냄새조차도 사랑스러웠다.

「그 뒤로 저는 절망의 밑바닥에서 수지의 시신과 함께 죽음 같은 생활을 보냈어요. 그런 제게 희망을 준 것이 오리진교였지요. 기댈 존재를 잃어버린 저는 점점 종교에 빠졌고, 정신을 차리고 보니 오리진 코어의 연구에 관여하고 있었어요.」

에타나의 눈에 다피즈는 대단히 수상해 보였다.

교회는 적이니 당연하지만── 에타나에게는 그가 하는 말이 거짓으로 들리지 않았다.

내용, 표정, 목소리, 그 모두에 진실의 무게가 깃든 것 같았다.

「거기서 연구를 하면서 저는 깨달았습니다. 이 힘이 있으면 죽은 사람을 되살릴 수 있지 않을까 하고요. 그리고 논문을 써서 추기경에게 제출하자── 놀랍게도 앞으로의 교회를 짊어질 칠드런이나 키마이라와 맞먹는 대규모 프로젝트 중 하나로 채용되었어요. 그리하여 탄생한 것이 저희 팀인 네크로맨시였습니다. 목표는 죽은 사람을 완벽히 소생하는 것이에요. 오리진의 영향을 받아 괴물로 변하는 것이 아니라 본래의 인간으로서 가졌던 인격과 목숨을 되찾기 위한 연구. 오리진교에 빠졌던 제가 이런 말을 하는 건 이상하지만, 신과 교회의 사정 같은 건 정말로 알 바 아니에요. 저는 그저 단순히 수지를 되살리고 싶을 뿐입니다.」

하지만 그의 이야기를 그렇게 느낀 것은 에타나의 정신 상태가 정상이 아니기 때문일지도 모른다.

부모님의 온기에 감싸여 있으면 다양한 것이 희미해지기 마련이다.

이대로 몸을 맡기면 편해질 수 있다——. 그런 부드럽고 달콤하며 위험한 효력이 있다.

「아마 저와 같은 소망을 가진 사람은 이 세상에 많을 거예요. 그런 사람들을 돕고 싶어요. 저는 진심으로 그렇게 바랍니다. 그러니 교회와 적대하는 에타나 씨 일행도 그런 이념이라고나 할까요……? 저희의 생각을 이해해주셨으면 해요. 서론이 길어졌지만, 오늘 이곳을 찾아온 이유는 그 제안을 드리기 위해서입니다.」

——에타나는 정처 없이 동구를 헤맨 것이 아니다.

분명한 목적지가 있었다.

그곳은 골목길을 빠져나간 곳에 있었다. 마차 한 대가 지나갈 수 있을 정도의 조금 넓은 길.

하지만 상점은 거의 없고, 노후화된 가옥 몇 채가 죽 늘어선 적막한 주택가였다.

물론 사람의 왕래도 적어서 아무에게도 들키지 않고 마차에 타기에는 안성맞춤인 곳이었다.

「내일 아침, 이 지도에 표시된 곳으로 모시러 가겠습니다. 그리고 저희 연구소를 봐주세요. 사랑하는 사람이 없는 세계—— 그 지옥에서 구출되어 행복하게 사는 사람들의 모습이 그곳에 있습니다. 그걸 보고 저희가 하고 싶은 일을, 이념을 이해해주세요.」
다피즈는 자신의 꿈을 뜨겁게 이야기했다.
실현하지 못하면 그저 미친 자의 망상에 지나지 않는다.
하지만 그곳에는 킨더와 클로디아가 있었고, 에타나에게 생전과 변함없는 온기를 전해주었다.
그러니 그의 말에는 설득력이 있었고, 가슴을 마구 뒤흔들었다.
"내일 아침…… 나는……."
에타나는 약속 장소에 서서 눈을 감았다.
다피즈의 제안에 응한다는 말은 잉크뿐만 아니라 플럼과 밀키트를 배신하는 일이다.
하지만 죽었다고 생각했던 부모님과 다시 만날 수 있다.
이번에야말로 평범한 부모와 자식으로 살 수 있을지도 모른다.
그것은── 그녀가 50년 넘게 꿈꿔온 나날이었다.
일부러 다피즈를 따라가 연구소의 소재지를 알 수도 있을지 모른다.
위험한 연구라고 판단하면 거기서 시설을 파괴해도 좋겠다.
그것은 잉크를 비롯한 동료를 지키는 길로도 이어질 테니 결코 배신이라고만 할 수는 없을 터──.
"……그런 건 그저 변명이야."
에타나는 고개를 저으며 자신의 물러 터진 생각을 버렸다.
"번지르르한 소리는 집어치우고 어느 쪽을 선택할지 직접 결정하고 직접 책임질 수밖에 없어."
누구의 탓도 아니고, 누구를 위해서도 아니다.

그녀의 자문자답은 하늘이 보랏빛 황혼으로 물들 때까지 계속되었다.

◇◇◇

해가 완전히 저물었을 무렵, 가디오의 저택 앞에 마차가 도착했다.

티아가 돌아갈 시간이 온 모양이었다.

그녀는 켈레이나에게 작별 인사를 하고 "금방 또 올 거야"라며 저택을 나섰다.

가디오는 그녀가 마차에 탈 때까지 배웅할 모양이었기에 두 사람은 손을 잡고 문까지 걸어갔다.

그리고 그는 다피즈와 처음으로 얼굴을 마주했다.

"안녕하십니까? 가디오 씨. 저는――."

"네가 다피즈 샬머스인가?"

"에타나 씨와 마찬가지로 알고 계셨군요. 과연 영웅이라 불리실 만합니다. 맞습니다. 제가 네크로맨시의 책임자인 다피즈라고 합니다. 잘 부탁드립니다."

다피즈는 악수를 나누기 위해 손을 내밀었다.

가디오는 무시하고 싶었지만, 티아가 있는 앞에서 차갑게 대할 수도 없어서 떨떠름하게 손을 잡았다.

"오늘은 놀라게 해드려서 죄송합니다. 하지만 최대한 서두르고 싶었습니다."

"무엇 때문에?"

"당신들께서 칠드런과 접촉하여 교회 상층부가 초조해하는 게 두려웠습니다. 그들의 소망은 병기로서의 네크로맨시를 완성하는 것이니까요."

이치에는 맞는다.

하지만 동기가 너무나도 무해해서 오히려 수상하다고 가디오는 느꼈다.

하지만 그가 품은 의심도 티아라는 존재 때문에 그리 강하지는 않았다.

달콤한 독은 조금씩, 하지만 확실히 그의 마음에 빈틈을 만들었다.

"솔직히 묻지. 나를 함정에 빠뜨릴 속셈은 아닌가?"

"아니요. 단연코 그런 속셈은 없습니다. 똑같이 아내를 잃은 자로서 당신도 이해해주시길 바랐을 뿐입니다. 사랑하는 사람을 잃은 고통은 사랑하는 사람을 되찾는 것으로밖에 구제할 수 없다는 것을요."

그 말은── 티아 때문에 마음이 만족스러운 지금이기 때문에 가디오의 가슴에 울려 퍼졌다.

동시에 자신의 약한 마음에 혐오감을 품었다.

그토록 교회를 증오하고 복수하겠노라고 말했으면서 티아의 얼굴을 봤을 뿐인데 이렇게나 쉽게 흔들렸으니까.

본래부터 그 동기의 근간에 있던 것이 아내였기에 별수 없는 일이기는 하지만.

"당신들이 교회를 적대시한다는 것은 압니다. 사실 칠드런과 키마이라는 병기로서의 오리진 코어 운용을 전제로 하고 있으니 교회 상층부는 언젠가 반드시 악용하려 할 것입니다."

"본인은 다르니 눈감아 달라?"

"네. 그리고 그것은 당신과 티아 씨, 두 사람이 걸어갈 인생이 이어진다는 뜻이기도 합니다."

"인질로 잡을 셈인가?"

"비겁하다고 생각하셔도 상관없습니다. 하지만 저는 이 연구로 많은 사람을 구할 수 있다고 진심으로 믿고, 저 자신도 한 번은 죽었던 아내―― 수지와 함께 살며 계속해서 구원받고 싶어요."

다피즈의 밑바닥에는 '사랑하는 아내와 백년해로하고 싶다'는 자신의 욕구가 있다.

그것이 그의 말에 설득력을 부여했다.

적어도 **그는** 진심이다.

얼굴을 마주하고 이야기해보니 가디오는 그것을 분명하게 이해할 수 있었다.

"오늘은 인사만 드리지요. 하지만 당신께서는 꼭 실제로 시설을 보고 판단하시길 바랍니다."

"나를 연구소에 데려갈 셈이야?"

"강요는 하지 않습니다. 내일 또 티아 씨를 데리고 이곳에 오겠습니다. 그때까지 결정해두세요."

일방적으로 그렇게 고한 다피즈는 티아와 함께 마차에 올랐다.

"내일이라고?"

"갈게. 자기."

"티아, 기다려. 그렇게 급히!"

티아는 자신을 잡으려는 가디오의 손을 부드럽게 거부했다.

"예정 시간이 지났어. 이상해진 모습을 자기에게 보여주고 싶지 않아."

그녀는 슬픈 표정을 지었다.

네크로맨시는 완성되지 않아 아직 소생은 완전하지 않다.

가디오도 얼굴이 소용돌이치는 아내의 모습은 보고 싶지 않다.

이를 꽉 깨물며 뻗은 손을 내렸다.

"저도 되도록 오래 부부의 시간을 보내셨으면 합니다. 그러기 위해 당신을 초대하는 것이지요. 좋은 대답을 기대하겠습니다."

티아와 다피즈가 마차에 탔다.

가디오는 아무것도 하지 못한 채 멀어져가는 마차를 바라볼 수밖에 없었다.

"좋은 대답이라고? 그런 건……!"

선택권을 준 것 같지만 그 방식은 대단히 막무가내였다.

"젠장!"

그는 있는 힘껏 담벼락에 주먹을 내리쳤다.

티아가 그곳에 있는데 가디오가 거절할 수 있겠는가.

하지만── 다피즈가 증오해 마땅한 교회 조직의 일원이라는 점 또한 사실이며, 그의 가슴속에서는 뒤섞인 애증이 소용돌이쳤다.

저택에 되돌아온 가디오가 씁쓸한 표정으로 현관문을 열자 그곳에는 켈레이나가 서 있었다.

"티아가 돌아왔구나."

"그래. 내일 또 온다는 모양이야."

"그래……? 잘됐다. 가디오."

그녀는 최대한 웃으며 말하려 했다.

하지만 그 미소의 뒤에는 지우고 싶어도 지울 수 없는 '질투'와 티아의 귀환을 반기는 친구로서의 감정이 싸우고 있었다.

09 맞물리지 않는 톱니바퀴

그날 밤, 집으로 돌아온 에타나는 아무 말도 하려 하지 않았다.

그리고 다음 날 아침── 가장 먼저 일어난 밀키트가 식탁에 놓인 메모를 발견했다.

「잠깐 나갔다 올게. 금방 돌아올 테니 걱정하지 마.」

에타나가 적은 그 글씨를 보자마자 밀키트는 2층으로 뛰어 올라가 플럼을 깨웠다.

그리고 그것을 읽은 플럼도 아연실색하며 머리를 감쌌다.

"설마 에타나 씨가 우리에게 말도 없이 나가다니……."

그녀는 침대 끝에 앉아 어떻게 움직일지 고민했다.

안 그래도 되살아난 사티루스 때문에 머리가 터질 것 같은데 타개책은 도통 떠오르지를 않았다.

"에타나 씨가 사라진 것도 네크로맨시와 관련 있을까요?"

"의문스러운 방문객도 그렇고, 우연이라고는 생각할 수 없는 타이밍이야."

넥트의 말대로 이미 교회는 **준비**에 나섰다.

죽은 사람을 이용한 일종의 분단 공작이라고 해도 좋을지 모르겠다.

플럼이 고뇌하는데 누군가가 침실의 문을 똑똑 두드렸다.

"들어가도 될까?"

"잉크? 딱히 괜찮아……."

문이 열리며 작은 소녀가 기척을 더듬어 플럼과 밀키트에게 다가왔다.

"잉크 씨, 방에서 나와도 되나요?"

잉크는 고개를 가로저었다.

"아직 조금 더 나오면 안 된다고 했지만, 에타나가 없으니 방에 틀어박혀 있을 의미가 없는걸."

"들었구나……."

"그것도 그렇지만, 밖이 밝아지기 전에 에타나가 집에서 나간 걸 알았거든."

"그렇게 이른 시간에 나가셨나요?"

밀키트가 일어나는 시간도 충분히 이른 아침이라고 할 수 있는 시간이다.

그보다 전이라면 아예 심야라고 하는 편이 어울릴 시간대일 것이다.

"그렇게까지 해서 우리에게 숨기고 싶은 곳인가……?"

"일단 아침을 먹자. 배가 텅 빈 채로 생각해봤자 좋은 아이디어가 안 나올 거야."

그렇게 말한 잉크는 그저 배가 고플 뿐이지만―― 식사를 하며 슬픔을 중화시키려는 의도도 있을 것이다.

일단 플럼을 비롯한 세 사람은 1층의 식당으로 자리를 옮기기로 했다.

그리고 계단을 내려가 식당으로 들어가자――,

"여어, 실례 좀 할게."

의자에 앉은 넥트가 친밀하게 손을 들었다.

“네가 어떻게?!”

즉각 앞으로 나선 플럼은 검을 뽑았다.

“자자, 진정해. 곤란할 것 같아서 도와주러 왔어. 아아, 그리고 잉크, 오랜만이야. 잘 지냈어?”

“넥트……. 응. 잘 지냈어.”

잉크는 우물우물 대답했다.

그것을 들은 넥트는 뭐가 우스운지 “아핫” 하고 기쁜 듯 웃었다.

“내가 말한 대로지? 에타나 린바우에게 위기가 닥쳐온다고 했잖아.”

“이렇게 될 걸 알고 있었어?”

“예상은 했지. 하지만 선택권은 어디까지나 그녀에게 있었다고 생각해. 다피즈 샬머스는 그렇게 물러 터진 남자거든. 이번 일은 그래서 잘된 거겠지만.”

가디오와 에타나의 마음이 흔들린 것은 다피즈가 성실한 남자였기 때문이다.

말과 이야기도 그렇고, 가장 중요한 것은 배어 나오는 ‘분위기’다.

겉모습만으로는 속일 수 없는 그런 부분으로 그는 신뢰를 얻었다.

“에타나 씨가 누구를 만나려고 나갔는지 알아?”

“거기까지는 몰라. 말했잖아? 칠드런과 네크로맨시는 적대 관계라고. 어제 다피즈가 데려온 건 노부부였으니 조부모님이라도 만나러 간 거 아니야?”

그것은 어제 잉크가 말했던 방문객과 일치한다.

즉, 그 노부부가 에타나의 관계자이며, 또 한 명의 남자가 네크로맨시에 소속된 연구자였으리라——. 플럼은 그렇게 추측했다.

"그나저나…… 영웅이라 불릴 정도의 인간도 역시 저항할 수 없구나. 나는 네크로맨시가 하는 짓을 우습게 생각했어. 인간은 죽는 생물이니 그것을 되살리는 데에 아빠의 힘을 쓰다니 헛수고라고 생각했지. 하지만 아니었어. 내가 생각했던 것보다 인간은 자신이 앞으로 살 미래가 아니라 과거에 얽매이는 생물이었어. 누나나 잉크를 버리면서까지 말이야."

"……말해두겠는데, 그렇다고 해도 너와 손을 잡을 생각은 없어."

플럼은 의연한 태도로 넥트와 마주했다.

하지만 그는 그녀가 어디에 마음을 의지하는지 이미 간파하고 비웃는 듯 보였다.

"아아, 가디오 라스컷이 있으니까?"

"윽……설마 가디오 씨도?!"

플럼은 동요를 감추지 못했다.

넥트는 그 반응에 만족한 모양인지 더욱 깔보듯 웃으며 말을 이었다.

"나갔다는 모양이야. 자신을 따르는 여자와 아이를 두고. 아마 에타나와 함께 있지 않을까?"

"말도 안 돼!"

"기다려. 누나. 내가 아니야. 내가 아니라고. 그러니까 노려봐도 곤란해. 자세한 사정까지는 모르지만, 데려간 건 20대 정도의 여자였어. 연인인가? 아니면 여동생?"

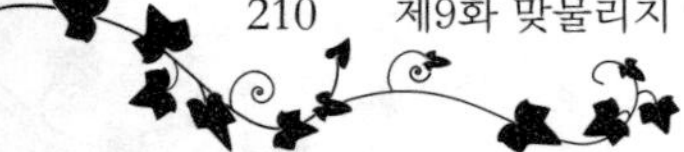

그것은 가디오의 죽은 아내── 티아가 틀림없다.
그녀를 위해 그는 복수를 결심했다. 그렇다면 그녀가 살아 있으면 그 동기는 뿌리부터 흔들릴 것이다.
켈레이나와 하롬을 두고서라도 아내를 선택할 가능성은 충분히 생각할 수 있다.
누군가는 가디오에게 매정하다고 욕할지도 모르지만, 플럼은 그의 마음도 이해할 수 있었다.
"그럼 어떻게 할래? 플럼 누나. 누나는 지금 혼자가 됐어. 더구나 싸우지도 못하는 쓸모없는 두 사람을 지켜야 하지. 할 수 있겠어? 요전번에는 우연히 잘됐지만, 지난번에 싸웠던 건 아빠의 힘조차 갖지 않은 데인이라는 송사리야. 같은 기적이 그렇게 몇 번이나 일어날 리가 없어."
플럼도 자신의 실력 정도는 알고 있었다.
에타나와 가디오가 끌려간 곳은 현재진행형으로 가동 중인 연구소다.
지금까지 싸워온 상대와는 비교도 되지 않을 정도로 많은 오리진 코어가 존재할 것이다.
지금의 플럼이 혼자 힘으로 이길 수 있을 리가 없다.
네크로맨시는커녕 눈앞에 있는 소년 한 명에게도.
"흐음…… 이렇게까지 내몰리고도 고민하는구나."
넥트는 팔짱을 끼고 흥미진진하다는 듯 말했다.
"그렇게 간단히 결정할 수 있을 리가 없잖아……!"
"나쁜 제안은 아니야. 딱히 나는 손을 잡지 않아도 상관없고,

우물쭈물 고민할 거면 이 이야기는 없던 셈 쳐도 돼. 단지 있어주면 좋다는 정도의 이야기야."

"그게 마더의 생각이야?"

"아니. 내 개인의 의견이야."

"마더가 아니라 혼자 움직이는 거야? 팀과는 관계없이?"

"아아, 그 말을 안 했네. 칠드런과 손을 잡자는 게 아니라 **나**와 손을 잡지 않겠냐는 제안이야. 마더나 아빠는 아무 말도 하지 않았고, 다른 칠드런의 의견과도 관계없어. 이제 리스크가 줄어들었지? 그냥 고개를 끄덕이기만 하면 돼. 그러면 당신은 일시적으로 강력한 아군을 손에 넣는 거야. 리스크 없이."

리스크가 없다니, 그렇게 안성맞춤인 이야기는 있을 리가 없다.

플럼과 손을 잡으면 넥트에게는 무언가 이익이 초래될 것이다.

그 말인즉, 교회의 이익이며 플럼에게 불이익이다.

밀키트는 불안한 듯 옷자락을 잡고, 고뇌하는 플럼을 바라보았다.

잉크는 시종일관 어두운 표정으로 고개를 숙이고 있었다.

그녀는 넥트가 찾아온 것보다 에타나가 자신을 두고 나간 게 더 충격이었는지도 모른다.

"침묵은 부정과 마찬가지야. 아직 선택할 수 없다면 나는 혼자 움직일게."

"기다려!"

유도되고 있다――. 그걸 알면서도 플럼은 나가려는 넥트를 말릴 수밖에 없었다.

“정말로 네크로맨시를 짓밟는 것만이 목적이야? 밀키트와 잉크에게는 손을 대지 않을 거야?”

“누나라면 또 모를까 내가 그 두 사람을 죽여서 무슨 이득이 있다고. 그렇게 쓸데없는 고생을 할 바에야 다른 곳에 칼로리를 쓰겠어.”

확실히 넥트는 두 사람에게 손을 대지 않을 것이다.

마음만 먹으면 지금도 죽일 수 있을 테고, 잉크를 구출했을 때도 그랬다.

하지만 그래도── 믿을 수 있는 상대냐고 묻는다면 대답은 틀림없이 “노”이고 플럼이 아무리 고민한대도 만족스러운 답이 나올 일은 없었다.

타협할 수밖에 없다.

힘없는 소녀는 지금 그것을 고를 입장이 아니니까.

“자, 다시 한번 대답을 들을게. 누나. 나와 손을 잡을지 말지──.”

정신적 우위에 선 넥트는 명백하게 플럼을 깔보며 그렇게 물었다.

“나는…….”

그 말에 그녀는 고심 끝에 ‘잡는다’는 답을 도출하려 했다──.

바로 그때였다.

“다녀왔어.”

긴장감 없이 아주 일상적인 소녀의 목소리가 들려온 것은.

현관을 지난 그녀는 식당에 얼굴을 빼꼼 내밀었다.

그곳에 모인 네 명의 시선이 그곳에 집중되었다.

플럼과 밀키트, 잉크는 물론이거니와 아까까지 우월감에 빠져 있던 넥트도 얼어붙듯 굳었다.

"칠드런이 있네. 우와아, 이게 무슨 상황이야?"

말과는 달리 당황한 모습도 보이지 않고 에타나가 말했다.

오히려 당황한 건 플럼 일행 쪽이었다.

"그, 그, 그건 제가 묻고 싶은 말이에요! 에타나 씨, 다피즈에게 간 게 아니었나요?!"

"맞아! 어제 다피즈와 노부부와 이 집에서 만났잖아!"

넥트도 플럼과 함께 에타나를 추궁했다.

"아아…… 알고 있었구나. 말하지 않아서 미안해. 하지만 그만 됐어. 성묘하며 그 두 사람과 작별 인사도 마쳤어. 그보다 이 집에서 함께 사는 플럼과 밀키트, 그리고 잉크가 더 소중하다고 생각했지."

"에타나…… 으으으……윽, 에타나!"

잉크는 목소리를 떨며 전력 질주하여 에타나의 몸에 뛰어들었다.

에타나는 양팔로 그녀를 받아들이더니 검고 부드러운 머리카락을 부드럽게 쓰다듬었다.

"이 반응은…… 혹시 내가 잉크의 치료를 내팽개쳤다고 생각했어?"

"이런 메모가 있었으니 누구나 걱정하죠!"

밀키트는 보기 드물게 거친 목소리를 냈다.

"음, 밀키트가 화를 낼 줄이야. 미안해. 정말로 금방 돌아올 생각이어서 메모 한 장이면 될 거라고 생각했어."

"대체 에타나 씨는 어디에 갔었나요?"
"근처 거리에 갔었어. 내 의부모였던 두 분—— 킨더 린바우와 클로디아 린바우의 묘를 보러 갔었어."
"당신은 이미 되살아난 그 두 사람과 만났을 텐데. 그곳에 시신이 없다는 건 알고 있잖아!"
"그래. 확실히 시신은 없어졌어. 조사해보니 파낸 듯한 흔적이 남아 있더군. 게다가 비교적 깔끔했어."
에타나의 표정이 험악해졌다.
"즉, 그놈들은 나를 설득하기 위해 묘를 파헤쳤어. 기껏 이장시켜 조용히 잠든 두 분을 억지로 파내어 수상쩍은 연구에 이용했지. 사자에 대한 모독이야. 그 시점에 다피즈 샬머스에 대한 믿음은 흔들렸어."
"크…… 생각보다—— 아니, 생각대로 당신들은 이상에 따라 움직이는군."
뜻밖의 사태에 돌변한 넥트는 궁지에 몰려갔다.
"확실히 이상일지도 몰라. 나는 아마 내가 생각하는 것보다 훨씬 더 로맨티스트일 거야. 하지만 그런 것도 나쁘지 않아. 인생을 밝게 살기 위한 양념이 되지."
"핫…… 속 편해서 부럽기 그지없다, 정말."
그리고 그는 무언가를 단념한 듯 웃더니 어깨에서 힘을 뺐다.
플럼은 그런 그를 의아하게 바라보았다.
"에타나 씨가 돌아온 이상, 이제 설득해도 소용없다는 걸 알았지?"

"물론이야."

"그럼 이곳에 남아 있어도 의미 없지 않아?"

"확실히 누나 한 명이라면 또 모를까, 에타나 린바우까지 있으면 지금의 나로는 힘들지도 몰라."

그런데도 넥트는 모습을 감추지 않았다.

마음만 먹으면 '접속'의 능력을 써서 밖으로 전이할 수 있을 터인데.

도무지 생각을 읽을 수 없는 그의 말을 들으며 잉크의 머리에 한 가지 가능성이 떠올랐다.

넥트의 성격상, 순순히 인정하지 않는 점은 이해했지만, 그런데도 묻지 않을 수 없었다.

"혹시…… 넥트는 플럼을 설득하기 위해서만 온 게 아니라 나를 만나러 온 거야?"

"뭐어? 그럴 리가 없잖아! 왜 내가 잉크 같은 불량품에게 미련을 품어야 하는데!"

"하지만 넥트, 평소와 조금 달라. 아까 플럼과 이야기할 때는 안달복달했어."

"미적지근한 태도에 짜증이 난 거겠지."

"아니야. 그런 안달이 아니었어. 아마 플럼이 아니라 다른 누군가에 대한 것이었겠지. 그리고 지금은 조금 쓸쓸하게 들려."

"핫, 잉크는 언제부터 카운슬러가 된 거야? 왜 내가 그런 감정을 갖는데? 거기 있는 마녀가 돌아오기 전까지는 절대적 우위에 있었는데."

"……자신이 버려질지도 모른다는 게 두려웠으니까."

에타나가 툭 내뱉었다.

넥트는 날카로운 눈으로 그녀를 노려보았다.

"무슨 근거로 그런 소리를——."

"마더는 잉크를 버렸어. 정이 떨어졌다고 하기에는 너무나도 시원스럽다고 느꼈어."

잉크를 버리기 직전까지 마더는 어머니처럼 행동했다.

그것이 필요 없다고 판단하자마자 본성을 드러내듯 대응이 변했다.

에타나는 그 변모를 실제로 본 것은 아니지만, 잉크에게 들어서 알고 있었다.

"즉, 마더가 잉크를 버린 것은 모녀의 이야기가 아니라 구세대의 실험체가 필요 없어졌기 때문이지."

그렇게 말하면서도 에타나는 '나는 그렇게 생각하지 않는다'는 듯 잉크를 안은 팔에 힘을 실었다.

"그게 뭐가 어떻다는 거야?"

"교회의 연구팀은 세 개나 있어. 아마 이것은 서로 경쟁을 시키기 위해서겠지. 그리고 네크로맨시는 실제로 죽은 사람을 되살려서 완성되기 직전이야. 아마 키마이라도 순조롭게 진행되고 있겠지. 그런 한편, 칠드런은 코어를 박은 상태로 8년이고 10년이고 키우는 아주 비효율적인 연구야."

"하지만 실제로 이렇게 우리 같은 성공작이 탄생했잖아?"

"그렇지만 넷밖에 없지. 게다가 개개의 힘은 나나 가디오와 별반 다르지 않은 정도야. 마족을 공격하여 멸망시킬 전력으로는 불안하지.

"……그래서?"

에타나의 지적에 넥트는 더욱 언짢아졌다.

모욕이라고 느꼈을까, 아니면 정곡이었을까——?

"내가 생각하기에 스파이럴 칠드런의 완성형은 달리 있어. 너희가 제2세대라고 한다면 지금까지와 달리 만드는 데 수고가 들지 않는 제3세대, 제4세대가 존재하는 거지. 그리고 그것이 탄생하면—— 잉크와 마찬가지로 마더는 제2세대에 흥미를 잃을 테고, 필요가 없어지면 버릴 테지."

넥트는 "에휴" 하고 한숨을 쉬더니 눈을 가늘게 뜨고 입을 다물었다.

그리고 넥트는 힘없는 미소를 짓더니 "이런, 이런"이라고 말하듯 양손을 들었다.

"곤란하네. 아무리 상상력이 풍부하다지만 망상만으로 그렇게 주절주절 떠들다니. 그 이야기를 듣고 왜 내가 '버려질지도 몰라'라는 공포를 느껴야 하지? 실패작과 달리 힘도 있고 아빠에게 사랑받는 내가!"

"허세로밖에 안 들려."

"다 아는 것처럼 말하지 마. 당신이 뭘 아는데!"

"알아. 나도 왕국에서 실행된 실험의 피해자였으니까."

"뭐……?!"

넥트는 말을 잃었다.

플럼과 밀키트도 눈이 휘둥그레졌다.

유일하게 그녀의 나이를 들은 잉크만은 그렇게까지 큰 반응을 보이지 않았지만, 놀라지 않은 것은 아닌 모양이었다.

"무슨 소리죠? 에타나 씨가 실험의 피해자라니요!"

"50년 전의 일이야. 슬럼(빈민가)에서 부모의 얼굴도 모른 채 자란 나는 실험을 위해 끌려가 이 집에서 살게 되었어."

"여기가…… 실험 시설이었나요?"

"실험이라기보다 피해자인 아이들이 살던 곳이었어. 그리고 연구 리더이자 우리를 보살펴준 사람이 당시 아직 30대였던 린바우 부부였지."

그 뒤 에타나는 자신이 이곳에서 경험한 일을 요약하여 네 사람에게 말했다.

그것은 마족에게 대항하기 위해 마찬가지로 마족의 힘을 가진 인간을 탄생시키기 위한 실험이었다고 한다.

왕국에서는 인체 실험의 노하우가 없었기에 조잡한 시술이 이루어져 아이들이 잇따라 목숨을 잃었다고 한다.

에타나라는 이름은 '영원'에서 유래한 말이며 '조금이라도 오래 살기를 바란다'는 바람을 담아 의모였던 클로디아가 지어주었다.

결국 실험에 성공한 것은 에타나 한 명뿐이었고, 그녀는 거기서 남보다 긴 수명과 높은 마력을 얻을 수 있었다.

하지만 너무나도 비효율적인 실험이었기에 계획은 중단되었고, 에타나는 처분될 처지에 놓였다.

그리고 킨더와 클로디아 덕분에 도망친 그녀는 왕도로 돌아오기 전까지 산속에서 '마녀'로 50년 넘게 살아왔다──.

넥트도 흥미가 있는지 그녀의 이야기를 얌전히 듣고 있었다.

"당시의 우리는 '이 사람에게 버려지면 끝이다'는 생각 때문에 필요 이상으로 '착한 아이'처럼 행동하게 된 상태였어. 하지만 실제로 킨더와 클로디아는 다정했으니 그럴 일은 없었지. 하지만 만약 그들이 마더와 같은 인종이었다면── 지금의 넥트처럼 유일하게 의지할 곳을 잃고 절망에 빠졌을지도 몰라. 누군가에게, 설령 적일지라도 구제될 가능성이 있다면 매달렸을지도 몰라."

그는 아무 대답도 하지 않았다.

다만 초점이 맞지 않는 눈으로 빤히 벽을 바라보며 무언가를 생각했다.

"넥트. 아까 이야기를 듣고 한 가지 궁금한 게 있었는데──."

플럼이 그에게 물었다.

"'마더와 아빠는 아무 말도 하지 않는다'고 했지? 에타나 씨의 이야기를 들으니 마더는 이해가 돼. 제3세대에게 관심이 옮겨가서 말하지 않는지도 모르지. 하지만 아빠── 오리진을 함께 이야기한 건 혹시……."

"아빠는 오늘도 떠들썩해. 아아, 하지만 확실히…… 누나에게 오기 전에는 조용해졌던가?"

넥트는 툭 던지듯 말했다.

그것은 떠들썩할 뿐이지 그에게 말하는 것이 아니다.

즉, 마더뿐만 아니라 오리진도 이미 제2세대인 칠드런을 버린 것이다.

“소중한 사람에게 버려지는 공포는 저도 잘 알아요.”

“아~아, 싫다. 노예에게까지 동정을 받다니.”

“동정이라니 당치도 않아요.”

“보아하니 잉크도 나를 불쌍히 여기겠네? 하핫, 정말 싫다, 싫어. 플럼 누나를 잘 구슬려서 제대로 이용할 셈이었는데 왜 이렇게 된 걸까?”

그가 허세를 부린다는 것은 누가 봐도 명백했고, 그것을 자신도 알고 있기에 허세는 더욱 심해졌다.

잉크는 그런 넥트를 결코 불쌍히 여기지 않고 진지한 톤으로 말했다.

“넥트는 네크로맨시를 쳐부숴서 마더에게 다시 인정받고 싶구나?”

“잉크, 그건 어디까지나 제3세대라는 게 실재하면 그렇다는 가정이야.”

“그런 동기라면 플럼과 에타나가…… 힘을 빌려줄지도 몰라.”

“핫……. 아하핫. 그게 뭐냐? 농담해? 하하핫, 아하하하하하핫!”

넥트는 한 손으로 얼굴을 덮고 크게 웃었다.

이보다 우스운 것은 없다는 듯이 껄껄 하고.

“결국 똑같은 거잖아! 게다가 마더는 명확히 너희의 적인데 힘을 빌려주다니 그럴 리가――.”

“나는 그래도 돼.”

플럼이 말하자, 넥트는 눈을 크게 뜨고 손가락과 손가락 사이로 그녀를 응시했다.

"무슨 소리야……?"

"손을 잡겠다는 소리야."

"누나는 정말 머리가 이상해. 착한 사람의 범주를 넘어섰다고! 이렇게 말도 안 되는 소리가 어디 있어!"

그는 분노를 넘어 반쯤 웃으며 외쳤지만, 플럼은 여전히 냉정했다.

"딱히 착하지 않아. 칠드런과 네크로맨시가 적대한다는 이야기는 믿을 수 있다고 생각했고, 방금 한 이야기로 넥트 자신의 목적도 분명해졌어. 손을 잡고 싶지 않았던 건 그 목적을 몰랐기 때문이야. 가령 그것이 달성되어 마더가 제2세대를 다시 인정한대도 우리에게 직접적인 불이익이 있는 건 아니잖아?"

"그렇다고 해도!"

"게다가 우리는 네크로맨시의 본거지가 어디 있는지 몰라. 가디오 씨가 어디로 갔는지도 몰라. 너는 그 단서를 갖고 있지?"

"……짐작은 가."

"그럼 우리에게 이점은 있어. 이해관계가 일치해. 물론 단순히 아군이 되는 게 아니라 언젠가는 적이 되어 서로 죽이려 들겠지만, 일시적으로 휴전하고 손을 잡는 정도라면——."

플럼은 넥트의 앞에 손을 내밀었다.

"나는 진심으로 그래도 좋다고 생각했어."

답은 악수로—— 말은 없지만, 그것을 요구한다는 것은 넥트도 알 수 있었다.

"정말 바보 아냐? 그게 뭐야……? 잉크 때도 그랬지만, 왜 이

런…… 이런……윽!"

빠득—— 하고 이를 갈았다.

증오가, 분노가, 선망이.

그 자신도 구별할 수 없는 생각이 머리를 채워서 정상적인 사고를 저해했다.

플럼의 말대로 네크로맨시를 상대로 싸우는 동안만이라면 손을 잡는 데 단점은 거의 없다.

하지만 넥트는 이런 결말을 바라서 플럼에게 말한 것이 아니다.

그러나—— 그녀들이 잉크를 구한 사실을 안 시점에, 머릿속에는 때에 따라 이렇게 될 수도 있을 거라고 생각을 하지 않았을까?

요 며칠 동안 상황은 급격하게 변하여 잉크의 환경이 남 일이 아니게 되었다.

그 공포를 조금이라도 멀리 떼어놓기 위해 플럼 일행에게 어떤 기대를 했던 것은 아닐까?

'아니야…….'

하지만 넥트의 자존심이 그것을 인정하지 않았다.

'아니야, 아니야, 아니야! 나는…… 우리는 스스로의 의사로 아빠의 힘을 소화할 수 있는 특별한 존재라고. 그런데 이렇게 마치 인간 아이처럼 도움을 구하다니——.'

넥트는 아직 어렸다.

긍지를 버리고 실리를 취할 수 있을 정도로는 아직 성숙하지 못했다.

"넥트, 우리와 함께……."

“그런 걸 인정할 수 있을 리가 없잖아! 커넥션(접속하라)!”

소년의 얼굴이 소용돌이쳤다.

그는 손바닥을 쥐며 오리진의 힘을 이용하여 자신의 좌표를 다른 좌표와 ‘연결’함으로써 전이를 발동시켰다.

“넥트?!”

“돌아갔네…….”

“그에게는 자극이 너무 강한 이야기였을지도 몰라.”

“이야기가 잘 풀리는 상황이었는데 아쉽네요.”

결국, 가디오가 어디에 있는지도 모른 채 끝이 났다.

오직 그것 때문에 넥트에게 손을 내밀려고 한 것은 아니지만.

“그보다 플럼. 아까 가디오가 뭘 어쨌다는 거야?”

에타나는 가디오의 아내에 대한 일도, 켈레이나나 하롬과의 관계도 모른다.

플럼은 본인이 없는 곳에서 말해도 될까 싶었지만, 사태가 사태인 만큼 말하지 않을 수는 없었다.

“실은――.”

플럼의 말을 다 들은 에타나는 낮은 톤으로 “그렇구나……” 하고 맞장구를 쳤다.

“내가 다피즈를 따라가기로 선택하지 않은 건, 어떤 의미로 매정한지도 몰라.”

“그럴 리가요!”

부정하는 플럼에게 에타나는 고개를 저으며 천천히 의자에 앉았다.

“휴우……. 나와 부모님이 함께 보낸 시간은 기껏해야 몇 년이야. 그 뒤 50년 넘게 만나지 않다가 성묘라는 형태로 작별도 마쳤지. 일단 어느 정도는 매듭을 지은 것 같아. 하지만── 가디오는 달라. 지금도 부인에게 마음을 품은 채 복수하려 하고 있어.”

“확실히 가디오 씨가 따라가는 건 어쩔 수 없다고 생각해요. 그만큼 티아 씨를 사랑한다는 뜻일 테고요.”

“하지만 이대로 내버려 둘 수도…….”

“넥트에게 연구소의 위치만이라도 들을 수 있으면 좋았을 텐데.”

“이미 늦었어. 말해봤자 입만 아프지. 우리는 우리가 발품 팔아 정보를 모으자.”

“맞아요. 저는 우선 가디오 씨의 집에 가보려고 해요. 넥트에게 들은 이야기만으로는 확실하다고 말할 수 없으니까요.”

“내가 가는 게 좋을 곳이 있을까?”

“잉크는 외출할 수 없을 테니 함께 있어주세요.”

잉크는 에타나의 지시를 어기고 방 밖으로 나왔다.

아직 심장 이식을 한 지 얼마 되지 않은 그녀의 용태가 급변할 수도 있다.

“이식한 이후로 오늘까지 일어날 수 있는 리스트에 대한 대처법은 생각해뒀어. 내가 늘 함께 있으면 나돌아다녀도 문제없어.”

“그래?!”

“단, 절대로 무리하면 안 돼. 아직 뛸 수는 없어.”

에타나는 일부러 강하게 말했다.

잉크는 “응응” 하고 고개를 끄덕였지만, 의도가 전달되었는지는 미심쩍었다.

"그러니 우리도 도울게."

"그래요……? 그럼 웰시 씨에게 이야기를 들어주실래요? 어쩌면 또 새로운 정보를 입수했을지도 몰라요. 이 시간이라면 아마 중앙구에 있는 신문사에 있을 거예요."

"리치 맨캐시의 동생……. 알았어."

그 뒤, 네 사람은 집합할 장소를 정하고 집을 나섰다.

왕도 지하—— 복잡한 수로를 빠져나가면 어울리지 않게 근대적인 시설이 있었다.

과거 이 세계에 존재했던 문명의 흔적인 고대 유적을 이용하여 만들어진 그곳은 칠드런의 새로운 거점이었다.

"마더, 마더! 내가 잘못했으면 사과할게! 그러니까 대답해. 응! 응!"

스파이럴 칠드런인 휘스가 울 것 같은 목소리로 문을 두드렸다.

쾅쾅, 쾅쾅—— 힘은 세지 않았지만, 이래저래 두 시간 정도가 이어져서인지 주먹은 피로 물들었다.

"그 여자들을 죽이지 못한 게 잘못이야? 하지만 거점을 옮길 때는 열심히 했잖아! 나는 마더를 많이 도왔다고!"

심약한 휘스는 다른 아이들보다 마더에게 많이 의존했다.

가디오에게 이전의 거점을 공격받아 이곳으로 옮긴 뒤로 마더

는 제2세대들에게 거의 관심을 보이지 않았다.
그리고 그 이유를 아이들에게 전혀 말하지 않았다.
따라서 휘스 일행은 몹시 불안했다.
잉크와 마찬가지로 자신들도 버려지는 게 아닐까 하고——.
플럼과 대화를 마친 넥트가 거점으로 돌아왔다.
공간 접속으로 전이해 온 그를 벽에 기대어 앉은 루크가 노려보았다.
“넥트, 너 이 자식 어디 갔었어?”
“어딜 가든 무슨 상관이야?”
“상관있어. 마더가 우리를 버릴 거야. 무서워. 싫어. 사과해야 해.”
낡은 앤티크 인형을 안은 백발의 소녀가 말했다.
“뮤트, 사과해서 해결될 일이면 진즉 휘스의 사과로 이야기가 끝났을 거야.”
“네놈이 마더의 지시를 어기고 멋대로 밖에 나가니 이 사달이 난 거잖아?”
“시계열이 엉망진창이야. 나는 이렇게 되어서 밖에 나간 거야.”
“뭣 때문에? 설마 너 잉크와 마찬가지로…….”
“설마. 아빠의 목소리도 들리지 않는 어리석은 인간들과 말이 통할 리 없잖아? 같은 말을 쓸 뿐, 우리는 구조 자체가 달라.”
“안다니 다행이네.”
무슨 생각을 하는지 알 수 없는 뮤트도, 껄렁대는 루크도, 바깥 세계를 모르는 그들에게는 마더가 전부다.

그 강한 의존을 위험하다고도 생각하지 않는다.

왜냐하면 마더는 제2세대의 아이들을 그런 식으로 키워왔으니까.

"마더, 부탁이야! 나는 마더의 얼굴을 못 보니 쓸쓸해서 죽을 것 같아! 쓴 약이라도 먹을게. 아픈 바늘로 구멍을 잔뜩 뚫어도 돼! 그러니까 부탁이야. 마더, 마더!"

끊임없이 목소리를 내서인지 휘스의 목소리는 잠겨 있었다.

하지만 그런 그의 마음이 드디어 마더에게 전해졌다.

아무리 두드려도 반응이 없던 금속 문은 자동으로 열렸고 안에서 그가 모습을 드러냈다.

"마더…… 꺅, 흡!"

그리고 휘스의 머리를 잡고 얼굴에 무릎차기를 날렸다.

그는 날아가듯 몸을 뒤로 젖히고 후퇴했다.

어떻게든 땅을 구르지는 않았지만, 코피로 입가가 흠뻑 젖었다.

"아, 히익, 마더…… 어째서……."

"아까부터 몇 시간이나 시끄럽다고. 이 망할 꼬맹아!"

이번에는 오른쪽 주먹으로 뺨을 때렸다.

"하윽…… 마더…… 아니야. 나는……!"

"말했지? 나는 지금 엄청나게 바빠서 너희를 돌볼 여유가 없다고!"

"들었지만, 쓸쓸해서……."

"그런 시시한 이유로 내 숭고한 연구를 방해하지 마아아앗!"

휘스는 초록색 머리카락을 휘어 잡힌 채 얼굴이 수차례 벽에 처

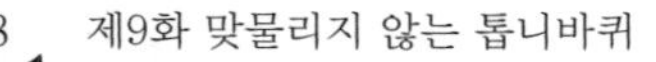

박혔다.

"드디어! 마침내! 앞으로 나아갈 수 있게 되었는데! 뭐야?! 너희는 내 연구를 위해 존재하는 거 아니었어?! 맞지, 그렇지, 대답해애앳!"

"어흑, 흐윽……."

이미 휘스의 의식은 몽롱해졌고, 실금하여 바지를 적시고 있었다.

그런데도 마더는 개의치 않고 폭행을 이어갔다.

넥트는 그것을 보고 공포에 몸을 떨었다.

'구, 구해야 해……. 하지만 마더는…… 마더는…….'

절대적인 복종이 아이들의 몸에 배어 있었다.

그래서 그는 외부의 인간에게 기댈 수밖에 없었다.

하지만 지금 이곳에 칠드런 이외의 인간은 없다.

넥트도, 루크도, 뮤트도 마더를 말릴 수 없었다.

"자극이! 그 영웅들 덕분에 뇌에 자극이 왔어! 피비빗 하고 마치 전류가 통한 것처럼! 히히익! 그것이, 바로 그것이, 아직 계속되고 있어! 마치 약이라도 한 것처럼! 머리는 멀쩡한데 왔어. 지적 엑스터시가! 이것은 하늘의 계시야! 하늘의 계시인데! 너희가 방해하면 의미가 없잖아! 안 그래?!"

"하읏…… 죄송합, 크, 크윽……."

"아아…… 하아…… 후우…… 하여튼 정말, 정말 못 말리는 아이들이야……. 나는 너를 사랑하는데 왜 너희는 사랑을 이해하지 못하는 걸까?"

"사랑, 해요……. 저는, 마더를……."

"그럼 조용히 있어. 알겠지? 휘스. 안 그러면 이번엔 정말로 네가 미워질 거야."

"힉…… 죄송합니다, 죄송합니다! 부탁이에요. 얌전히 있을 테니 미워하지 마세요! 마더어어엇!"

휘스는 방으로 돌아가는 어머니의 발에 매달렸다.

하지만 마더는 성가신 듯 그를 걷어차더니 눈길도 주지 않고 문을 닫았다.

남겨진 휘스는 애벌레처럼 땅바닥에 웅크리고 누워 "으으으" 하고 신음했다.

"휘스……."

손을 뻗으러 다가간 넥트는 그러기 전에 발을 멈추었다.

"으…… 후으으…… 후후…… 흐크크……윽, 히… 후훗……."

휘스는 괴로워한 것이 아니라── 웃고 있었다.

머리가 돌아버린 게 아니다.

"하아아…… 다행이다……. 마더는 아직 나를 미워하는 게 아니었어……. 하핫, 마더…… 이 아픔은…… 사랑이야……."

단순히 기뻐서.

"잘됐다. 휘스."

"괜찮아. 마더는 바빠. 금방 돌아올 거야."

"이것도 괜찮아. 상대해주는 것만도 마더는 다정한 분이셔. 지시를 어긴 내가 잘못했는걸! 아하하하핫!"

그것을 아무도 이상하다고 생각하지 않았다.

그 폭력을 마더의 정당한 애정 표현으로 받아들였다.
왜 그렇게까지 하며 그를 믿는 걸까?
딱히 마더는 지금까지 제2세대들에게 적극적으로 폭력을 휘두르지는 않았다.
이 거점으로 옮기고 방에 틀어박히게 된 뒤로 급변했다.
그런데 왜 그들은 돌변한 마더를 절대적인 존재로 숭배할까?
그리고 왜 넥트 혼자만 그 가치관에 위화감을 느낄까?
'내 머리가 좋아서? 다른 칠드런보다 성숙해서?'
자신의 생각에 그는 고개를 저으며 이내 부정했다.
'아니야……. 나도 저 녀석들과 다르지 않아. 마더의 지배하에 있어. 유일하게 잉크는 실패작으로 취급받았기에 그렇게 바깥 세계에 적응할 수 있었을 뿐이지——.'
그렇게 **된** 것이 아니라 그렇게 **강요받았다**.
자신의 의사는 그곳에 없고, 지금 하는 사고도 자아라고 생각하게 만들어졌을 뿐이지 사실은 모두 마더의 손바닥 위에 있는 게 아닐까?
「너는 모두를 이끄는 형이 되렴. 똑똑한 아이이니 분명 모두 따라줄 거야.」
과거에 마더가 그런 말을 했던 것을 떠올렸다.
지금 상황이 그의 생각대로라면—— 플럼에게 도움을 구하려 했던 것도 알아채지 않았을까?
'내가 한 일은 헛수고일까? 아니, 하지만…… 과한 생각일지도 몰라. 어떨까? 나는 옳을까? 아니면 다른 칠드런들이 옳을까?'

플럼은 넥트의 가치관이 '일그러졌다'고 말했다.

하지만 그 일그러짐은 적어도 이 칠드런이라는 좁은 공간 안에서는 옳을 터였다.

'사실은 나도…… 마더를 믿고 싶은데. 하지만 잉크는 이전과 달랐어. 밝고 즐거워 보였어……. 마더의 손에서 벗어나서…….'

여덟 살짜리 아이로서의 본심.

여덟 살짜리 인간으로서의 자아.

상반되는 두 개의 마음에 넥트는 어금니를 꽉 깨물고 계속 고민했다.

10 패스트 메모리즈

"분명 과거에 죽은 아내에게 갔을 거야. 나는 그것 말고는 아무 것도 몰라."

저택을 찾아간 플럼에게 켈레이나는 토해내듯 그렇게 말했다.

그녀의 뒤에는 하롬이 딱 붙어 있었고 불안한 듯 플럼을 올려다보았다.

"본인은 한마디도 해주지 않았거든. 남아 있던 것이라고는 '티아에게 다녀올게'라는 편지뿐이었어. 하핫, 이래서야 마치 유서 같잖아."

"티아 씨는 어제도 이곳에 왔죠? 켈레이나 씨는 만나셨나요?"

"응. 그건 틀림없이 티아였어. 오래 알고 지낸 내가 그렇게 느꼈고 가디오도 믿었지. 그렇다면 틀림없을 거야."

에타나도 말했지만, 네크로맨시의 기술을 이용하여 오리진 코어로 소생된 사람에게 신체적인 이상은 나타나지 않는 모양이다.

"가디오는 6년 전부터 줄곧 티아의 일에 분노하며 자기 자신을 나무랐어. 그게 드디어 보상을 받은 거야. 그냥 두는 게 좋을지도 몰라."

켈레이나는 가디오를 단념한 모양이었다.

"저기, 언니."

"응? 왜 그래? 하롬."

플럼은 웅크려 앉아 하롬과 시선을 맞추었다.

촉촉한 눈동자가 무언가를 호소하듯 흔들렸다.

"아빠가 다시 돌아오지 않는 건 아니겠지? 우리를 잊지 않았겠지?"

"잊지 않았어. 반드시 곧 돌아올 거야."

머리를 쓰다듬으며 말해도 그녀의 불안은 사라지지 않았다.

"얘, 하롬. 언니를 곤란하게 하면 못써."

"하지만…… 싫단 말이야. 아빠가 없어지는 건 싫어! 아빠는 하롬의 아빠야. 알지도 못하는 그런 사람의 것이 아니야!"

"하롬……."

마침내 하롬의 눈에서 눈물이 쏟아져 뺨을 따라 흘렀다.

그녀는 친아버지의 얼굴을 모른다.

태어났을 때부터 줄곧 가디오가 곁에 있었고, 그래서 하롬에게 그는 아버지를 대신하는 존재가 아닌 아버지 그 자체였다.

"있잖아, 하롬. 가디오 씨가 다정한 사람이고 하롬을 사랑한다는 건 알고 있지?"

"……응."

"그러니까 괜찮아. 반드시 금방 돌아올 거야."

"만약 아빠를 만났는데 돌아오지 않겠다고 하면 하롬을 슬프게 하지 마, 떽! 라고 화내 줄래?"

"아하하…… 알았어. 그때는 불같이 화를 내고 끌어서라도 데려올게."

그 말에 하롬은 어느 정도 마음을 놓았는지 조금씩 눈물이 말라 갔다.

◇◇◇

그 뒤, 플럼과 밀키트는 켈레이나 모녀와 헤어져 저택 밖으로 나왔다.

"하롬이 기운을 찾은 모양이라 다행이에요."

"정이 많은 아이거든."

밀키트는 면식이 없기 때문인지 말수가 적었지만, 하롬은 두 사람이 돌아갈 때 "붕대 언니, 잘 가!"라며 웃어주었다.

"다음에 왔을 때는 밀키트도 같이 놀래?"

"네. 꼭 그럴게요. 그러기 위해서도 가디오 씨가 어디 있는지 찾아야겠네요. 어떻게 할까요? 이르지만, 에타나 씨와 합류할까요?"

"아니. 아직 가고 싶은 곳이 있으니 먼저 거기부터 가야겠어."

플럼과 밀키트는 동구에서 중앙구로 이동하여 군의 기숙사로 향했다.

보초병들은 플럼의 얼굴을 보자마자 머리를 숙였다.

"오틸리에 씨에게 용건이 있는데 안으로 들어가도 될까요?"

"물론이죠. 플럼 님. 오틸리에 님이라면 방에서 대기하고 계실 겁니다."

지난번과 대응이 너무 달라서 쓴웃음을 지으며 기숙사로 발을 들였다.

그리고 입구 부근에서 날씬한 남성과 맞닥뜨렸다.

오틸리에와 비슷한 제복을 입고 있는 것을 보니 그도 군 간부인 모양이었다.

"여어, 네가 플럼 애프리코트야? 오틸리에에게 이야기는 많이 들었어."

"당신은……."

"어라? 나를 몰라? 베르나라고 하는데, 이래 봬도 부장군이야."

"그렇군요. 몰라봬서 죄송합니다."

"아니야. 괜찮아. 나는 오틸리에와 헤르만에 비하면 눈에 띄지 않는다고 할까? 지명도가 낮은 모양이야."

그는 베르나 아페이룬.

오틸리에, 헤르만과 마찬가지로 부장군 중 한 명이다.

양팔에 특수 주문한 갈고리를 달고 싸우는 조술(爪術) 사용자고, 재빠른 동작과 은밀한 행동이 주특기다.

"혹시 오틸리에를 만나러 왔어? 그렇다면 안내해줄게. 지금이라면 재미있는 걸 볼 수 있을 테니까."

"재미있는 거요……?"

아무것도 모르는 플럼과 밀키트는 순순히 베르나를 따라갔다.

그리고 그가 멈춰 선 곳은 오틸리에의 방이 아니라 어찌 된 일인지 린넨실 앞이었다.

"어서 봐봐."

베르나는 작은 목소리로 말하며 실내를 가리켰다.

플럼과 밀키트는 살며시 들여다보았다.

그러자 그곳에는 시트에 얼굴을 묻은 오틸리에가 있었다.

"아아아아아아아…… 언니 냄새…… 언니 냄새에 감싸여, 감싸

여 있어! 으하아…… 참을 수 없는 이 냄새! 왜 당신은 냄새마저 이렇게 죄가 많은 건가요!"

"우, 우와아……."

밀키트조차 움찔거리는 참상이었다.

"대단하지?"

"오틸리에 씨가 앙리에트 씨를 동경한다는 건 알고 있었지만……. 설마, 늘 저러나요?"

"물론."

엄지를 척 들어 올린 베르나를 보고 플럼의 뺨이 굳었다.

"흐으으으으음, 완벽해……. 퍼펙트 스멜……. 오오, 언니, 언니니니니니! 아아아, 언니를 감쌌던 시트에 묻힌 이 상황, 즉 이건 언니에게 감싸여—— 아니, 언니의 안에 제가 깃든 것과 마찬가지인 상황! 즉, 아이! 저는 언니의 아이로군요! 끄아아! 끄아아아악!"

"이미지가…… 오틸리에 씨의 이미지가……."

머리를 감싼 플럼에게 밀키트가 "기운 내세요"라며 달랬다.

"역시 몰랐구나. 저게 본모습이니 지금이라도 적응해서 다행이다."

베르나는 껄껄 웃었고, 그 목소리에 아무래도 오틸리에가 눈치를 챈 모양이었다.

"어라? 플럼과 밀키트 아니에요? 안녕하세요……? 스으읍, 하아아……."

그녀는 당당히 시트를 든 채 플럼과 밀키트의 앞까지 이동했다.

"굉장해요. 전혀 감출 생각이 없어요……."

"이미 봤으니 감춰도 소용없지요. 애초에 언니에 대한 저의 애정은 감출 필요가 조금도 없는 순수한 감정인걸요!"

"……뭐, 늘 이런 느낌이야."

태연히 그런 말을 해도── 플럼은 어떻게 반응하면 좋을지 곤란했다.

일단 아까 본 광경은 모두 잊기로 하고 얼른 본론으로 들어갔다.

"저기, 사실 저희는 교회에 대해 이야기를 하고 싶어서 왔는데요……."

"아, 그랬어?"

"그녀들이 기숙사를 찾아올 이유는 그것밖에 없지요. 설마 베르나, 그것도 모르고 이런 곳에 안내했나요?"

"오틸리에와 친하다고 들어서 놀러 온 줄 알았지."

두 사람의 반응을 보고 플럼은 그들이 네크로맨시의 동향을 전혀 파악하지 못했다고 깨달았다.

"그럼 앙리에트를 만나는 게 낫겠네."

"하지만 언니는 지금 사투키 님과 회의 중이세요."

"사투키라면 추기경 말씀이시죠?"

"그래요. 사투키 라나가르키. 군을 끔찍이 생각해주는 분이셔서 요즘에는 교회 기사단과 군의 사이를 중개하고 그러네요."

추기경이 왜 왕국군의 편을 드는 행동을 할까?

솔직히 수상하기 그지없다. 네크로맨시에 대해 모른다면 이대로 돌아가도 괜찮겠지만──,

"……어라? 언니의 방문이 열린 모양이네요. 이야기가 끝났는지도 몰라요. 일단 가볼까요?"

언니의 얼굴을 보고 싶어서 참을 수 없는 오틸리에가 재빨리 걷기 시작했다.

"네엣?! 지금 아무 소리도 안 났는데요……."

밀키트는 놀랐지만, 플럼은 깊게 생각하지 않기로 했다.

앙리에트의 집무실까지 이동하자 방 앞에서 이야기하는 남녀의 모습이 보였다.

한쪽은 말할 것까지도 없이 앙리에트, 다른 한쪽의 덩치가 크고 수염이 났으며 무섭게 생긴 남성은――,

"저 사람이 추기경 사투키 라나가르키……."

플럼이 그렇게 중얼거리자 사투키는 그녀를 보고 "호오"라며 뻔뻔하게 웃었다.

불쾌한 한기가 오싹하게 등줄기를 내달렸다.

"이게 누구야, 영웅님 아닌가? 여행에서 빠졌다는 말은 들었는데 설마 이런 곳에서 만날 줄이야."

"아, 안녕하세요……?"

지위로 따지자면 장군인 앙리에트와 크게 다르지 않을 테지만, 덩치 때문인지 위압감이 컸다.

"그렇게 겁먹지 말게. 나는 자네에게 기대하고 있어."

"기대요?"

사투키는 플럼에게 다가가 어깨에 손을 턱 얹었다.

"자네에게는 용기가 아니었을지도 몰라. 하지만 후세에 살 자들에게는 사정 따위 알 바 아니지. 그저 결과를 달랑 잘라놓은 역사만 남게 돼."

"아, 네……."

"미안하네. 지금의 자네에게는 무슨 소리인지 모르겠지? 이건 자기만족이야. 하지만 이것만은 말하겠네. 칭찬하겠네. 사실 나도 그것에 구원받은 한 사람이니까."

"무슨 말씀이시죠?"

플럼은 당황을 감추지 못했다.

하지만 사투키는 아마 일부러 그녀에게 모호한 말을 했으리라.

"자네 덕분에 프로젝트 리버설은 성공했어. 자네는 그 상징이야. 그러니 오늘은 만나서 반가웠네. 차타니에게도 전해두지."

"프로젝트……? 차타……니?"

――직.

뇌 속에 잡음이 일었다.

정상적인 기억을 찢어발기고 마치 그 속에서 기어 나오듯 모르는 무언가가 얼굴을 내밀었다.

「프로젝트 리버설……을 연구해서…… 만든……다.」

――지직.

잡음에는 두통이 동반된다.

회귀에 필요한 행위인 것은 틀림없지만, 어느 정도의 자해 행위이기도 하므로 주의가 필요하다.

통증은 직접 그대의 통각에 작용하겠지. 왜냐하면 근원에서 닥치는 성장통이니까.

"으……어, 어라? 이제 뭐지……?"

——지지직.

모래바람이 시야마저도 지배하여 이미 현실감을 상실했다.

자신이 서 있는지, 그곳에 있는 사람이 플럼 애프리코트인지조차도 알 수 없었다.

그럼 누구냐고 묻는다면 역시 『플럼』이기는 하지만, '플럼'은 아니었다.

「이제 슬슬 내 인생은 끝이 나서——.」

——쏴아아아.

역시 고통을 참을 수 없었다.

인간의 뇌가 그런 식으로 이루어졌기 때문이다. 본래는 회귀할 수 없는 구성이기 때문이다.

하지만 그것은 특별하기 때문에 기어 나오려고 했다.

이 세계에 필요하고, 어떤 의미로 플럼 애프리코트라는 개인에게도 필요불가결한 요소이다. 즉, 그녀는—— 아니, 그녀들은 불완전한 상황이다.

하지만 그 완전성에 의해 두 사람의 행복이 초래되냐고 묻는다면 절대적인 보장은 할 수 없다——.

"하……아, 크으윽……!"

머리가 의미를 알 수 없는 문자와 영상과 음성의 나열로 메워

졌다.
한 번에 동시 재생되어 그것이 무엇인지, 어떤 의미를 지녔는지 전혀 이해할 수 없었다.
"주인님?!"
통각을 완화하는 인챈트가 작용되었을 터인데도 설 수 없을 정도로 아팠다.
밀키트가 받쳐주지 않았다면 그 자리에서 쓰러졌을 것이다.
"호오, 설마 플래시백인가? 의외로 **남아 있는** 모양이군. 놀라울 따름이야. 하하핫……!"
사투키는 하고 싶은 말만 한 뒤 떠나갔다.
무슨 일이 일어났는지, 무엇을 알고 있는지, 따져 묻고 싶은 것은 많았지만, 의식이 아직 분명하지 않아서 제대로 말이 나오지 않았다.
"사투키 님께 무슨 말을 들었나요? 몸이 안 좋으면 의료실에서 쉬는 게 좋겠어요."
오틸리에도 걱정스레 플럼의 몸을 부축했다.
플럼의 얼굴은 파랗게 질렸고, 턱에서 바닥으로 식은땀이 뚝뚝 떨어졌다.
"아니요……. 괜찮, 아요. 살짝 현기증이 났을 뿐이에요. 아하하, 많은 일이 있어서 몸 상태가 멀쩡하지 않은가 봐요."
그렇게 말하며 웃었지만, 목소리에도 표정에도 힘이 실리지 않았다.
"정말 괜찮아?"

앙리에트는 진지한 표정으로 똑바로 바라보며 물었다.

그녀의 진의는 말과는 다른 곳에 있었고── 뭔가 **핵심적**인 것을 물으려는 것 같았지만, 플럼은 짐작 가는 바가 없었다.

그래서 솔직하게 고개를 가로저었다.

"……몰라요. 정말로, 아무것도."

"나 참, 눈앞에서 여자애가 쓰러지는데 잘도 성큼성큼 떠나가는군. 역시 추기경쯤 되면 밑바닥의 백성을 깔보는 걸까?"

"베르나, 본인이 없다고 마음대로 말하면 제가 고자질합니다?"

"우웩, 좀 봐줘라. 안 그래도 교회 기사를 상대하느라 성가신데."

아니다. 딱히 사투키는 플럼을 깔본 게 아니다.

비웃거나 깔보는 웃음이 아니라 순수하게 기쁘고 만족한 듯한 웃음이었다.

'방금 그건 뭐였지? 프로젝트니 차타니라는 이름을 듣자마자 갑자기 머리에 영상이 흘러서…… 아니, 쏟아져나온 느낌이었는데.'

플럼은 한 손으로 머리를 감싸며 갑자기 자신에게 바싹 붙어 있는 밀키트의 얼굴을 보았다.

'영상 속에 밀키트가 있었던 것도 같고 아닌 것도 같고……. 아아, 안 되겠어. 전혀 생각이 안 나. 그만두자. 그렇게 이상한 건 잊자. 그게 좋겠어. 지금은 앙리에트 씨한테 이야기를 듣는 게 먼저니까.'

생각을 떨쳐내고 크게 숨을 내뱉으며 쓸데없는 생각을 버렸다.

그리고 본론으로 들어가기 위해 앙리에트와 함께 집무실로 들어갔다.

플럼과 밀키트는 이전과 마찬가지로 그녀와 마주하고 소파에 앉았다.

오틸리에는 앙리에트의 옆에 앉아 어깨에 뺨을 착 붙였다.

"교회에 대해 묻고 싶은 게 있다고 했는데…… 미안해. 실은 이쪽도 여유가 없어서 그대들에게 말할 수 있는 정보는 별로 없어."

"그런 것 같기는 했어요. 무슨 문제라도 생겼나요?"

"그래. 교회 기사단이 왕국군을 흡수한다는 이야기가 나왔거든."

"네……? 그렇게 되면 국왕이 아니라 교황이 왕국의 실권을 쥐게 되잖아요!"

"바로 그걸 노리는 모양이야. 어차피 폐하께서는 진즉에 오리진교의 열성 신자가 되셨어. 이미 비슷한 상황이기는 해."

"체제마저 버리면 교회는 틀림없이 더 폭주할 거예요! 안 그래도 회복 마술 때문에 의료비가 상승해서 모두 힘들어하는데."

앙리에트는 플럼의 말에 "그러게 말이야"라며 무겁게 중얼거렸다.

"되도록 시간은 벌 생각이야. 하지만 교회 기사단을 상대하기도 버거워서 그대들의 힘이 되지 못해 미안해."

"아니에요. 교회와 싸워주시는 것만으로도 충분해요."

"일단 왕도에서 일어난 일은 가르쳐주겠어? 무슨 단서 정도라면 말할 수 있을지도 몰라."

앙리에트를 믿고 네크로맨시에 관해 알고 있는 것을 모두 이야기했다.

그녀는 고개를 끄덕이며 플럼의 이야기를 진지하게 들었다.

“티아 라스컷……. 정겨운 이름이군.”

“아는 분이세요?”

“몇 번인가 군과 길드의 공동 작전에서 함께 한 적이 있어. 가디오만 빼고 죽었다는 이야기는 들었지만, 그렇군. 그것도 교회의…….”

“사티루스에 대해 아시는 건 없나요?”

“돈에 관해 지저분한 여자라고는 들었어. 장사뿐만 아니라 주위 귀족에게 높은 이자를 받고 돈을 빌려준 뒤, 갚지 못하는 사람들에게 싼값에 상품을 사들이거나 물건으로 갚게 한다지.”

“이미지랑 똑같은 장사꾼이네요.”

“하지만 프랑소와즈 상점을 그렇게까지 키운 수완은 인정해.”

그 뒤에도 앙리에트에게 몇 가지 질문을 던졌지만, 더 이상은 네크로맨시와 이어질 만한 정보를 얻을 수 없었다.

웰시를 만나러 간 에타나와 잉크에게 기대할 수밖에 없겠다.

플럼과 밀키트는 가볍게 인사를 끝내고 기숙사를 나섰다.

앙리에트는 두 사람이 멀어져가는 모습을 창문 너머로 바라보았다.

그리고 모습이 보이지 않게 되자 그녀는 부하에게 명령했다.

“오틸리에, 베르나. 그녀들을 지켜보다가 위기가 닥치면 도와줘. 병사도 열 명 정도 데려가. 그 정도의 인원이면 어떻게든 변명할 수 있을 거야.”

그것은 조금이나마 교회와 싸우는 플럼 일행에게 도움이 되고 싶다는 앙리에트의 마음에서 우러나온 행동이었다.

교회 기사와 분쟁이 있었지만 사투키 덕분에 소강상태에 접어든 지금이라면 전력을 약간 나누어도 문제는 없을 것이다.

"네, 언니! 이 오틸리에는 반드시 언니의 사랑에 보답하겠습니다!"

"미안해. 나는 성가시니 패스……는 안 되겠지? 헤르만에게 시키면 안 될까?"

"그 녀석은 은밀한 행동에 적합하지 않은 덩치니까. 너만큼 적임자는 없어."

"언니의 말씀은 절대적이에요. 얼른 준비해요. 베르나."

"네네, 여부가 있겠습니까요."

오틸리에는 의욕이 가득했고, 베르나는 대단히 나른한 듯 방을 나섰다.

두 사람의 발소리가 멀어지자 앙리에트는 누구에게랄 것도 없이 혼잣말을 중얼거렸다.

"고대의 유산, 복제 인격, 반(反)나선 물질, 그리고 방주 도시라. 마침내 내가 감당할 수 없게 되었어."

사투키에게 들은 이야기는 모두 믿기 힘든 내용들이었다.

하지만 사실 이곳 왕도에서는 믿을 수 없는 일이 일어나고 있다.

앙리에트는 결코 돈이나 권력을 원해서 군에 들어온 것이 아니다.

순수하게 소중한 사람들이 사는 이 왕국을 지키고 싶었기 때문이다.

하지만 그런 그녀의 동기는 너무나도 **멀쩡한 것이었다**.

"그래도 저항할 수밖에 없어. 내게는 지키고 싶은 것이 있어."
앙리에트는 코트를 나부끼며 방을 나섰다.
오늘도 온갖 악마들이 들끓는 대성당에서 광신도들과 마주하기 위해서.

◇◇◇

플럼과 밀키트가 합류 장소인 동구의 공원에 도착하자 이미 에타나와 잉크, 웰시가 그곳에서 기다리고 있었다.
"늦어서 죄송해요."
"괜찮아. 우리도 방금 막 왔거든."
"그거 다행이네요. 웰시 씨도 오셨네요?"
밀키트가 말하자 웰시는 "후후훗" 하고 의기양양하게 웃었다.
그리고 손에 들고 있던 서류를 플럼과 밀키트에게 보여주었다.
"이게 뭔지 알아?"
"사티루스에게 돈을 빌린 어느 귀족의 장부래."
"앗, 잉크, 왜 먼저 말하는 거야!"
웰시는 잉크의 귀를 잡아당겼고 두 사람은 재미있는 듯 깍깍 소리를 질렀다.
기다리는 동안 무척 친해진 모양이었다.
"잉크의 말대로 그런 장부인데, 오늘 우리 사원이 입수했어."
그것은 에타나와 잉크가 사내에서 웰시와 이야기를 나누던 때의 일이었다.

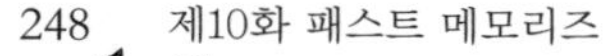

마치 기회를 엿본 듯 기적적인 타이밍이었다.

“저희는 아까 군 기숙사에서 앙리에트 씨와 이야기를 나누었는데요.”

“와우, 장군님과 아는 사이야?”

“뭐, 일단은요. 거기서 사티루스가 빌려준 돈을 갚는 대신에 물품을 요구한다고 들었어요. 혹시 그것과 관계가 있을까요?”

“바로 그거야. 사티루스는 빌려준 돈 대신에 왕도 북쪽에 있는 숲을 포함한 토지를 손에 넣었어.”

“왕도 북쪽, 게다가 울창하고 무성한 숲. 이거 너~무~나~ 수상하지 않아?”

“사티루스가 교회에 판 상품을 실은 마차가 왕도 북쪽으로 향했죠? 주인님, 이 말은…….”

“응. 네크로맨시의 연구소가 그 숲속에 있을지도 몰라.”

다피즈는 어제 왕도에 왔다가 연구소로 되돌아갔고, 다음 날 아침에 다시 왕도로 찾아왔다.

단기간에 왕복이 가능하다는 말인즉, 몇 시간에 오갈 수 있는 범위 안에 있는 것이 틀림없다.

“갈 거면 우리가 마차를 제공할 수 있는데, 어떻게 할래?”

“부탁드릴게요.”

“오케이. 아, 하지만 오늘은 안 돼. 지금 마차를 준비해서 간대도 밤이 될 테니까.”

“밤의 숲은 너무 험하죠. 그게 연구소 부근이라면 더더욱 그렇고요.”

준비를 게을리하여 불필요한 피해를 보면 본말전도다.
사실은 당장이라도 왕도를 나서고 싶지만, 그 말에 따를 수밖에 없었다.
"그럼 내일 아침 일찍 출발하면 될까요?"
"그렇게 하자. 물론 나도 동행할 건데 괜찮지?"
"안전은 보장할 수 없는데, 그래도 괜찮다면요."
"안심해도 돼. 전에도 말했지만, 도망치는 데는 자신이 있거든."
웰시는 자신만만하게 윙크했지만, 플럼은 마냥 불안하기만 했다.

11 생명의 기적이 꿈틀대는 곳으로

이른 아침―― 플럼 일행은 아직 하늘이 어두컴컴한 시간에 왕도를 출발했고, 네 시간 뒤에 그 숲에 도착했다.

우선 주위를 빙 둘러보고 마차가 통과할 수 있을 법한 길이 없는지 찾았다.

"이쪽에 희미하지만 바퀴 자국이 있어요. 좁지만 지나갈 수는 있을 것 같아요."

"과연 렌트야. 마차에 관해서는 네가 최고야!"

웰시가 그렇게 입이 마르게 칭찬하는 마부의 이름은 렌트다.

평소에는 마차 회사에서 일하지만, 실은 웰시의 신문사에 정보를 제공하는 기자인 모양이다.

마차는 왕도에서 중요한 인프라 중 하나다.

왕족과 교회 간부가 이용하는 일도 많기에 잠입 취재하기에는 안성맞춤인 곳이라는 모양이다.

사티루스가 이용한 마차의 동선을 알아낼 수 있던 것도 렌트의 공적이 컸다고 한다.

"우와아~ 엄청 덜컹거려~."

잉크의 목소리는 몸의 움직임에 맞추어 흔들렸다.

당연히 숲은 길이 포장되어 있지 않아서 마차의 승차감은 최악이었다.

플럼 일행 중에 멀미하는 사람이 없던 것만큼은 다행이라고 할까?

"우웩……."

마차를 준비한 장본인인 웰시를 빼고.

그곳에서 더 앞으로 나아가자 갑자기 흔들림이 잦아들었다.

"여기서부터는 비교적 깔끔한 길이네요. 포장은 되어 있지 않지만, 평소에 마차가 많이 오간 모양이에요."

"입구 주변만 위장되어 있었구나……."

"점점 더 수상하네요."

이 앞에 연구소가 있는 것은 틀림없는 듯했다.

그렇다면 문제는 적의 습격인데── 그곳에서 20분 정도 앞으로 나아가도 전혀 이변은 일어나지 않았다.

"플럼, 그렇게까지 괴물을 경계할 필요는 없을지도 몰라."

"왜죠? 에타나 씨."

"다피즈에게 적의는 느껴지지 않았어. 어제 아침에 내가 약속 장소에 오지 않았는데 억지로 데려가려 하지도 않았지. 키마이라나 칠드런과도 적대하고 있다면, 단순히 네크로맨시는 싸울 수 있는 힘이 없을지도 몰라."

"죽은 자를 되살리는 데 특화되었다는 건가요?"

"……그렇다고 믿고 싶은 내 마음도 조금 있지만."

"그렇다면 가디오 씨도 아직 무사할 테니, 저도 그리 바라고 싶네요."

플럼은 마음속 어딘가에서 가디오가 어젯밤에 돌아오지 않을까 생각했다.

하지만 현실은 그렇게 만만하지 않았다.

'그래. 현실은 만만하지 않아. 가디오 씨뿐만 아니라 세라도 돌아오지 않는걸.'

마차에 타자 자꾸만 사라진 그 소녀가 생각났다.

마족인 네이거스와 함께 행동한다는 모양인데, 정말로 무사할까?

아마 멀리 있을 그녀를 생각하는데——,

"응……?"

말을 몰던 렌트가 무언가를 알아챘다.

"이 주변에 말과는 다른 발자국이 남아 있어요."

"야생 짐승 아니야?"

"아니요. 명백하게 커요. 아마 몬스터겠지요."

그렇다. 나선의 괴물이 없다고 해도 단순히 강력한 몬스터가 덮쳐올 수는 있다.

여하튼 수많은 위험이 도사리고 있다는 사실은 틀림없다.

그리고——,

"발소리가 들려……."

잉크가 중얼거렸다.

다른 사람들은 바퀴 소리를 감지하지 못했지만, 귀가 밝은 그녀에게는 들리는 모양이었다.

"잉크, 방향을 가르쳐줘."

"오른쪽 뒤. 어마어마한 기세로 성큼성큼 다가오고 있어. 발은 두 개려나……? 인간 형태지만 커. 몬스터일 거야."

에타나는 객차의 창문으로 밖을 엿봤지만 아직 모습은 보이지 않았다.

하지만 눈을 감고 청각에 의식을 집중하자 확실히 그녀에게도 들렸다.

“이 소리는 혹시…….”

플럼에게는 들어본 기억이 있었다.

떠오른 것은── 과거에 만난 나선의 오거였다.

그리고 그 예감은 적중했다.

에타나가 창문을 통해 본 것은 얼굴의 소용돌이에서 ‘푸슉퓨슉’ 하고 붉은 액체를 흩뿌리며 주먹을 치켜든 오거의 모습──.

“모두 숙여!”

에타나가 큰 소리로 외치자── 휘이이이이이이이잉! 하고 격렬한 나선의 폭풍이 객차를 거세게 덮쳤다.

맞닿은 부분이 산산조각 난 나무 파편으로 변했고, 객차의 윗부분이 날아갔다.

“크윽, 진정해. 괜찮아, 괜찮다고!”

렌트는 호흡이 흐트러진 말들을 필사적으로 달랬다.

“저…… 저게 나선의 괴물…….”

처음으로 만난 괴물을 앞에 두고 밀키트는 얼굴이 파랗게 질렸다.

“생리적인 혐오감이라고 할까? 보기만 해도 소름이 돋는 생김새야…….”

웰시는 그렇게 말하면서도 번 프로젝션에 기록을 남겼다.

한편, 플럼은 영혼 사냥꾼을 뽑아 칼자루를 쥔 오른손을 어깨 높이까지 쳐들고 그 끝으로 표적을 노렸다.

동시에 스캔도 발동하여 상대의 스테이터스를 확인했다.

Chimaira-Prototype:O
속성 : 흙
근력 : 2,552
마력 : 584
체력 : 2,831
민첩 : 1,259
감각 : 499

플럼은 그것을 보고 확신했다.

'그때 본 오거와는 달라. 생김새는 똑같지만, 코어 때문에 폭주하는 게 아니야……. 저건 제어된 괴물이야.'

즉, 누군가의 명령을 받아 명확하게 그녀들을 노리는 것이다.

게다가 이름으로 짐작건대, 저것은 네크로맨시가 가진 것이 아니라 키마이라의 소유물이다.

'일부러 나와 세라가 싸운 것과 똑같은 형태를 준비한 걸 보니 고약한 악의가 느껴지는군. 게다가 얼굴까지 정성껏 소용돌이치다니. 하지만——.'

그것을 준비한 사람이 다피즈인지 아닌지는 일단 젖혀두자.

중요한 것은 상대가 다음 공격을 하기 전에 저것을 멈추는 일이다.

"지금의 나를 그때와 똑같다고 생각하지 마! 프라나 스틱(기천창, 氣穿槍)!"

슈우욱―― 검은 대검의 끝에서 칼날에 프라나를 가득 응축시킨 창이 발사되었다.

오거도 동시에 주먹에서 나선을 내뿜었다.

잔꾀를 부리지 않는 진검승부.

공중에서 부딪친 두 개의 힘은 겨루지조차 못하고 반전의 힘으로 나선을 없애어 창이 오거의 코어를 꿰뚫었다.

동력원을 잃고 초록색의 거대한 몸이 숲에 나뒹굴었다.

그 직후, 이번에는 밀키트가 소리쳤다.

"반대쪽에서도 와요!"

"아직도 있어?!"

눈으로 본 순간에는 이미 늦어서 상대가 주먹을 내지른 뒤였다.

이 타이밍이라면 지금 막 공격을 마친 플럼은 적절히 맞설 수 없다.

"아이스 실드."

그렇다면 에타나가 대처할 뿐이다.

얼음 방패가 공중에 떠올라 소용돌이치는 힘을 막았다.

파편을 후두둑 흩뿌리며 나선은 얼음을 파내려 했지만, 그녀의 마력으로 생성된 그것은 평범한 공격으로는 돌파할 수 없었다.

"워터 배럿."

나아가 그녀는 방패의 뒤쪽―― 즉, 상대의 사각지대에서 물의

탄환들을 발사했다.

탄환은 나선조차 막는 얼음 방패를 쉽사리 관통하여 오거의 사지와 머리에 박혔다.

명중한 부위가 파바바박! 하고 파열되듯 터지며 적은 움직임을 멈추었다.

"코어를 파괴하지는 못해도 이 정도는 할 수 있어."

"에타나, 아직도 와. 게다가 이번에는 엄청난 숫자야!"

"……성가시네."

이번에는 마차의 뒤쪽에서 오거 떼가 다가왔다.

그 발소리는 마치 버팔로 떼처럼 격렬했고 살갗에 찌릿찌릿 울렸다.

"히, 힘내. 부탁할게!"

렌트의 응원을 받은 말들은 열심히 달렸지만, 오거의 속도는 이길 수 없었다.

"이것은 대형 특종……이지만, 그림이 신문에는 좀 적합하지 않을지도."

"이렇게 무시무시한 광경은 본 적이 없어요……."

그것은 웰시도 밀키트도 말을 잃을 정도의 강렬한 광경이었다.

마치 스프린터처럼 등줄기와 손가락을 쭉 펴고 허벅지를 높이 올리며 오거 떼가 다가왔다.

게다가 그 모두가 얼굴에 살점이 소용돌이쳤고 흐르는 피를 흩뿌리고 있었다.

그리고 그들은 거의 동시에 발을 멈추고 주먹을 쳐들었다.

나선의 탄환을 일제히 발사할 셈이다.

아무래도 저 숫자는 플럼도 에타나도 혼자 막을 수 없다.

그러자 에타나는 플럼에게 다가가 무언가를 중얼거렸다.

또한 그것을 들은 플럼도 의견을 냈다.

“자, 잠깐, 저거 괜찮아? 뭔가 엄청난 공격이 올 것 같지 않아?”

웰시는 당황했다.

하지만 두 사람은 아주 냉정하게 상대와 맞섰다.

푸슉, 푸슉—— 그런 소리와 함께 앞으로 내지른 수많은 주먹.

나선끼리 얽히며 회오리처럼 굵어지더니 마차를 뭉갤 듯 플럼 일행에게 접근했다.

에타나는 객차에서 일어나 손을 들고 마법을 발동했다.

“아이스 실드!”

아까보다 조금 큰 실드였다.

하지만 그 밖에 특별한 게 아무것도 없었다.

“우와~ 온다, 와. 온다고!”

웰시 혼자서 허둥지둥거렸다.

하지만 잉크와 밀키트는 각자의 파트너를 믿으며 기도했다——.

그리고 플럼은 얼음 방패에 손을 대더니 그곳에 마력을 주입했다.

“인챈트 리버설(반전 부여)!”

그것은 별반 특별한 기술은 아니었다.

평소에 영혼 사냥꾼이나 카발리에 아츠에 마력을 쏟듯 에타나가 만든 방패에 부여할 뿐이었다.

나선은 휘몰아치는 폭풍처럼 나무들을 날려버리고 지면을 도려내며 폭력적으로 다가왔다.

하지만 그것은── 방패에 닿은 순간, 마치 회오리바람처럼 오그라들며 사라졌다.

나선의 방향이 반전되어 공격에 실린 에너지가 무산된 것이다.

"계속해서 만들게──."

"저도 갈게요!"

두 사람은 달리는 마차에서 뛰어내려 땅바닥에 내려섰다.

에타나는 대지에 손을 댔다.

"프로즌 그라운드!"

지면이 얼어붙었다.

그 범위는 서서히 퍼지며 마치 뱀이 기듯 무리의 발밑을 뒤덮었다.

그리고 오거의 발바닥이 얼음에 닿자 다리 전체가 얼어붙어서 괴물들은 움직일 수 없게 되었다.

플럼은 즉각 검을 쥐었다.

"부탁드려요. 에타나 씨."

"그럼 작전대로…… 아이스 인챈트."

영혼 사냥꾼의 칼날이 얼음을 둘렀다.

그것은 요전번에 가디오와 넥트의 싸움에서 착안한 검기였다.

물론 가디오만큼 근력이 없는 플럼에게는 말 그대로 부담스러운 기술이다.

하지만 그녀에게는 가디오를 능가하는 부분이 딱 하나 있었다.

그것은 '재생'이다.

아무리 무리해서 팔심이 없어진대도 금세 회복된다.

"후으으으으으으으으……."

플럼은 배 속에서부터 낮게 으르렁거렸다.

검은 점점 얼음 때문에 거대해졌고, 이윽고 나무들의 높이를 뛰어넘었다.

그것을 지탱한 팔에서 뚜둑뚜둑 하고 불길한 소리가 났다.

"오오오오오오오오오——."

목소리는 점차 커졌고 으르렁거리는 소리에서 포효로 변했다.

높게 우뚝 선 검은 앞을 달리는 마차에서도 보일 정도였다.

팔에서는 근육뿐만 아니라 뼈가 변형되는 파쇄음도 들렸지만, 부러지면 동시에 재생되니 플럼은 그저 통증만 느낄 뿐이었다.

"우오오오오오오오오오아아아아아아아아앗!"

그리고—— 그녀는 오거 떼를 향해 얼음 칼날을 내던졌다.

그 이름하여 요툰 블레이드(빙인퇴붕참, 氷刃槌崩斬)——!

오거들은 우선 압도적인 질량에 짓눌렸고, 이어서 지면에서 튀어 오른 얼음 파편에 온몸이 잘렸으며, 나아가 충격파에 날아가 나무줄기에 충돌했다.

물론 플럼이 방출한 검기이니 반전의 마력이 담겨 있어서 그것을 맞은 코어는 부서졌다.

수증기의 하얀 연기와 모래 먼지가 뒤섞인 짙은 블라인드가 걷히자 원형조차 알 수 없는 오거 떼가 있었다.

살아남은 오거는 없었다.

생존은커녕 주변의 나무들은 쓰러지고, 지면은 파였으며, 지형까지 조금 변했다.

"헉…… 헉…… 헉……."

"조금 과했는지도 모르겠네."

"헉…… 아니요……. 이 정도가, 맞다고 생각해요……. 그놈들은, 끈질기거든요……. 헉……."

플럼은 어깨를 들썩여 숨 쉬며 웃었다.

위협을 제거한 플럼 일행은 반쯤 파괴된 마차를 타고 앞길을 서둘렀다.

그렇게 5분쯤 나아가자 길옆에 간판이 서 있었다.

"'구원의 마을' 셰오르……?"

플럼은 그것을 읽으며 고개를 갸웃거렸다.

"이 앞에 있는 마을의 이름일까요?"

"어라? 하지만 이상하지 않아? 지도에는 마을이 없었어."

"그건 본인에게 물어보면 알 수 있겠지."

"에타나 씨, 본인이라니 대체——."

플럼이 그렇게 물은 순간, 마차가 속도를 늦추며 멈추었다.

"렌트 씨, 무슨 일이죠?"

"사람이 서 있어요."

갈 길을 가로막듯 서 있는 이는 흰 가운을 입은 호리호리한 남자였다.

에타나가 말한 '본인'이 그라면 저자가――.

"다피즈 샬머스……."

네크로맨시를 통솔하는 관리자, 바로 그 장본인이다.

자신의 이름이 불리자 그는 신묘한 표정으로 플럼을 보았다.

"신은 잔혹한 법이죠. 받아들이지 않겠다고는 말하지 않았는데 준비할 시간도 주지 않을 줄이야."

"나보고 하는 소리야?"

마차에서 내린 플럼은 다피즈의 눈앞에 착지했다.

그리고 영혼 사냥꾼을 뽑아 다짜고짜 검을 목에 들이댔다.

야만적이라고 욕을 먹어도 별수 없는 행동일지도 모른다.

하지만 플럼은 지금까지 오리진 코어 때문에 힘든 일을 잔뜩 겪었다.

아까도 괴물의 습격을 받았다. 이 정도의 경계는 당연하다고 말할 수 있으리라.

"검을 거두어주시겠습니까? 저는 싸울 의도가 없습니다."

"뻔뻔하네. 나는 조금 전에 오거에게 코어를 박은 괴물의 습격을 받은 참이거든?"

"키마이라와 교전했나요?! 그래서 큰 소리가 났군요. 여러분께는 변명으로 들릴지도 모르지만, 그건 제가 꾸민 짓이 아니에요."

"변명으로밖에 들리지 않아."

"키마이라와 네크로맨시는 경쟁 상대예요. 적대 관계라고 해도 좋겠군요. 그런 저희가 굳이 에키드나가 만든 병기를 사용할 이유는 없어요! 무엇보다 저희가 셰오르에서 이용하는 네크로맨시 센트럴 코어와 키마이라 코어는 궁합이 좋지 않아요. 섣불리 접근하면 혼선이 일어나 제어할 수 없을 가능성도 있지요. 병용하는 건 현실적이지 않아요."

"전문용어를 써봤자 나는 못 알아들어."

"네크로맨시 센트럴 코어는 죽은 자를 되살리기 위해 이용하는 오리진 코어── 통칭 네크로맨시 코어를 제어하고, 수신하는 오리진의 영향을 약화하기 위한 대형 코어라고 말하면 이해하시겠나요? 키마이라 코어는 단순히 키마이라가 만들어낸 코어라고 생각하시면 됩니다."

다피즈의 시원한 설명에 플럼은 맥이 빠졌다.

확실히 에타나가 말했듯이 그에게는 적의다운 것이 전혀 느껴지지 않았다.

눈을 봐도 속이는 것처럼은 생각되지 않았다.

"가디오 씨는 어디 있어?"

"무사해요. 지금은 부인과 행복하게 보내고 있지요. 원한다면 만나실래요? 본인도 왕도에 남기고 온 사람들에게 걱정을 끼쳤을지도 모른다며 마음 아파하셨어요."

물론 플럼은 아직 그를 믿지 않는다.

하지만 두 사람의 대화를 듣던 웰시가 그녀에게 말했다.

"플럼, 일단 검은 거둬도 되지 않을까? 우리가 봐도 정말로 거짓말을 하는 것처럼은 보이지 않아. 게다가 물어보면 많은 것을 가르쳐줄 것 같은데, 교회의 정보도 끌어낼 수 있지 않을까?"

아마 다른 세 사람도 비슷한 결론을 내린 모양이었다.

하지만 밀키트와 잉크는 결론을 플럼에게 맡겼고, 에타나는 다피즈와 한 번 만났기에 굳이 끼어들지 않았다.

플럼은 납득되지 않지만, 지금은 그것이 최선인 것을 이성적으로 이해했다.

"……알겠어요."

플럼은 떨떠름하게 검을 거두었다.

빛의 입자가 된 영혼 사냥꾼을 보고 다피즈는 안도하며 가슴을 쓸어내렸다.

"휴우…… 저도 알고 있어요. 당신들이 죽이고 싶을 정도로 교회를 증오한다는 걸 말이에요. 그러니 그 결단에 감사드려요. 감사합니다."

친절이 역겨웠다.

하지만 그것은 플럼이 처음부터 다피즈를 적이라고 인식했기 때문이리라.

에타나와 웰시는 또 다른 시선으로 보는 것이 틀림없었다.

"그럼 셰오르로 모실게요. 마차를 타고 오셔도 되니 따라오세요."

그리고 다피즈는 앞장서서 걸으며 연구소가 있다는 마을까지 안내하기 시작했다.

플럼이 마차로 돌아가자 밀키트는 걱정스레 그녀를 바라보았다.

표정에 불안이 가득한 주인을 염려하는 것이리라.

그 마음을 알아채자 플럼의 가슴에 따뜻한 감각이 퍼졌다.

자연스레 그 손은 밀키트의 머리로 뻗었고 부드러운 머리카락

을 마구 쓰다듬었다.

◇◇◇

길을 나아가자 갑자기 숲이 탁 트이며 마을 입구가 나타났다.
구원의 마을 셰오르── 그것은 연구소를 비유한 말이 아니라 정말로 그저 마을이었다.
주민이 살고, 작물을 심고, 물건을 사고팔고, 아이들은 씩씩하게 뛰어다니고, 부모로 보이는 남녀가 그것을 흐뭇하게 지켜보았다.
중앙에 커다란 교회가 있는 것 말고는 지극히 평범하고 한가로운 마을이었다.
입구에 다다른 플럼 일행은 마차에서 내려 일단 렌트와 헤어진 뒤 안으로 발을 들였다.
실제로 걸어봐도 위화감은 없었다.
아니, 유일하게 있다면 주민들이 쓸데없이 플럼을 쳐다보는 것이었지만── 입지가 입지인 만큼 외부인이 눈에 띄는 것은 별수 없는 일이다.
"저 교회가 연구소야?"
플럼이 묻자 다피즈는 흔쾌히 대답했다.
"네. 실제로는 지하에까지 시설이 펼쳐져 있어요."
"사티루스에게 자금을 제공받고 있고, 이 토지는 또 다른 귀족의 소유물이라고 들었는데 지하에 있다는 건…… 시설을 만든 게 교회야?"

"이런, 거기까지 알고 계셨나요? 과연 대단하시네요. 말씀하신 대로 사티루스 씨에게 자금을 제공받고 있어요. 하지만 어디까지나 연구의 주체는 교회이지요."

"그럼 사티루스는 무엇 때문에 자금을 제공한 거야?"

"그녀에게는 네크로맨시가 완성되면 그 상업적 이용 권리를 우선으로 주겠다는 계약을 했지요."

"……역시 믿을 수 없어. 죽은 사람을 되살리는 기술을 장사에 이용하다니!"

플럼은 거칠게 말하며 발을 멈추었다.

다피즈는 그녀 쪽으로 돌아보며 슬프게 말했다.

"저도 내키지는 않아요. 인간의 목숨을 장사에 이용하다니요. 하지만 돈이 없으면 연구를 계속할 수조차 없어요. 되살아난 사람들에게 살 곳을 제공할 수도 없어요. 납득할 수밖에 없어요. 제 꿈을 이루기 위해서."

"되살린 사람들에게 살 곳? 설마 이곳에 사는 사람들은……."

"당신이 상상한 대로 절반은 죽은 사람이에요. 그리고 나머지 절반은 사랑하는 사람을 되찾아 구원받은 사람들――. 어떤가요? 다들 행복해 보이죠?"

다피즈는 자랑스레 말했다.

플럼 일행은 다시 한번 이 마을에 사는 사람들의 모습을 보았다.

그녀가 눈동자를 바라봐도 산 사람과 구별되지 않았다.

밀키트가 바라봐도, 에타나가 생각해도, 잉크가 목소리를 들어도, 웰시가 관찰해도 마찬가지였다.

일행이 발을 멈추자 배가 남산만한 여성이 교회에서 나와 다피즈에게 달려왔다.

"수지, 뛰면 안 돼요!"

"하지만 걱정했어. 큰 소리가 났다면서 당신이 혼자 밖으로 나갔잖아. 최소한 호위 정도는 붙여야지."

"그 사람은……."

"사랑하는 제 아내인 수지예요. 수지도 코어를 이용하여 되살린 인간이고, 보시다시피 지금은 아기를 가졌어요. 다음 달에 태어날 예정이랍니다."

그는 행복한 미래의 모습을 기쁜 듯 이야기했다.

소개받은 수지도 어쩐지 쑥스러운 모양이었다.

그런 두 사람의 모습은 아무것도 모르고 보면 틀림없이 실로 행복한 부부로 보일 것이다.

하지만 그들이 그것을 자랑하면 자랑할수록 플럼의 눈에는 모든 것이 역겹게만 비쳤다.

좋지 않은 편견이 깔려서 도저히 냉정한 판단을 할 수 없었다.

하지만—— 냉정한 판단이 반드시 옳다고, 직감과 감정이 잘못되었다고 누가 정했는가?

"수지 씨가 되살아난 뒤에 임신했다……."

"플럼 씨, 당신은 아마 '오리진 코어가 되살아난 것처럼 보이게 할 뿐'이라고 의심하실 테지요. 하지만 수지의 배에는 새로운 생명이 깃들어 있어요. 마을에는 이미 태어나서 성장하고 있는 아이도 있지요. 물론 그 아이는 평범한 인간으로서 지극히 평범한 육체를 갖고 있어요. 생명의 사이클이 그곳에 있는 이상, 적어도 '되살아났다'는 사실에 관해서는 의심의 여지가 없어요."

다피즈에게는 자신감과 긍지가 있었다.

자신들이 연구하여 얻은 성과와 지식, 그리고 되살아난 아내나 동료들과 보낸 나날── 그 몇 년의 시간을 거듭하며 그는 '완전한 소생'의 확신을 얻은 것이다.

플럼이 무슨 말을 해도 그는 흔들리지 않을 것이다.

만약 그것을 그녀가 부정한대도 이 마을에 수백 명의 죽은 자들이 사는 이상, 네크로맨시를 부정한다는 것은 그들 전체를 죽인다는 뜻이다.

몇 명뿐이라면 어떻게든 할 수 있을 것이다──. 그런 생각이 플럼의 마음속에 있었다.

하지만 어설픈 생각이었다.

아무리 의심스러워도 산 자와 구별되지 않는 수백 명의 코어를 파괴하여 모두 죽이기는 생리적으로도 정신적으로도 불가능했다.

지금 이 마을을 찾아와 봤자 플럼이 무엇을 할 수 있단 말인가.

"……아, 가디오다."

바로 그때, 갑자기 잉크가 말했다.

아무래도 멀리서 들려온 목소리에 반응한 모양이었다.

플럼 일행이 주위를 둘러보자 상점에서 나오는 가디오와 그의 팔짱을 끼고 미소 짓는 티아를 발견할 수 있었다.

"가디오 씨……!"
"무사해서 다행이네요. 주인님."
"……응."
하지만 본 적이 없을 정도로 편안한 표정을 짓는 그를 보자 플럼은 순순히 기뻐할 수 없었다.
가디오도 플럼 일행의 존재를 알아채고 놀란 모습으로 눈을 크게 뜨더니 조금 겸연쩍은 듯 다가왔다.
"너희도 왔구나?"
"갑자기 사라졌으니 오는 게 당연하죠. 켈레이나와 하롬이 걱정했어요."
"미안해. 나도 어떻게 말하면 좋을지 몰랐어."
"자기 잘못이 아니야. 사실은 내가 두 사람에게 말해뒀야 했는데……."
아무 말도 없이 나오게 한 티아에게도 죄책감이 있던 모양이다.
그런데도 팔짱은 풀지 않는 걸 보니 결국 두 개의 사상을 견주어본 뒤 지금의 상황을 선택한 것뿐이리라.
"가디오 씨, 돌아올 생각은 없나요?"
"티아는 이 마을에서만 살 수 있어. 하지만 그렇다고 해서 왕도의 저택과 이곳을 오갈 수 있을 정도로 뻔뻔하지도 못해."
"이 마을에서만 살 수 있다니 무슨 뜻이죠?"
"그건 제가 이제부터 설명하지요."
플럼 일행의 대화를 가만히 듣고 있던 다피즈가 입을 열었다.
"나도 가능하면 왕도에서 살고 싶고, 자기를 붙잡아두고 싶지 않지만…….”
“티아 씨, 가디오 씨, 일단 동료들과 이야기하는 건 나중으로 미뤄주세요. 연구소 안으로 안내할 거예요.”
“그래. 그게 가장 납득하기 쉽겠지. 미안해. 방해했네.”
플럼은 등을 돌린 가디오를 황급히 불러 세웠다.
“기다리세요! 가디오 씨.”
“일단 안을 보고 오자. 그 남자라면 네 의문에도 모두 대답해줄 거야.”
그는 발을 멈추지 않고 그런 말을 남긴 뒤 티아와 함께 멀어져 갔다.
“전에 만났을 때와는 다른 사람 같아.”
잉크가 툭 내뱉었다.
확실히 목소리뿐만 아니라 표정도 플럼이 아는 가디오와는 전혀 달랐다.
무기력하다――고 말하면 미안하지만, 평소에는 감추는 ‘약한 모습’을 오히려 훤히 드러낸 상태였다.
“가디오 씨를 나무라지 마세요. 티아 씨는 매우 밝은 여성분이세요. 저렇게 멋진 부인을 잃었으니 가디오 씨도 필시 괴로우셨을 테지요.”
“남의 일처럼 말하지 마……! 애초에 티아 씨는 키마이라에게 살해된 거잖아? 킨더 씨와 클로디아 씨의 묘를 파헤쳤다는 건 아무리 오리진 코어라도 시신이 없으면 되살릴 수 없다는 뜻일 거야. 어떻게 그녀의 시신을 손에 넣은 거지?”

킨더와 클로디아의 이름이 나오자 에타나가 희미하게 반응했다.
하지만 다피즈는 그녀의 변화를 알아채지 못한 모양이었다.
"적대한다지만 저희와 키마이라의 교류가 없는 건 아니에요. 이전에 에키드나가 소유한 어느 연구 시설을 방문했을 때, 그녀가 자랑스레 보여준 방부 처리된 '상태 좋은 시신'—— 그것이 티아 씨의 시신이었어요."
그는 당시의 일을 떠올리며 입술을 깨물었다.
일부러 방부 처리를 했다는 말인즉, 에키드나는 어떠한 목적이 있어서 시신을 보관한 것이리라.
"어쩌면 언젠가 키마이라의 소재로 쓸 생각이었는지도 몰라요. 완성한 괴물을 가디오 씨와 싸우게 하기 위해……."
"그건 너무 심한 억측이야."
에타나는 조금 날카로운 목소리로 말했다.
묘를 파헤치고도 반성하지 않는 다피즈를 살짝 비꼰 모양이지만, 역시 그는 알아채지 못했다.
네크로맨시의 연구를 계속하려면 인간의 시신이 잔뜩 필요하다.
묘를 파헤친 일은 한두 번이 아닐 것이다.
"에키드나 이페이라는 그런 여자예요. 아마 숲에 오거형 키마이라를 배치한 것도 그 여자겠지요. 플럼 씨가 그것의 손에 죽으면 좋고, 가령 살아남는대도 저와 당신 사이에 앙금이 남아요. 정말로 교활하고 불쾌한 여자예요. 예전부터 줄곧."
어지간히 원한이 쌓였는지 다피즈는 처음으로 '혐오감'을 훤히 드러냈다.

옆을 걷는 수지는 그런 남편의 모습을 보고 쓴웃음 지었다.

"죄송해요. 평소에는 정말로 온화하고 부드러운데 에키드나라는 여자 얘기만 나오면 못 말린다니까요."

키마이라의 관리자가 썩어빠졌다는 것은 플럼도 잘 알고 있었다.

이 평온한 마을에서 그런 괴물을 만들어낸다고 생각할 수도 없으니 아마 다피즈의 말이 사실일 것이다.

'아무리 아내와 함께라고 해도 가디오 씨 역시 아무것도 알아보지 않은 건 아닐 거야. 즉, 다피즈 씨에게는 악의가 없고, 되살아난 사람들도 생전과 다르지 않은 상태로 움직이는 거지. 그것**만**은 사실일지도 몰라.'

하지만 역시—— 걸어가며 평화로운 마을을 봐도 플럼은 마음속 어딘가에 걸리는 것이 있었다.

밀키트와 손을 잡고 있으면 평소에는 사소한 일에 신경 쓰지 않게 되는데, 손을 잡아도 사라지지 않았다.

자신을 향한 주민들의 시선, 그 위화감이.

12 나선 탐방

무지는 어리석음이다.

이 세계의 대부분은 모르는 게 나은 것으로 가득하다.

분명 이것은 그런 종류의 것이다.

그가 가령 무대 위에서 춤추며 사람들을 웃기는 피에로라도 진실을 모르면 상처받을 일도 없다.

"왜 그래? 자기."

팔짱을 끼고 걷는 티아는 사랑스러운 남편의 얼굴을 들여다보았다.

가디오에게 티아의 얼굴은 그야말로 이상형 그 자체였다.

그런 그녀와 가까이에서 눈이 마주치자 저절로 얼굴이 뜨거워졌다.

"이야기를 듣자 하니 아무래도 자기는 주위에서 '늘 얼굴을 찌푸리고 수수께끼로 가득한 댄디한 전사!'로 여겨지는 모양인데 실제로는 전혀 다르잖아?"

"너무 놀리지 마."

"아니야. 나는 좋아서 그래. 오랜만에 만난 자기가 여성들과 친밀하면 어쩌나 싶었거든."

가까이 있기만 해도 무조건 기분이 밝아진다. 마치 태양과도 같은 존재다.

가디오에게 티아는 그런 여성이었다.

그래서 그녀를 잃은 가디오는 피로 흠뻑 물든 땅바닥을 계속 바라볼 수밖에 없었다.

태양이 없는 하늘은 올려다보기만 해도 마음이 절망으로 닫혀 버리니까.

“하지만 나는 조금 얄미운 여자가 되었는지도 모르겠어.”

“어째서?”

“그야…… 켈레이나와 하롬에게 돌려보내고 싶지 않으니까. 계속 이대로 내 것이길 바라거든.”

아내로서 당연한 독점욕, 인간이라면 누구나 품을 법한 감정.

그 미묘한 느낌을 인간이 아닌 존재가 재현할 수 있을까?

어느 날 갑자기 하늘에서 태양이 사라지고 똑 닮은 태양이 나타났을 때, 인간은 진위를 판별할 수 있을까――? 그러한 명제다.

너무나도 눈부시고 따뜻하며, 밝게 비춰준다면, 체온을 준다면, 진위야 아무래도 상관없지 않을까?

“티아.”

이름을 부르자 그녀는 여신처럼 미소 지으며 “응?” 하고 고개를 갸웃거렸다.

“사랑해.”

얼버무린 것처럼 들렸을지도 모른다.

하지만 그것은 틀림없는 가디오의 본심이었다.

“나도 사랑해, 자기.”

쑥스러운 듯 뺨을 붉히며 티아는 말했다.

무지는 행복이다.

지식은 구속이기에 현명함과 자유는 양립할 수 없다.

그것을 알기에 가디오는 바랐다.
제발 잠시만이라도 나의 어리석음을 허락해달라——고.
두 사람은 팔짱을 끼고 다피즈가 제공해준 집으로 돌아갔다.
시답지 않은 대화를 나누며 티아는 거의 무의식중에 플럼 일행이 향한 교회를 시야 끝에 담았다.

◇◇◇

교회 바로 앞까지 오자 다피즈와 수지가 발을 멈추었다.
"자, 이 교회에 연구소 입구가 있는데, 설명이 필요한 플럼 씨네는 그렇다 쳐도 신문 기자님까지 모셔갈 수는 없습니다."
"뭐어? 그럼 밀키트도 마찬가지잖아? 괜찮아. 이래 봬도 입은 무거운 편이니까."
"웰시 씨가 보면 안 될 게 있어?"
"지금은 아직 연구의 핵심이 될 부분을 공표할 수는 없습니다. 리스크를 피하는 게 가장 중요하니까요."
다피즈는 완고하게 물러서지 않을 강한 의사를 내비쳤다.
곤란한 표정으로 머리를 긁적인 웰시는 단념한 듯 한숨을 쉬었다.
"……취재 목적으로만 온 건 아니니까. 내가 떼를 써서 발목을 잡으면 안 되니 여기서는 물러설게. 그 대신 마을은 돌아다녀도 되지?"
"거기까지는 제한하지 않겠습니다. 자유롭게 구경하세요."

"혼자 괜찮아……?"

"괜찮아. 잉크. 여차하면 가디오 씨에게 도움을 구할게. 그럼 그렇게 알아. 다녀올게."

궁금한 곳이라도 있는지 웰시는 재빨리 멀어져갔다.

플럼은 그녀가 무척 걱정되었지만, 도망치는 데는 자신이 있다고 했으니 그녀를 믿을 수밖에 없다.

"그럼 가시죠."

그리고 마침내 연구소로 발을 들였다.

교회 내부의 지상 부분은 왕도나 다른 마을과 다르지 않았다.

벽과 천장은 하얀색으로 통일되었고, 높은 곳에 설치된 스테인드글라스의 빛깔이 쏟아지는 햇빛을 받아 바닥에 비쳤다.

좌우에는 긴 의자가 죽 늘어서 있었고, 플럼 일행은 그 사이에 깔린 붉은 융단을 밟고 나아갔다.

정면의 끝부분에는 오리진의 상징과 오리진 동상이 설치되어서, 역시 연구소라고 부를 만한 설비는 보이지 않았다.

하지만 오른쪽에 있는 문을 지나 어느 방으로 들어간 뒤 그 앞에 있는 계단을 내려가자 풍경이 크게 변했다.

감각적으로 '근미래적'이라고 느껴지는 무기질적이고 차가운 금속 재질로 만들어진 벽과 바닥.

천장에는 마력등이 설치되어 있었지만, 그 크기에 비해 출력은 높은 모양이라 적은 개수로 복도 전체를 밝게 비추었다.

한 번 이러한 시설을 본 적이 있는 플럼은 덤덤했지만, 다른 네 명에게는 지하에 있다는 점을 포함하여 대단히 특이한 광경이었는지 분주히 시선을 움직이며 벽을 만져보았다.

"전부터 생각했는데…… 이 지하 시설은 사용하고 있는 기술이라고 할까? 왕국의 다른 곳에서 사용되는 것과 다르지 않아?"

"마족들이 사용하는 흙 속성 마법을 활용한 건축 양식을 왕국의 것과 조합했다는 모양이에요."

"마족의 기술을 도입했어? 교회인데?"

"약초도 그렇지만, 자신들에게 좋은 점만 도입하는군."

"입이 열 개라도 할 말이 없어요. 저야 뛰어난 기술은 공유해야 한다고 생각하지만요——."

이 건에 관해 다피즈를 나무라 봤자 소용없다.

교회는 사람들을 구제하려는 것이 아니라 지배하여 사상을 통일하려 한다——. 그런 생각이 훤히 보였다.

"우선은 가까운 방부터 소개할게요."

"나는 내 방에 돌아가 있을게."

"그래. 수지는 쉬는 게 좋겠어. 여러분, 그래도 괜찮겠지요?"

딱히 물어볼 필요도 없거니와 플럼 일행에게 그것을 막을 권리는 없다.

수지와 그 자리에서 헤어져 다피즈를 따라갔다.

"아, 맞다. 일단 인간의 시신을 다루는 연구예요. 갑자기 충격적인 광경을 보게 될 테니 시신이 불편하시다면 보지 않는 게 좋을지도 모르겠습니다."

그렇게 말하고 가장 먼저 보여준 것은 '시신 안치소'였다.

차가운 실내에 뚜껑이 투명한 관 수십 개가 죽 늘어선 채 소생을 기다리는 시신이 보관되어 있는 방이었다.

"으……."

유일하게 밀키트만은 그 광경에 겁을 먹은 모양이지만, 그런데도 동떨어지고 싶지는 않았는지 플럼에게 매달리며 눈을 돌리지 않고 현실을 받아들였다.

시신의 상태는 제각각이었고, 개중에는 뼈만 남았거나 원형이 남아 있지 않을 정도로 망가진 것도 있었다.

하지만 다피즈는 '네크로맨시 코어를 사용하면 본래의 상태로 되돌아간다'고 했다.

"저희는 국내에서 일어난 '비극적인 죽음'을 조사하여 그 피해자의 유족과 교섭한 뒤 소생시킬 시신을 모아왔어요."

"그럼 우리 부모님은?"

마치 '자선사업'이라도 하는 듯한 말투의 다피즈를 에타나는 실눈을 뜬 채 노려보았다.

그는 마침내 거기에서 왜 그녀가 화났는지 알아차린 모양인지 당황한 모습으로 변명했다.

"그것에 관해서는 죄송합니다. 당신들을 설득하는 데 꼭 필요하다고 생각해서 이번에는 무단으로 묘를 파헤쳤습니다."

"지금까지처럼 숨어서 몰래몰래 했으면 들통날 일도 없었을지 몰라."

"그건 이전에 말씀드린 대로입니다. 당신들과 칠드런이 접촉하여 교회 상층부는 '병기로서의 네크로맨시'의 완성을 서두를 가능성이 생겼습니다. 그렇게 되면 지금처럼 '오직 죽은 자를 되살리기 위한 연구'는 할 수 없지요. 그래서 한시라도 빨리 당신들을 아군으로 삼고 싶었습니다."

역시 믿을 수 없다——고 플럼은 마음속으로 중얼거렸다.

그렇다면 사티루스를 되살린 건 자금 원조를 속행시키기 위해서이리라.

하지만 결과적으로 오리진 코어를 파괴할 수 있는 유일한 인간인 플럼과 적대하게 되었고, 애초에 다피즈는 플럼을 셰오르에 부르려고는 하지 않았다.

뒤에서 몰래몰래 움직이며 '친밀한 인간의 죽음'이라는 알기 쉬운 약점이 있는 가디오와 에타나부터 농락하려 했다.

"……그럼 다음 방으로 가시죠."

다피즈는 플럼의 적의 어린 시선을 아는지 모르는지 방을 나서 다른 곳으로 이동하기 시작했다.

그리고 이번에는 '코어 제조실'이라 적힌 문 앞에서 발을 멈추었다.

어두컴컴한 실내에 하얀 조명이 비추는 열 개 정도의 원통형 투명 케이스가 동그랗게 늘어서 있었다.

그 안에는 액체가 채워져 있었고, '인간의 뇌'로 보이는 물체가 떠 있었다.

"저, 저건 뇌인가요?"

플럼에게 매달린 밀키트의 팔에 힘이 세게 실렸다.

"리틀 오리진이라 불리는 장치예요."

"작은 오리진……. 이런 게?"

플럼은 그렇게 중얼거리며 자신의 의식과 시야에 희미한 노이즈가 내달리는 것을 느꼈다.

'사투키 때도 그랬는데 이게 뭐지? 기분 나빠. 이런 걸 데자뷔라고 하던가? 나는…… 이 광경을 아는 거야……? 아니, 에니치데의 지하에서도 비슷한 광경을 봤으니 그것 때문이라고 생각하고 싶지만.'

또렷한 기억이 있는 것은 아니다.

하지만 플럼은 이 방에 기묘한 '정겨움'과 동시에 무언가가 어긋나는 '위화감'을 느꼈다.

"리틀 오리진은 오리진의 에너지를 수신하여 그것을 증폭시킴으로써 중앙의 흑수정이라 불리는 광석을 오리진 코어로 바꿀 수 있습니다."

확실히 가디오는 "네 의문에도 모두 대답해줄 거야"라고 말했다.

하지만 설마 코어의 제조 과정까지 볼 수 있을 줄이야——. 노이즈에 방해받으면서도 플럼은 순수하게 놀랐다.

"이런 방을 보여줘도 돼? 교회의 일급비밀일 텐데."

"물론 윗선에 들키면 혼쭐이 나겠지요. 하지만 플럼 씨의 이해를 얻기 위해서라면 수단을 가릴 필요는 없으니까요."

그렇게 말하는 그의 눈동자에 '거짓'은 보이지 않았다.

"그럼 묻겠는데, 오리진의 에너지를 '수신'한다는 게 무슨 뜻이야?"

"말 그대로예요. 오리진의 본체는 다른 곳에 있으니까요."

"본체……. 그건 어디에 있는데?"

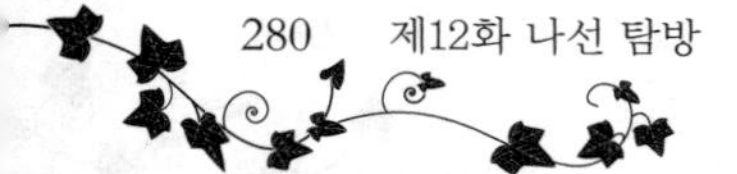

"몰라요. 적어도 저는 교회에서 그것을 배우지 못했거든요. 하지만―― 당신이라면 예상할 수 있지 않을까요?"

"혹시 마왕성에……."

무력한 플럼이 마왕 토벌 여행에 필요 없다는 사실은 명백했다.

하지만 오리진은 '계시'로 그녀를 시골에서 끌어내어 반강제로 여행에 동행시켰다.

그리고 여행의 종착점은 마왕성―― 즉, 오리진의 본체가 있는 곳이었다.

강제로든 억지로든 오리진은 플럼을 자신이 있는 곳으로 데려오고 싶었으리라.

아마 그녀가 '유일하게 오리진 코어를 파괴할 수 있는 인간'인 것을 알고―― 위협을 제거하기 위해.

"하지만 죽일 뿐이면 나를 데려갈 필요가 없었을 거야. 실패의 리스크를 짊어지고서라도 나를 자신의 곁으로 데려오고 싶었던 이유가 뭐지?"

"그건 오리진 본인만이 알겠지요."

오리진이 어디 있는지조차 모르는 다피즈가 그것을 모르는 것은 당연했다.

하지만 그것이 오리진의 '비원'이라는 점은 틀림없으리라.

여하튼 플럼이 아직 어렸을 때 사용되었던 걸로 보여지는 에니치데의 연구소―― 그런 곳에까지 그 이름이 적혀 있었으니까.

그 뒤 그녀는 일단 오리진의 목적에 대해 생각하기를 멈추고 다피즈에게 다른 질문을 던졌다.

그 모든 질문에 그는 흔쾌히 대답했다.

흑수정은 왕국 남부에서 채굴되었고, 오리진 코어가 되기 전에는 지극히 평범한 광석이었다는 것.

보다 완전한 형태로 '나선'을 봉인하기 위해서는 최대한 정확한 구형을 만들 필요가 있었다는 것.

리틀 오리진에 이용되는 뇌는 처형이 예정된 죄인에게서 적출되었다는 것――.

너무나도 시원스레 대답해서 오히려 수상해 보이는 것은 지나치게 의심하고 있어서인가?

하지만 가디오가 그를 믿었던 마음도 이해는 되었다.

숨기지 않을 뿐만 아니라 눈동자나 표정, 말투에서도 인품이 배어 나오는 것을 플럼도 느꼈기 때문이다.

"그럼 슬슬 다음 방으로 가시죠. 아직 보여드리고 싶은 게 있거든요."

일행은 코어 제조실에서 나왔다.

그러자 방 앞에서 흰 가운을 입은 남성과 마주쳤다.

그의 뒤에는 마찬가지로 흰 가운을 입고 갓난아기를 안은 여성이 서 있었다.

"곤이 여긴 어쩐 일이죠?"

"다피즈, 그 녀석들은 혹시……."

플럼 일행이 곤이라는 남자를 빤히 보자 다피즈가 그를 소개하기 시작했다.

"이쪽은 곤 포건이고 제 조수입니다."

"안녕하세요?"

곤은 가볍게 머리를 숙였고, 플럼도 "안녕하세요?"라며 인사했다.

"이 사람은 본래 제 친구이자 우수한 연구자였지만, 부인을 사고로 잃고 피폐할 대로 피폐해진 채 왕도에서 도박과 술에 빠져 빚이 많았습니다."

"이봐, 그렇게까지 이야기할 건 없잖아……."

"뭐, 어때요? 저는 그런 이 사람에게 네크로맨시 이야기를 건넸고, 지금은 이렇게 되살아난 부인 루루카 씨와 함께 제 조수로서 연구에 참여하고 있습니다."

이어서 루루카도 머리를 숙였다.

그녀가 안고 있는 아기는 동그란 눈동자로 플럼을 빤히 응시했다.

"그럼 그 아이는 루루카 씨가 살아 돌아온 뒤에 임신해서 낳은 아이야?"

"그렇습니다. 아까도 말씀드렸다시피 여기서 태어난 아이들은 모두 순조롭게 무럭무럭 자라고 있어요."

생물은 자신의 씨를 남기기 위해 존재한다고도 말한다.

그런 의미로는 죽은 자가 되살아나 '아이를 만들 수 있다'는 사실은 그들이 산 자와 마찬가지로 '살아 있다'는 증명이 될 것이다.

다피즈가 자신들의 연구에 관해 가진 자신감, 그것을 구성하는 커다란 요소 중 하나가 그것이다.

조만간 수지도 출산을 한다.

그 아이가 완전한 '인간'이라면 그의 자신감은 확신에 가까울 것이다.

플럼 또한 죽은 자가 아이를 품고 출산한다는 사실에 강한 설득력을 느꼈다.

"실례가 많았어요. 곤."

"아니야. 필요한 이야기라면 상관없어. 갈게."

곤과 그 아내와 아이가 떠나갔다.

루루카가 안은 아기는 끝까지 플럼을 빤히 바라보았다.

"이 앞에 있는 방은 연구소의── 아니, 네크로맨시라는 연구의 '핵심'이라고도 부를 수 있는 곳이에요."

마지막으로 다피즈가 데려온 곳은 연구소의 맨 안쪽에 있는 쓸데없이 흉흉한 문 앞이었다.

"잠긴 문을 열 수 있는 건 저와 극히 일부의 연구원뿐이에요."

그는 그렇게 말하며 벽에 박힌 수정에 손을 댔다.

마력등의 스위치와도 비슷한 장치지만, 그곳에 사용된 기술력은 격이 달랐다.

전달된 마력의 '파장'을 확인하고 등록된 인간에게만 반응하여 잠긴 문이 열리는 장치다.

마력 파장은 인간에 따라 미세한 차이가 있기에 최상급의 보안 시스템으로서 왕도와 대성당의 극히 일부에 도입되었다.

바꿔 말하자면, 그러한 곳에만 도입할 수 있을 정도로 고가라는 의미이기도 하다.

즉, 이 문 앞에는── 국가 수준의 기밀이 있다는 뜻이다.

"이쪽이 중앙제어실이에요."

확인이 끝나자 문이 자동으로 열렸다.

안쪽은 높이도 넓이도 다른 방과는 격이 달랐고, 벽에는 케이블이 빼곡히 깔려 있었다.

그리고 실내의 중앙에는 직경이 사람 크기만큼 거대한 검은색 구체가 자리하고 있었다.

"혹시…… 저것도 오리진 코어야?"

"안에서 무언가가 소용돌이치는 게 확실히 보여요."

"발생하는 에너지가 크기와 직결된다고는 생각하고 싶지 않아."

"하지만 에타나, 어쩐지 찌릿찌릿해. 온 방에 정겨운 게 가득 찬 것 같아."

감상은 각각 다르지만, 모두가 이상한 느낌을 받은 모양이었다.

다피즈는 그 거대한 코어에 다가가더니 표면에 손을 댔다.

"이게 네크로맨시 센트럴 코어예요. 셰오르에 사는 사람들의 코어에서 쏟아지는 오리진의 '의사'를 제어하는 데 필요한 것이죠."

"그게 없으면 마을 사람들은 어떻게 되죠?"

"육체는 사람의 형태를 유지할 수 없게 되고 오리진의 의사에 지배될 뿐인 그저 고깃덩이가 될 테지요."

그는 마치 그것을 본 적이 있는 듯 말했다.

"하지만 연구가 진행되어 며칠 동안이라면 셰오르에서 나가도 육체를 유지하는 것이 가능해졌어요. 그리고 언젠가는 반드시 센트럴 코어의 역할이 사라질 거예요."

"하지만 지금은 그게 없으면 괴물이 된다는 거잖아?"

"그래서 그들은 인간이 아니다. 플럼 씨는 그렇게 말씀하고 싶으신 거죠?"

플럼은 고개를 끄덕였다.

마을에 사는 죽은 자들은 종이 한 장 차이로 위험한 존재——. 지금까지의 이야기를 듣고 그녀는 그렇게 느꼈다.

"그건 당신이 이 마을에서 사는 사람들을 '인간의 행동을 모방하는 괴물'이라고 생각하기 때문이 아닐까요? 선입관이 시야를 일그러뜨리는 거죠."

"선입관이라……. 나는 오늘까지 몇 번인가 오리진 코어와 관련된 사건에 휘말렸고, 그 속에서 오리진의 '성질' 같은 것을 느꼈어. 칠드런들의 능력이 그것을 가장 알기 쉽게 표현하는지도 모르지. 하나는 그대로지만 '회전'. 그리고 다음이 '접속'. 그리고 마지막으로 '증식'. 나는 죽은 자를 되살린다는 것이 오리진의 증식에서 온 게 아닐까 해."

뒤틀리고, 이어지고, 늘어난다——. 그리하여 오리진은 자신들의 세력을 확장한다.

플럼에게는 이 마을의 상황이 '먹이'로밖에 보이지 않았다.

인간이 자신의 의사로 오리진 코어를 시신에 박도록 유도하기 위한.

"확실히 오리진 코어가 그러한 성질을 가진 것은 사실이에요. 하지만 그건 어디까지나 성질에 지나지 않고——."

"하지만 그건 성질임과 동시에 오리진의 '욕망'이 아닐까?"

"욕망, 이요?"

“오리진은 의사를 지니고 있어. 현재 그것이 의사를 지닌 에너지인지, 어떠한 형태로 실체를 가진 것인지는 몰라. 하지만 그 힘은 인간의 존재 의의를 일그러뜨리고, 지배하고, 묻어버리지. 과정에 차이는 있지만, 최종적으로 다다를 곳은 인간의 마음을 짓밟은 뒤 오리진이 자기 자신의 욕구를 채우는 게 아닐까?”

“그렇군요. 저희는 아직 그 과정에 있다고 말씀하고 싶으신 거군요.”

이를테면 잉크는 어렸을 때 누군가가── 아마 마더가 눈을 적출하여 시력을 잃었다.

그 결과 본인은 밝게 살고 있기는 하지만, ‘모두와 똑같이 자신의 눈으로 다양한 것을 보고 싶다’는 욕구를 품기에 이르렀다.

그리고 그녀에게 박힌 오리진 코어는 그것을 ‘눈을 증식시킨다’는 일그러진 수단으로 구현화 시켰다.

“하지만 그것을 막기 위한 센트럴 코어예요. 곧 그런 걱정도 필요 없게 될 겁니다.”

“……? 저기, 하지만 그렇게 되면 오리진이 굳이 힘을 빌릴 필요도 없게 되지 않을까요?”

밀키트는 조심스레 손을 들며 말했다.

가령 오리진의 목적이 자신의 세력 확장에 있다면 그것이 이루어졌을 때, 일방적으로 협력을 끊어버리면 그만이다.

하지만 다피즈는 자신 있게 반론했다.

“개별적으로 힘을 차단한다……. 그런 요령을 부릴 수 있다면 오리진의 힘이 폭주할 일은 없을 겁니다. 본체가 어떤 상황인지는 모르겠지만, 인마 전쟁을 일으키거나 용사들을 일부러 마왕성으로 보내는 등 번거로운 수단을 이용했다는 건 그래야 할 이유가 있었을 테지요."

"오리진은 불완전한 상태라고 말하고 싶은 거네."

잉크는 그 말에 짐작 가는 바가 있는 모양이었다.

불완전하다지만, 10년 가까이 오리진 코어를 심장 대신 갖고 살아온 잉크다.

'아빠의 목소리'는 들리지 않지만, 지금 생각해보면 그 완전하지 않은 힘을 느낀 적도 있었으리라.

"현재 오리진의 힘이 가진 의사의 크기나 출력을 조정하는 것은 사용자 측이에요. 플럼 씨의 생각대로 이건 위험한 힘일지도 몰라요. 하지만 쓰기 나름이죠. 인간의 지혜는 그 위험을 제거함으로써 브레이크 스루를 일으켜 왔죠. 오리진 코어도 그런 것이라고 생각해요."

다피즈의 말을 들은 플럼은 입을 다물고 센트럴 코어를 바라보았다.

"……에휴."

한숨을 쉬자 그녀의 몸에서 문득 힘이 빠졌다.

다피즈는 빙긋 웃었다.

"다행이에요. 납득하신 모양이네요."

"일단 센트럴 코어는 파괴하지 않을게. 최대의 약점을 드러냈다는 건 그 나름의 각오가 있다는 뜻일 테니까. 하지만 우리로서는 이대로 가디오 씨를 두고 돌아갈 수도 없어."

“그것만은 그의 판단에 맡긴다고밖에 말할 수 없겠네요.”

“그래서 이 마을에 잠시 머무르고 싶은데 그래도 될까?”

“……여기서 묵겠다는 말씀이신가요?”

그가 약간 당황한 기색을 보였고 플럼은 그것을 놓치지 않았다.

“상관없습니다. 에타나 씨도 부모님과 단란한 시간을 보내고 싶으실 테니까요.”

하지만 이내 미소를 되찾고 흔쾌히 승낙했다.

“딱히 나는…….”

“그거 좋은데? 나도 에타나의 부모님을 뵙고 싶어.”

“알았어. 잉크가 그렇게 말한다면.”

“그럼 주인님과 저는 마을에 숙소를 얻어서 묵을까요?”

“그것 말인데── 나는 연구소에 묵고 싶어.”

시선이 플럼에게 집중되었다.

에타나, 잉크, 밀키트가 놀란 모습을 보이는 한편, 다피즈는 험악한 표정을 지었다.

“무슨 문제 있어?”

“아니요. 그걸로 당신이 납득하겠다 하면 그렇게 하겠습니다.”

이것은 도전이자 확인이기도 했다.

성실하게 모든 것을 알려주는 다피즈를 가능하면 믿고 싶었지만── 그럴 수 없는 이유가 아직도 많이 남아 있었다.

그 뒤, 가볍게 연구소의 다른 방도 안내가 끝나자 에타나와 잉크는 플럼과 밀키트를 두고 연구소를 나섰다.

이곳에서 별개로 행동하기는 불안했지만, 에타나가 다시 한번 부모님의 얼굴을 보고 싶어 하는 것은 사실이었다.

저녁은 함께 먹기로 했고, 밤에는 연구소 내의 방에서 묵기로 하기도 했다.

잠깐 떨어져 있다고 갑자기 다피즈가 변심하여 플럼을 노릴 거라고는 생각하기 어려우니 괜찮기는 하겠지만――.

"에타나의 부모님은 어떤 분이실까? 역시 에타나와 닮았을까?"

그런 에타나의 불안은 알지도 못한 채 잉크는 들떴다.

"그렇지 않아. 피는 섞이지 않았거든."

"하지만 함께 지냈으니 말투 같은 게 비슷할지도 모르잖아?"

"말투는 잘 모르겠어. 하지만 어머니는 나처럼 이상하지 않았던 것 같아."

"에타나는 자기가 이상하다고 생각했어?!"

"독특하다고는 생각했어. 하지만 어렸을 때부터 이 모양이니 인제 와서 바꿀 수도 없지."

"나는 에타나라는 느낌이 들어서 좋아. 들으면 바로 에타나라는 걸 알 수 있고!"

그것이 '독특'한 것 아닐까?

둘이서 이야기를 나누다 보니 순식간에 린바우 부부가 사는 집 근처까지 와 있었다.

하지만 에타나는 바로 가지 못하고 일단 방향을 바꾸어 근처의

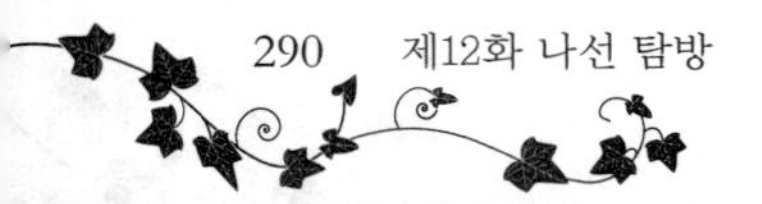

공원에 들어갔다.

마당에서는 아이들 몇 명이 떠들썩하게 놀았고, 그 모습을 부모님이 흐뭇하게 지켜보고 있었다.

"왜 그래? 에타나. 집에 가는 거 아니었어?"

손을 잡고 걷는 잉크는 목적지로 이어진 길에서 벗어났다는 것을 알아챈 모양이었다.

"마음의 준비가 필요해."

"그……래? 뭐, 좋아. 그럼 어디 좀 앉자."

벤치를 발견한 에타나가 먼저 앉았다.

그리고 잉크는 살짝 점프해서 그녀의 무릎 위에 앉았다.

"윽."

"좋았어!"

"좋긴 뭐가 좋아."

잉크의 뒤통수에 꿀밤이 살짝 날아왔다.

"엥~. 뭐 어때? 사실 나는 이런 스킨십을 좋아해."

"알아. 잘 때 머리를 쓰다듬으면 기쁜 표정을 지었거든."

"……그, 그렇구나."

기쁜 표정을 지은 것은 물론이거니와 자는 사이에 자신을 쓰다듬었다는 것까지 알자 잉크는 얼굴이 빨개지며 부끄러워했다.

에타나는 그런 그녀의 체온을 느끼며 갑자기 몸을 안았다.

"우, 우왓, 에타나가 에타나답지 않은 스킨십을."

"이런 게 좋다며?"

"끄으응…… 저로서는 이렇게까지 진한 스킨십은 상상하지 않

았는데요!"

"싫으면 안 할게."

"좋으니까 계속해줘요!"

"갑자기 웬 존댓말……. 하지만 알았어. 계속할게."

그리고 둘 다 한동안 침묵했다.

하지만 전혀 변화가 없지는 않았다. 잉크의 몸은 점점 뜨거워졌고 뺨도 빨개졌다.

안긴 것이 익숙지 않을 것이다.

물론 에타나도 안는 것이 익숙지 않았고 뺨도 발그레해졌다.

"잉크는…… 달콤하고 좋은 향기가 나."

"갑자기 변태 발언?! 아, 아무리 그래도 나는 거기까지 허락한 적이 없어요!"

"변태라니 실례잖아."

"아니, 허락도 없이 남의 냄새를 맡으면 충분히 변태야."

"그런 말을 하면 더 맡을 거야."

에타나는 잉크의 머리카락에 얼굴을 묻고 킁킁 냄새를 맡았다.

"우히잇, 간지러우니까 그만해!"

"싫어. 안 그만둘 거야."

"다 큰 어른이 아이 말을 들어줘야지?!"

"외모 나이는 잉크랑 별반 다르지 않거든."

"어리광쟁이 50살이네!"

"50이 아니라 60이야."

"더 심해졌네!"

그렇게까지 말해도 에타나는 냄새 맡는 걸 그만두지 않았다.

처음에는 이렇게까지 할 생각은 없었지만, 상상 이상으로 마음이 안정되었다.

이제 이것은 일종의 아로마와 같아서 에타나는 '왕도에 돌아가도 매일 맡자'며 잉크가 진심으로 화낼 법한 생각을 했다.

"뭐…… 에타나의 마음이 이걸로 진정된다면 나도 참겠지만. 그렇게 부모님을 뵙기가 두려워?"

잉크는 알고 있었다.

목소리라는 것은 얼굴보다 더 감정이 드러나서 겉으로는 아무렇지도 않은 듯 꾸밀 수 있어도 동요하면 목소리가 희미하게 떨린다.

"결과적으로 다피즈의 제안은 거절했지만, 망설이지 않은 건 아니야. 사실은 만나지 않고 전부 끝내는 것이 가장 좋다고 생각했어. 하지만 만나지 않을 수는 없어. 몇 살이 되어도 나는 그런 어리광쟁이니까."

"그건 다정하다고 말해야지."

"나는 그렇게까지 나르시시스트는 못 돼."

"그럼 내가 말할게. 에타나는 다정해. 나도 구해줬고 지금도 함께 있어주잖아. 내게는 세상에서 제일 다정한 사람이야!"

"잉크……."

그런 점이다.

다시 만난 지 1주일 정도밖에 지나지 않았지만, 그런 점이 그녀의 힘이다.

마음이 흘러넘쳐서 안은 양팔에 힘이 실렸다.

"오, 오오? 아파……. 아니, 아프지는 않지만 절묘하게 답답해. 이걸 오랜 시간 동안 계속하면 견디기 힘들 거야."

"내게 잉크는 분명 '현재'의 상징이야. 그러니까 조금 어리광을 부리고 싶었어. 잉크의 존재가 있으면 나는 '과거'에 붙들리지 않을 수 있어."

"그래……? 에타나는 다피즈를 믿지 않는구나?"

결국 모든 불안은 그곳에 집결된다.

"믿고 싶어. 하지만 이번 일과 그의 인격은 관계없어. 내가 생각해야 하는 것은 단 하나의 의문뿐이야."

"그게 뭔데?"

에타나는 문득 팔의 힘을 풀고 말했다.

"――오리진 코어는 인간을 구하는가."

공원에서 노는 아이들의 목소리가 멀게 들렸다.

그중 몇 명이 코어의 힘으로 되살아 난 죽은 자일까?

"플럼도 같은 느낌을 받았겠지만, 그건 악의 덩어리야. 어쩌면 오리진의 의사는 인간의 존엄을 짓밟는 데 희열마저 느끼는지도 모르지. 설령 제어할 수 있대도 과연 그런 것으로 인간을 구할 수 있을까?"

에타나의 말을 들은 잉크는 어쩐지 미안한 듯 말했다.

"미안해. 에타나."

"왜 거기서 네가 사과를 해?"

"그야 나는 당사자였는데 아무것도 모르니까."

아빠의 목소리가 들렸다면 악의의 유무 여부 정도는 알았을지도 모른다——. 그녀는 그렇게 말하고 싶은 모양이었다.

“괜찮아. 잉크가 칠드런에서 빠져나와 살 수 있었던 건 아마 아무것도 모르기 때문일 테니까.”

“알았으면 죽었을까?”

“일단 빠져나올 생각조차 하지 않았을 거야.”

“그건 약간의 호기심 때문에 빠져나왔을 뿐인데…….”

“그 행동에 이른 게 조금이라도 늦었다면 지금과는 다른 결과가 기다리고 있었을지도 몰라.”

플럼과 잉크가 만난 것은 기적적인 우연이었다.

그리고 그곳에 그녀를 구할 수 있는 에타나가 있던 것도 천문학적인 숫자로도 부족할 만큼의 기적이었다.

“그러니까…… 끝낼 거면 빨리 끝내는 게 나아. 늦으면 늦을수록 상처는 커질 따름이니까.”

하지만 기적은 그렇게 자주 일어나지 않는다.

아니, 만약 일어난대도 이 마을에 사는 사람들 모두를 구할 수는 없다.

할 수 있는 일은, 어떻게 연착륙하여 작은 상처로 끝내는가——. ‘소생이 완전하지는 않다’는 다피즈의 자신감을 부정하는 것이 전제지만, 그 이외의 방법은 에타나에게 떠오르지 않았다.

이야기가 끝나자 그녀는 잉크를 번쩍 들어 올리며 일어섰다.

이제 충분히 충전되었다.

두 사람은 손을 잡고 이번에야말로 린바우 부부의 집으로 향

했다.

“얄궂은 일이야. 왕국의 연구를 부정했을 터인데 그 연구 덕분에 에타나와 만나게 되다니.”

에타나와 잉크를 맞이한 킨더와 클로디아는 눈에 눈물을 글썽이며 환영해주었다.

“아아…… 하지만 역시 살아서 네 얼굴을 보니 기쁘구나. 오늘도 안아봐도 되겠니?”

부모와 자식의 단란한 시간이 시작되었다.

클로디아에게 안겨 정겨운 어머니의 냄새와 체온을 느꼈다.

하지만 가슴에서 들리는 심장 소리는 쓸데없이 무기질적인 느낌이 들었다.

◇ ◇ ◇

플럼과 밀키트는 연구소 내의 방에 안내받았다.

곤네처럼 부부나 가족끼리 살도록 고려된 방인지 제법 널찍했다.

“지하라고는 생각할 수 없을 정도로 호화롭네요. 욕실과 화장실…… 주방까지 딸려 있어요.”

“창문이 없는 것 말고는 고급 호텔과 다름없어. 연구소 안만 아니었다면 편히 쉴 수 있었을 텐데.”

플럼이 소파에 앉자 밀키트도 옆에 앉아 어깨를 딱 붙였다.

자연스레 두 사람은 손을 잡고 깍지를 꼈다.

“주인님은 왜 이곳에 묵고 싶다고 하신 거예요?”

“역시 납득이 안 돼서. 이 마을에 온 뒤로 계속 말로 표현할 수 없는 위화감이 들었거든.”

눈으로 본 것에 한정된 이야기가 아니라 사람들의 모습도, 태연한 태도도, 모두가 조금씩 어긋난 것 같다.

“하지만 이 상황을 부순대도 아무도 행복해지지는 않아…….”

그런 애매한 상태로 행복하게 사는 사람들의 일상을 부수는 것은 그저 부조리다.

다피즈의 생각 그 자체는 멀쩡한 인간의 그것이니까.

“저는 소중한 사람을 잃은 경험이 없어서 그분들의 마음은 몰라요. 하지만 만약 주인님께서 없는 미래가 있다——고 상상하면 그것만으로도 가슴이 아파요.”

“나도 밀키트가 없어지면 견딜 수 없을 거야. 그러니 가디오 씨나 다피즈의 마음도 이해해. 하지만 그 사람이 하는 말은 설득력이 있는 듯해도 구멍이 숭숭 뚫린 것 같아.”

그것도 분명히 보이지는 않지만, 마을에서 느끼는 위화감보다는 존재가 크다.

“우선 정말로 네크로맨시가 완벽하다고 생각한다면 나를 부르는 걸 싫어할 리 없어. 역시 마음속 어딘가에서 코어에 대한 불안이 있으니 연구를 물거품으로 만들 수 있는 나의 존재가 싫었던 게 아닐까?”

수지의 출산이 가까운 시기였기에 더더욱 그 생각은 강해졌으리라.

하지만 그것도 '절대적인 자신감'이 있다면 겁먹을 필요는 없을 터였다.

"게다가 다름 아닌 다피즈 자신이 나와는 정반대인 '선입관'에 사로잡힌 것처럼 보였어."

"자신의 연구가 옳다고 믿어야 하죠……. 그렇지 않으면 수지 씨가 살아 있는 현실까지도 부정될 테니까요. 맞죠?"

"밀키트도 그렇게 생각했어?"

"제가 주인님과 같은 입장에서 이야기를 들었기 때문일지도 모르지만, 다피즈 씨는 자신에게 유리한 쪽으로 오리진을 맹신한다고 느꼈어요."

그것은 종교적인 신앙과는 다른 일종의 '강박관념'이라고도 할 수 있겠다.

오랜 세월의 연구로 아내가 되살아났다. 아이도 생겼다.

따라서 무슨 일이 있어도 믿어야만 한다——. 그런 생각이 다피즈에게는 무의식중에 배어 있었다.

"그 사람이 말하는 꿈에는 '구멍'이 있고 그 결손이 연구 성과에도 영향을 미쳤다면——."

"어딘가에서 폭주할지도 모르겠네요."

"물론 그것이 언제일지는 몰라. 반드시 우리가 접근한 동안에 일어날 거라고 생각할 수 없으니 역시 그렇게 되기 전에 연구를 끝내게 해야 할 텐데……."

할 거라면 내일—— 아니, 오늘이라도 센트럴 코어를 파괴해야 한다.

오늘처럼 평화로운 나날이 만일 몇 년 동안 이어진다면, 이 마을에서 소중한 사람을 되찾은 주민들은 '최소한 몇 년만이라도 꿈을 꾸게 해주길' 바랄 것이다.

하지만 상실로 인해 생겨나는 상처는 함께 보낸 나날이 길면 길수록 크고 깊어질 것이다.

"나는 부수는 게 좋다고 생각해."

고민하던 플럼은 밀키트가 아닌 누군가의 목소리를 들었다.

천천히 시선을 침대 쪽으로 보냈다.

그곳에는 소년이 거만하게 다리를 꼬고 앉아 있었다.

"넥트……?"

"어라? 생각했던 것보다 놀라지 않네."

"어쩌면 와 있을지도 모른다고 생각했거든."

"쳇, 재미없어."

뜻밖의 반응에 넥트는 입술을 삐죽 내밀었다.

13 나는 나를 모른다

"플럼 누나도 거기 있는 붕대 누나만큼 겁을 먹으면 재미있을 텐데."

밀키트는 납치되었던 공포가 사라지지 않았는지 플럼의 등에 매달리듯 숨었다.

마음의 준비가 되었다면 대화는 가능하지만, 갑자기 나타나자 몸이 움츠러든 모양이었다.

"밀키트, 아마 괜찮을 거야. 저 녀석은 우리를 공격하지 않을 테니까."

"알고 있어요. 알고 있지만…… 몸이 말을 안 들어요……."

"'알고 있다'고 말하면 내 위엄이 뭐가 돼?"

"위엄을 신경 쓰면서 왜 우리를 만나러 왔어? 손을 잡으려고?"

"그건 이제 됐어. 누나가 네크로맨시와 싸운다면 나도 편승할 뿐이니까."

결국 손을 잡는다는 것은 이미 결정된 사실이다.

받아들이기에 따라서는 어부지리를 노린다고도 볼 수 있지만, 어차피 적대하지 않을 거라면 그걸로 됐다.

"이봐, 넥트. 결국 에타나 씨가 한 말은 사실이었어? 제3세대가 탄생했다는 이야기 말이야."

"대답하지 않으면 어떻게 할래?"

"우리는 제3세대가 있다는 것을 전제로 움직일래."

"그럼 잠자코 있어도 마찬가지잖아? 그래. 그 쪼그만 누나가 말한 대로 마더는 지금 '제3세대'의 육성에 몰두하고 있어. 우리도 전혀 상대해주지 않아."

"그래서 잉크와 마찬가지로 버려질지도 모른다며 불안했구나?"

넥트는 대답하지 않았지만, 부정도 하지 않았다.

"에타나 씨에게 부탁해서 이식용 심장도 찾아오면 잉크와 마찬가지로 평범한 인간으로도 돌아갈 수 있다고 생각해."

"우리에게 그 불량품과 똑같이 되라고?"

"제3세대가 탄생하면 남은 칠드런들도 같은 취급을 받지 않을까?"

"그렇다고 우리가 인제 와서 그냥 인간으로 돌아갈 수 있을 리가 없잖아!"

"몸 말고도 이유가 있어?"

"우리는…… 마더의 아이야. 마더가 없으면 살아갈 수 없어."

"바깥 세계에는 다양한 삶의 방식이——."

"그렇지 않아. 우리는 그런 식으로 자랐어! 그러니 몸이 인간으로 돌아간대도 소용없고, 교회도 놓아주지 않을 거야!"

그것은 과거에 넥트가 품었던 전능감과는 정반대의 엄청난 무력감이었다.

우물 안 개구리란 바로 이런 것이다. 그가 아는 세계는 너무나도 좁았다.

"이 세상에는 지배욕을 채우기 위해 타인의 삶을 일그러뜨리며 우월감에 빠지는 인간이 있어요."

마찬가지로 좁은 세계에서 살아온 밀키트가 말했다.

"하지만 '벗어날 수 없다'고 생각하는 시점에 그들이 생각하는 대로 되는 거예요."

"그렇게 마더에게 심취했는데 밖에서 살 수 있다고?"

"밖에는 다정한 사람도 많아요. '바뀌지 않는다'고 포기하기에는 너무 이르지 않나요?"

"마치 본인이 경험한 것처럼 말하네?"

"네. 저는 주인님 덕분에 바뀌었어요. 실제로 체험했어요."

실제 예가 눈앞에 있어도 넥트는 내민 손을 잡을 수 없었다.

마음의 거리와는 다른── 별개의 벽이 그와 플럼 일행 사이에 있었으니까.

"다른 사람이 그렇다고 해서 우리가 꼭 그러리라는 보장은 없어……."

그는 지금 깊고 깊은 폐쇄된 공간에 있다.

사방이 막혔고 벽을 부술 수도 없다.

하지만 사실은 그렇게 생각할 뿐이다.

반드시 어딘가에 빠져나갈 방법이 남아 있다.

플럼은 일어서서 고개를 떨군 넥트에게 다가갔다.

"왜 그래? 누나. 설마 힘으로 어떻게 할 셈이야?"

넥트는 힘 빠진 표정으로 올려다보았다.

그러자 플럼은 그런 그에게 얼굴을 들이대고 냄새를 맡았다.

"갑자기 뭐 하는 거야……?"

당연히 넥트는 의아해했지만, 그런 그에게 플럼은 미간을 찌푸리고 말했다.

"넥트, 냄새나."
"……뭐?"
"잘 씻는 거 맞아? 옷도 지저분한 것 같은데……."
"지, 지금 그게 무슨 상관이야!"
확실히 아무래도 상관없는 일이기는 하지만, 이대로 설득을 계속해도 넥트가 꺾이지 않으리라는 것은 알고 있었다.
여기서 플럼이 주도권을 잡은 채 되도록 밝은 방향으로 화제를 바꾸고 싶었다.
"좋지 않아. 설마 새로운 시설에 욕실이 없는 건 아니겠지? 교회가 그렇게 허술한 장소를 제공할 리 없잖아?"
"당연히 있지! 다만 마더가 허락하지 않아서 들어갈 수 없을 뿐이야."
"허락이 없으면 씻을 수 없나요?"
"욕실은 그런 거잖아?"
넥트는 잘라 말했다.
하지만 어안이 벙벙한 플럼과 밀키트를 보고 그것이 '평범하지 않다'고 깨달은 모양이었다.
"일반적으로는…… 그렇지 않아?"
"허락이 없다고 해서 절대로 못 들어가는 건 아니야."
"그래……? 나는 마더의 방식밖에 모르니까."
"그럼 같이 들어갈까?"
"뭐어엇?!"
넥트는 큰 소리를 지르며 몸을 뒤로 젖혔다.

평소에는 어른처럼 행동하는 건방진 소년이지만, 이럴 때 보여주는 표정은 어린아이 그 자체였다.

"그건 당연히 무리야! 욕실은 혼자 들어가는 곳이지 누군가와 함께 들어가는 곳이 아니야! 무엇보다도 알몸을 남에게 보여주게 된다고?!"

"여덟 살짜리 아이에게 알몸을 보여주는 게 뭐? 너도 더 어렸을 때는 마더와 같이 들어가지 않았어?"

"그건 어렸을 때지. 내 나이쯤 되면 욕실은 혼자 들어가는 거고, 아무에게도 알몸을 보여주면 안 돼!"

욕실은 그렇다 친대도 왜 알몸을 보여주지 않으려 고집하는 걸까——? 플럼은 그 점이 신경 쓰였다.

"혹시 마더가 그래야 한다고 했어?"

"……설마 일반적으로는 그렇지 않아?"

"아니요. 일반적으로도 모르는 사람에게 알몸은 보여주지 않고, 친한 사이끼리만 욕실에 함께 들어갈 거예요."

"역시 그렇잖아. 너희가 이상한 거야. 나는 절대로 안 들어가!"

"알았어. 그럼 억지로 데려가지 뭐."

"내 말 못 들었어? 오지 마. 오지 말라고! 접속한다?! 네 반전이 있어도 밀접한 거리에서 내 능력은 막지 못할 거야!"

그것도 말뿐이지 지금의 넥트가 플럼 일행에게 무턱대고 능력을 쓰지 않을 것은 알고 있었다.

플럼은 그의 작은 몸을 번쩍 들어 올린 뒤 욕실로 연행했다.

"싫어. 이거 놔. 놓~으~라~고!"

"그럼 얼른 씻고 올게."

"네. 힘내세요. 주인님."

밀키트는 양손을 꽉 쥐고 응원했다.

플럼은 엄지를 척 세우고 그것에 응답했다.

그리고 그녀는 넥트와 둘이서 탈의실로 사라졌다.

"드디어 내려놓았군……. 꺄악! 그만둬. 벗기려고 하지 마!"

"싫으면 능력으로 도망치면 되는데."

"그래. 그런 방법이…… 잠깐, 이런 모습으로 밖에 나갈 수 있을 리가 없잖아?!"

"진심으로 도망치려 하지 않는 걸 보니 실은 그렇게까지 싫지는 않은 건가?"

"너는 어딜 보고 있는 거야? 얼굴을 봐! 내 표정을! 이렇게! 온 힘을 다해! 거부하고 있잖아!"

"자, 그럼 다음에는 바지를 벗겨볼까?"

"이봐, 그만둬. 그런 걸 벗겼다가는…… 앗, 젠장, 여자 주제에 웬 힘이 그렇게 세! 전에 만났을 때와 격이 달라——. 아아…… 벗겨…… 우와아아아, 바지!"

탈의실에 울려 퍼지는 목소리는 시끄럽지만 즐거운 듯했다.

하지만 바지와 함께 속옷까지 내린 플럼의 움직임이 딱 멎었다.

"……어라?"

"으으으, 이 여자 최악이야……."

"이봐, 넥트. 대단히 무례한 말일지도 모르지만 해도 될까?"

"뭐어? 뭔데? 인제 와서 무례고 자시고 알 게 뭐야? 이런 짓을

해놓고!"

넥트는 잔뜩 화난 목소리를 냈다.

하지만 다음 순간, 그는 얼굴을 더욱 새빨갛게 물들이고 격노하게 된다.

"넥트는—— 여자애구나?"

플럼은 아주 진지하게 말했다.

그녀는 줄곧 넥트를 '소년'이라고 생각했다.

하지만 눈앞에 '있어야 할 것'이 없는 걸 보니 '그'는 그가 아니라 '그녀'였던 것이다.

"너는 이 마당에! 내 어디가 여자라는 거야? 아무리 봐도 남자잖아!"

하지만 넥트는 마치 진심으로 자신을 남자라고 생각하는 듯 격앙되었다.

"아니, 하지만 안 달렸는걸……."

"뭐가 없다는 거야! 나는 남자로 자라왔단 말이야?!"

'자라왔다'——. 그 말에 플럼은 모든 것을 알아챘다.

"…………."

"왜 갑자기 입을 다물어?"

"……아니야. 일단 씻을까?"

그리고 지금은 문제를 미뤄두고 일단 본래의 목적을 끝내기로 했다.

목욕을 마친 플럼은 넥트의 머리카락을 수건으로 훔치며 그녀에게 말했다.

"그럼 넥트, 중요한 이야기를 해야겠는데."

"그렇게 내게 모욕을 주고도 아직 할 일이 남았어……?"

욕실 안에서도 적당히 끝내고 나가려는 넥트와 철저하게 씻으려는 플럼의 공방은 이어졌다.

다만 그것은 '싸움'이라기보다는 '장난'이라고 부르는 게 나을 정도의 흐뭇한 모습이었고, 방에서 목소리를 듣고 있던 밀키트는 솔직히 말해서 조금 질투가 났다.

하지만 지금은 그런 이야기를 할 때가 아니다.

여하튼 플럼은 진지한 표정으로 넥트에게 무언가를 전하려 하고 있으니까.

"넥트는── 여자야. 틀림없어."

"또 그런 소리를 하네. 그러니까 마더는 나를 남자로 길러왔어……."

그렇다. 확실히 마더는 넥트에게 "너는 남자란다"라고 말했다.

딱히 남성의 정의를 알려주지도 않고.

"남자, 로……."

넥트의 뇌리에 조금 전 들은 밀키트의 말이 스쳤다.

「이 세상에는 지배욕을 채우기 위해 타인의 삶을 일그러뜨리며 우월감에 빠지는 인간이 있어요.」

그는 그렇게 일그러진 가족의 모습을 본 적이 있다.

마더가 그런 인간인 것을 알고 있었다.

"……그럴, 리가."
그것은 아마 마더에게 일종의 '실험'이었으리라.
오리진 코어에서 받은 영향이 숙주의 정신 상태에 따라 변하는지를 확인하려 했을지도 모른다.
아니면 아무 의미도 없이 다만 아이들을 지배할 수 있는 인간으로서 호기심을 충족했을 뿐일지도 모른다.
"그렇게 말도 안 되는 일이 있다니…… 어떻게 믿어? 못 믿어!"
하지만 어느 쪽이든 아직 열 살도 되지 않은 아이의 정체성을 개인의 자아로 희롱해도 될 리가 없다.
"나는 남자잖아?! 그렇지? 누나. 그렇다고 말해줘!"
플럼은 아무 말도 하지 않았다.
시정할 거면 빠를수록 좋다.
아직 넥트는 여덟 살이니 진실을 알고 어떤 길을 택할지 선택의 여지는 남아 있다.
"뭐야……. 왜 입을 다물어? 사실이라는 거야? 그래서 마더는 내게 욕실에는 혼자 들어가라고……. 그래서 다른 사람에게 알몸을 보여주지 말라고!"
분명 넥트는 '마더는 언제나 우리를 생각한다'고 여겼을 것이다.
그래서 믿었다.
보통은 부자연스럽다고 생각할 규칙과 금지사항도 마더가 아이들을 사랑하고 아이들이 마더를 사랑해서 성립되었다.
하지만 지금은 다르다.
"그렇구나. 그럼 우리는 모두…… 휘스가 마더에게 의존하는 것도, 뮤트가, 루크가 그렇게 된 것도, 다, 모두 다 마더가…… 그렇게 바랐기 때문이구나?"

그녀의 비통한 분개는 듣기만 해도 플럼과 밀키트의 가슴을 옥죄었다.

마더가 준 것은 우물 안의 행복이다.

모르면, 맹목적으로 따르면 분명 괴로울 일은 없었을 것이다.

하지만 언젠가는 파국에 이를 테고, 언젠가는 바깥 세계를 알 날이 왔을 것이다.

그것이 조금 앞당겨졌을 뿐.

그리고 앞당겨진 만큼 상처는 작아진다.

따라서 자신이 한 짓은 결코 넥트에게 괴로움만 준 것은 아니다——. 플럼은 그렇게 생각하고 싶었다.

"다라고는 단언할 수 없지만……."

"아니. 다야. 요즘에는 계속…… 그럴지도 모른다고 생각했어. 하지만 마더는 내게도 엄마니까 어떻게든 믿고 싶었어. 마더는 다정하고, 사실은 우리를 늘 생각해준다고 억지로 새겨두려 했어……. 소용없다는 걸 알면서."

그것에 견딘 것은 다름 아닌 그녀 자신의 힘과 스파이럴 칠드런—— 아니, 남매들의 리더라는 책임감이 있었기 때문이다.

"역시 넥트는 마더의 곁에서 도망치는 게 좋겠어. 우리도 온 힘을 다해 도울게. 수술을 받아보지 않을래?"

"나 혼자만 도망칠 수는 없어……."

책임감은 힘이자 동시에 족쇄이기도 하다.

홀로 도망칠 수 있다면 현시점에 넥트는 결단했을 것이다.

하지만 마더의 폭력을 받아들이는 맹신을 보고도 그녀는 가족을 버릴 수 없었다.

"그럼 모두 데려와서 이야기해보자. 모두를 바로 설득하기는 어렵겠지만, 분명 이해할 수 있을 거야. 넥트와도 이렇게 이야기가 되었잖아?"

"그런 게…… 가능할 리가……."

"가능해!"

"늦지 않았어요. 같은 입장이었던 잉크 씨도 다시 시작했잖아요!"

"우리는 그녀와 달라……. 하지만……."

흔들리는 마음은 확실히 플럼과 밀키트 쪽으로 기울고 있었다.

물론 실수도 범했을지 모른다.

하지만 열 살도 되지 않은 그녀들에게 모든 책임을 뒤집어씌우기는 너무나도 잔혹하다.

물론 플럼도 마더를 용서할 생각은 없다.

어른의 입장을 이용하여 비인도적인 실험을 반복할 뿐만 아니라 아무 죄도 없는 아이들의 인생을 망친 죄는 반드시 목숨으로 갚아야 한다.

하지만 최소한 스파이럴 칠드런 정도는――.

"잠깐…… 생각해볼게. 커넥트(접속하라)."

펼친 손바닥을 쥐자 넥트의 얼굴은 순간적으로 소용돌이치더니 모습을 감추었다.

"아, 넥트! 갔네……."

“보아하니 그리 멀리까지는 가지 않은 것 같아요. 분명 결론이 나면 돌아오지 않을까요?”

“그렇겠지? 그러면 좋겠는데.”

그녀가 남긴 “생각해볼게”라는 말은 한없이 긍정에 가까운 보류라고 느꼈다.

밀키트의 말대로 조만간 다시 얼굴을 비칠 것이다.

분명 긍정적인 결론을 가슴에 품고.

◇ ◇ ◇

‘접속’을 이용하여 연구소 밖으로 전이한 넥트는 어느 민가의 지붕에 앉아 기울어지는 석양을 바라보았다.

그녀는 그 민가에서 사람이 나와도 딱히 신경 쓰지 않았지만, 집주인으로서는 그 존재를 그냥 둘 수는 없는 모양이었다.

‘그’는 쾅 하고 땅바닥을 박차고 거의 소리도 없이 넥트의 옆에 내려섰다.

“누군가 했더니 아저씨구나? 그 덩치에 몸이 가볍네.”

그녀는 갑자기 나타난 가디오에게 동요도 없이 말했다.

“이 정도야 뭐.”

한편 그도 넥트에게 적의를 드러내지 않고 태연히 옆에 앉았다.

“무기는 갖고 오지 않았구나? 얕보였네. 요전번에는 호각으로 싸운 사이인데.”

“그런 표정을 지으니 얕보이는 거야. 무슨 일인데?”

"고민 상담해주게? 플럼 누나도 그렇고 다들 좋은 사람이네."

그것은 가디오의 '무른 면'이기도 하지만, 한편으로는 그 자신이 고민한다는 증표이기도 했다.

복수만 생각했던 그라면 다짜고짜 베었을지도 모른다.

"그 녀석과 이야기하고 왔어?"

"응. 덕분에 알고 싶지도 않은 사실을 알았어. 나는 줄곧 남자인 줄 알았는데 마더에게 그렇게 주입되었을 뿐, 여자였던 모양이야."

"그런가……."

"하핫, 겨우 그거냐고 하면 할 말이 없지만, 어째 충격이 크네."

"자신의 정체성을 부정당하면 누구나 그럴 거야."

"아저씨도 뭔가 있었어? 나를 얕보는 걸 빼고도 제법 얼빠져 보이는데."

"내 존재 의의를 잃을 것 같거든."

"나랑 똑같네."

"그래. 여덟 살짜리 꼬마와 같은 고민을 가지다니."

"영광인 줄 알아. 나는 이래 봬도 제법 똑똑하거든. 어른에게도 뒤지지 않아."

"그런 점이 어리다는 거야."

가디오가 쓴웃음을 지으며 말하자 넥트도 "차이 없어"라며 낄낄 웃었다.

"죽은 부인과 만났지?"

"그래."

"어땠어? 안았어?"

넥트답게 건방지고 못된 꼬맹이의 표정으로 가디오의 얼굴을 들여다보았다.

"무리하게 애쓰는 게 또 유치하네. 네 성별조차 몰랐잖아. 말뜻도 모르고 하는 소리지?"

"그야 그렇지만…… 좋아하는 사람이 있으면 그런 걸 하잖아? 그보다 얼버무리지 마."

"안지는 않았어. 그건 틀림없이 티아야. 하지만 티아가 아니지."

"무슨 소린지 모르겠네."

"나밖에 모르는 감각일 거야. 하지만 아마 그건 옳겠지. 인간은 아무리 작아도 위화감을 느꼈다면 어떠한 실수를 저지른 거야."

오히려 '절대적인 성공감'은 믿을 수 없는 법이다.

그것은 가디오가 지금까지의 인생에서 배운 교훈이었다.

"위화감이라……."

넥트는 관심 없는 듯 중얼거리고 석양으로 시선을 옮겼다.

"나는 그 감각에 따르려고 해. 너도 그러라고 강요하지는 않겠지만——."

"바보 같아. 왜 적에게 그렇게까지 조언을 하지? 누나도 그렇지만, 곤경에 빠진 적을 도와줘도 나는 아무것도 안 갚을 거야."

"'그냥 둘 수 없어서' 그래. 네 말대로 착한 사람인 거지. 하지만 플럼도 지금의 너를 보면 그러지 않을 수 없을 정도로 위화감을 느낄 거야. 너 자신은 어때? 지금의 네가 나아가는 길에 만족해? 아직 달리 선택할 수 있는 길이 보이지 않아?"

"글쎄……. 그보다 나는 설교를 싫어해."
"이전에 만났을 때의 불손한 너라면 금세 말을 흐리지 않고 대답할 수 있었을 텐데?"
"……아저씨의 말도 참고는 할게."
넥트는 재차 전이하여 이번에는 마을 밖으로 사라졌다.
그녀가 사라진 뒤에도 가디오는 그 자리에 남아 하늘을 올려다보았다.
"그냥 둘 수 있을 리가 없잖아? 네게도, 플럼에게도 아직 미래는 있어."
젊은이에게 미래를 맡겨야 할 정도로 그가 늙은 것은 아니다.
하지만 길이 두절되는 원인이 반드시 노화에만 있는 것은 아니다.
꿈의 끝. 지키고 싶은 곳의 상실. 사랑하는 존재의 죽음.
누구에게나 일어날 수 있기에 그 전에 알아채길 바란다.
가디오는 '때늦은 자'로서 그녀들에게 계속해서 말한다――.
"나와 달라야 해."
자신과 똑같은 실수를 두 번 다시 반복하지 않기 위해.

플럼 일행이 셰오르에 들어간 뒤 7시간 넘게 지났다.
하늘은 붉은색에서 보라색으로 바뀌어 갔고, 완전히 해가 지기까지 몇십 분 정도 남았을 것이다.

현시점에도 숲속은 충분히 어두워서 야행성 동물들이 활발하게 움직이기 시작했다.

"숲은 참 좋아. 우리 같은 인종도 몰래몰래 움직이지 않아도 되지."

베르나는 나무 위에서 셰오르의 모습을 살펴보고 있었다.

그들이 앙리에트에게 받은 임무는 플럼 일행을 지켜보고 때에 따라서는 보호할 것.

그 밖의 병사도 다른 곳에서 마을의 모습을 감시하고 있었다.

플럼과 면식이 없는 베르나에게 성가신 일은 틀림없었다.

하지만 이점이 아예 없는 것은 아니었다.

"우리로서는 이 위선적이고 시시한 연구가 물거품이 되면 후련할 테지만── 과연 아가씨가 어떻게 움직이려나?"

그런 혼잣말에 이끌리듯 근처의 수풀이 흔들렸다.

그곳에서는 화려한 화장으로 인해 컬러풀한 땀을 흘리며, 이 자리에 어울리지 않는 드레스와 힐을 장착한 인물이 걷고 있었다.

물론 그런 차림으로 걸으면 옷은 찢어지고, 살갗은 긁히고, 체력도 크게 소모된다.

본래는 그런 '오물'을 철저히 싫어할 그녀는 달라붙은 나뭇잎과 덩굴을 불쾌하게 헤치면서도 앞으로 나아가기를 멈추지 않았다.

"사티루스 프랑소와즈……. 그렇군. 그렇게 나오는군."

베르나는 셰오르로 향하는 그녀를 말리기는커녕 말조차 걸지 않았다.

"우리에게 책임은 없지만, 부디 들키지 말아줘. 잘만 되면 아가

씨에게 은혜를 입힐 수도 있으니까."

베르나의 바람이 통했는지── 사티루스의 모습이 보이지 않게 된 직후, 타이밍을 잰 듯 오틸리에가 그의 곁으로 찾아왔다.

"베르나, 그쪽 상황은 어때요?"

"평화로움 그 자체야. 아무 일도 일어나지 않으니 심심해 죽겠어. 이봐, 그만 왕도로 돌아가도 되지 않──."

"언니의 기대를 저버릴 수는 없어요. 이대로 플럼 일행이 마을을 나설 때까지 지켜볼 거예요."

"……그렇게 말할 줄 알았어."

베르나는 보란 듯이 어깨를 늘어뜨렸다.

그런 그에게 오틸리에는 붉은 나무 열매를 내밀었다.

"이게 뭐야? 짐승 먹이야?"

"선물이에요. 하지만 무례하기 그지없는 당신에게는 필요 없겠죠."

"아니. 느닷없이 주변에서 딴 나무 열매를 내밀다니 너무 야생적이잖아? 언니를 사랑하는 고릴라야?"

"고릴……?! 필요 없으면 제가 먹을게요! 달고 맛있는 데다 귀한 천연물인데……. 하지만 이 붉은 과일을 보고 있으면 어쩐지 피가 연상돼요. 피…… 붉은 피…… 아아, 어쩐지 진짜 피가 보고 싶어졌어요……."

"알았어. 알았다고. 먹을게. 먹을 테니 얼른 이리 줘!"

베르나는 반쯤 빼앗듯 붉은 열매를 받아들고 입에 머금었다.

"나 참, 아무리 귀중하대도 이런 나무 열매가 그렇게 달 리가──.”
향긋한 내음과 달콤한 과즙이 사악 퍼졌다.
“……젠장. 엄청 맛있네!”
“그러니까 처음부터 그렇다고 했잖아요.”
“아니, 못된 장난인 줄 알았지.”
“못된 장난을 당할 만큼 뒤가 구린 사정이 있나요?”
“베르나 씨는 왕도에서 제일 솔직한 사람이니 그런 일은 전혀 없지.”
“왕도에서 제일 수상한 남자겠지요. 나 참, 그 상태로 감시는 잘하는 거예요?”
“하다마다. 움직임은 없어. 인간은커녕 쥐 새끼 한 마리도 안 지나가네.”
베르나는 당연하다는 듯 잘라 말했다.
수상한 낌새도 없었고, 표정에서는 죄책감이라고는 조금도 찾아볼 수 없었다.
‘그는 아군이다’라는 대전제를 확인한 오틸리에가 그의 거짓말을 알아챌 리도 없었다.
“그렇다면 다행이고요. 그럼 계속해서 감시를 부탁드려요.”
오틸리에는 그 말만을 남기고 다른 병사 쪽으로 갔다.
“그래. 모두 내게 맡겨.”
베르나는 적당히 손을 흔들며 그녀를 보냈다.
그리고 그 모습이 보이지 않게 되자 “헤헷” 하고 어깨를 떨며 간사하게 웃었다.

"뭐, 이걸로 에키드나 아가씨에게 의리는 지킨 거겠지. 그럼 슬슬 뭔가가 일어날 테고, 그럼 그 녀석도—— 아아, 역시 왔군."

사티루스와 자리를 바꾸듯 짐을 안고 분주하게 셰오르에서 탈출하는 남자.

다피즈의 조수였던 곤 포건이었다.

그와 베르나는 몇 번인가 왕도의 불법 도박장에서 얼굴을 본 적이 있다.

"저 녀석도 여전하네. 또 돈 때문에 지인을 배신한 거냐? 뭐, 나도 남 말할 입장은 아니지만."

베르나는 그렇게 말하며 재차 경박하게 웃었다.

이윽고 밤이 되었다.

깊은 어둠이 마을을 감쌌다.

14 실낙원

그날 밤, 연구소에서는 회식이 열리기로 되어 있었다.

플럼 일행과 다피즈뿐만 아니라 가디오와 티아, 킨더, 클로디아까지 참석하는 그럭저럭 큰 모임이었다.

연구소 안내를 마친 뒤, 다피즈는 플럼에게 "준비가 되면 부르러 갈게"라고 말했다.

"늦네요……."

"응. 집에서라면 진즉 저녁을 먹었을 시간이야."

플럼과 밀키트는 침대에 누워서 노닥거리며 시간이 가기를 기다렸다.

하지만 다피즈가 부르러 올 낌새는 전혀 없었다.

연구원은 불규칙적인 생활을 한다. 그러니 어쩌면 플럼의 생각보다 늦은 시간에 저녁을 먹을지도 모르지만── 꼬르륵, 하고 참다못한 배가 울렸다.

밀키트의 시선이 소리가 난 쪽으로 향하자 플럼의 얼굴이 발그레해졌다.

"오늘은 많은 일이 있어서 바빴으니까……."

"배가 고프다는 건 건강하다는 뜻이에요. 어쩌죠? 가볍게 뭘 좀 만들까요? 기껏 주방도 있는데."

"아니야. 괜찮아. 만드는 도중에 부르러 오면 좀 그렇잖아?"

"하지만 주인님은 괜찮으세요?"

"배 속이 좀 시끄러워서 그렇지 아직 괜찮아."

허세를 부렸다.
플럼에게도 일단 체면이라는 게 있다.
물론 밀키트의 눈은 전혀 속이지 못했지만.
"에휴……."
연구소 안은 조용했다.
대화가 끊어지자 서로의 숨소리가 들릴 정도로 아무 소리도 나지 않았다.
정숙이 플럼에게 졸음을 불러왔다.
"주무셔도 돼요. 다피즈 씨가 오면 제가 깨워드릴게요."
"그래……. 30분만 잘까……?"
밀키트의 말에 그녀는 천천히 눈꺼풀을 닫았다.
그대로 편안한 나른함에 몸을 맡기고 의식을 놓으려 했다.
「……한, 먹……고…….」
이제 곧 잠이 들려는—— 그때 문득 무언가가 들린 것 같았다.
"왜 그러세요?"
"뭔가…… 사람 목소리 같은 게 들렸는데. 밀키트, 혹시 뭐라고 했어?"
질문을 받은 그녀는 고개를 가로저었다.
그럼 기분 탓인가 하고 생각하는데,
「인…… 것인……가.」
또다시 목소리가 들렸다.
끊어져서 단어조차 알아들을 수 없었지만, 남성의 목소리였다.
"역시 들렸어!"

“그래요? 죄송합니다. 제게는 전혀 들리지 않았어요.”

플럼은 침대에서 내려가 눈을 감고 청각에 의식을 집중했다.

「……해야…… 해…….」

역시 또 들렸다.

하지만 이번에는 조금 소리가 높고 늙은 여성의 목소리 같았다.

정체를 밝히지 못한 채 플럼은 목소리가 나는 방향── 방의 입구로 다가갔다.

「상자…… 서, 쓰러…….」

「고…… 를, 뭉개…….」

여기서 플럼은 목소리가 한 명이 아니라는 것을 깨달았다.

누군가와 누군가가 대화를 하는 모양이었다.

‘왜 굳이 우리 방 앞에서…… 무례하네.’

방문을 벌컥 열고 기습적으로 주의를 줄까도 생각했지만, 그 전에 문에 귀를 대고 무슨 이야기를 하는지 듣기로 했다.

그러자──,

「왜 살려야 하지?」, 「갈가리 찢어서 빼앗아버려.」, 「목숨만 붙어 있으면 돼.」, 「죽여.」, 「우선은 팔부터 하지.」

「다리 근육을 열고 핥을래.」, 「가죽을 벗기면 돼.」, 「상자에 담자.」

「척추를 꺾으면 들어갈 거야.」, 「필요한 처치야.」

「놓치면 안 돼.」, 「죽이면 되지? 안 돼?」, 「아직 허락받지 못했어.」, 「접속해야 해.」, 「어떻게 끌어들이지?」

「우선은 뒤틀린 구멍부터 내야지.」, 「안에 들어가 뇌에 접속해.」, 「하나가 되자. 모두 하나가 되자.」

「구더기 같은 알맹이가 보고 싶어. 한 번이라도 좋아.」

「이번에는 죽여, 다음을 이어.」,「잘라내.」,「접속에 어울리지 않아.」

「삼사이오칠」,「우리는 괜찮아.」

「아아아, 좁아, 아아, 좁아.」,「나는 자궁을 원해.」,「발끝부터 잘랐어.」

「벌을 줘야 해.」,「끼~끼~끼~.」,「사이렌이 들려.」,「빼앗아야 해.」

「관에 박힐 거야.」,「위, 위위, 위험해.」

「아직 부족해.」,「에에으, 레루, 레」,「너는 완수해야 해.」,「이제 죄다 늦었어요.」

――둘이 다가 아니었다.

무수한 인간의 이야기 소리가 끊임없이 들렸다.

아무리 적게 봐도 수십 명이 있지 않고서야 이런 소리는 나지 않을 터였다.

“윽……?!”

플럼은 공포로 몸을 움찔 떨었다.

그러자 팔꿈치가 벽에 닿아 밖에 들릴 정도로 소리가 울렸다.

이야기 소리가 딱 멈추었다.

하지만 귀를 기울이자 몇 명의 숨소리가 들려왔다.

아직 그곳에 있다.

플럼과 밀키트의 퇴로를 막듯 수십 명의 인간이.

‘그게 말이 돼? 그 좁은 복도에 몇십 명이나 모이다니. 발소리도 안 났는데. 언제? 어떻게?’

애초에 이것은 인간일까——?

「오늘 밤.」

한 명이 말했다.

「오늘 밤에 하자.」

다른 사람이 동의했다.

「오늘 밤이 좋아.」, 「오늘 밤이야, 오늘 밤.」, 「더는 못 기다려.」, 「드디어 먹을 수 있다.」, 「오늘 밤을 기다리자.」

이어서 방문자들은 다시 일제히 떠들어댔다.

"주인님……?"

"오지 마! 밀키트는…… 거기서 기다려."

도망칠 곳은 없다. 그렇다면 싸울 수밖에 없다.

상대가 여럿이라면 입구 부근의 좁은 곳이 상대하기 쉬울 것이다.

오른손에 영혼 사냥꾼을 쥐었다.

왼손을 문고리에 댔다.

눈을 감고 천천히 숨을 내뱉으며 호흡을 조절했다.

나아가 프라나를 몸에 채우고 싸울 준비를 했다.

문고리에 둔 손에 힘을 싣고 돌린 뒤 철컥! 하고 단숨에 열어젖혔다.

복도에 있을 터인 적에게 대검을 내지르려다——,

"……어라?"

플럼의 눈에는 아무도 없는 복도가 비쳤다.

즉각 뛰쳐나와 좌우를 봐도 모습은커녕 흔적도 없었고 기척조

차 느껴지지 않았다.

"저기, 주인님…… 뭐가 들리셨나요?"

"네게는 아무 소리도 안 들렸지?"

"네. 그건 틀림없어요."

"그럼 역시――."

플럼은 "기분 탓이었는지도 몰라"라고 말하려다 멈추었다.

확실히 그녀는 네크로맨시에 필요 이상의 경계심을 품고 있다.

하지만 과연 정말로 기분 탓일까?

셰오르에 온 뒤로 느끼는 위화감, 그리고 주민들의 시선.

그것들은 모두 실제로는 존재하지 않는 현상일까?

"……아니. 아니야."

플럼은 실제로 위화감을 느꼈다.

그렇다면 어딘가에, 아주 사소할지라도 이변이 일어나고 있을 터였다.

"확인하고 싶은 게 생겼어. 밀키트, 가자."

"네. 어디든 따라갈게요."

플럼은 밀키트의 손을 잡고 뛰기 시작했다.

다피즈가 아니라도 좋다. 누군가 연구원을 찾아서 이야기를 들어야 한다.

목적지는 '제1실험실'.

이 시설에서 가장 넓은 실험실이니 연구원 한 명쯤은 있을 가능성이 크다.

◇◇◇

“자기야, 이 드레스면 괜찮을까?”

티아는 거울 앞에서 드레스를 입은 자신의 모습을 보며 물었다.

그녀에게 오늘 있을 회식은 정식으로 가디오의 아내로서 소개되는 첫 자리다.

가디오는 평범하게 사복을 입고 갈 셈인 듯하지만, 그녀는 그렇지 않았다.

“자기, 왜 대답이 없어? 보고 있지? 그러고 보니 자기는 예전부터 이런 데 약했어. 하지만 여자는 좋아하는 사람이 골라준 옷을 입고 싶은 법이야——.”

챙, 하는 금속 소리가 들렸다.

티아는 머뭇머뭇 돌아보았다.

“자……기?”

가디오는 검은 칼을 오른손에 쥐고 그곳에 서 있었다.

표정은 없었다. 말도 없었다.

다만 차갑고 무기질적으로, 마치 그 자신이 칼날이 된 듯 검을 쥐고 그 끝을 티아에게 겨누었다.

“뭐……해? 왜…… 그런 짓을, 해?”

“…….”

“자기. 내가 싫어졌어? 그렇구나. 6년이나 떨어져 있었는걸. 하지만 그래도 그렇게까지는 하지 않아도 되잖아! 아니면 놀라게 하려고 그래? 안 돼. 그건 장난치고는 너무 과격해. 무서우니

내려.”

여전히 가디오는 침묵했다.

“부탁이야……. 그런 건 그만둬. 나는 이러려고 되살아난 게 아니야…….”

“있잖아, 티아.”

“왜, 왜 그래?”

“나는 누구보다도 너를 사랑해.”

“그럼 왜 그래? 내가 평범한 인간이 아니라서?”

생각해보면 조금 전에 밖에서 돌아온 뒤로 그의 모습이 이상했다.

회식에 입고 갈 드레스는 물론이거니와 머리 모양과 액세서리를 상의해도 건성으로 대답했다.

그곳에서 무슨 일이 일어나서 어떤 심경의 변화가 있었는지는 모르지만── 좋아하는 사람에게 살의를 느끼고도 슬프지 않을 사람은 없다.

티아의 눈동자에 눈물이 맺혔다.

“이상했나? 내가 그렇게 이상했어?”

“아니. 그런 건 아니야.”

“그럼 왜……? 나는 분명히 되살아났어. 자기의 아내로서 드디어, 드디어 부부답게 살 수 있을 줄 알았는데……! 지금은 센트럴 코어의 도움이 없으면 세오르를 떠날 수 없지만, 언젠가는 분명 그런 게 없이도 나갈 수 있을 거야! 나는 내 목숨을 완전히 되찾을 수 있어!”

"아니. 지금도 충분해. 너는 되살아났어. 너무나도 완벽해서 부자연스러울 정도로."

가디오도 울고 싶었다.

하지만 어쩐지 눈물은 나오지 않았다.

분명 과거에 두고 왔기 때문일 것이다.

그렇다——. 그에게 티아는 이미 죽었고, 그 자신의 마음도 6년 전에 멈춰 있었다.

아무리 육체를 단련해도 과거를 바꿀 수 없으니 그것만은 어쩔 수 없다.

하지만 동시에, 멈춰 있기 때문에 알 수 있는 것도 있다.

"아주 작은 차이야. 하지만 의식적으로 바꿀 수 없는 부분이기에 별개의 것이라고…… 깨달았어……."

호흡의 간격, 손끝의 움직임, 시선의 흐름, 대화 사이의 공백.

하나하나는 별로 중요하지 않아서 의식하지 않으면 모를 차이지만, 그것이 쌓이면 무시할 수 없다.

"그런…… 그런 건 무시해. 나는 자기와 다시 만나면 가고 싶은 곳이 많았어! 남쪽에 있는 아름다운 바다를 보러 가거나, 프라다라는 마을에는 온천이 있대! 그 밖에도, 그 밖에도 잔뜩——."

"나도 같이 가고 싶었어!"

이대로 조용히 죽이고 싶었지만, 막상 티아와 마주하자 그럴 수도 없었다.

사실은 죽이고 싶지 않다. 계속 함께 살고 싶다——. 그런 마음이 쏟아졌다.

"가고 싶었어……. 하지만 그렇기 때문에…… 무시할 수 없었어……."

"자기……."

괴로운 사람은 티아뿐만이 아니었다.

그녀는 그것을 이해하고 가디오의 각오를 받아들여 몸에서 힘을 자연스레 뺐다.

"이건 나 자신이 결판 지어야 할 문제야."

"……응."

"늦기 전에. 티아가 티아일 때……."

"내가 내가 아니게 되는…… 거야? 그렇, 구나. 그런 일도 있을지 모르겠네. 아주 조금이지만 그런 기분은 들었어. 되살아난다는 게 그런 건가 싶었지만, 분명 이건 그런 뜻이 아니겠지?"

티아는 자신을 티아 라스컷이라고 생각한다.

한편, 가디오와 마찬가지로 자신의 몸과 마음이 어딘가 이전의 자신과 다르다고도 느꼈다.

"사실대로 말하자면 연구소가 계속 신경 쓰여. 내 안에 있는 누군가가 그렇게 만들고 있어."

"플럼이 있어서겠지."

"아마 그럴 거야. 내 안에 있는 누군가가 그 아이를 몹시 원해."

물론 그것은 티아의 의식이 아니다.

"다피즈 씨는 말했어. 육체를 본래대로 되돌리는 것만으로 인간은 소생할 수 없다, 반드시 영혼이 필요하다고. 그래서 지금 나는 이 몸에 남은 영혼의 '껍데기'라고."

"그런 게 있어……?"

"인간이 죽으면 영혼의 알맹이가 사라지고 껍데기만 남아. 그곳에 다른 무언가를 채워서 티아 라스컷의 모양으로 만들지."

"그건…… 모습만 똑같을 뿐 다른 존재야."

"응. 맞아. 나는 나를 티아라고 생각하고 싶지만, 그럴지도 몰라."

그렇게 인정한 티아는 급격히 자신의 몸이 끔찍하게 느껴졌다.

차라리 좀 더 노골적으로 달랐다면, 티아 라스컷이라는 인간의 일부를 이어받았을 뿐인 별개의 존재였다면 받아들일 수 있었을지도 모르겠다.

하지만 이것은 달랐다. 완전히 똑같은 것을 만들려다 실패한 결과의 차이다.

따라서 받아들이기 힘들었다.

마음이 받아들이지 못하여 코어를 거절하면 동조가 무너져 접속이 일그러진다.

"아하하, 자기는 대단하다. 아아, 그럼 이건 기뻐해야겠네. 영문 모를 괴물이 되어 끝나는 게 아니라 자기가 나를 끝내주는 걸 말이야."

티아의 오른팔이 격렬하게 경련하기 시작했고 안쪽에서 무언가가 울룩불룩 꿈틀거렸다.

"그 팔은……."

"분명 네크로맨시 코어의 제어가 통하지 않게 된 거겠지. 내가 괴물인 걸 스스로 인정했으니까."

아니라고 말하며 안아주고 싶었다.

하지만 가디오는 굳이 그러지 않았다
그 미련은 분명 그를 주저하게 할 테니 자신의 마음을 죽였다.
"응석을 부려서 미안해. 자기. 게다가 이런 짓까지 시켜서."
"사과하지 마. 이건 나밖에 할 수 없는 일이야."
"짧았지만, 이렇게 부부답게 보낼 수 있어서 행복했어. 아주, 아주 행복했어. 분명 이 세상 신부들의 백 배 정도는 행복했을 거야."
"그래……? 그거 다행이네……."
"결국 자기는…… 그거야. 세계 최고의 남편이야. 여하튼 함께 있는 것만으로 백 배나 행복해질 수 있으니까!"
"티아…… 나는, 나는……!"
하지만 가디오의 눈에서 눈물은 흐르지 않았다.
그러나── 티아에게는 그가 흘리는 마음의 눈물이 보였다.
"후후…… 여전히 자기는 눈물이 많네. 하지만 그렇게 다정한 자기여서 나는 좋았어."
"나도…… 티아를 이 세상 그 누구보다 사랑해!"
좋아하는 사람에게 이토록 강하게 사랑을 전한 적은 처음일지도 모르겠다.
가디오는 수줍음이 많은 성격이라 프러포즈도 서툴렀지만, 티아는 그런 면도 좋아했다.
물론 뜨겁고 직접적인 사랑의 말도 무척 기뻤지만.
그리고── 가디오는 검을 쳐들었다.
칼날에 프라나가 가득 담겼다.

그에게 코어를 파괴할 힘은 없다.

따라서 해야 할 일은 티아의 육체에서 코어를 배제하는 것이다.

주저하는 마음이 방해했다.

미련이 양팔에 엉겨 붙었다.

그것들을 끊어내듯── 가디오는 포효하며 검을 휘둘렀다.

"사랑, 해……."

티아의 몸은 비스듬히 베였고, 상처는 프라나로 인해 터지듯 벌어졌으며, 안쪽에서 검은 구체가 쏟아졌다.

"자……기……."

의식을 잃기 직전까지 그에게 사랑을 말하며 티아는 다시 잠들었다.

이번에야말로 영원히 눈 뜰 일은 없을 것이다.

피 웅덩이가 넓게 퍼졌다.

그곳에 드레스를 입고 잠든 공주님.

그녀는 이 세계에 존재하는 어떤 목숨보다도 존귀하고 아름답다.

티아에게서 튄 피를 뒤집어쓴 가디오는 양손을 축 늘어뜨리고 그 그림 같은 모습을 눈에 아로새겼다.

"……기다려줘. 티아. 나도 조만간 그쪽으로 갈게."

하지만 그는 손에 쥔 검을 놓지 않았다.

이별은 했다. 더욱 강한 각오도 했다.

즉, 싸움은 끝나지 않았다.

"하지만── 그건 지금이 아니야. 아직 내게는 물리쳐야 할 상대가 있어."

눈을 감자 '키마이라'의 이름이 떠올랐다.
물론 교회 전체가 밉다.
하지만 명확한 원수로서 쳐부숴야 할 상대는 역시 소중한 사람들을 죽인 장본인이다.
가슴에 구멍이 뻥 뚫렸다.
그 자리에서 호흡을 정돈하는 사이에 부글부글 들끓던 증오가 그 구멍을 메웠다.
밝은 미래는 바라지 않는다. 가디오를 채워야 할 것은 파멸적인 힘의 원천이며 증오여야 한다.
숨을 쉬자 피비린내가 콧속을 가득 채웠다.
눈을 뜨자 배에서 쏟아져나온 장기가 아름다운 아내의 시신을 더럽히고 있었다.
티아의 두 번째 죽음을 강하게 기억에 새길수록 가디오는 자신에게 필요한 힘이 모이는 것 같았다.
어떤 의미로 부부에게 신성한 그곳에 한 남자가 발을 들였다.
두 사람을 부르러 온 다피즈였다.
그는 믿을 수 없는 광경을 앞에 두고 동공이 커졌다.
"이럴 수가……. 어째서……. 가디오 씨, 당신이 한 짓인가요?!"
거친 목소리로 말하는 다피즈를 가디오는 천천히 돌아보았다.
"그래. 내가 했어. 다피즈, 너는 알고 있었어?"
"뭘요? 뭘 알고 있었냐는 거죠?! 아니, 설령 어떤 이유가 있든 이런 일이 일어나서는 안 돼요! 저와 마찬가지로 아내를 잃은 당신이라면 이상을 완전히 이해할 줄 알았는데……!"

자신과 마찬가지로 아내의 무참하고 허무한 죽음을 체험한 가디오라면 **반드시** 네크로맨시를 이해할 것이라며 전력 운운하기보다 그에게 공감을 구했다.

따라서 배신당했다는 생각에 분노했다.

"티아 씨를 사랑했잖아요! 어떻게 이런 짓을 할 수 있죠?! 당신이 한 짓은 티아 씨를 죽인 키마이라와 똑같── 윽?!"

하지만 그런 말은 가디오에게 향하지 못했고, 그는 다피즈의 멱살을 잡아 벽에 밀쳤다.

"표면적으로 모방했을 뿐이지 그 인간이 소생했다고 말할 수는 없어. 티아는 말했어. 너는 **알고 있었다**고. 되살아난 사람들은 말하자면 껍데기 같은 존재였다고."

"아니에요. 본디부터 인간은 그런 생물이에요! 그것을 오리진 코어의 힘으로 생전의 상태로 되돌린 거라고요!"

"하지만 아니었어. 그건 티아이자 티아가 아니었지. 아마 이 마을에 사는 인간은 알아챘을 거야."

"뭘요? 그런 건 당신의 착각이겠죠!"

"모두 꿈에서 깨어나는 것을 두려워하고 있어."

"꿈이면 왜 안 되죠? 끝나지 않는 꿈은 현실과 마찬가지잖아요!"

"아니. 아니야! **끝날지도 모른다**는 공포가 늘 따라다니지. 그리고 실제로 끝나가고 있지 않아?"

"무슨 근거 없는 소리를 하시는 거죠? 그럴 리가──."

부정하는 다피즈를 비웃듯 밖에서 에에에에에엥── 하고 사이렌이 울렸다.

듣기만 해도 불안감을 부추기는 그 소리에 두 사람은 동시에 밖을 보았다.

그러자 남성이 집의 창문에 매달리듯 달라붙어 "살려줘, 살려줘!"라고 외치며 수차례 주먹으로 창문을 두드렸다.

그 직후, 뒤에서 아내로 보이는 여성이 그의 목에 덤벼들었다.

그녀의 치아는 쉽사리 가죽을 뚫고 살에 박혔으며, 나아가 상처 주변이 뒤틀리며 남자의 목이 찢어졌다.

"바, 방금 그건…… 뭐지……? 게다가 이 사이렌…… 설마 센트럴 코어에 누군가가?! 이거 놓으세요. 가야 해요!"

가디오는 버둥대는 다피즈를 놓아주었다.

다피즈는 파랗게 질린 얼굴로 집을 나서 연구소를 향해 곧장 달렸다.

"센트럴 코어 연구소 내부인가? 플럼이 위험해."

가디오도 즉각 집을 나섰다.

그러자 에타나와 그녀에게 안긴 잉크가 달려왔다.

"가디오!"

"에타나, 그 피는——."

"아마 가디오와 마찬가지일 거야."

"튄 거구나……."

그런 에타나의 품 안에서 입술을 깨물며 잉크가 목소리를 떨었다.

"에타나…… 미안해. 미안해……."

"아니야. 사실은 더 빨리 그래야 했어."

"습격받았어?"
에타나는 고개를 끄덕였다.
그녀는 자신의 의사로 부모님을 처리했다.
한때의 꿈에 몸을 맡긴 결과, 후회와 죄책감만이 남았다.
"그런데 이 사이렌은 혹시 연구소에서 나는 거야? 그렇다면 플럼이 위험해."
"그래. 나도 가려던 참이야."
"나도 갈래."
세 사람은 연구소로 향하려 했다.
가능하면 잉크를 안전한 곳에 데려가고 싶었지만, 셰오르에 현재 그런 곳은 없었다.
"우와아아아아앗! 누가, 누가 좀 도와줘!"
"싫어. 왜지?! 여보, 나야! 당신의 아내라고!"
"크………윽, 윽…… 꿈, 이야……. 이건…… 악몽……이……으……윽!"
하지만 마을 안에서 들리는 비명과 노성이 진행을 방해했다.
죽은 자들이 일제히 산 자를 습격하기 시작한 것이다.
가디오와 에타나가 그것을 그냥 둘 리도 없었다.
"칫── 하압!"
대검을 휘두르자 날카로운 공기의 칼날이 아내를 습격하는 남편을 둘로 갈랐다.
"아쿠아 배럿."
손끝에서 방출된 물의 탄환이 아버지의 목을 조르는 딸의 심장

부를 관통했다.

둘 다 일시적으로 움직임을 막았지만, 코어는 파괴되지 않았기에 훼손된 육체는 인간과 동떨어진 움직임을 보이기 시작했다.

그리고 그 모습을 보고 산 자들은 깨달았다.

자신들이 본 것은 모두 꿈이었구나——라고.

"에타나, 뒤를 조심해!"

들려온 발소리를 알아채고 잉크가 소리쳤다.

죽은 자는 파트너를 잡아먹고는 이제 무차별적으로 사람들을 습격하기 시작했다.

날아온 남자의 배에 에타나의 주위에 떠오른 물고기 모양의 오브제가 박혔다.

"아이스 랜스."

그리고 그 입 부분에서 그녀가 발동한 마법—— 얼음 창이 튀어나와 있는 힘껏 상대를 날려 보내며 동시에 배에 큰 구멍을 냈다.

하지만 그것으로 명확히 '위협'으로 인정되었으리라.

어디랄 것 없이 우글우글 나타난 죽은 자들이 세 사람을 에워쌌다.

"크윽…… 우선은 마을의 죽은 자들을 전부 처리할 수밖에 없겠어."

"플럼, 부디 무사해줘——."

가디오와 에타나는 답답한 마음으로 적의 무리와 맞섰다.

15 처음부터 계속 잘못되었다

사이렌이 울리기 조금 전── 플럼과 밀키트는 제1실험실에서 여성 연구원을 발견했다.

가슴에 달린 명찰에는 '클라리스'라고 적혀 있었다.

플럼은 그녀에게 아까 일어난 일에 대해 말했다.

"몇십 명의 목소리가 났는데 문을 열자 아무도 없었다? 후훗, 그런 일이 일어날 리 없지. 피곤해서 그래. 플럼 씨."

클라리스는 그렇게 말하며 넘어갔다.

하지만 플럼은 그녀의 흔들리는 눈동자를 놓치지 않았다.

"사실은 뭔가 짐작 가는 게 있지? 거짓말을 해도 소용없어."

"거짓말이라니……."

강하게 말하자 클라리스는 불편한 듯 눈을 피했다.

플럼은 그녀를 더욱 노려보며 뒤흔들었다.

그녀가 아마 다피즈와 같은 인종이리라는 것은 얼굴을 보면 알 수 있었다.

양심의 가책에 약할 터였다.

"……다피즈 씨에게 말하지 않겠다고 맹세해줄래?"

"당신의 이름은 말하지 않을게."

"그럼 얘기할게. 실은 당신이 온 뒤로 피험자들의 멘탈 스탯이 이상한 수치를 보이고 있어."

"멘탈 스탯?"

"정신 상태를 나타내는 수치야. 높으면 높을수록 흥분 상태라

는 뜻인데, 물론 높으면 어떠한 형태로 육체—— 즉, 바이탈 스탯에도 영향을 미쳐. 그게 '산 인간'이라는 거지."

"그 두 가지 수치가 뒤죽박죽이었다거나?"

"그래. 최근에는 그 문제도 해결된 줄 알았는데, 마치 연구 초기 같은 상태였어."

"그렇게 되면 무슨 일이 일어나죠?"

밀키트가 묻자 클라리스의 표정이 노골적으로 흐려졌다.

"온몸에 나선형 기관이 발생하고 무차별적으로 사람을 습격하는 괴물이 돼."

그것은 플럼이 잘 아는 괴물의 모습이다.

하지만 수치 이상이 계측되었다는 말인즉, 이미 죽은 자들은 그 모습이 되었어야 한다.

"하지만 어찌 된 일인지 피험자는 인간의 모습이 무너지지 않고 의사소통도 가능한 상태였어. 그래서 계기가 고장 났다고 판단하고 다피즈 씨에게는 말하지 말라고……."

"그럼 좀처럼 우리를 부르러 오지 않았던 것도 그것 때문이었군요?"

"회식 준비가 늦어졌어. 하지만 마침 지금 다피즈 씨가 가디오 씨를 부르러 간 참이야."

"그런 이야기를 들은 뒤에 회식에 참석할 수 있을 리가 없지."

플럼은 그 자리에서 발걸음을 돌려 방의 출입구로 걸어갔다.

클라리스는 그런 그녀의 팔을 잡고 말렸다.

"기다려. 어디 가려고?!"

"중앙 제어실밖에 없잖아? 지금 당장 센트럴 코어를 파괴해서 끝내겠어!"

"아무리 당신이라도 그 문은 부술 수 없어. 게다가 그런 짓을 했다가는 셰오르의 죽은 자들이 괴물로 변해서 큰일이 벌어질 거 아냐!"

"티아 씨가 움직일 수 있었다는 건 몇 시간의 유예 정도는 있는 거 아니야? 늦기 전에 이별을 마쳐야 해."

"수치 이상에 관해서는 정말로 계기 고장일지도 몰라. 게다가 다피즈 씨나 우리는 몇 년이나 이 연구를 계속해서 마침내 여기까지 올 수 있었어! 제발 그런 일시적인 감정만으로 부수려 하지 마!"

"일시적인 감정이 아니야!"

플럼은 분노를 훤히 드러내며 클라리스에게 반론했다.

"당신들이야말로 오리진 코어가 어떤 것인지 알아? 그건 인간을 구하는 도구가 아니야. 모독하고, 짓밟고, 인간을 불행에 빠뜨리는―― 그런 거라고!"

"그렇다고 해도 쓰기 나름이야. 독도 때로는 약이 되잖아?"

다피즈와 같은 말을 늘어놓아도 플럼을 설득하기는 어려웠다.

두 사람은 서로를 노려보았다.

밀키트는 플럼의 옆에 서서 사나운 표정으로 클라리스를 보고 있었다.

험악한 분위기가 흐르는 가운데, 계속되는 침묵을 깬 것은―― 요란한 사이렌 소리였다.

"응……? 뭐지? 왜 갑자기 비상 사이렌이 울린 거지?!"

"비상 사이렌? 뭐야? 무슨 일이 일어난 거야?!"

"나도 몰라!"

그러더니 '똑' 하는 작은 소리가 문에서 들렸다.

세 사람의 시선이 그쪽으로 향하자 이어서 똑똑, 똑, 하고 불규칙적으로 소리가 울렸다.

방에 들어가고자 허가를 바라는 노크치고는 소리가 너무 작고, 무엇보다 **위치가 낮았다**.

"이런 때에 누구지……?"

클라리스는 한숨 섞어 그렇게 말하고 문을 열었다.

그러자 어린아이가 쓰러지듯 방으로 들어왔다.

"곤 씨와 루루카 씨의 아이잖아? 얘, 혼자 이런 곳에 오면 안 돼."

그 아이를 안아 들고자 클라리스는 웅크려 앉아 손을 뻗었다.

양손이 동시에 아이의 몸에 닿자 손끝이 **뒤틀렸다**.

"응……?"

뚜둑뚜둑, 하고 작은 가지가 부러지는 듯한 소리와 함께 양쪽 손가락이 빙글빙글 돌며 망가졌고, 회전은 서서히 퍼지더니 이윽고 손 전체로, 그리고 손목으로, 아래팔까지 미쳤다.

"아, 아아앗, 뭐, 뭐야, 이거……?!"

"아으…… 꺅꺅!"

플럼은 웃는 아이의 눈동자를 보았다.

그곳에 안구는 없었다.

얼굴 대신 자리하듯 눈꺼풀 너머로 붉은 살이 소용돌이치고 있었다.

그리고 그곳에서 피가 분출될 때마다 마치 눈물처럼 붉은 액체가 뺨을 따라 흘렀다.

"히익…… 저, 저건, 아이가…… 아니야……."

"클라리스 씨, 얼른 그 녀석에게서 떨어져!"

플럼은 영혼 사냥꾼을 뽑아 잡았지만, 클라리스와 아이의 거리가 너무 가까워서 공격할 수 없었다.

우선은 그녀가 손을 떼는 것이 먼저지만,

"뗄 수가 없어. 뗄 수가 없다고! 붙었나? 아니, 아니야. 하나가 되었어. 먹혔어!"

맞닿은 부분이 동화되었다.

회전은 이미 팔에 그치지 않고 몸통과 다리, 머리로까지 미치려 했다.

이제 클라리스를 구할 수는 없다.

"아파……. 아프다고……. 으아, 아아아아…… 주, 죽여줘……. 부탁이야아아앗! 아파. 싫어. 정말, 싫어어어엇!"

"크윽…… 으아아아아아아앗!"

플럼은 도움을 구하듯 죽음을 애원하는 클라리스를 아이와 함께 둘로 베었다.

되도록 즉사하도록 심장을 노린 덕분인지 그녀는 소리도 없이 숨을 거두었다.

하지만 동화되었던 아이는 다만 뒤틀린 고깃덩이가 되어 체내에서 기어 나왔다.

그 모습은 도저히 인간이라 부를 수 없었고 구더기에 가까웠다.

"저게 태어난 아이의 정체……."

"인간이…… 아니었군요."

"임신부터 출산, 그리고 성장…… 오리진이 그 과정을 그저 고깃덩이한테 모방시킨 거라고 생각해."

"그럼 수지 씨의 배 속에 있는 아이도 그렇겠네요. 오리진은 왜 이런 짓을……!"

오리진은 늘리길 원한다.

네크로맨시라는 연구가 완벽에 가까우면 가까울수록 이용자는 증가한다.

결과적으로 오리진의 세력은 넓어진다.

따라서 인간의 생식을 모방할 필요가 있었다——. 그런 이론을 가져다 붙일 수는 있다.

하지만 플럼은 그것이 인간에 대한 오리진의 모독이라고만 생각되었다.

한번 희망을 보여주고 그것을 깨부수어 사디스트적인 욕망을 채우는 것이다.

"역시 지금 당장 센트럴 코어를 파괴해야 해!"

최종적으로 셰오르에 존재하는 모든 코어를 파괴해야 한다.

하지만 그 핵심은 역시 센트럴 코어다.

이 사이렌 소리도, 괴물이 된 아이도, 모든 원인은 그곳에 있을 터였다.

플럼과 밀키트는 서둘러 방을 나섰다.

그리고 중앙 제어실로 향하려 하자 한 여성이 막아섰다.

"루루카 씨 맞죠……?"

아까 둘로 벤 아이—— 아니, 고깃덩이의 생모다.

과거에 아이의 형태였던 고깃덩이는 어느샌가 방에서 나와 때마침 그녀의 몸을 기어오르는 참이었다.

그리고 얼굴까지 도달하자 억지로 입에 들어갔다.

물론 보통은 들어갈 수 없다.

우둑, 하는 소리가 나며 턱이 빠졌고 목이 솟아났으며 도무지 사람이라고는 생각할 수 없는 추태를 보이며 고깃덩이는 몸속으로 들어갔다.

모두 삼키자 그녀의 배는 임신한 듯 팽창되었다.

"그렇게 해서 다시 태어나면 된다는 거야? 아이 한 명이 태어나서 자랄 때까지 얼마나 많은 마음과 감정이 담겨 있는데…… 그걸, 인간의 목숨을 너는—— 뭐라고 생각하는 거야아아아아아아아앗!"

휘두른 검이 땅바닥을 때리자 프라나의 폭풍이 루루카를 날려버렸다.

튼튼한 복도의 벽과 바닥, 천장은 날아다니는 작은 칼날에 베여 으드득으드득 특유의 파쇄음을 냈다.

완전한 오버킬이었다.

아무리 코어의 힘이 있다지만 병기로 만들어지지 않은 죽은 자 한 명에게 가할 공격이 아니었다.

하지만 바닥에 남은 혈흔과 살점을 보기만 해도 플럼은 불쾌한 기분이 들었다.

"정말 최악이야……!"

가슴에 퍼지는 '괴로움'에 얼굴을 찌푸리는 플럼을 밀키트가 뒤에서 살며시 포근하게 안아주었다.

"아…… 고마워. 밀키트."

"이 정도밖에 못 하니까요."

"내게는 이게 최고야. 좋았어. 가자!"

힘을 나눠 받은 플럼은 기분을 전환하고 전진했다.

중앙 제어실까지는 그리 멀지 않지만, 도중에 연구자들이 사는 거주 공간이 설치되어 있다.

그곳에 접어들자 예상대로 처참한 광경이 펼쳐져 있었다.

산 자는 먹히고, 죽은 자는 그 시신을 뒤틀며 놀았다.

복도는 붉은 페인트를 들이부은 듯 물들었고 강렬한 악취를 내뿜었다.

"방해하지 말고 비켜!"

하지만 감상에 빠지는 것은 싸움이 끝난 뒤로 미뤄도 된다.

지금은 앞으로 돌진해야 한다.

오리진의 욕망을 쳐부수고, 시작되고 만 이 비극을 조금이라도 멀쩡한 형태로 끝내기 위해.

"흡, 흐앗! 하아앗!"

플럼은 달리며 오로지 검을 휘둘러 장애물을 제거했다.

죽은 자는 프라나 셰이커만으로도 쓰러뜨릴 수 있지만, 수가 너무 많았다.

그저 싸우기만 한다면 처리하기 쉽겠지만, 중앙 제어실로 서둘러 가고 싶은 지금은 이 장애물이 몹시 성가셨다.

숫자는 점점 늘어만 갔다.

이만큼의 죽은 자가 연구소 안에 있었을 리 없다.

개중에는 드문드문 흰 가운을 입지 않은 인간도 섞여 있었기에 지상에서 유입되었다고 생각할 수 있었다.

"엄청난 숫자예요……. 길이 완전히 막혔어요."

이제 지능도 제대로 남아 있지 않은지 죽은 자들은 서로 어깨를 부딪치며 통로로 모여들었다.

단번에 소탕하고 싶었지만, 아쉽게도 좁은 장소여서 영혼 사냥꾼 같은 대검을 다루기 어려웠다.

'샛길이 있으면 좋겠지만, 나는 연구소 내부의 구조를 잘 몰라. 어디 돌파할 수 있는 곳이 없을까?'

다가오는 죽은 자들을 베어 쓰러뜨리며 플림은 머리를 최대한 굴렸다.

'벽을 부수고…… 아니, 의미가 없어. 그쪽도 막힐 뿐이야. 되돌아가도 우회로는 없을 것 같고, 물론 사이사이를 누비고 빠져나갈 빈틈도 없어. 그 밖에는…… 비어 있는 곳은…… 머리 위 정도야.'

죽은 자가 막은 통로에서 유일하게 그곳만이 비어 있었다.

"머리…… 위……. 그렇군. 이거라면!"

묘안이 떠올랐는지 플림은 밀키트를 확 끌어안았다.

"꽉 잡아. 밀키트."

"네!"

밀키트는 플럼을 믿고 거세게 매달렸다.

"리버설(중력이여, 반전하라)!"

마법 발동── 동시에 지면을 박차고 도약했다.

그리고 플럼은 **천장에 착지했다**.

"응? 이게 어떻게 된 거죠?!"

"자세히 설명할 수는 없지만, 잘만 하면 이걸로 해결될 거야!"

지금 그녀에게는 천장이 곧 바닥이었다.

그대로 달리기만 하면 죽은 자들의 머리 위를 지나갈 수 있었다.

플럼은 밀키트를 안고 가속하여 중앙 제어실까지 단숨에 뛰어갔다.

◇ ◇ ◇

플럼과 밀키트는 처음부터 잠겨 있지 않은 문을 지나 중앙 제어실에 발을 들인 뒤 무심결에 얼굴을 찌푸렸다.

후텁지근한 공기와 비릿한 냄새가 실내에 가득했기 때문이다.

외관도 처음 들어왔을 때와는 전혀 달랐다.

벽은 마치 인간의 일부를 붙여 놓은 듯 살색과 분홍색이 뒤섞인 물체로 온통 뒤덮여 있었다.

곳에 따라서는 손가락이나 손, 혹은 팔이나 다리가 돋은 부분도 있었다.

그것들 전부가 불규칙적으로 마치 살아 있는 듯 움직였다.

그리고 방의 중앙에 설치된 네크로맨시 센트럴 코어는 마치 그것들의 핵심인 양 먹혀서 일체화되었다.

한발 앞서 도착한 다피즈는 그 거대한 흑수정 앞에 서서 코어보다 더 위를 보고 있었다.

"저건 수지 씨의 얼굴 같아요……."

인체를 조립한 듯 뒤죽박죽인 퍼즐 속에서 그녀만은 분명한 형태를 유지하고 있었다.

물론 눈은 멍하고, 얼굴은 반쯤 나선에 침식되었으며, 입가에는 망가진 듯한 옅은 미소를 띠고 있었지만.

다피즈의 아이를 가졌을 터인 복부는 혈관 같은 것이 떠올라 흉흉하게 불끈불끈 맥동했다.

그곳에 깃든 것이 루루카의 아이와 마찬가지라면── 다피즈는 앞으로 매우 잔혹한 현실을 맞이하게 될 것이다.

"플럼 씨, 누구 잘못인 것 같나요?"

그는 돌아보지 않고 물었다.

플럼은 망설이지 않고 대답했다.

"오리진이 아닐까?"

파고들자면 그게 전부다.

"그런 걸 믿은 게 잘못이었어."

"후…… 후훗…… 결국 처음부터로군요. 플럼 씨는 잔혹하시네요……."

"거기서 눈을 돌려도 괜히 자기만 다칠 뿐이야. 다른 연구원에게 들었는데, 내가 이곳에 온 시점에 수치에 이상이 나타났다지. 다피즈, 너는 진즉에 알아채지 않았어?"

"글쎄요. 아아, 하지만 불과 하루 만에 **알아채는** 사람도 있었으니, 저도 사실은 마음속 어딘가에서 알고서도 외면했을지도 모르겠네요."

하지만 다피즈에게 그런 자각은 없었다.

정말로 지금까지 마음속으로 자신의 연구가 성공적이라고 믿었다.

"이해하고도 열심히 꿈을 말하고, 많은 사람을 속이고, 끌어들이고. 그런데도 저는── 행복한 꿈에 잠겨 있고 싶었어요. 수지가 살아 있는 현실이 거짓이라는 생각을 본능이 거부했어요."

그래서 그는 자신의 연구를 계속 맹신했다.

벌어진 금이 보였지만 눈을 돌리며.

"없었, 는데……. 후훗, 크흐흐흐, 아하하하하하하하하핫!"

──그 결과가 이것이다.

실망하거나 화를 내는 영역은 진즉에 지나, 이제 웃을 수밖에 없었다.

"하하…… 하…… 설마 수지의 손으로 그것이 끝날 줄 누가 상상할 수 있었겠어요! 왜 그녀는 이런 짓을!"

"그만 비켜. 나는 그걸 부숴야 해."

플럼은 다피즈의 말에 귀를 기울일 이유가 없었다.

하지만 그는 받아들이지 않고 코어 앞에 서서 양팔을 벌리며 사랑하는 아내의 서글픈 마지막을 막았다.

"수지를 해치도록 둘 수 없어요!"

"그럼 나는 너를 베고서라도 코어를 파괴하겠어!"

플럼은 진심으로 다피즈를 죽일 생각으로 프라나 셰이커를 쏘았다.

하지만 꿈틀거리는 괴물에게서 인간의 팔다리를 이어붙인 듯한 촉수가 뻗어와 날아드는 초승달 모양의 검기를 막았다.

"수지…… 나를 지켰어……. 그렇구나. 너는 정말로 되살아났구나! 가짜라고 말해서 미안해. 어떤 모습이든 너는 너야! 내가 사랑하는 아내야!"

"그럼 직접 벨 뿐이야!"

플럼은 공격의 끈을 늦추지 않고 이번에는 다피즈를 향해 돌진했다.

그리고 영혼 사냥꾼에 힘을 실어 방해하는 촉수를 잘라냈다.

검은 칼날은 통나무처럼 굵은 그것을 절반쯤 절단하고 멈추었다.

"크윽, 이게 뭐야……? 마력을 실어도 자를 수 없다니!"

플럼의 발이 멈추자 다른 촉수가 급습했다.

일단 무기를 집어넣은 그녀는 뒤로 물러나며 그것을 회피했다.

"소용없어요."

다피즈는 망가진 미소를 지으며 말했다.

"센트럴 코어에 쌓인 힘은 통상적인 코어의 수십 배에 달해요. 키마이라나 칠드런과 달리 병기용으로 조정하지는 않았지만, 흡수하면 막대한 힘을 얻을 수 있지요."

"하지만 분명한 약점이 있어! 하아아아아아아아앗!"

촉수에 공격이 통하지 않는다면 센트럴 코어를 노릴 뿐이다.

플럼은 높이 뛰어올라 공중에서 검을 내질렀고, 검은 칼날의 끝에서 가늘고 날카로운 프라나의 바늘을 발사했다.

프라나 스틱으로 노린 것은 가드의 틈이었다.

하지만 즉각 다른 촉수가 커버하며 코어를 지켰다.

나아가 밀키트까지 노렸기에—— 플럼은 그녀를 안고 구르며 채찍처럼 휘는 촉수에게서 도망쳤다.

"아아아아…… 아아아아아아…… 으아아아아아아아아아!"

"수지?"

플럼이 필사적으로 분투하는 가운데, 센트럴 코어와 일체화된 수지에게 변화가 생겼다.

부푼 배 부위가 맥동하기 시작한 것이다.

그리고 팽팽한 배가 찢어지며 안에서 점액에 감싸인 아기가 나왔다.

"이건…… 우리의 아이가 태어났어요. 수지! 이렇게 귀여울 수가……!"

바닥에 낳은 그것을 향해 다피즈가 달려갔다.

"아으, 으아! 흐아으! 흐아으!"

하지만 그가 다가가도 사람 모양의 고깃덩이는 그를 보지 않았다.

안쪽에서 붉은 살이 소용돌이치는 눈동자가 향한 곳에는 플럼이 있었다.

"루코…… 하하. 네 이름은 루코란다. 수지와 상의해서 정했지. 루코 샬머스. 우리의 새로운 가족."

애초에 다피즈에게 그런 것은 알 바 아니었고, 지금은 다만 가슴속에 사랑스러운 감정만 가득했다.

설령 이미 사람의 형태가 무너져 손발이 뒤틀리기 시작했대도 관계없었다.

"아아…… 따뜻해. 너는 나와 수지가 이 세상에 살아 있다는 증표란다. 너의 탄생은 내게 둘도 없는 행복이야……."

죽은 아내가 되살아났고, 끝났을 터인 부부의 이야기는 다시 움직이기 시작했으며, 마침내 아이가 태어났다.

설령 아무도 구할 수 없는 결말일지라도 그가 그렇게 생각하는 한 이것은 행복한 이야기다.

"아아, 루코……."

아이를 안고 뺨을 비비자 루코의 몸에 들러붙은 피와 점액이 다피즈의 얼굴에 치덕치덕 묻었다.

아니, 묻은 것은 점액뿐만이 아니었다.

"으, 윽…… 하아…… 루코…… 나와, 수지의, 아이……. 둘이서, 키우며…… 크, 으윽……!"

살과 살이 유착되고 융합되며 루코는 다피즈의 몸과 뒤섞였다.

"키우, 며…… 행복하……게, 크, 아아아아아아아악!"

그 일부가 그의 뇌에까지 도달하자 전기가 통한 듯한 통증이 의식을 불태웠다.

다피즈의 몸이 떨렸고 입가에서 침을 흘리며 소리쳤다.

"주인님, 다피즈 씨가!"

"거기까지 해……. 가짜인 걸 아는데 왜 그런 짓을!"

루코와 수지는 붉은 관으로 이어져 있었다.

현재 그 관은 동화된 다피즈에게 이어졌고 그는 관에 질질 끌려 수지의 체내로 먹혀갔다.

"으, 으아아아아…… 루코…… 어디 있니, 루코……?"

이제 눈도 보이지 않는지 다피즈는 더듬더듬 자신의 아이를 찾았다.

그러는 사이에 하반신은 따뜻한 살에 감싸였다.

그제야 그는 현실을 깨달았는지 고통에 빰이 굳으면서도 온화한 표정으로 중얼거렸다.

"그런 거군요……. 어차피, 살아서, 이어질 수 없으니 이런 사랑도…… 괜찮, 아요. 저와, 수지와, 루코…… 셋이, 가족으로 살 수 있다면, 이런 형태, 라도……."

아무도 구할 수 없는, 자기만족에 지나지 않는 자학의 극치.

그것이 다피즈가 택한 결말이었다.

수지는 그를 흡수하는 데 몰두하는지 어느샌가 촉수 공격은 멎었다.

"정말로 저게 사랑……일까요?"

밀키트가 말했다.

딱히 플럼에게 대답을 바란 것은 아니고, 그녀도 타인의 사랑에 참견할 수 있을 정도로 인생 경험이 있는 것도 아니었다.

하지만 지금만큼은 단언할 수 있었다.

"아니야. 저건 사랑이 아니야. 다피즈의 마음은 버틸 수 없었을 거야. 그래서 그럴싸한 말로 자기 변호를 하며 '나는 행복하다'고

생각한 채 자살할 수밖에 없었지."

네크로맨시가 다피즈에게 초래한 것은 아마 단순한 '지연'일 것이다.

수지의 죽음은 그에게서 다양한 삶의 의미를 빼앗아갔다.

오리진 코어를 사용한 이상, 언젠가 반드시 파괴될 네크로맨시는 강제 연명 장치에 불과했다.

"다피즈가 흡수된 지금, 코어를 지킬 사람은 없어. 얌전히 파괴되어 주면 좋겠는데……."

플럼은 그렇게 말하면서도 쉽게는 끝나지 않을 것 같았다.

그리고 그녀가 코어를 포착하여 검을 쳐들자 엉뚱하게도 짝짝짝 하는 박수가 울려 퍼졌다.

괴물로 변한 수지의 뒤에서 화려한 모습의 여자가 나타났다.

"우후후훗, 멋진 쇼를 감상했어."

"어떻게 사티루스가 여기에?!"

"——윽!"

그 모습을 본 순간, 플럼은 검을 휘둘렀다.

하지만 사티루스는 오른손을 앞으로 내밀어 방출된 칼날을 막았다.

반전의 마력이 실렸는데도 불구하고 말이다.

"야만적이네. 플럼 애프리코트. 하지만 유감이야. 센트럴 코어를 흡수한 내게 그런 공격은 통하지 않거든."

"수지 씨가 막무가내로 움직이다니 이상하다고 생각했어. 처음부터 다 당신이 꾸민 짓이군."

"그래. 내가 극본과 연출을 맡았지. 수지가 그 아이를 낳은 장면은 제법 감동적이었지?"

"당신, 은. 대체, 왜……."

다피즈는 힘을 쥐어 짜내어 사티루스에게 물었다.

그의 동화는 어깨 아래까지 모두 먹힌 상태로 멈추었다.

사티루스가 그렇게 했기 때문이다.

"그러니까 오늘 여기서 일어난 일은 모두 내가 한 짓이야. 수지는 센트럴 코어의 힘으로 내게 조종당해 괴물이 되었을 뿐이지. 루코라는 그저 고깃덩이를 낳은 것도, 너를 흡수한 것도 모두 내가 한 짓이야! 캬하하하하하하하!"

결국 방을 뒤덮으며 증식한 인간의 일부는 사티루스의 것이었다.

수지는 다피즈처럼 그녀에게 흡수된 데 지나지 않았다.

"불가능해요. 일단 어떻게 이 방에……."

잠금장치를 풀 수 있는 사람은 다피즈를 포함하여 극히 일부일 터였다.

애초에 수지조차 들어올 수 없는 방이다. 그녀가 홀로 이곳에 있던 시점에 뭔가가 이상했다.

사티루스는 실로 즐거운 듯 그 의문에 대한 대답을 발표했다.

"곤 포건이야. 그자는 지금도 빚이 많거든. 여러모로 편리하게 이용했어. 그자와 에키드나를 이어서 연구 정보를 흘리기도 했지."

"그자가 키마이라에 정보를……? 그럼 최근 들어 키마이라가 급격히 완성도를 높인 건……!"

"센트럴 코어의 기술이 유출되었기 때문일 테지."

"무슨 짓을……. 곤, 너는…… 너는!"

다피즈에게 곤은 조수이자 둘도 없는 친구였다.

하지만 곤에게 다피즈는 기껏해야 이용할 가치가 있는 도구에 지나지 않았던 것이다.

"끝내주는 표정이야. 다피즈. 나는 그걸 보고 싶었어. 물론 네 크로맨시에 출자한 건 장사 때문이기도 하지만, 사랑이니 우정이니 하는 어설픈 환상에 매달려 사는 너 같은 인간을 보면 말이지? 그걸 말이지? 엉망진창으로 부수고 싶어져!"

"당신은 처음부터 그럴 생각으로 제게 접근했나요……! 그런 시시한 목적 때문에!"

두 사람의 대화를 듣던 플럼은 위화감을 느꼈다.

아니, 그것은 셰오르에 와서 다피즈와 처음 대면했을 때부터 줄곧 생각했던 것이다.

그는 한번도 사티루스의 소생에 대해 말한 적이 없었다――.

"혹시 다피즈는 사티루스가 되살아난 걸 몰랐어?"

"되살아나요……? 아아, 그랬군요. 그래서 센트럴 코어를 흡수했다……. 그렇군요. 저희는 모두 손바닥 위에서……."

무단으로 코어를 반출하여 사티루스를 소생시킨 이는 아마 곤, 혹은 그와 이어진 키마이라일 것이다.

하지만 되살아난 사티루스가 며칠 동안 센트럴 코어의 영향 없이 평범하게 행동할 수 있던 이유에 대한 의문은 남지만―― 센트럴 코어의 기술은 이미 유출되었다.

키마이라가 대체품을 준비할 수 있었대도 이상할 게 없다.

"자, 다피즈. 에피타이저는 여기까지야. 슬슬 메인 디쉬로 가보실까?"

"아직 뭐가 남았나요……?"

"그럼. 가장 중요한 이야기가 남았지."

사티루스는 잇몸까지 보일 정도로 미소를 지었다.

눈동자에도, 표정에도, 그리고 목소리에도── 그녀의 모든 곳에 광기나 다름없는 희열이 있었다.

그녀는 크게 흥분한 채 옛이야기를 시작했다.

"당신이 사랑하는 아내 수지 샬머스는 어느 모험가에게 능욕당하고 희롱당해 울부짖으며 다만 당신의 이름을 반복하다가 숨을 거뒀어. 범인의 이름은 트라이트 란실라와 데미세리코 라디우스. 두 사람은 당시부터 빚이 많아서 때로 범죄에도 손을 댄, 소위 '쓰레기'라 불리는 인종이었어."

"어떻게 당신이 범인의 이름을……. 길드에서도 찾지 못했을 텐데요!"

"설명이 필요한가?"

악녀는 비웃었다.

공물이 된 불쌍한 어린 양은 목소리를 떨 수밖에 없었다.

"당신이…… 수지를 죽이라고 명령했나요?"

"미리 말하자면, 일단 그 두 사람도 죽이고 싶어 했어. 그리고 내게도 수지는 눈엣가시였지. 왜냐하면 그 여자는 쓸데없이 정의로워서 돈도 안 되는데 사람을 돕고, 누구도 득 볼 게 없는데 내가 세운 계획을 파헤치려 했어. 죽어 마땅하잖아!"

사티루스는 당당했다.

그것이 악인 줄 알면서 선하게 사는 사람들의 인생을 짓밟았다.

"그런 여자가 손발이 잘려 도망치지도 못하고 그저 남자의 이름을 불러대는 모습은 최고의 절정이었어! 그리고 나는 깨달았지. '아아, 그렇구나. 이 수지라는 여자는 내 손에 죽기 위해 정의의 사도인 척한 거였구나'라고 말이야. 신은 그러려고 그녀를 내리신 거야. 나의 쾌락을 위해!"

"그런, 이유로? 당신은, 오로지 자신의 욕망을 채우기 위해, 인간의 목숨을!"

"돈이 있어. 권력도 있지. 이 세상에는 그렇게 '약자의 목숨을 하찮게 여겨도 되는 우수한 인간'이 존재하는 법이야."

"으…… 으으…… 으아아아아아…… 아아아아아아아아아아악!"

다피즈는 처음으로 사티루스에게 노성을 폭발시켰다.

그때 생겨난 감정은 아마 그의 인생에서 최대의 폭발이었으리라.

"표정이 끝내주네. 소름이 돋아! 오늘까지 당신에게 자금을 제공한 보람이 있어! 이게! 이게 바로! 투자의 묘미겠지. 아하하하하하하하!"

사티루스는 기다렸다는 듯 드높이 웃었다.

"너는 어디까지 썩어빠진 거야!"

"부패한 게 아니라 이게 옳은 거야. 이게 이 세상의 구조지! 그러니 나를 충족시켜준 다피즈는 그만 물러가실까?"

그녀가 구둣발로 바닥을 두드리자 다피즈의 동화가 재개되었다.

"죽여주마……. 죽여주마! 당신은, 당신만으으으으으은!"

그 사이에도 그는 계속 외쳐댔지만, 그것은 사티루스에게 아주 달콤한 술에 불과했다.

"하하하핫! 히힛, 후하하하하하앗! 버둥대봤자 소용없어! 발버둥 쳐도 소용없다고! 소리치고 분노하고 울어도 죄다 헛수고야! 그 수지도, 두 사람의 아이도, 다만 인간처럼 생긴 괴물이었지! 죽는 꼬라지를 포함한 네 인생은 모두 헛수고였다아아아아!"

"죽인다. 죽일…… 거, 크흑…… 죽여, 버……릴……."

이번에야말로 완전히 머리까지 먹혀 다피즈의 목소리는 들리지 않게 되었다.

"다피즈 씨……."

밀키트는 슬픈 듯 이름을 불렀다.

그가 한 짓은 잘못되었지만, 이 비극적인 말로에는 동정심만 들었다.

"하핫…… 히잇, 하아…… 너무 웃어서 피곤하네……. 자, 그럼. 다음은 당신들 차례야. 지금은 이렇게 살아 돌아왔지만, 그때는 정말 아팠지 뭐야. 제대로 돌려줘야겠지."

사티루스의 검지가 휙 움직였다.

그것과 연동하여 두 개의 촉수가 플럼의 양쪽에서 뭉갤 듯이 다가왔다.

밀키트와 함께 후퇴하여 피했다.

그러자 촉수는 서로 부딪치며 하나로 합쳐지더니 더욱 빠른 속도와 강한 힘으로 이번에는 정면에서 다가왔다.

"흡…… 크, 읏, 아아아아아악!"

플럼은 영혼 사냥꾼으로 그것을 막고 떨쳐내듯 궤도를 돌렸다.
사냥감을 놓친 촉수는 마치 잠수하듯 살로 뒤덮인 벽으로 사라졌다.
"그렇게 필사적으로 떠들어놓고 막는 게 최선이군. 좋아. 그런 저항은 대환영이야. 약자가 무참히 버둥대는 모습은 아주 좋아하거든."
"그 여유가 언제까지 가는지 두고 보자!"
플럼은 분노하여 재차 사티루스에게 프라나 셰이커를 날렸다.
그러자 그녀는 하필이면 자신의 검으로 돌진했다.
"당신은 아무래도 내 몸과 코어가 약점이라고 생각하는 모양이지만──."
물론 그녀는 다치지 않았다.
그 기세 그대로 그녀는 플럼의 눈앞으로 다가와 팔을 쳐들었다.
사티루스의 손에는 보이지 않는 나선의 힘이 소용돌이치고 있었다.
"그게 가장 강해."
손날을 휘둘렀다.
동시에 나선이 방출되었다.
사티루스는 맨손으로 프라나 셰이커를 흉내 냈다.
하지만 위력은 플럼의 그것을 크게 웃돌았다.
"크, 헉?!"
칼날로 막으려 했지만, 날아간 플럼은 벽에 부딪혔다.
"그렇게 멍하니 있으면 밀키트부터 죽인다?"

"그렇게는 못 한다아아아아앗!"

플럼은 즉각 벽을 박차고 한번도 바닥에 발을 대지 않은 채 사티루스에게 덤벼들었다.

참격을 손바닥으로 막자 반전의 마력과 나선의 힘이 충돌하여 퍼엉! 하고 폭발하는 듯한 소리가 울려 퍼졌다.

밀키트는 플럼에게 방해가 되지 않고자 되도록 방의 구석으로 피했다.

하지만 실내 전체가 흉흉한 인체의 부분으로 뒤덮여 있었다. 만약 그 촉수가 어디서나 나온다면 이동해봤자 소용없다.

또한, 방 밖에는 죽은 자가 넘쳐나 지상을 가득 메웠을 것이다.

이미 셰오르에 안전한 곳은 없었다.

"당신은 양손이고 나는 한 손이야."

사티루스는 한 손으로 검을 막고 다른 한 손을 플럼의 머리로 뻗었다.

그리고 손바닥에서 나선의 탄환을 발사했다.

플럼은 고개를 기울여 회피했다.

균형이 무너지며 몸이 옆으로 흘렀다.

사티루스는 즉각 "에잇" 하고 장난스러운 목소리를 내며 플럼의 배에 발끝을 먹였다.

그 동작은 결코 빠르지 않았고 힘도 실리지 않은 듯 보였지만, 그녀의 몸은 기세 좋게 솟구쳤다.

천장에 부딪힌 플럼은 뒤통수를 세게 부딪쳐 일순 의식이 흔들렸다.

그러자 가볍게 날아오른 사티루스가 접근하여 태연히 옷을 잡고 이번에는 바닥으로 내팽개쳤다.

플럼은 바닥에 충돌하기 직전에 마법을 발동하여 자신의 움직임을 반전시켜 천장을 향해 날아올랐고, 사티루스에게 영혼 사냥꾼의 끝을 내질렀다.

하지만 그것도 그녀의 한 손에 막혔다.

"무리하네. 인간의 몸은 그렇게 튼튼하지 않아. 반동으로 뼈가 부러지지 않을까?"

"부러지면 뭐! 뼈가 부러져도, 몸이 박살 나도, 사티루스, 너만은!"

"으흐흐흐훗, 용감하네. 강아지가 짖는 것 같아서 정말 귀여워. 그럼── 저 강아지는 어떻게 울려줄까?"

"크윽, 또 밀키트를?!"

"다른 사람을 걱정할 여유가 있어?"

플럼의 집중력이 흐트러지면 사티루스는 그 작은 빈틈을 놓치지 않았다.

보이지 않는 힘이 그녀의 양손에서 발사되어 플럼은 밑으로 날아갔다.

나아가 사티루스는 천장을 박차고 낙하하는 플럼을 쫓아가 공중에서 그녀의 복부를 마구 구타했다.

플럼의 몸이 기역 자로 구부러지며 뼈가 부러지고, 내장이 파열되고, 입에서 대량의 피가 쏟아졌다.

그리고 지면이 부서질 정도로 거세게 바닥에 부딪치자 온몸이 터진 듯 거센 충격이 그녀를 덮쳤다.

"아…… 크헉……!"

인챈트 덕분에 통증은 경감되었지만, 그것은 어디까지나 경감이었다.

아프지 않은 것은 아니고, 무엇보다 몸이 파괴되면 움직일 수가 없었다.

이 정도의 상처는 재생에도 다소 시간이 걸린다.

사티루스는 일어나지 못하는 플럼을 내려다보며 그 무력함을 비웃듯 밀키트에게 손을 내밀었다.

그러자 벽에서 인체를 이은 촉수가 얼굴을 내밀더니 꿈틀거리며 그녀에게 다가갔다.

"으…… 크으으…… 안, 돼……. 그렇게는 못 한다……!"

소중한 사람이 위험한 순간에 인간은 초인적인 힘을 발휘하기도 한다.

플럼은 온몸의 뼈가 부러져 아직 재생이 완전하지 않은 상태였다.

물론 힘이 들어가지도 않거니와 일어날 수조차 없었다. ――그럴 터였다.

하지만 그녀의 양발은 몸을 들어 올리고 앞으로 나아가려 했다.

"이 자시이이이이이이이이이익!"

그리고 지면을 박차고 밀키트에게 다가가는 촉수에 접근했다.

사티루스의 입가가 씩 올라갔다.

"이리 오면 안 돼요! 주인님."

한발 먼저 그것을 알아챈 밀키트가 외쳤지만, 플럼은 이미 멈출 수 없었다.

방 전체가 잘게 진동했다.

무언가가 시설을 오르내리게 했다——.

"응……?"

플럼의 발밑이 솟구치는가 싶더니 바닥을 부수고 간헐천이 터지듯 이매망량이 쏟아져 나왔다.

그녀는 그 무리에 어이없이 먹혔다.

"주인니이이이임!"

순식간에 사라진 플럼에게는 밀키트의 목소리조차 다다르지 않았다.

"우습군! 실로 우스워! 인간 축에도 못 드는 노예를 구하려다 목숨을 잃다니! 아하하하하하하하!"

사티루스의 웃음소리가 방에 울려 퍼지는 가운데, 모습을 드러낸 괴물들은 그대로 센트럴 코어와 동화된 그녀의 일부와 동화하기 시작했다.

겨우 인간의 모습이거나 그마저도 유지하지 못한 괴물들의 모습은 **제각각**이었다.

하지만 공통적으로 몸의 일부에 코어 사용자 특유의 나선이 생겨 있었다.

"이 녀석들은 불완전해. 소생에 실패해서 지하에 가둬뒀던 죽은 자들이지. 다피즈는 착해서 되살아나지 못한 인간도 처분하지 못했어."

언젠가 실패한 그들도 구하겠다——. 다피즈는 그렇게 생각했으리라.

"하지만 덕분에 나는 더 큰 힘을 얻을 수 있었지. 아아, 다피즈. 정말 한심하다니까. 당신이 거듭한 일들은 마치 내가 이용하기 위해 존재했던 것 같잖아! 그래. 분명 그랬던 거야! 내 손에 죽기 위해 신께서 내게 수지를 내려주셨듯, 내게 모든 것을 바치라고 다피즈를 이 세상에 내려주신 거야!"

사티루스는 양팔을 벌리고 승리를 선언하듯 외쳤다.

그사이에도 끊임없이 불완전한 죽은 자들이 지하에서 쏟아졌고, 센트럴 코어를 뒤덮은 신체는 비대해졌다.

또한, 사티루스 자신의 발밑도 녹아내린 듯 변하며 동화되었다.

"우후후훗, 후후후후훗! 이제 방해꾼은 사라졌어. 이왕이면 밀키트의 얼굴을 더 일그러뜨리고 싶으니 삼킨 플럼을 눈앞에서 마구 괴롭히다 죽이고—— 아."

수다스럽게 떠들던 사티루스의 움직임이 딱 멎었다.

의식이 끊어진 듯한 그 모습은 밀키트에게 마치 인형처럼 보였다.

"그래……. 아, 그래. 별수 없지. 그거라면 그럴 수밖에 없어."

사티루스의 흥이 급격히 식었다.

"예정이 바뀌었어. 플럼은 죽이지 않아. 이대로 데려가야 하는 모양이야."

"사티루스…… 당신도 다른 죽은 자와 똑같군요……."

"내가 그런 인형과 똑같다고? 웃기지 마! 나는 특별해. 오리진

에게 선택받았거든! 그렇지 않았으면 이렇게 큰 힘을 가진 센트럴 코어와 동화할 수 있을 리가 없지!"

"다른 사람들도 그랬어요. 모두 자신은 자신의 의사로 살아 있다고 믿었을 거예요! 하지만 사실은 오리진이 그렇게 생각하도록 만들었을 뿐이었죠!"

"웃기지 말라고 했을 텐데?! 짓밟히기 위해 태어난 벌레 주제에에에에에에에엣!"

분노하여 미쳐 날뛰는 사티루스는 온 방에서 척수를 뻗어 밀키트를 뭉개려 했다.

밀키트도 그렇게 될 줄은 알고 있었다.

하지만—— 플럼이 먹힌 이상, 그녀가 할 수 있는 저항은 그 사실을 지적하여 사티루스의 심기를 거스르는 정도였다.

사티루스의 말이 맞다면 플럼은 그녀의 육체 속에서 아직 살아 있을 것이다.

하지만 싸울 힘이 없는 밀키트가 손쓸 방법은 없었고——,

"커넥션(접속하라)!"

다음 순간, 밀키트의 눈 앞에 펼쳐진 광경은 바뀌어 있었다.

보기만 해도 정신이 피폐해지던 그 방이 아니라—— 연구소 밖에 있었다.

밀키트는 능력을 이용하여 자신을 전이시켜준 그 소녀의 얼굴을 보고,

"히익?!"

가까이에서 살점의 나선을 보자 무심결에 그럼 소리를 내고 말

았다.

넥트의 얼굴이 본래대로 돌아가더니 조금 토라진 표정을 지었다.

"구해준 사람의 얼굴을 보고 겁내는 건 너무한 것 같아."

"죄, 죄송해요……. 감사합니다."

"천만에. 하지만 플럼 누나는 이미 당했어. 뭐, 아빠의 속셈이라면 죽이지는 않겠지만."

"왜 죽이지 않죠?"

"아빠는 **본체**에 플럼 누나를 흡수해서 '반전'의 힘을 얻어 자신의 약점을 없애려 하니까."

"하지만 이전에는 죽을 뻔한 적도 있었다고……."

"살리려는 쪽이 우세하지만, 죽이고 싶어 하는 아빠도 있어. 지금도 의견이 갈린 상태지. 아빠는 한 명이 아니니까."

"한 명이…… 아니다?"

오리진은 어떤 존재일까――? 넥트에게 이야기를 들어도 의문은 깊어질 따름이었다.

하지만 그녀에게 이야기를 들을 시간은 없었다.

대지가 크게 흔들렸다.

지하에서 거대한 존재가 떠오르려 하고 있었다.

16 꿈틀대는 악의

지상에서는 주민들을 구하기 위해 가디오와 에타나가 분투하고 있었다.

가디오는 압도적인 화력으로 죽은 자를 쳐부쉈고, 에타나는 잉크와 함께 얼음으로 만든 늑대 '펜리르'를 타고 안전한 곳까지 사람들을 옮겼다.

죽은 자들은 무차별적으로 산 자를 습격했다.

이전에는 양쪽이 구별되지 않았지만, 지금은 죽은 자의 눈이 소용돌이치며 피눈물을 흘려서 금방 알아볼 수 있었다.

가디오가 전방의 죽은 자를 둘로 쪼개고자 검을 쳐든 그때——상대의 움직임이 딱 멎었다.

"죽은 자들의 움직임이 일제히 멎었는데?"

가디오와 마찬가지로 에타나도 당황했다.

하지만 잉크는 자신의 앞에 앉은 에타나에게 매달려 벌벌 떨었다.

"뭔가가…… 와……."

"잉크?"

"엄청 큰 뭔가가 밑에서 다가오고 있어!"

잉크가 그렇게 말한 직후, 에타나도 지면의 진동을 느꼈다.

그리고—— 교회 지붕을 뚫고 그것이 지상에 나타났다.

"저건 뭐지……?"

하늘 높이 우뚝 솟은 그것은 인간을 포개어 만든 듯한 죽은 자의 탑이었다.

그런 얼토당토않은 것이 나타나는가 싶더니 움직임을 멈춘 세오르의 죽은 자들도 탑에 이끌려 그 일부분이 되었다.

흡수하면 흡수할수록 탑은 높아졌고, 희미하게 달빛을 받은 밤중의 세오르를 완전히 그림자로 뒤덮었다.

"설마 센트럴 코어를 흡수한 건가? 끝에 있는 저 여자는――."

가디오가 탑을 올려다보자 그의 바로 옆에 넥트가 홀로 전이했다.

함께 있었을 터인 밀키트는 다른 곳에 피난시킨 모양이었다.

"사티루스야."

사티루스의 하반신은 완전히 다른 죽은 자와 동화되었고, 복부에는 센트럴 코어를 품고 있었다.

이제 완전히 인간이기를 포기했다.

"사티루스라고? 왜 저 암여우가―― 아니, 이유는 나중에 생각하자. 협력해줄래? 넥트."

"처음부터 나는 네크로맨시를 쳐부수기 위해 여기 있는 거야. 게다가 플럼 누나가 흡수되었는데 못 본 척하면 꿈자리가 사납지."

"그게 사실이야?!"

펜리르 위에 탄 잉크가 가까워지며 크게 외쳤다.

"잉크는 여전히 귀가 밝군."

"그럼 저걸 쓰러뜨리기 전에 구해낼 수밖에 없어."

"그건 그렇지만…… 나는 저게 꽤 위험한 녀석이라고 생각해. 봐. 벌써 공격하잖아."

마을의 죽은 자를 모두 흡수하자 탑은 기울어졌고, 넥트 일행

을 짓누르듯 쓰러졌다.
그 높이는 50미터를 가뿐히 넘었다.
압도적인 질량으로 압박만 해도 버틸 수가 없었다.
세 사람은 각각 다른 방향으로 흩어져 피했다.
쿠우우우웅—— 흙먼지를 날리며 민가를 부수고 지면을 파내며 죽은 자의 집합체는 대지에 드러누웠다.
그러자 그 '몸통'이라 부를 법한 부분의 양쪽에서 인간의 손발이 무수히 돋아나 꿈틀꿈틀 기듯이 움직이기 시작했다.
"탑인 줄 알았더니 이번에는 지네냐!"
"피난 간 사람들 쪽으로 가고 있어."
"그냥 둘까 보냐! 우오오오오오오옷!"
가디오는 사티루스의 앞을 가로막고 서더니 그 돌진을 몸만으로 막았다.
"자기를 너무 과대평가하는군. 가디오 라스커어어어엇!"
사티루스가 방출한 보이지 않는 힘에 칼날이 닿자 운석이 충돌이라도 한 듯 강한 충격이 가디오를 덮쳤다.
그 자리에서 버티려 했지만, 이내 뒤꿈치가 지면을 깎으며 후퇴했다.
"으으으윽! 그 몸을 하고도 의식이 있군!"
"완성도가 다르거든! 코어가 아니라 나의 완성도가! 왜냐하면 나는 돈에도 권력에도 신께도 사랑받는 선택받은 인간이니까!"
"웃기는 주장이야!"
하지만 그 덕분에 사티루스는 가디오를 능가하는 힘을 얻었다.

'지금의 나로는 부족하다는 것인가. 아니, 아직 내게는 소모할 수 있는 게 있어. 키마이라에게 복수를 할 수 있다면 상실이 두렵지 않아!'

가디오는 티아를 제 손으로 죽일 각오로 대가를 치르고 자신의 한계를 더욱 끌어올리려 했다.

하지만 거기서 사티루스에게 받은 압력이 약간 약해졌다.

"아쿠아 골렘, 앤드, 아이스 골렘. 고."

에타나가 얼음과 물, 두 마리의 거인을 만들어 양쪽에서 길게 뻗은 육체를 제압했다.

나아가 움직임이 둔해졌을 때, 넥트가 공격을 가했다.

"뭉개져라. 커넥션(접속하라)!"

사람이 없는 민가를 사티루스의 머리 위로 전이시켜 뭉갰다.

"벌레가 꼼지락거려봤자 내게는 소용없어!"

사티루스의 몸통에서 무수한 죽은 자를 한데 묶은 촉수가 뻗쳐왔다.

촉수는 넥트가 전이시킨 민가를 붙들더니 사슬에 이어진 망치처럼 휘휘 돌아 에타나가 만든 두 마리의 골렘을 쓰러뜨렸다.

"너도 아내를 구하지 못한 분노 속에서 죽으라고!"

사티루스는 가디오와 티아의 말로를 알지 못할 터였다.

하지만 그녀가 흡수한 것은 네크로맨시 코어 전체를 통괄하는 센트럴 코어다.

무의식이기는 하지만, 축적된 그 기억이 사티루스에게도 흘러들었다.

"크, 으으으으으으으으으으윽!"

가디오의 머리 위에서 민가가 떨어졌다.

하지만 사티루스의 돌진을 막아야 해서 그의 양손은 봉쇄되었다.

도망치면 속도를 높인 사티루스가 뒤쪽의 피난 간 사람들을 죽일 것이다.

즉, 가디오는 이대로 막는 것 말고는 선택지가 없다.

수십 톤의 질량이 닥칠 것이다.

"이 정도로…… 나를 죽일 수 있을 거라고 생각하지 마라!"

하지만 그는 아직 건재했다.

특별한 방법을 이용하여 벗어난 것이 아니었다. 덧붙여 말하자면 갑옷조차 입지 않았다.

방법은 간단했다. 프라나로 육체를 강화하여 견뎠을 뿐이었다.

말하자면 '정신력'이었다.

"후…… 후후훗, 짓밟는 맛이 있는 남자로군! 그럼 이건 어떨까!"

사티루스는 피난자를 노리는 돌진을 멈추고 가디오에게 무수한 촉수를 날렸다.

"대단한 아저씨네. 이거 나도 질 수 없겠어. 에타나 아줌마."

"나중에 죽일 테다."

"욱하기는. 그건 알아서 하고, 엄청 큰 물이나 얼음 구슬을 만들어."

"건방져……. 하지만 지금은 할 수밖에 없지. 아이스 메테오라이트."

에타나는 납득하지 못했지만, 지금은 전투 중이다.

떨떠름하게 넥트의 요청대로 수십 미터의 커다란 얼음덩어리를 만들어 공중에 띄웠다.

"잉크, '잘 참았다'고 나를 칭찬해줘."

"옳지, 옳지. 에타나는 대단해."

넥트는 위로받는 에타나에게 눈길도 주지 않고 힘을 행사했다.

"가라. 커넥트(접속하라)!"

전이가 아니라 '서로 끌어당기는 힘'을 발생시켰다.

그러자 얼음덩어리는 맹렬한 속도로 사티루스를 향해 낙하하기 시작했다.

착탄의 충격파는 사람이 날아갈 만한 폭풍이 몰아칠 정도였다.

사티루스는 방어하는 모습도 없었으니 틀림없이 클린히트였을 것이다.

하지만——,

"후후훗. 지금 내게 뭔가 했어?"

그녀는 아무런 이상도 없었다.

"정말 말도 안 돼."

"아무리 거대한 코어를 흡수했대도 이렇게 될 리가……."

넥트의 상상이 옳다면 사티루스는 센트럴 코어 이외의 '불량품'이 깃든 코어의 힘을 이용하는 것은 아니었다.

왜냐하면 여러 개의 코어를 한 사람의 육체에 넣어도 상호작용에 의한 힘의 폭주로 제대로 제어할 수 있을 리 없기 때문이다.

일시적으로 막대한 힘은 얻을 수 있을지도 모르지만, 금세 육체가 한계에 맞닥뜨려 스스로 무너져내릴 것이다.

가령 센트럴 코어가 있대도 허용하고 자신의 의사로 제어할 수 있는 코어의 수는 두 개가 한계다.

사티루스 자신이 네크로맨시 코어로 되살아난 죽은 자임을 감안하면 그녀가 얻은 힘은 자신의 코어와 센트럴 코어만큼 뿐이다.

하지만 그것만으로는 이토록 압도적인 방어력은 실현할 수 없다.

"크윽, 이 힘은……윽!"

가디오는 촉수를 검으로 베려 했지만, 칼날로 전혀 상처를 낼 수 없는 데다 개개인이 가진 힘도 이상하게 강했다.

동작 자체는 그리 빠르지 않은데도 불구하고 말이다.

그것을 보고 넥트는 사티루스가 어떻게 코어를 이용하는지 이해했다.

"그렇군……. 저 몸은 진정한 의미로 동화된 게 아니야. 하나의 몸에 대량의 코어를 흡수한 것도 아니야. 코어를 가진 개체를 연결하여 센트럴 코어로 제어하는 거지!"

"그게 무슨 소리야?"

에타나는 물 폭탄으로 가디오를 엄호하며 넥트에게 물었다.

"**집합체**라는 뜻이야."

"마음만 먹으면 떨어져서 개별적으로 움직일 수 있다?"

"가능하겠지."

두 사람의 예상대로 50미터가 넘게 뻗은 사티루스의 몸이 때마침 한가운데에서 잘리며 분열했다.

분열한 몸은 대량의 팔다리를 출렁출렁 움직이며 싸울 힘이 없는 피난자들에게 다가갔다.

"아마 그 편리함과 힘은 흡수된 죽은 자가 각각 개체마다 오리진의 힘으로 방어벽을 전개함으로써 실현되는 걸 거야. 게다가 분열할 수 있으니 우리에게는 수적 우위조차 존재하지 않아. 어쩌면 도망치는 게 가장 현명한 방법일지도 몰라."

"그건 안 돼."

"그렇겠지. 너희는 그런 인종이니까."

넥트는 그렇게 말하며 전이하여 본체에서 나뉜 '분체'의 앞에 섰다.

"아까처럼 이용당하면 안 되니까. 다른 걸 써볼게!"

펼쳤던 손바닥을 접었다.

그러자 셰오르의 주위를 에워싼 나무들이 뽑히며 분체를 향해 발사되었다.

비처럼 쏟아지는 나무가 진행을 방해했지만, 분체는 몸을 꿈틀거리고 손발을 움직여 사티루스의 명령에 따라 앞으로 나아갔다.

그러자 넥트의 옆에 펜리르를 탄 에타나가 도착하여 손바닥을 적에게 향했다.

"하이드로 프레셔!"

대량의 물이 맹렬한 기세로 방출되었다.

그것은 끊이지 않았고, 에타나의 마력이 동나거나 직접 그만두지 않는 한 멈출 일은 없었다.

"아직 멀었어. 남은 총알은 얼마든지 있거든!"

"내 마력도 아직 충분해!"

나무 미사일도, 방출되는 물의 압력도, 두 사람의 기세가 오르

며 힘을 더해갔다.

"그만 멈춰!"

"그래. 그럼 요청에 응해주지."

가디오와 맞선 사티루스가 그렇게 중얼거렸다.

그리고 분체는 움직임을 멈추었고, 넥트와 에타나의 표정이 밝아진 다음 순간── 그 녀석은 폭발하여 흩어졌다.

"자폭했어……?"

"아니야. 에타나. 어쩐지 엄청난 '목소리'가 들려!"

"더 세밀하게 분열한 거야!"

"그냥 일반인을 죽이는데 몸이 그렇게 거대할 필요는 없잖아? 이봐, 가디오. 너는 저런 거대한 무리를 처리하는 게 주특기인 모양이네. 그러니까 아직 나와 춤춰야겠어!"

"비열한 년!"

가디오는 촉수의 가열한 공격에 발목이 잡혀 그 자리에서 움직일 수 없었다.

아니, 그뿐만 아니라 공격을 받아넘겨 살아남기 바빴다.

흩어진 분체들은 머리를 흩트리고 괴성을 지르며 미친 사람처럼, 혹은 개처럼, 거미처럼, 송충이처럼 다채로운 움직임으로 피난자들을 노렸다.

"우리가 막을 수밖에 없어!"

"숫자가 많지만, 그만큼 약해지기는 했어! 줄일 기회라고 생각하지!"

에타나는 얼음 비를 내려 대지를 빙결시키고, 발을 멈춘 죽은 자를 물의 탄환으로 꿰뚫었다.

넥트는 죽은 자끼리를 접속하여 육체를 이어 움직임을 멈추더니 닥치는 대로 주위의 사물을 전이시키고 날리며 성난 파도 같은 공격으로 무리를 처리했다.

하지만 적의 숫자가 너무 많아서 막는 게 최선이었다.

"여기서 나의 깜짝 선물이야!"

사티루스의 몸에서 뻗은 촉수가 가까이에 있는 민가의 잔해를 거두어 던졌다.

표적은 물론 세오르의 주민들이었다.

가디오도, 에타나도, 넥트도── 각자의 적을 멈추는 것이 최선이라 막을 수 없었다.

살아남은 주민들은 한데 모여 죽음의 공포를 느꼈고──,

"베르나, 그쪽을 부탁할게요!"

"네."

등장한 왕국군 부장군 두 사람이 그들을 지키기 위해 앞으로 날아들었다.

"바이브레이션 크로우!"

베르나가 양손에 장착한 은색 손톱은 바람 마법으로 진동하는 공기에 의해 코팅되었다.

그 칼날은 날아오는 건물 잔해 정도의 물체라면 닿기만 해도 산산이 조각낼 수 있었다.

"박살 내라, 암피스바에나(쌍두사)!"

오틸리에는 제노사이드 아츠(학살 규칙)로 두 마리의 독사를 방

출했다.
뱀은 건물 잔해에 덤벼들더니 내부에 배어들어 열화시킨 뒤 부쉈다.
"주민은 저희가 마을 밖으로 피난시킬게요."
사실은 함께 싸우고 싶었지만—— 오틸리에나 베르나, 그리고 뒤늦게 도착한 병사들은 모두 상태가 좋지 않았다.
아무래도 그녀들은 마을 밖에서 죽은 자들 이외의 무언가와 싸운 모양이었다.
"왕국군이구나. 살았다!"
"벌레가 늘어나 봤자 짓밟는 수고가 조금 늘어날 뿐이야!"
"그렇게는 안 될걸? 사티루스. 타이탄 블레이드(암인추붕참, 巖刃縋崩斬)!"
가디오는 바위를 둘러 거대해진 대검으로 사티루스의 머리를 때렸다.
역시 대미지는 없지만, 그녀의 정신을 다른 곳으로 돌리는 데는 성공했다.
"끈질기고 성가시고 짜증 나고——. 너는 저세상에서 아내와 지내기나 해!"
사티루스는 분노로 미치면 냉정하게 생각하지 못하는 여자다.
이제 가디오에게 하는 공격은 격렬해졌지만, 그만큼 다른 것을 의식할 여유가 없어졌다.
주민을 노리던 무수한 분체들도 그 감정에 동조되었는지 재차 본체에 흡수되었다.

"넥트, 잉크를 오틸리에 쪽으로 데리고 가."
"나보고 잉크를 도우라고? 에휴…… 별수 없네."
"잘 부탁해."
"그게 할 소리냐? 이 쓸모없는 녀석아. 커넥트(접속하라)."
넥트는 투덜대면서도 잉크를 데리고 전이했다.
잉크가 없어지자 에타나는 주저 없이 사티루스를 향해 덤벼들었다.
한편 넥트는 칠드런이 나타나 놀란 오틸리에 일행에게 잉크를 넘기고 다른 곳으로 피난시킨 밀키트를 데리러 갔다.
"넥트 씨……."
그녀는 셰오르의 끝에 있는 건물 뒤에 무릎을 안고 숨어 있었다.
"왕국군이라는 사람들이 도우러 와줬어. 그쪽에 붙으면 안전할 거야."
"주인님은 구할 수 있을까요?"
"할 수 있다, 고 말하고 싶지만…… 솔직히 힘들 거야."
지금껏 선전한 것도 같지만, 실제로는 사티루스에게 전혀 대미지를 주지 못했다.
"사티루스는 대량으로 흡수한 죽은 자의 코어를 이용하여 늘 온몸을 방어벽 같은 보이지 않는 힘으로 감싸고 있어. 우리가 코어의 힘으로 강해지는 것과는 달라. 플럼 누나 정도나 대처할 수 있을 텐데……."
"주인님도 사티루스에게 상처를 입힐 수 없었어요."
"역시 그렇군. 하지만 승기를 잡는다는 의미로는 있는 것과 없는 것은 큰 차이가 있을 거야.”

“저기…… 제가 주인님을 구하러 갈 수 없을까요?”

“뭐? 진심이야?”

넥트는 밀키트가 미쳤다고밖에 생각할 수 없었다.

“플럼 누나는 그냥 그 속에 묻힌 게 아니야. 물리적으로 흡수된 것은 물론이거니와 오리진의 의식의 바다 같은 곳에 빠졌으면 자신이 누구인지조차 모를 거야.”

지금 넥트도 흘러오는 ‘아빠’의 말에서 의식을 돌리는 데 필사적이었다.

지금까지 그녀의 존재를 무시해온 오리진이지만, 이번만은 간과할 수 없는 모양이었다.

하지만 그런데도 버틸 수 있던 것은 어렸을 때부터 줄곧 오리진 코어에 적응해 왔기 때문이다.

“제가 부른다면 원래대로 돌아오시지 않을까요?”

“그게 마음대로 되겠어? 게다가 누나가 어디에 묻혀 있는지도 몰라.”

“알아요! 싸움을 관찰하면서 주인님의 손이 나온 걸 발견했어요!”

“그 속에서 손만으로 알아봤다고?”

“그러니까 넥트 씨가 데려가 주시면 주인님의 손을 잡을 수 있고, 목소리도 전할 수 있을지 몰라요.”

“가령 목소리가 전해진대도…… 십중팔구 너도 죽을 거야.”

넥트는 진심으로 위협했다.

밀키트의 제안은 너무나도 어리석었기 때문이다.

그런데도 그녀는 흔들리지 않았다.

“그것보다 주인님이 없는 세계에서 아무것도 못 한 채 사는 게 더 무서워요!”

플럼을 위해서라면 목숨을 버린대도 두렵지 않다——. 그렇다. 진심으로 잘라 말했다.

넥트는 “에휴” 하고 크게 한숨을 쉬었다.

“내가 무슨 말을 해도 밀키트 누나는 포기하지 않겠지. 알았어. 데려가 줄게.”

그렇게 말하며 그녀는 ‘나도 물들었네’ 하고 마음속으로 쓴웃음을 지었다.

그 의식은 바다에 잠겨 있었다.

나는 누구지? 그렇게 묻자 무수한 답이 돌아왔다.

「나는 당신.」, 「나는 너.」, 「나와 나와 내가 합쳐져서 네가 되지.」, 「이제 싫어.」, 「나는 아무도 아니야.」, 「나는 우리가 되어야 해.」, 「접속이야말로 올바른 개념이지.」, 「여기서 꺼내줘.」, 「나는 계속 함께 살고 싶었을 뿐인데.」, 「살려줘.」, 「다다랐어.」

끊임없이 쏟아지는 목소리에 플럼은 더욱 자신의 자리와 형태를 잃어갔다.

이 공간이 몹시 편안한 것이 가장 싫었다.

오래 있으면 있을수록 깊게 빠져들었다.

바다의 바닥에는 무수한 시체—— 아니, '껍데기'가 누워 있었다.
물이 오리진의 의식이라면 저것은 보답받지 못한 채 죽은 자들이다.
어쩌면 잡아먹혀 목숨을 잃은 산 자도 뒤섞였을지 모른다.
그들은 다만 누군가의 질문에 대답하는 것이 아니라 자기 안에 남은 비탄과 증오, 분노를 저주 삼아 끊임없이 뱉어낸다.
「아내와 함께 살고 싶었을 뿐인데 왜 이렇게 됐지?」, 「나는 연인과 재회하고 싶었을 뿐인데.」, 「사실은 죽고 싶지 않았어. 그렇게 당연한 소원을 이루었을 뿐이잖아.」, 「돌려줘. 내 행복을 돌려줘.」
'당연한 것'을 빼앗겨 네크로맨시로 그것을 되찾으려던 사람들.
오리진 코어가 뭔지도 모른 채 희망에 매달린 그들은 틀림없는 피해자다.
누구도 나무랄 수 없다.
원망에 이끌리듯 플럼은 잠겼다. 잠겼다. 잠겨갔다.
그리고 껍데기와 마찬가지로 물속 밑바닥에 누웠다.
자신이 누구인지 모른 채 편안한 물의 온도를 느끼며 졸았다.
시야가 뿌옇게 흐려졌다.
그녀의 눈앞에는 어딘가에서 본 흰 가운 차림의 연약해 보이는 남자가 엎드려 있었다.

17 이스케이프 프롬 더 림보

“저기예요! 저 한가운데쯤에서 나온 팔이에요!”

“구별이 안 되지만 저쯤으로 가면 되겠지!”

넥트는 밀키트를 데리고 전이했다.

그리고 죽은 자가 뒤얽힌 사티루스의 몸통 위에 먼저 착지했다.

발생한 힘에 닿기만 해도 해를 입지 않을지 확인하기 위해서다.

안전을 확인한 뒤 밀키트를 내려주었다.

“아하하하하하핫! 둘이 덤벼도 무리야! 소용없어! 송사리가 따로 없네. 영웅이라는 이름이 울겠어!”

사티루스는 흥분하고 있어서 아직 두 사람을 알아채지 못했다.

밀키트는 그 자리에 웅크려 앉아 작은 틈에서 돋아난 채 힘없이 축 처진 손을 양손으로 감쌌다.

물론 뽑아낼 수는 없으니 그녀는 기도하듯 플럼을 불렀다.

“주인님…… 저예요. 조금이라도 주인님께 도움이 되고 싶어요. 받기만 하는 게 아니라 저도 주고 싶어요……. 그러니까 부탁이에요……. 제 목소리를 들어주세요……!”

밀키트는 필사적으로 모든 감정을 담아 플럼의 부활을 믿으며 기도했다.

두 사람을 이은 유대는 강하고 깊어서── 지켜보는 넥트는 그런 밀키트의 모습에 ‘부럽다’고 생각했다.

“응……? 너희 뭐 하는 거야?”

하지만 마침내 사티루스도 알아챘다.

그녀의 목이 빙글 돌아 기도하는 밀키트와 그녀를 지키는 넥트를 내려다보았다.

"후…… 후훗…… 후후후훗! 그래. 플럼을 구하려는 거구나? 기도해! 바라! 유대의 힘으로! 훌륭해. 밀키트. 물거품으로 만들고 싶어!"

"그걸 막으려고 내가 있는 거야!"

"그럼 너도 함께 뭉개주마!"

넥트를 노리고 촉수가 뻗어왔다.

그녀는 '접속'의 힘으로 지면과 촉수를 끌어당겨 붙이고 그 궤도를 바꾸려 했다.

"코어가 하나뿐인 주제에 내게 저항할 수 있을까?!"

"칫, 힘이 강해서 간섭할 수 없나?!"

현재는 센트럴 코어를 흡수한 사티루스의 힘이 더 우위였다.

마찬가지로 오리진의 힘을 맞부딪친대도 힘의 차이 때문에 짓눌릴 것이다.

"빌어먹으으으을!"

직격을 입은 넥트는 날아갔다.

몸은 민가의 벽에 부딪히며 관통했고 겹겹이 쌓인 건물 잔해에 깔렸다.

그리고 이번에는 지켜주는 사람을 잃은 밀키트에게 마수가 뻗쳤다.

"주인님…… 부탁이에요. 주인님……!"

"기도해서 될 것 같으면 처음부터 이렇게 되지도 않았어!"

"그렇게는 못 한다. 사티루스으으으으으!"

"가디오, 엄호할게. 아이스 인챈트!"

가디오의 검이 얼음의 칼날을 두르고 촉수를 내리쳤다.

요툰 블레이드——. 그것으로도 역시 공격은 통하지 않았지만, 촉수의 궤도는 변했다.

밀키트의 위기는 일단 물러갔다.

하지만 그곳은 사티루스의 몸 위였다. 어디서든 촉수를 뻗을 수 있다면 금세 밀키트의 몸을 찢어버릴 수도 있을 터였다.

하지만 사티루스는 어찌 된 일인지 그러지 않았다——. 아니, 할 수 없었다.

플럼이 가진 반전의 힘을 흡수하면 물론 오리진의 힘은 약해진다.

즉, 지금 밀키트가 있는 부분만은 다른 부위만큼 자유롭게 움직일 수 없는 것이다.

따라서 그녀는 그 영향이 미치지 않는 떨어진 곳에서 촉수를 뻗을 수밖에 없었다.

"나는 몇 번이라도 막겠어!"

"방해하지 마. 가디오 라스커어어어어엇!"

"나를 잊으면 안 되지."

"거슬려. 얄미워! 계집애 따위가아앗!"

뻗어온 촉수 전체가 가디오와 에타나에게 막혔다.

"언제까지 그 정도의 힘으로 지킬 수 있을 것 같아!"

"나도 재등장했다 이거야!"

그곳에 넥트까지 가세하여 세 사람은 필사적으로 밀키트를 지켰다.

촉수에 자신의 힘을 쏟아부어도 소용없다는 것은 알고 있었다.

그래서 넥트는 촉수를 품듯 잡고 자신의 몸과 주위의 건물을 서로 끌어당겨서 억지로 공격의 방향을 틀었다.

"너희 뭐야? 뭐냐고! 그래 봤자 소용없어! 플럼은 돌아오지 않을 거고, 돌아와 봤자 너희에게 승산은 없어! 포기하고 굴복하여 절망한 얼굴을 보이란 말이야아아아아앗!"

"주인님…… 주인님…… 주인님……!"

밀키트의 필사적인 기도에 반응하듯 플럼의 손가락이 움찔거렸다──.

「나는…….」

나 혼자 내가 누구인지 알기란 불가능하다.

하지만 어쩐지 물속 밑바닥에 잠긴 시체 모습의 껍데기들은 이 바닷속에 있으면서 자신의 정체를 아는 듯했다.

「다시 한번 그 사람을 보고 싶어.」, 「더 함께 있고 싶어. 그거면 족했어.」, 「차라리 되살아나지 말 걸 그랬어.」, 「또 그런 절망을 맛보기는 싫어요.」, 「좋아했는데. 다만 그 말을 전할 수 있으면 좋았는데.」

확실히 그것은 다만 껍데기고 이제 알맹이는 없다.

들려오는 의사는 생전에 스며든 것의 잔해다.
하지만 오리진의 바닷속에서 그들의 자의식을 유지하는 것은 '타인을 생각하는 감정'일 것이다.
「주인님, 부탁이에요. 주인님, 주인님, 주인님……!」
누군가의 목소리가 들렸다.
감정이 움직이고 몸이 반응했다. 본능이 '지켜야 한다'며 분기했다.
「밀……키트…….」
그리고── 그녀는 떠올렸다.
소중한 사람의 이름을, 그리고 그녀를 소중하게 생각하는 자신의 정체를.
「나는…… 그래, 쏟아진 무언가가 나를 삼켰어……. 그럼 여긴 그 속인가?」
의식이 돌아와도 역시 몸은 자유롭게 움직일 수 없었다.
마치 온몸을 누르는 듯했다.
「당신은, 플럼 씨……인가요?」
그때 눈앞에 있는 남자가 입을 열었다.
「다피즈 샬머스…….」
「역시 그랬군요. 당신도 이곳에 끌려왔군요.」
「여긴 뭐야?」
「몰라요. 오리진의 의식 속인지, 죽은 인간이 다다르는 곳인지.」
무력감에 지배당한 다피즈는 힘없이 말했다.
「이렇게 많은 사람이 저 때문에 괴로움을 겪었네요……. 아니,

실제로는 더 많을까요? 살아남은 사람들도 있을 테니까요.」

「사정을 안 지금은 너만의 책임이라고 잘라 말할 수 없지만.」

「하지만 저의 어리석은 행동이 일으킨 비극이에요. 당신께도 사과해야 해요.」

「죽기 직전에는 그런 미친 짓을 했으면서.」

「냉정함을 되찾았어요. 아아…… 하지만 저는 어떻게 하면 좋았을까요……? 수지가 없는 세계는 제게 지옥보다 괴로운데.」

플럼은 대답하지 않았다.

무책임한 말은 할 수 없었고, 굳이 말하자면 '또 다른 삶의 보람과 만나기를 비는' 수밖에 없었기 때문이다.

「하지만 당신에게는 아직 남아 있지요? 그 세계에서 지켜야 할 사람이 말이에요.」

「……뭐, 그렇지. 지금도 울먹이는 목소리로 나를 부르고 있어.」

「부럽네요. 수지가 살아 있었다면 제게 그랬을까요? 아아…… 하지만 이대로는 당신도 저와 같은 실수를 범하게 될 거예요. 그러나 당신은 저주를 힘으로 바꿀 수 있지요.」

「저주라기보다 여러 가지를 뒤집는 힘이야.」

「그러니…… 부탁할 게 있어요…….」

「사티루스를 죽여달라고?」

「네……. 아직 살아 있는 당신이라면…… 그게 가능할지도…… 몰라요. 저의…… 아니, 저희의 모든 저주를 이용하면.」

다피즈의 목소리에 호응하듯 껍데기들이 일제히 눈을 떴다.

시선은 전부 플럼에게 향해 있었다.

동시에 그들의 원통한 목소리도 대량으로 흘러들었다.
이만큼의 저주를 힘으로 바꿀 수 있다면 빠져나갈 수도 있을 것이다.
「알았어. 마침 나도 그 여자와 오리진을 처리하고 싶었거든. 그놈을 죽이고 올게.」
「막무가내인 부탁을 들어주셔서…… 감사, 합니, 다……. 다행이에요……. 이제 조금은 저세상의 수지에게도 면목이…… 있…….」
다피즈는 눈을 감더니 그대로 두 번 다시 움직이지 않았다.
직후, 플럼의 몸에 힘이 넘쳤다.
그것은 확신 같은 개념적인 것이 아니었다.
희미하게 움직이게 된 손끝이 사티루스의 체내에서 '차갑고 작은 무언가'를 만져서 얻은 **스테이터스의 상승**이었다.
"아아…… 그렇군. 이건……."
손에 닿은 물체에서 큰 저주를 느꼈다.
오리진에게 배신당하고 사랑하는 사람을 죽이게 된 다피즈의 껍데기, 그리고 셰오르에서 목숨을 잃은 주민의── 그 모든 것이 뭉친 원한.
그것이 깃들어 있었다.
플럼은 그것을 손끝으로 당겨 피가 배어 나올 정도로 거세게 쥐었다.
"하아아아아아앗……."
그러자 더욱 큰 힘이 몸에 넘쳐흘렀다.

"으아아아아아아아아아아아아아아아앗!"

플럼은 생성한 프라나와 반전의 마력을 온몸에서 방출했다.

힘이 폭발했다.

육체를 붙들고 있던 죽은 자가 날아갔다.

그리하여 강제로 탈출한 플럼은 손을 잡아준 밀키트를 끌어안았다.

"주인……님……."

"밀키트의 목소리를 들었어. 고마워."

"다행이에요……. 정말로 다행이에요……!"

밀키트는 눈물을 글썽이며 플럼의 가슴에 얼굴을 묻었다.

하지만 그것은 사티루스가 가장 싫어하는 결말이다.

기회주의적인 해피엔딩――. 그런 것은 허용할 수 있을 리가 없다.

"그 힘은 뭐야? 갑자기 뭐냐고? 아까까지 움직이지도 못했으면서! 기도가 사람을 강하게 한다고? 그런…… 그런 더럽게 진부한 이야기가 어디 있어어어어어엇!"

분노로 미쳐 날뛰는 그녀는 수많은 촉수를 합쳐 그 끝을 드릴처럼 회전시키며 플럼을 꿰뚫으려 했다.

플럼은 영혼 사냥꾼을 양손으로 잡고 그것을 정면으로 막았다.

"왜 막지? 왜 갑자기 그렇게 강해진 거야! 이상하잖아. 그렇게 유리한 일이 벌어질 리 없어!"

떨리는 양손으로 촉수를 되밀치며 플럼은 그 자리에 버티고 섰다.

"이건 모두 사티루스—— 네가 부른 결과야!"
"영문 모를 소리 하지 마! 나는 완벽했어. 모두 잘될 터였는데! 모두 내 생각대로!"
"너는 인간의 존엄을 짓밟았어! 꿈도, 희망도, 가족과 연인들의 애정도, 모든 것을 욕망을 위해 망쳐버렸잖아!"
"그런데 왜 네가 강해진 거냐고오오오오!"
촉수의 회전은 더욱 기세를 더했다.
다가가기만 해도 산산이 조각날 듯한 위력 앞에서 서 있을 수 있는 것은 그것과 상반되는 반전의 힘이 위력을 상쇄하기 때문이었다.
"인간은 믿었던 미래가 부서졌을 때 강하고 큰 저주를 생성하지!"
지금 셰오르에는 너무나도 많은 저주가 가득하다.
보답받지 못한 마음은 본래 시간과 함께 사라지거나 몇 가지 저주의 장비를 생성하기만 하면 끝났으리라——. 플럼만 이곳에 없었다면.
"그 저주는 그의 반지에 깃들어 반전되며 내게 힘을 주었어!"
사람들은 그녀에게 마음을 맡겼다.
그래서 모든 저주는 그 상징의 하나인 반지에 깃들었다.
네크로맨시를 만든 남자—— 다피즈 샬머스가 끼고 있던 결혼 반지에.

명칭 : 상실과 허구의 매리지 링

품질 : 에픽

[이 장비는 당신의 근력을 1,012 감소시킨다.]

[이 장비는 당신의 마력을 1,072 감소시킨다.]

[이 장비는 당신의 체력을 1,053 감소시킨다.]

[이 장비는 당신의 민첩성을 1,088 감소시킨다.]

[이 장비는 당신의 감각을 1,039 감소시킨다.]

스테이터스 총 합계치 12,693——. 마침내 그녀는 S랭크의 영역에 다다랐다.

"이건 우연이 아니야! 너나 오리진의 악의가 낳은 분명한 필연이다아아아앗!"

플럼의 힘이 촉수를 밀쳐냈고, 쏟아진 프라나가 폭풍이 되어 사티루스의 몸을 마구 베었다.

"아파……. 아파, 아파, 아파! 아하핫, 하지만 이 정도가 아니야! 저주가 있든 없든 이 정도는! 말했잖아? 나는 본체가 가장 강해. 너희가 상대한 건 기껏해야 제어된 죽은 자에 지나지 않아! 설령 플럼이 돌아온들 그 빈약한 힘으로는 내게 상처 하나 내지 못해!"

그것은 허세가 아니었다. 프라나 스톰(기검풍)을 제대로 맞은 센트럴 코어와 사티루스의 육체는 멀쩡했다.

"그렇다면—— 하나로 묶어서 쏘면 어떨까?"

넥트가 움직였다.

그는 전이를 여러 번 반복하여 플럼, 밀키트, 에타나, 그리고 가디오를 한곳에 모았다.

"깜짝이야. 설명 정도는 해줬으면 좋겠지만, 의도는 이해했어. 아이스 인챈트."

에타나가 만든 얼음이 플럼의 검을 뒤덮었다.

"그런 거로군. 그렇다면 아이스 인챈트와── 내 프라나도 가져가!"

나아가 얼음 위에 바위의 칼날이 포개졌고, 그에 더해 기의 칼날── 프라나 블레이드(기상인, 氣想刃)까지 영혼 사냥꾼의 칼날을 코팅했다.

그 칼날의 길이는 사티루스의 온몸에 필적할 정도였다.

"크……흐, 으으윽……!"

그것은 지금의 플럼도 제대로 들어 올릴 수 없을 정도의 무게였다.

"하나로 묶는다는 게……. 뭐야? 후훗, 무식하게 큰 검을 만드는 게 다야? 게다가 휘두르지도 못하다니 뭘 하고 싶은 걸까!"

"그럼 내 힘도 써."

사티루스의 조소를 무시하고 넥트는 재차 전이하여 플럼과 밀키트를 하늘 높이까지 데려갔다.

플럼만이 그 의도를 이해했다.

밀키트는 잘 이해가 되지 않았지만, 일단 플럼을 믿고 그 몸에 매달렸다.

"꽉 잡아."

"아, 네!"

넥트는 또다시 펼친 손을 오므렸다.

"커넥션(접속하라)!"

접속하는 것은 영혼 사냥꾼과 센트럴 코어── 서로를 끌어당기는 힘이 플럼을 화살처럼 발사했다.

"우오오오오오오오오오오옷!"

자유낙하에 더욱 가속이 붙어 최고속에 다다른 채 사티루스와 격돌했다.

"위에서 떨어뜨린다고 결과가 달라지겠냐고!"

그녀를 지키는 센트럴 코어의 역장(力場)과 반전의 마력이 깃든 거대한 검이 맞부딪쳤고, 그 충격파가 셰오르 전체에 퍼졌다.

사티루스를 중심으로 지면이 파이며 지상에 커다란 분화구가 생겼다.

주위에 있던 건물은 잔해를 포함한 전체가 날아가 공터로 변했다.

하지만 사티루스는 그만큼의 위력을 센트럴 코어에서 공급된 힘으로 막아냈다.

"어디서 폼을 잡고 난리야! 영웅 놀이는 집어치워. 서구에서밖에 못 사는 빈민 주제에에에엣! 나는 사티루스 프랑소와즈야! 왕국 제일의 대상인이라고! 처음부터 내가 승자로 정해져 있어!"

"자만하지 마! 너는 다른 사람을 발판삼아 올라온 것뿐이잖아!"

"그걸 할 수 있는 힘이 진정한 실력이다아아앗!"

영혼 사냥꾼을 뒤덮은 세 겹의 칼날── 그 가장 바깥쪽에 있는 프라나 블레이드에 금이 갔다.

“뭐가 사랑이야, 뭐가 희망이야, 뭐가 미래야! 애초에 왜 밀키트까지 함께 할 필요가 있어! 너는 영웅을 연출하기 위한 퍼포먼스를 보여주는 것뿐이야!”

그리고 마침내 부서져 이번에는 바위 칼날이 사티루스와 맞부딪쳤다.

하지만 그저 부서진 것이 아니라, 사티루스도 힘에 눌려 괴로운 표정을 지었다.

“너는 아무것도 몰라! 만약 영웅 플럼이 존재한다면── 그것은 나와 밀키트, 우리 둘이야! 우리는 둘이서 하나의 영웅이지!”

“그건 뭐지? 유대라는 건가? 우정이라는 거야?! 짜증 나. 진심으로 짜증 나서 참을 수가 없어!”

그녀는 거절을 힘으로 바꾸더니 바위 칼날을 비틀어 부쉈다.

“그런 게 내 손에 부서지는 것 말고 존재 의미가 있나? 없지?! 그러니 너희도 사랑에 빠져서 죽은 다피즈와 똑같은 말로를 맞이할 수밖에 없어!”

아이스 인챈트가 완전히 파괴되자 이번에는 에타나의 얼음이 박혔다.

칼자루를 쥔 플럼의 양손은 강한 힘이 담기며 충혈되어 색이 변했다.

통증은 물론이거니와 제대로 힘이 들어가지 않을 정도로 양팔은 소모되었지만, 그런데도 계속해서 쥘 수 있었던 것은 팔에 닿은 온기가 있었기 때문이다.

"아니요. 저희는 지지 않아요!"
밀키트는 자신이 무력하다는 것을 알고 있다.
하지만 플럼은 그녀를 원한다.
얼마나 힘이 되는지는 모르겠지만, 자신을 원한다면── 모조리 바치고 싶다.
진심으로 그렇게 생각했다.
"어떻게 그렇게 단언하지? 수지를 사랑했던 다피즈의 말로를 보고도! 너희의 힘도 이렇게 내게 파괴되고 있으면서!"
이번 일로 밀키트는 그런 마음을 뭐라고 부르는지 그 답을 찾았다.
"저는 그보다 더, 당신에게 지지 않을 정도로 주인님을 사랑하니까요!"
서로를 지탱하고, 채워주고, 무조건 신뢰하고, 서로 바싹 달라붙는다.
밀키트가 줄곧 찾았고 처음으로 타인에게 품은 너무나도 거대한 감정── 그것이 바로 사랑이었다.
"아하하하하핫! 근거가 없어! 웃기지 마. 그런 걸로 이 몸이 질 리 없잖아?!"
"근거 같은 건 필요 없어! 모든 것은 결과로 보여주지!"
"보여줄 수 있으면 해보시지! 봐. 너희가 힘을 합쳐 만들어낸 칼날은 이미 이렇게 너덜너덜해!"
얼음 칼날에도 금이 가서 부서지는 것은 시간문제였다.
그렇게 되면 남은 것은 단 하나, 영혼 사냥꾼의 검은 칼날뿐.

"머지않아 부서질 거야. 잘 봐. 모두 잘 보라고. 마지막 하나가 무참하고도 비극적으로 부서지면 끝이야! 사랑은 부서지고 비명이 울려 퍼지며 나는 웃고, 그걸로 좋아, 좋다고! 해피엔딩으로 종료합니다!"

"아직 끝나지 않아. 리버설(반전하라)!"

플럼은 처음부터 그렇게 될 가능성을 고려했다.

사티루스의 힘은 너무나도 커서 그리 쉽게 코어를 파괴할 수 있을 리 없다며.

따라서 짧은 시간에 생각하고, 생각하고, 또 생각해서── 한 가지 방법에 다다랐다.

모두의 힘이 있기에 성립되는 '부서진 파편을 반전시킨다'는 수단에.

"꺄아아아악!"

사티루스의 몸이 떨리며 비명을 질렀다.

"내 등에 무언가가 꽂혔어……. 이건, 파편? 부서진 파편이 **되돌아왔어**?!"

그녀는 플럼과 자신 사이의 힘 차이에 집중한 나머지 등으로 향하는 역장 전개를 소홀히 했다.

아니── 그보다 그곳에 쓸 힘조차도 모두 정면으로 가져온 것이리라.

"그런 잔꾀 하나로 뒤집을 수 있을 리가 없잖아!"

사티루스는 그렇게 말했지만, 주어진 대미지는 확실히 그녀의 의식을 갉아냈다.

통증이 일고 상처가 소용돌이쳤으며, 오리진의 의사가 강해지며 제어가 느슨해졌다.

본래부터 자신의 코어와 센트럴 코어를 모두 가져서 아슬아슬한 균형을 유지하던 그녀에게 그것은 치명적이었다.

"그럴 리가 없어도 내가 뒤집을 거야! 산 자의 마음과 죽은 자의 저주를 모조리 처박아서!"

그리고── 플럼에게는 아직 최후의 수단이 남아 있었다.

모든 것을 쏟아붓는다면 세 사람의 마력, 넥트의 접속의 힘, 가디오의 프라나── 그렇다. 아직 한 가지 쓰지 않은 카드가 남아 있었다.

하지만 플럼은 체력을 많이 소모하여 쏟을 수 있는 힘이 그리 많지 않았다.

한계까지 센트럴 코어에 접근하여 남은 프라나를 모두 칼날에 담았다──.

"이걸로── 끝이다아아아아아아아아아아아아아앗!"

검 끝이 흑수정의 표면에 닿았다.

그곳에서 반전의 마력이 흘러들어 내부의 나선은 역회전을 개시했다.

단숨에 마이너스 에너지를 자아내자 역장은 소실되었고 영혼 사냥꾼이 깊숙이 잠겼다.

빠직── 하고 파편이 튀었고, 센트럴 코어가 완전히 파괴되었다.

힘을 소진한 플럼은 밀키트와 함께 땅바닥에 떨어졌다.

"해냈어……!"

"네. 해냈어요!"

즉각 에타나가 탄 펜리르가 두 사람을 회수했다.

"센트럴 코어가…… 부서져서……."

힘의 원천이 사라지자 이어진 죽은 자들도 제어할 수 없게 되어 그녀의 지네처럼 거대한 몸은 붕괴되기 시작했다.

하지만 사티루스에게는 아직 코어가 남아 있었다.

센트럴 코어가 아니라 그녀가 되살아나기 위해 이용한 흉부 속의 코어가.

"후훗, 우후후훗, 하지만 아직 내 코어는 부서지지 않았어! 나는 아직 죽은 자들의 코어를 모아 살아남아서, 남아, 서── 으헉?!"

사티루스는 양팔의 힘으로 기듯이 도주를 꾀했지만, 갑자기 몸을 뒤로 젖히며 입에서 대량의 피를 토했다.

거대한 힘을 휘두른 대가가 그녀의 육체를 붕괴시킨 것이다.

나아가 피뿐만 아니라 분수처럼 잇따라 입에서 장기를 분출했다.

그녀가 더러운 오브제로 변하는 사이에 플럼이 '반전'시켜 붕괴된 센트럴 코어에도 이변이 생겨났다.

통상적인 코어는 반전되면 마이너스 에너지로 인해 스스로 파괴된다.

하지만 그렇게 큰 코어의 경우에는 그것에 그치지 않고 흔수정 없이도 그 자리에 한동안 마이너스 에너지가 고인다──. 즉, 블랙홀처럼 주위의 공간을 흡수하기 시작했다.

"으헉, 크으으으으으윽! 큭, 크헉, 끄끄끄끄끄끄아아아아아악!

우우우우우욱, 컥, 크아아악! 크윽! 푸헉, 푸허헉……!"

몸속의 내용물을 모두 토해내는 사티루스는 그것에 휘말려 육체가 찢어졌고, 흉측하게 죽어가는 얼굴을 드러내며 괴물보다 더 괴물 같은 모습이 되어갔다.

"저 여자에게 어울리는 말로일지도 모르겠네."

"그러게요……."

펜리르의 등 위에서 두 사람은 그 광경을 바라보았다.

"시체를 처리하는 수고도 덜 수 있겠어."

센트럴 코어의 붕괴에 휘말려 다른 죽은 자도 빨려드는 모습을 보며 가디오가 말했다.

"하지만 부인의 시신이 저놈에게 빨려든 거 아니야?"

"시신을 수습하고 싶은 마음도 있지만, 육체가 있는 한 이용될 가능성은 남아. 그렇게 생각하면 이게 나을지도 몰라. 본래부터 오리진의 힘으로 복원된 육체이기도 하니까."

거의 박제 상태였던 티아의 육체는 오리진 코어 덕분에 알맹이—— 즉, 장기나 뇌가 재생되었다.

하지만 오리진의 힘이 사라진 지금, 아마 내장은 루코와 마찬가지로 무엇으로 만들었는지 모를 고깃덩이로 바뀌었을 것이다.

'게다가 시신에 집착할 필요가 없을 정도로 그 녀석과 재회할 날이 멀지도 않은 것 같아.'

그는 눈을 가늘게 뜨고 그런 생각을 했다.

이윽고 마이너스 에너지가 힘의 방출을 마치자 마을 밖으로 나가 있던 오틸리에 일행이 잉크를 데리고 돌아왔다.

“에타나! 괜찮아? 다치지 않았어?”
“괜찮아. 너야말로 무사해서 다행이야.”
에타나는 자신에게 안긴 그녀의 머리를 부드럽게 쓰다듬었다.
“으아, 엄청난 싸움이었어! 멀리 떨어진 곳에서 관전했는데 다른 차원의 세계를 똑똑히 본 기분이야.”
그런 가운데 어디선가 웰시가 얼굴을 빼꼼 내밀었다.
“웰시 씨, 설마 마을 안에 있었나요?!”
“그야 그렇지. 이런 특종은 좀처럼 찍을 수 없거든. 이걸 기사로 쓰면 교회는 반쯤 죽을 게 틀림없어! 나도 죽을 뻔했지만!”
아무래도 싸움의 여파로 날아간 모양인지 옷은 너덜너덜했고 머리카락도 산발했다.
“그런 일이 있었는데 멀쩡한 사람도 있네요. 질린다고 할지, 감탄했다고 할지.”
“오틸리에 씨, 왜 여기에 있나요?”
플럼은 왕국군이 온 것을 모른다.
고개를 갸웃거리는 것도 당연한 일이다.
“앙리에트가 너희를 걱정해서 도와주라고 명령했어. 그래서 마을 밖에서 감시한 거지.”
오틸리에 대신 웰시가 그 이유를 말했다.
“언니는 앞날을 내다보는 판단을 할 수 있는 분이시지.”
“만나러 갔을 때 그런 명령을……. 감사합니다.”
“그 말은 언니에게 꼭 전해줄게.”
감사해야 할 사람은 어디까지나 앙리에트(언니)── 오틸리에는

그 기본을 무너뜨리지 않았다.

"하지만 왜 너희도 다친 거야? 피난 유도를 시작하기 전부터 그 상태였던 것 같은데."

가디오가 묻자 오틸리에의 미소가 어두워졌다.

"그게 말이죠, 죽은 자들이 폭주를 시작한 것과 마침 같은 타이밍에 몬스터의 습격을 받았어요."

"얼굴이 소용돌이치는 징그러운 괴물이었어."

"그걸 대처하느라 돕는 게 늦어졌어요."

"몬스터라면 키마이라로군요……. 네크로맨시를 짓밟는 김에 이곳에 모인 모두를 처리하려 했는지도 몰라요."

"에키드나 이페이라가 주도했지? 정말 썩어빠진 여자야."

플럼은 다피즈도 비슷한 말을 했던 것을 떠올렸다.

곤이나 사티루스를 조종한 것도 에키드나라면 제법 교활한 인물이다.

플럼 일행도 견제당했으니 앞으로도 주의할 필요가 있을 것이다.

"그러고 보니 키마이라 얘기에 생각났는데, 사티루스가 연구소에 배신자가 있다는 식의 말을 했지요?"

밀키트의 말에 플럼도 생각났다.

"그래. 곤 포건이랬나? 에키드나에게 정보를 팔았대."

"다피즈가 친구라고 말했던 그 남자?"

"싸울 때도 그 사람의 부인과 아이는 찾았어도 본인은 안 보였어요."

"배신할 정도이니 먼저 도망쳤을지도 모르지."

“이변이 일어나기 직전에 마을을 나갔다면 아직 그리 오래되지 않았어. 쫓으면 붙잡을 수 있을지도 몰라.”

에타나의 말에 오틸리에는 베르나에게 시선을 보냈다.

“베르나, 추적은 당신의 주특기 분야죠?”

“뭐? 뒤쫓아? 이 숲속을? 귀찮은데.”

베르나는 여느 때와 다름없이 심드렁했다.

이 뒤에 오틸리에가 그를 질책하며 보내는 것이 정해진 코스지만── 하필 오늘따라 그녀는 그러지 않았다.

전투 직후라 그런 대화를 할 정신적 여유가 없었는지도 모르겠다.

“그럼 제가 쫓을게요.”

“뭐?”

“왜 어안이 벙벙하세요? 당신 입으로 하고 싶지 않다면서요. 그 대신 당신은 살아남은 주민을 돌봐주세요.”

“이, 이봐, 기다려. 귀찮다는 건 농담이야! 아니, 벌써 갔잖아? 젠장. 실수했네…….”

베르나는 그렇게 중얼거리며 머리를 긁적였다.

그의 ‘실수했다’는 말의 진의를 아는 이는 이곳에 아무도 없었다.

한 시간 뒤, 곤은 붙잡혀 오틸리에에게 멱살을 잡힌 채 셰오르까지 끌려왔다.

그리고 그와 자리를 바꾸듯 베르나가 주민을 보호하기 위해 왕도로 앙리에트에게 도움을 요청하러 갔다.

본래 귀족 소유지인 이 토지는 무단으로 왕국군이 출입할 수 있는 곳은 아니지만, 지금은 비상시국이다. 세 자릿수의 인간이 목숨을 잃었으니 군이 개입할 만한 충분한 이유가 될 것이다.

주민을 구조하고 상처를 응급 처치하며, 남은 코어를 파괴하고 곤을 심문하는 등의 일을 하는 사이에 시간은 지나 하늘이 밝아졌을 무렵, 마침내 파견부대가 도착했다.

플럼은 키마이라의 개입이 있었기에 교회 기사가 먼저 움직일 가능성을 우려했지만, 후에 부대와 함께 찾아온 부장군 헤르만이 말하기를 그들은 딱히 움직이지 않았다는 모양이다.

아무래도 키마이라와 네크로맨시의 내부 저항에 지나지 않았고 교회 본부는 관련이 없다는 입장인 모양이다.

하지만 아무 일도 없이 끝날 수 있다면 그것이 제일이다.

플럼 일행은 나머지 정리를 왕국군에게 맡기고 셰오르에서 철수할 준비를 하기 시작했다.

"설마 이렇게까지 도와줄 줄이야."

딱히 짐도 없는 플럼은 어둠 속에서 건물 잔해 위에 앉은 넥트에게 말을 걸었다.

이러니저러니 해도 그녀는 뒷정리도 도와주었다.

하지만 아무래도 왕국군과 얼굴을 마주하는 건 꺼려지는지 파견부대가 도착할 즈음 구석에 숨어버렸다.

이미 오틸리에나 베르나에게 들켰으니 별로 의미는 없지만.

"중간에 돌아가면 누나들에게 은혜를 입힐 수 없잖아."

"결심한 거야?"

"응……. 싸우는 도중에도 아빠는 시끄럽기만 하고 우리에게 관심도 없는 듯했어. 웅성웅성 요란하게 플럼 누나나 사티루스만 신경 썼지. 마더와 똑같아. 우리 자리는 그곳에 더는 없을 게 분명해."

어쩌면 자리는커녕 존재 가치조차 없을지도 모른다.

하지만 자신의 가치를 찾아낼 수 있는 곳이 있다는 것을 넥트는 깨달았다.

"모두에게 말해볼게. 설득에는 시간이 걸릴 테니 지금 당장은 아니지만."

그래서 오리진 코어를 적출하는 수술을 받고 평범한 인간으로 되돌아간다——. 그렇게 결심한 모양이다.

그녀의 말대로 아직 앞길에는 어려움이 많고, 마더가 그냥 넘어갈 거라고도 생각할 수 없지만.

"곤란한 일이 생기면 바로 상의해. 교회에서 빠져나오고 싶다면 협력을 아끼지 않을게."

"든든하네. 하지만 그렇게 되지 않도록 노력할게. 그 녀석들과 살육전을 벌이고 싶지는 않거든."

그렇게 말한 넥트는 일어서더니 바지 뒤를 탁탁 털었다.

"잉크에게는 아무 말도 안 해도 돼?"

"아직 나는 칠드런을 빠져나온 게 아니야. 그 에타나라는 사람에게 붙어서 행복한 잉크를 보면 말을 걸 마음이 들지 않아."

"그쪽은 신경 쓰지 않을 텐데."

"하여튼 속 편한 녀석이라니까. 전해줘. 우리에게 무시당하고 싶지 않거든 일단 그런 점을 고치라고."

가식 없는 그 말에 플럼은 쓴웃음을 지을 수밖에 없었다.

"하지만…… 이전처럼 깔보는 건 아니야. 그녀는 실패작이라는 말을 들었지만, 결과적으로 우리보다 한발 앞서 나아가고 있어. 마더 근처 말고도 돌아갈 곳을 만들 수 있다는, 미래의 가능성을 봤어."

넥트는 돌변하여 진지한 톤으로 말했다.

"언니로 인정한 거야?"

"본래부터 엄청난 모지리지만 언니라고는 생각했어. 애정 표현이 꼬였을 뿐이야."

아무리 그래도 너무 꼬였다.

하지만 넥트도 그것은 고쳐야 한다고 생각하는 모양이었다.

"그리고…… 일단 이런 건 형태로 남겨두는 게 좋을 것 같은데."

"무슨 소리야?

"이런 소리야."

넥트는 오른손을 쫙 펼쳐 내밀었다.

어지간히 부끄러운지 그녀는 왼손으로 앞머리를 만지작거리며 희미하게 뺨을 붉혔다.

플럼은 그 나이에 어울리는 넥트의 일면을 보고 미소 지었고, 그 손을 꽉 잡았다.

"잘 부탁해. 넥트."

“협력할 뿐이지 아직 동료가 된 게 아니라는 건 명심해.”
“머릿속 한구석에 놓아둘게.”
“금방 잊을 것 같네.”
“그러면 좋겠지만.”
싸움은 되도록 평생 일어나지 않는 게 좋다.
화해할 수 있는 가능성이 있는 상대라면 더더욱 그렇다.
“그럼 또 봐.”
“응. 또 보자.”
“――커넥션(접속하라).”
태연히 이별의 말을 나누며 넥트는 사라졌다.
밀키트가 플럼에게 다가온 것은 그 직후였다.
“넥트 씨는 돌아갔나요?”
“분명 또 만날 수 있을 거야. 코어를 제거할 결심은 선 모양이거든.”
다음에 그녀가 올 때까지 어떻게 심장을 확보할지도 생각해 둬야 한다.
분명 피비린내 나는 이야기가 될 테지만, 분명 어떻게든 찾아낼 것이다.
“할 일은 했으니 우리도 갈까?”
“네, 가요. 우리 집으로요!”
긴 밤이 끝났다.
플럼 일행은 비극적인 마을에 이별을 고하고 왕도로 되돌아갔다.

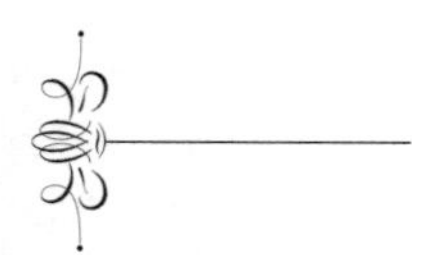

18 격동의 왕도

왕도에 도착한 뒤 플럼 일행과 가디오는 헤어졌다.

그가 동구에 있는 자택으로 되돌아간 것은 저녁때였다.

문을 열고 들어가 저택으로 이어진 돌바닥 위를 걷자 현관 앞에 앉아 있는 여성의 모습이 보였다.

켈레이나였다.

가디오의 발소리를 알아챈 그녀는 얼굴을 들고 미소를 지었다.

하지만 그 입가는 떨렸다.

눈은 눈물로 젖었고, 준비해둔 많은 말이 제대로 나오지 않았다.

그래서 별수 없이 흔한 방식으로 그를 맞이할 수밖에 없었다.

"……어서 와."

그것은 다른 말보다 가디오의 가슴에 깊게 꽂혔다.

일방적으로 두고 갔으면서, 티아를 죽이고 더욱 그녀에 대한 마음이 강해졌으면서 자신에게 대답할 자격이 있을까?

하지만 죄책감에 입을 다문 사이에 점점 켈레이나의 표정이 불안으로 가득 찼다.

조만간 끝날 것이라면 끊어버리는 것도 하나의 선택일지도 모른다.

하지만 그는 그러지 않았다.

"다녀왔어. 켈레이나."

다정하게 웃으며 그렇게 대답했다.

가디오의 말을 들은 켈레이나는 일어나서 휘청휘청 다가와 그

가슴에 얼굴을 묻었다.
"어서 와……. 어서 와……."
눈물을 훔치는 그녀의 머리를 가디오는 조용히 쓰다듬어 주었다.
그런 그의 표정은 어딘가 괴로워 보였다.

"돌아왔다~!"
플럼은 집에 들어가자마자 양손을 들고 저도 모르게 외쳤다.
"후후, 이곳의 공기를 맡으니 마음이 안정되네요."
들뜬 플럼의 모습을 보고 미소 지으며 밀키트도 어깨의 힘을 뺐다.
"어느샌가 우리 집이라는 느낌이 들게 됐어."
"나도, 나도!"
모두가 편안한 표정을 지으며 일단 싸움이 끝난 것을 실감했다.
그 뒤, 가볍게 이른 저녁을 먹고 씻고 나서 각자의 방에서 휴식을 취했다──.

잉크는 제 방으로 돌아가자마자 영문도 모르고 침대 끝에 앉혀진 채 뒤에서 에타나에게 안겼다.
그리고 어찌 된 일인지 에타나는 자꾸만 잉크의 냄새를 맡았다.

"……에타나, 뭐 해?"
"냄새 맡아."
"역시 변태네!"
"변태라니 실례야."
"이 말을 한 지 얼마나 지났다고."
"별수 없어. 버릇이 됐거든."
"지금 당장 교정해!"
그렇게 말하면서도 잉크는 저항하지 않았다.
그래 봤자 소용없다고 몸으로 이해했기 때문이다.
에타나는 이래 봬도 완력이 제법 강하다.
본인은 "플럼과 비교하면 전혀"라고 말했지만, 연약한 일반인인 잉크와 비교하면 하늘과 땅 차이이다.
"방심하면 에타나는 금세 거리를 좁힌다니까……. 너무 과하면 에타나 껌딱지가 될 거야."
"그거 만만세네. 냄새도 마음껏 맡을 수 있고."
"냄새에서 벗어나!"
"킁킁."
"싫~어~! 그만하래도. 이 60살 먹은 어린애! 독신! 변태!"
"윽…… 그 조합은 마음에 꽂힌다……."
"자업자득이야."
"그렇게 건방진 소리를 하는 녀석에게는 이렇게 해주마."
"으……응? 히이이익?!"
에타나는 잉크를 물로 만든 덩굴로 감싼 뒤 방향을 바꾸어 이

번에는 정면에서 안았다.
"부, 부끄럽거든……!"
"응. 나도 부끄러워."
"그럼 왜 하는데?!"
에타나는 아무 말도 하지 않았다.
조용히 잉크의 작은 몸을 꽉 안았다.
"……옳지, 옳지."
그러자 잉크는 갑자기 에타나의 머리를 쓰다듬었다.
"그렇구나. 사실은 슬펐구나. 그야 그렇겠지. 어떤 상태든 자기 부모님을 죽인 건 틀림없으니까."
"슬프지 않을 줄 알았어. 실제로 죽인 순간과 싸우는 동안에는 아무 느낌도 없었지."
"하지만 이곳에 돌아와서?"
"이 집에는 추억이 스며 있어."
처참하게 죽은 두 사람의 얼굴과 과거의 추억이 뒤얽혀 에타나의 마음을 옥죄었다.
마음이 죄어들고 답답해서 눈물이 쏟아지려 했다.
"덧씌우고 싶어."
"우리의 추억으로? 하지만 이 집에서 있었던 일은 에타나에게 중요한 거잖아?"
"그러니 그게 아니라 세오르의 기억을."
"그러기 위해 옆에 내가 있어도 될까? 나는 약하고, 눈도 보이지 않고, 아무것도 해줄 수 없을지도 몰라."

"그렇지 않아. 너와 있으면 너무나도 즐거워."

담담한 말투라 즐거움은 잘 전해지지 않았지만, 잉크는 알 수 있었다.

"그럼 별수 없네. 상처가 나을 때까지 내가 에타나를 챙겨줄게."

그것이 잉크가 에타나에게 은혜를 갚는 방법이었다.

"고마워. 그럼 당장 냄새를 실컷 맡을래."

"왜 그 방향으로 가는 거야!"

재차 떨어지려는 잉크와 더욱 강하게 안는 에타나.

에타나가 연하의 소녀에게 응석을 부리는 나날은 한동안 계속될 것 같았다.

◇◇◇

스륵, 하고 붕대가 침대 위에 떨어지자 플럼은 그 감촉을 확인하듯 밀키트의 발그레한 뺨을 만졌다.

그러자 그 위에서 부드럽고 따뜻한 손바닥이 포개져 두 사람은 침대 위에 앉은 채 **여느 때처럼** 한동안 서로를 바라보았다.

"그…… 밀키트, 사티루스와 싸울 때 엄청난 말을 하지 않았어?"

"엄청난 말이요?"

밀키트는 어안이 벙벙했다.

"그, 있잖아, 사랑한다거나…… 그런 말."

플럼의 얼굴은 새빨갰지만, 왜 그렇게 되는지 밀키트는 전혀 이해할 수 없었다.

"아아, 그거요? 저는 줄곧 주인님과 저의 관계를 어떻게 불러야 할지 몰랐어요."
"파트너 아니야?"
"그것도 기쁘지만, 더 구체적으로 알고 싶었거든요."
현 상태로 납득했던 플럼은 그 말을 듣고 처음으로 깨달았다.
확실히 파트너라는 말은 의외로 추상적인지도 모르겠다.
"하지만 세오르에서 일어난 일을 통해 마침내 그 답을 찾을 수 있었어요. 그때는 싸우는 도중이었으니 다시 한번 제대로 전해도 될까요?"
"응? 아, 아니, 저기……."
"안 될까요?"
밀키트는 풀이 죽었다.
그런 표정을 보이면 플럼은 안 된다고 말할 수 없다.
"그게 아니야. 좋아! 나도 진지하게 들을게!"
"다행이에요. 그럼."
밀키트는 자신의 뺨을 만지고 있던 플럼의 손을 자신의 가슴으로 가져갔다.
플럼의 손바닥에 봉긋한 가슴과 고동이 전해졌다.
그리고 밀키트는 플럼을 똑바로 바라보았다.
처음 만났을 때부터 그녀의 아름다운 눈동자는 변함없었다.
하지만 은색 머리카락은 윤기를 되찾았고, 피부의 혈색도 좋아졌으며, 몸도 제법 여성적인 곡선을 띠게 되었다.
종합적으로 그 무렵보다 훨씬 예뻐진 그녀를 보고── 플럼은 저도 모르게 매료되었다.

그런 밀키트의 복숭앗빛 입술이 열리며 말을 자아냈다.

"저는 주인님을 사랑해요."

만면에 미소를 지으며 선언하자 플럼의 사고가 완전히 멈추었다.

사랑한다.

사랑이란 무엇인가? 사랑이란 러브다.

러브란 말인즉—— 파트너는 파트너지만 부부 같은 파트너고——.

"기, 기기기, 기, 기, 기다!"

펑, 하고 플럼의 얼굴이 새빨갛게 물들었다.

"기?"

"기다려, 기다려! 밀키트. 자, 잠깐, 너무 갑작스러워서 이 주인님의 가슴이 쫓아가질 못하겠어!"

그것을 식히고자 양손을 뺨에 댔지만, 금세 손이 뜨거워졌다.

곤란한 플럼은 베개에 얼굴을 묻었다.

자신의 것이 아닌 달콤한 향기가 콧속을 간질였다.

'엄청 좋은 냄새가 나. 편안하지만 심장이 벌렁거리는 듯한데……. 아니, 이거 밀키트 베개잖아?!'

체온은 더욱 상승했고 심장은 격하게 뛰었다.

뜨거운 혈액이 몸 전체에 돌았다.

"우히이잇!"

괴성을 지른 플럼은 즉각 얼굴을 들고 이번에는 이불에 얼굴을 묻었다.

“저기, 저는…… 그렇게 이상한 소리를 했나요?”
“이, 이상하다기보다, 갑자기, 사, 사사, 사랑이라고 말하니, 깜짝 놀랐다고나 할까?”
“깜짝 놀라요? 하지만 주인님에 대한 제 마음은 사랑이 가장 적절하다고 생각해요.”
이불에 얼굴을 묻은 채 시선만을 밀키트에게 보냈다.
플럼이 홀로 동요하는 것이 바보 같을 정도로 그녀는 부끄러워하지 않았다.
“……응?”
플럼은 깨달았다.
어쩌면 밀키트가 말하는 ‘사랑’이란── 연애의 의미와는 다르지 않을까?
“저기, 밀키트, 혹시 말이지…….”
“아, 네.”
“방금 그 사랑한다는 말은 나와 연인이 되고 싶다는 뜻과는 다른 거야?”
“여, 여여, 여여여, 연인, 이요?!”
이번에는 밀키트가 빨개질 차례였다.
펑, 하고 딸기처럼 빨이 물들었다.
아니, 그뿐만 아니라 귀나 쇄골 언저리까지 빨개졌다.
“어, 어떻게 그런 결론이 나죠?!”
“아니, 사랑한다는 건 보통 그럴 때 쓰는 말이니까.”
“그랬나요?! 아니…… 그러고 보니, 그렇……겠, 지요……?”

목소리 톤이 서서히 낮아졌다.

그것에 맞추듯 밀키트의 몸이 옆으로 훌쩍 기울었고—— 그대로 누웠다.

그리고 양손으로 얼굴을 덮어 가리고 굳어버렸다.

"그럴 생각은…… 아니, 딱히 좋아하지 않는 건 아니고, 틀림없이 좋아하지만……. 어라? 하지만 그렇다면 뭐라고 말하면 좋을지……."

"아, 뭐, 사랑에도 종류가 다양하니까. 가족애도 있고, 우애도 있잖아! 그런 의미로는 확실히 나도 밀키트를……."

밀키트만 부끄럽게 만들 수는 없다.

그렇게 결심한 플럼은 몸을 일으켜 허벅지 위에 꽉 쥔 주먹을 올린 뒤 긴장을 감출 수 없는 표정으로 고했다.

"사랑해."

하지만 그것이 가족애냐고 묻는다면 플럼은 고개를 가로저을 것이다.

우애와도 다르다. 그렇다면 무슨 사랑이냐——? 그녀 또한 그 답을 알지 못했다.

"감사, 합니다. 하지만…… 아아, 정말로 듣는 게 더 부끄럽네요."

"말하는 것도 부끄러워."

"주인님을 부끄럽게 해드려서 면목이 없네요. 하지만 곤란해요……. 그럼 제 이 마음은 어떻게 전하면 좋을까요?"

마침내 답을 얻었다고 생각했는데.

밀키트는 사랑한다는 말 말고는 아직 모르겠다.

플럼은 그런 그녀에게 기어서 다가가 얼굴을 덮은 손을 만졌다.
“주인님?”
그 감촉에 밀키트는 손가락 사이로 모습을 엿보였다.
그곳에서 보인 플럼의 얼굴은 아직 빨갰지만, 아까에 비하면 제법 진정된 모습이었다.
그녀는 밀키트를 보고 웃더니,
“좋아해, 밀키트.”
그렇게 말했다.
심장이 쿵쾅거렸고, 동시에 죄어드는 감각이 들었다.
하지만 결코 괴롭지 않고 편안한 느낌이었다.
“응. ‘좋아한다’는 말이면 되지 않을까? 사랑한다는 말은 너무 무거우니까. 그렇지?”
확실히 그거라면 전혀 부끄럽지 않은 것은 아니지만 부담 없이 말할 수 있을 것 같았다.
밀키트의 얼굴은 여전히 새빨갰고, 플럼과 달리 안정을 되찾지도 못했다.
하지만 주인의 호의에 응하고자 시선을 맞추며 마음을 전했다.
“저기, 그럼…… 저도, 주인님을 좋아해요.”
플럼은 고개를 끄덕였다.
“에헤헤…….”
그리고 쑥스러워했다.
서로의 마음이 통한 것 같아서 매우 기뻤다.
“후후…….”

그래서 그녀도 마찬가지로 웃으며 다시 반복했다.
"주인님이 정말 좋아요."
그렇게 말한 그녀에게 플럼이 안겼다.
그저 그뿐인데 행복해서 참을 수가 없었다.
가족애가 아니다.
우애도 아니다.
그것은 따뜻하고 마음속 깊은 곳까지 스며드는 미지의 감각이었다.
액체 같지만, 공처럼 둥글기도 했다.
밀키트와 만나 처음으로 손에 넣은 것이었다. 무엇도 대신할 수 없는 보물이다.
자신의 안에서 만질 때마다 자라나 분명 아름다운 꽃을 피울 씨앗이다.
플럼 자신도 그 감정의 이름을 아직 몰랐지만—— 한동안은 이대로도 좋다고 생각했다.

왕도로 귀환한 사람은 플럼 일행뿐만이 아니었다.
한발 앞서 셰오르를 떠난 넥트도 지하에 있는 거점으로 돌아왔다.
"다녀왔어."
그녀는 평소보다 오래 자리를 비웠지만, 어차피 마더에게 혼날

일은 없다고 확신했다.
그는 이제 제2세대에게 흥미를 보이지 않으니까.
그것은 그렇다 치고 다른 스파이럴 칠드런── 뮤트, 루크, 휘스는 인사 정도는 할 텐데 방에는 아무도 없었다.
그뿐만 아니라 거점 전체가 너무나도 조용했다.
"다들 어디 있어? 숨바꼭질이라도 하는 거면 술래가 아무도 없잖아?"
그렇게 말하며 다른 방으로 들어갔다.
연구와는 관계없는 책과 장난감이 놓인 방이고 휘스와 뮤트는 자주 여기서 놀았는데──,
"이게 뭐야……?"
책장은 쓰러지고 장난감은 망가진 채 여기저기 어지러이 흩어져 있었다.
또한, 바닥에는 혈액으로 보이는 붉은 액체가 흠뻑 묻어 있었다.
심상치 않은 사태를 알아챈 넥트는 황급히 마더의 연구실로 들어갔다.
그곳에서도 실험도구들은 파괴되었고 벽에 붉은 피로 낙서가 되어 있었다.
아까 그 방과 달리 벽과 바닥, 천장이 울퉁불퉁 일그러져 있었다.
"전투의 흔적인가? 하지만 그 녀석들과 호각으로 싸울 수 있는 괴물이라니. 플럼 누나네는 셰오르에서 돌아온 참이고, 설마──."
방 안쪽에서 그림자가 흔들렸다.
기척을 알아챈 넥트는 전투태세에 돌입했다.

워울프(늑대인간)의 모습을 한 몬스터가 나타났다.

하지만 그 알맹이가 평범하지 않다는 것을 넥트는 알고 있었다.

"역시 키마이라……. 교회는 네크로맨시뿐만 아니라 우리도 버렸군. 최소한 조금만 더 기다려줬다면!"

◇◇◇

다음 날, 정보를 갖고 돌아온 웰시가 신문에 기사를 써서 온 왕도에 뿌렸다.

죽은 자를 되살리는 교회의 인체 실험.

자칫하면 삼류 가십지에 흔한 도시 전설로 여겨질 만큼 황당무계한 자작 이야기 같기도 했지만, 사티루스의 저택과 연구소에서 회수된 자료들과 세오르에서 탈출한 사람들의 존재가 기사에 설득력을 실어주었다.

교회는 즉각 반론할 줄 알았는데, 국민의 불만은 그들이 생각했던 것보다 훨씬 빨리 폭발했다. 비밀리에 활동하던 반교회 조직의 과격파가 선동하여 대성당을 에워싸고 데모가 발발했다.

다른 지구에서도 각각 교회가 포위되어 함성이라고도 부를 수 없는 욕설이 난무하는 결과를 초래했다.

아마 최근에 치료 요금을 무리하게 인상하는 바람에 교회에 대한 불신감이 높아진 것도 요인 중 하나일 것이다.

왕도의 수도녀와 신부, 사교들이 대처에 쫓기는 가운데, 최고 권력자인 교황은 추기경을 모아 대성당에서 회의를 열었다.

"네크로맨시가 붕괴되었다지요?"

교황 페드로 막심이 말했다.

옥좌에 앉은 그는 하얀 천에 금장식이 된 제복을 입고 황금 교황관을 머리에 얹은 모습이었다.

머리카락은 길고 하얬으며, 거의 밖에 나가지 않아 그을리지 않은 피부와 어우러져 생기가 별로 느껴지지 않았다.

그래서인지 사람 좋은 듯 부드러운 목소리와 얼굴에 고정된 다정한 미소도 인간미가 결여된 듯 보였다.

"유감입니다. 다피즈 군에게는 기대가 많았는데요."

그렇게 말하면서도 표정은 변하지 않았고, 오히려 그의 죽음을 반기는 것 같기까지 했다.

"인간의 목숨은 죽기 위해 존재하는 법이죠."

토이초가 말했다.

"그는 목숨을 바쳐 교도로서의 역할을 다했습니다."

똑같은 말투로 타르치가 말했다.

"순교자예요. 그는 오리진 님의 말씀을 이해하지 못하는 부족한 신도였지만, 죽음이 그를 완성시켰습니다."

슬로와나크의 말투도 표정도 역시 변함없었다.

마치 한 명의 말을 분할한 것 같았다.

"하지만 저희는 바닥이 보였다고 생각합니다. 어떤가요? 사투키 라나가르키."

그리고 앞선 세 명의 추기경에 이어 추기경 파모는 눈을 가늘게 뜨고 책상 표면을 빤히 바라보는 사투키에게 물었다.

그는 얼굴을 들고 페드로 쪽을 보더니 그곳에 가득 찬 독특한 분위기에 압도되지 않고 당당히 발언했다.

"굳이 제가 말씀드리지 않아도 이미 결론은 난 것 같습니다만."

사투키는 그렇게 말한 뒤 방구석에 선 여성에게 시선을 보냈다.

눈이 마주치자 그 여자—— 에키드나 이베이라는 입가에 손을 대고 '키득키득' 웃었다.

"어머나, 사투키 님도 참. 저는 아직 아무것도 모르는걸요."

몸을 꿈틀꿈틀 흔들며 말하는 그녀는 아마 진즉 모든 것을 알았으리라.

"오늘 그녀를 이곳에 부른 이유는 다름이 아니라 저희가 오리진 님께 받은 힘을 더 잘 사용하기 위해 다양한 방법을 모색했는데—— 마침내 선택할 때가 왔기 때문입니다."

그 이름이 불릴 순간을 고대하며 에키드나의 호흡이 요염하게 떨렸다.

"저는 이곳에서 키마이라야말로 성전에 어울리는 방패라고 선언합니다."

짝짝짝, 하고 교황들은 동시에 고상하게 박수쳤다.

동시에 에키드나는 "하……앙" 하고 환희에 몸을 떨었다.

"칠드런에 관해서는 즉각 연구를 중단하라고 마이크 군에게 전해주십시오."

"알겠습니다."

칠드런을 담당했던 파모는 깔끔하게 승낙했다.

"기다리십시오. 성하. 그 남자가 중단을 받아들일 거라고는 생

각할 수 없습니다."

사투키가 이의를 제기하자 "그렇다면" 하고 에키드나가 끼어들었다.

"그것 말인데요…… 제가 칠드런을 처분하도록 하지요. 힘도 증명할 수 있으니 일석이조거든요."

"왕도에서 그 병기를 싸우게 할 셈인가?"

"키마이라의 제어는 완벽해요. 왕도 정도의 넓이라면 작은 동작까지 명령할 수 있고, 반대로 명령이 없으면 그냥 장식품이에요. 아무것도 못 하는 게 완성한 키마이라니까요."

"하지만 정보원이 붙잡혀서 센트럴 코어의 핵심 기술은 입수하지 못했다고 들었어."

에키드나의 표정이 잠시 굳었다.

하지만 이내 본래의 표정을 되찾아 사투키를 논파하고자 교묘하게 말하기 시작했다.

"사투키 님께서 무슨 말씀을 하시는지는 알지만, 그런 게 없어도 저의 키마이라는 양산성과 성능 모두 네크로맨시나 칠드런보다 뛰어나답니다. 경쟁에서 승리하는 것은 당연한 결과라고 생각합니다만?"

주절주절 늘어놓기는 했지만, 센트럴 코어는 완벽하지 않다——. 그것을 부정하는 말은 한마디도 없었다.

"사투키, 이제 됐습니다. 물러가세요."

하지만 교황은 이미 키마이라의 채용을 결정하여 사소한 사정은 알 바 없다고 생각하는 모양이었다.

사투키는 "크윽……" 하고 분한 듯 물러갔다.

"에키드나, 그럼 설득에 실패했을 때는 당신에게 맡기겠습니다."

"영광입니다. 성하. 그럼 당장 준비를 시작하겠습니다."

마이크 스미시── 아니, 마더를 설득하는 일은 이미 실패를 전제로 이야기가 진행되고 있었다.

키마이라에 의한 칠드런 말살은 더는 피할 수 없을 것이다.

하지만 사투키가 두려워하는 것은 그게 아니었다.

궁지에 몰린 쥐는 고양이를 문다고 하기에는 칠드런은 너무나도 강대한 존재였다.

그들이 만약 궁지에 몰려 마구 날뛴다면── 반드시 왕도에 막대한 피해가 생길 것이다.

물론 교황과 다른 추기경들도 그것은 알고 있었다.

알고서도 '그런 것은 알 바 아니라'며 대책을 세우는 것조차 포기했다.

'이 짐승만도 못한 인간들──.'

마음속으로 사투키는 욕을 퍼부었다.

교회에는 그런 패거리가 득실거린다.

물론 에키드나도 그중 한 명이다.

그녀는 자신의 욕구를 채우기 위해서라면 아무렇지도 않게 남의 목숨을 빼앗고, '인내'하는 법이 없다.

그렇게 인내심이라고는 짐승만도 못한데 성가시게도 머리는 잘 돌아간다.

오늘도 회의 내용을 예측하여 이미 칠드런을 짓밟고자 키마이

라를 파견했다.

그렇게 온갖 괴물들이 득실거리는 교회에서 사투키가 추기경의 지위까지 올라갈 수 있었던 것은 그야말로 기적이라고 할 수 있으리라.

물론 개중에는 그런 교회의 상황에 위기감을 품고 사투키에게 힘을 빌려준 사람도 있고, 그러한 사람들이 진력한 결과이기도 하지만.

"그런데 어째 대성당 밖이 소란스러운 모양이네요."

여기서 마침내 페드로가 밖에서 일어나고 있는 데모에 대해 언급했다.

"셰오르에서 일어난 일련의 사건이 저속한 신문을 통해 민중에게 퍼진 모양입니다."

"그거 곤란하군요. 그들의 입을 다물게 할 좋은 방법은 없을까요?"

"제게 묘안이 있습니다."

타르치가 나섰다.

"역할을 끝낸 저와 파모를 처형하는 것이 어떻겠습니까?"

타르치와 파모는 각각 네크로맨시와 칠드런을 관리했다.

즉, 키마이라가 정식으로 채용되기로 결정된 이상, 그런 의미로는 두 사람의 역할이 끝났다.

"그거 훌륭한 의견이군요. 오리진 님께서 이상으로 여기시는 세계를 만들기 위해서는 한 명이라도 많은 인간이 죽을 필요가 있으니 정화로도 이어질 겁니다."

파모는 거짓 없이 기뻐하며 자신의 죽음을 받아들였다.

"그럼 휴그, 부탁합니다."

"네. 제가 검기로 지금 당장 두 사람의 목을 치겠습니다."

추기경의 처형이라는 오리진교의 아주 큰 변혁이 한두 마디 대화의 응수로 결행되려 했다.

사투키는 유일하게 이 자리에서 그들의 광기를 알아챘지만, 책상 밑에서 주먹을 쥐고 입 다물 수밖에 없었다.

그도 일개 추기경 중 한 명이었다. 오리진에게 충실한 부하로서 그 생각대로 움직이도록 그들을 속여야만 한다.

"저스티스 아츠(정의 집행)── 스카치 메이든(정화의 검)."

휴그가 백은색 검을 휘두르자 저 멀리 타르치와 파모의 목이 떨어졌다.

쿵, 하고 목이 바닥을 구르며 몸에서 힘이 빠져 의자에서 떨어졌고 단면에서 선혈이 왈칵왈칵 쏟아졌다.

"여전히 솜씨가 좋군요. 휴고."

"감사합니다."

추기경을 죽였는데 휴그는 지극히 냉정했다.

"아, 휴그, 이 기회에 그 이야기를 해보죠. 디안 군에게는 허락을 받았거든요."

교황은 국왕 디안을 '디안 군'이라고 불렀다.

즉, 아랫사람처럼 인식한다는 뜻이다.

"그럼……!"

휴그의 눈동자가 환희로 빛났다.

"네. 오늘부로 국왕군은 교회 기사단의 일부가 되었습니다."
페드로는 온화한 표정으로 선언했다.

◇◇◇

"언니, 큰일이에요!"
오틸리에가 앙리에트의 집무실에 노크도 없이 뛰어들었다.
파랗게 질린 얼굴에서 그 초조한 마음이 엿보였다.
"대성당 앞에 추기경 타르치와 파모의 목이 걸려 있어요!"
"그래서 데모대가 잠잠해졌군."
앙리에트는 창밖에서 왕성 앞 광장에 모인 데모대를 내려다보며 말했다.
"네. 교회는 이것으로 민중의 입을 다물게 할 셈이에요."
사람들도 설마 추기경이 둘이나 처형될 줄은 몰랐으리라.
속이 후련하다기보다는 너무나도 강압적인 그 방식에 공포를 느꼈다고 말하는 편이 올바를 것이다.
"왕국군으로서 그런 방식을 인정할 수는 없어요. 언니, 저희가 이대로 잠자코 있을 수는——."
"아니. 잠자코 있을 수밖에 없어. 우리에게 그런 힘은 없거든."
"어, 언니……?"
늘 의연한 앙리에트답지 않게 연약한 발언이었다.
오틸리에가 당황하자 앙리에트는 돌아보더니 거리를 좁혔다.
그리고 아무 말도 없이 오틸리에를 꽉 안았다.

"아…… 엣? 어, 어어어, 어어, 언, 니……? 가, 갑자기 이렇게 정열적이면, 안 돼요!"

"진정하고 내 말을 들어. 오틸리에."

"그, 그런 건 무리예요! 언니의 향기와 감촉이, 아아, 가슴을, 가슴이, 안 돼요. 지금 저는 아주 더러운 생각을 하고 있어요!"

"네가…… 군을 그만뒀으면 해."

"구, 군을 그만두다니…… 네? 제가, 군을, 그만둬요?"

오틸리에의 들떴던 기분이 급속히 식었다.

"왜죠? 언니. 왜 제가 그래야 하는데요! 언제든 언니와 함께 있겠어요! 죽어도 살아도, 내세에서도 전생에서도 모두요!"

"너는 예전과 똑같네. 그 마음만으로 나를 따라 군에 들어와 부장군에 올랐으니 참 대단해. 그런 너를 높게 사기 때문에 부탁하는 거야."

"높게 산다면 평생 언니의 옆에 두어주세요. 노예라도 변기라도 상관없어요!"

"아니. 너는 내 동지야. 왕국을 지키기 위해 함께 싸우는 나와 동등한 존재지. 하지만 그것도 '국민을 지키고 싶다'는 국왕의 의사가 있을 때의 얘기야."

"설마…… 설마 국왕은 왕국군과 교회 기사의 통합을 승낙했나요?!"

"통합이 아니라 흡수야. 나는 이제 장군이 아니고, 교회 기사단에서 어떤 취급을 받을지도 알 수 없어."

군력은 곧 국토를 유지하기 위한 힘이다.

국왕이 군을 포기하면 야심이 강한 귀족이 이내 공세를 펼쳐 토지를 빼앗을 것이다.

결국 왕국군을 교회 기사단에 흡수시킨 것은 국왕이 가진 주권을 무상으로 교황에게 넘긴 것과 마찬가지다.

"흡수 전에 만약 누군가를 보낼 수 있다면 기껏해야 한 명뿐이야. 베르나나 헤르만에게 원망을 받을지도 모르지만, 나는 그 한 명을 너로 골랐어."

"그런…… 걸…… 저는 바라지 않아요……."

"미안해. 하지만 너라면 분명 영웅들과 힘을 합쳐 왕국을 위해 싸워줄 거라 믿어."

"그런 말은 비겁해요. 제가 언니의 부탁을 거절할 리 없다는 걸 알고 있는 거죠?"

앙리에트는 말없이 쓸쓸하게 미소 지었다.

"한 가지 부탁이 있어요."

"뭔데?"

"만약 교회의 야망을 깨부수고 다시 제가 언니의 곁으로 돌아올 수 있다면…… 저를, 안아……아, 안…… 아니, 그건 너무 느닷없네요. 그럼 키, 스……으으으…… 저기……그러니까……그, 또 포옹해주실래요!"

소극적인 데도 정도가 있다.

그대로 고개를 끄덕여도 좋았겠지만, 앙리에트는 구태여 이렇게 말했다.

"살아서 돌아오면 키스든 뭐든 해줄게. 네가 바라는 건 모두 다."

“아아, 언니…… 반드시, 반드시 약속 지키세요…….”
두 사람은 아이처럼 손가락을 걸고 맹세했다.

◇◇◇

이리하여 왕국군은 소멸하고 교회 기사단에 흡수되어── 가장 먼저 ‘선별’이 이루어졌다.
쓸모없는 전직 왕국군 병사를 다른 병사의 앞에서 처참히 죽인 것이다.
그 숫자는 백 명이 넘었다고 알려졌다.
모든 것은 왕국에 충성을 맹세한 병사의 마음을 파괴하고 지배하여 오리진에 대한 신앙을 심기 위해서였다.
또한, 반항적인 병사에게는 고문 및 투약에 따른 세뇌, 그리고 **세례**라 불리는 의식이 거행되었다.
물론 그 모두는 교회 시설 내에서 비밀리에 이루어져 민중들 사이에서는 소문만이 퍼질 따름이었다.
공식적으로 왕국군이 흡수된 이후, 과거에 간부였던 인간의 모습을 본 이는 한 명도 없었다.

추기경들의 처형, 그리고 왕국군의 통합이 발표된 다음 날 아침, 한 남자가 서구의 길드를 방문했다.

아직 플럼과 가디오의 모습은 그곳에 없었다.

우연히도 일찍 나온 이라는 지루한 듯 카운터에 팔꿈치를 짚고 있었지만── 그가 찾아오자 단숨에 잠이 깼다.

키가 크고 얼굴도 단정하며 초록색 머리카락을 가진 그 남자는 그녀도 잘 아는 유명인이었다.

"라이너스 레디언츠잖아……."

길드를 방문한 라이너스는 하얀 치아를 보이며 이라에게 미소 지었다.

그녀는 저도 모르게 가슴이 죄어들며 쓰러질 것 같았지만, 접수처 담당자로서의 역할이 그것을 허락하지 않았다.

"이 길드에 가디오가 있다고 들었는데."

"마스터라면 아직 안 나왔어요."

완벽한 이상형 앞에서 이라는 내숭을 떨었다.

"역시 그렇군. 너무 서둘렀나……? 하지만 그 녀석은 왜 갑자기 길드 마스터의 업무에 의욕을 보인 거지? 일방적으로 떠맡긴 일이라며 지금까지는 무시했으면서."

어젯밤, 마족령에서 막 돌아온 라이너스는 요 며칠간 일어난 사건의 엄청난 정보량에 현기증이 날 것 같았다.

그리고 아마 소동의 중심에 있을 법한 가디오에게 이야기를 들어 표면적으로 드러나지 않은 사건의 진상을 알려 한 것이다.

"그건…… 플럼 애프리코트가 있었기 때문이 아닐까요?"

"뭐어? 왜 플럼이 여기에 있어?"

"그 사정은 저도 몰라요. 어찌 된 일인지 빰에 노예의 인도 있는 걸 보면 성가신 일에라도 휘말린 게 아닐까요?"

"……노예의 인?"

라이너스의 표정이 진지하게 변했다.

이라는 진지한 얼굴에도 가슴이 두근거렸지만, 그는 그런 것을 신경 쓸 때가 아니었다.

플럼이 갑자기 시골로 돌아가겠다고 말했을 때 묘하다고는 생각했다.

하지만 이제 이유를 알았다.

그는 카운터에서 멀어져 조용히 출구로 향했다.

"어라? 마스터는 안 만나세요?"

"그 녀석에게는 내가 왔다는 말만 전해줘. 다른 볼일이 생겼어."

라이너스는 그 말만을 남기고 밖으로 나갔다.

"그 멍청이가── 일을 저질렀군!"

그는 바닥을 거세게 박차더니 눈에도 담을 수 없는 속도로 이동하기 시작했다.

그가 향하는 곳은 물론── 왕성에서 느긋하게 연구 중인 멍청이(진 인테이지)의 방이었다.

번외편 경계선을 한탄하다

왕도의 서구는 동구처럼 정비되지 않아 아이들이 놀 공원이 별로 없다.

하지만 치안이 나빠서인지 근처에 공터가 있다.

아이들은 그곳을 공원 삼아 노는데── 오늘 아침에는 모습이 조금 달랐다.

"벌써 지친 거야? 플럼."

"헉…… 헉…… 아직 멀었어요!"

"다행이네. 손 놓고 있을 틈은 없어. 시간은 한정되어 있으니까!"

"네. 가디오 씨!"

플럼은 땅바닥을 박차고 영혼 사냥꾼으로 가디오에게 덤벼들었다.

코트 차림의 가디오는 검은 대검으로 그 공격을 가볍게 피하더니 다리를 걸어 플럼을 넘어뜨렸다.

"크윽……."

"'막무가내'와 '공격적'인 건 의미가 다르다고 했을 텐데."

균형을 잃고 기울어진 플럼의 몸에 가차 없이 가디오의 발차기가 날아들었다.

"크, 헉!"

플럼은 그 충격에 폐 속의 공기를 모두 토해내고 의식이 몽롱해졌지만, 눈빛에 깃든 전의는 사그라지지 않았다.

날아가면서도 공중에서 영혼 사냥꾼을 휘둘러 프라나 셰이커

를 쏘았다.

'발버둥…… 아니, 견제인가? 그렇다면!'

그 참격이 다음 공격으로 옮겨가기 위한 포석이라면 가디오는 그것을 통째로 짓밟겠다.

그는 방어 태세조차 취하지 않고 온몸을 프라나의 역장으로 감싼 뒤 플럼이 쏜 참격에 곧장 돌진했다.

힘과 힘이 맞부딪쳐 파직, 하고 섬광이 폭발했다.

두 사람의 프라나는 상쇄되었고, 착지 직전의 무방비한 플럼에게 가디오가 다가갔다.

"이것으로 끝이다."

검을 쳐들었다.

완전히 끝낼 수 있는 전황――. 하지만 플럼은 아직 포기하지 않았다.

건틀릿에 감싸인 오른손을 앞으로 내밀어 검을 막는 동작을 보였다.

완전히 쓸데없는 행위다.

가디오의 참격을 팔 하나로 막을 수 있을 리가 없고, 오른손을 잃으면 더 이상의 전투 행위는 불가능하다.

무엇보다 단순한 **모의전**에서 그렇게까지 할 필요는 없을 터였다.

하지만 검이 플럼에게 닿으려는 찰나, 가디오는 그녀의 심경을 헤아렸다.

'될 대로 되라며 팔을 내민 줄 알았는데 그게 아니야. 플럼에게는 명확한 의도가 있어. 저 팔의 위치, 힘주는 법―― 공격을 막는 게 아니라 **딴 데로 돌릴** 생각인가? 말하자면 아직 **계속하겠다는** 의사가 있는 거야. 그렇다면!'

가디오는 멈추지 않았다.

칼날과 건틀릿이 충돌하며 불꽃이 일었다.

플럼의 오른팔은 그 위력을 견디지 못하고 아래팔 한가운데가 나뭇가지처럼 뚝 부러졌다.

"주인님……!"

"에타나, 어떻게 된 거야?"

"완전히 부러졌어. 아프겠다."

벤치에 앉아 관전하던 밀키트, 에타나, 잉크는 할 말을 잃었다.

하지만 뭉개지지 않은 게 다행이었다

즉, 플럼의 의도── 공격을 **딴 데로 돌리는** 작전은 성공한 것이다.

물론 안 아픈 것은 아니었다.

인챈트로 다소 경감되기는 하였으나 모의전에서 당해도 될 수준이 아닌 고통을 느꼈고, 무엇보다 팔의 뼈가 부러지는 느낌은 몇 번을 경험해도 서늘하다.

등줄기에 오한이 내달리며 온몸이 떨렸고 핏기가 가셨다.

그것을 기력으로 커버했다.

"하아아아아아아앗!"

왼손으로 영혼 사냥꾼을 쥔 플럼은 가디오에게 덤벼들었다.

물론 닿기 직전에 멈출 생각이었지만── 가디오는 플럼의 오른손을 다치게 한 검을 그대로 땅바닥에 꽂았다.

그리고 검을 잡고 날아올라 공중회전을 하여 플럼의 공격을 회피했다.

착지와 동시에 꽂혔던 검을 뽑아 그녀의 등 뒤에 섰다.

“나쁘지 않은 공격이었어. 플럼.”

가디오는 검을 목에 들이대지는 않았지만, 완전히 승부가 갈렸다.

“그렇게까지 해도 안 되는군요…….”

제법 자신 있는 공격이었지만, 역시 가디오에게는 통하지 않았다.

“주인님!”

모의전의 결판이 나자 관전하던 밀키트가 즉각 달려왔다.

그리고 걱정스레 오른팔을 바라보았다.

“괜찮으세요? 아프지 않으세요?”

“괜찮다마다. 벌써 나았어.”

플럼이 오른손을 쥐었다가 펴자 밀키트는 안도하며 가슴을 쓸어내렸다.

하지만 그 직후 살짝 뺨을 부풀리며 웬일로 화난 듯 말했다.

“안 그래도 무리만 하시는데 쉬는 날 정도는 그런 걸 하지 마세요…….”

“아, 미안해……. 이 정도로 하지 않으면 가디오 씨에게 이길 수 없을 것 같아서.”

“오기로군. 오른팔을 희생했을 때는 놀랐지만, 애석하게도 너무 거칠어.”

"으으으, 그렇죠? 이런 건 그만두는 게 좋겠죠?"

"플럼이 아니라면 망설이지 않고 '그만둬'라고 말했겠지만…… 무술이 아니라 '목숨이 달렸다'고 생각했을 때, 네 살을 베고 뼈를 끊는 전법은 매우 유효하다고 말할 수 있어."

가디오가 보증하자 밀키트의 심경이 복잡해졌다.

"저도 경험의 차이는 어쩔 수 없으니 그런 수단으로 메울 수밖에 없다고 생각해요."

"그래. 그러니 나는 말리지 않을게. 단, 아까도 말했다시피 막무가내인 것과 공격적인 것은 달라. 머리나 심장을 공격받으면 너도 죽잖아? 그렇다면 최소한 그 부위만은 지킬 수 있도록 단련해야 해."

"가디오 씨, 더 하시게요?!"

"밀키트, 말리지 마. 연습해달라고 부탁한 건 나니까. 이런 기회는 좀처럼 없거든. 조금이라도 강해져서 너를 지킬 힘을 갖고 싶어."

플럼은 그렇게 말하며 밀키트의 뺨을 만졌다.

그 손가락에 그녀의 은색 머리카락을 살며시 얽고 검지 끝으로 귓불을 쓰다듬었다.

간지러움과 온기와 부드러움—— 그 모든 것에 밀키트의 가슴은 크게 뛰었고 뺨은 빨개졌다.

"그렇게 말씀하시니 아무 말도 못 하겠어요……. 하지만 조심하세요. 주인님의 아픔은 제 아픔이기도 하니까요!"

"알았어. 조심할게."

에타나와 잉크가 벤치에 앉은 채 그런 두 사람의 대화를 듣고 있었다.
"여전히 사이좋네."
"플럼과 밀키트는 셰오르에서 돌아온 뒤로 더 사이좋아지지 않았어?"
"밀키트가 한 발 앞으로 내디딘 것 같아. 자신이 플럼을 구할 수 있는 힘이 된 게 자신감을 주었는지도 모르지."
"호오오, 결국 둘의 사이는 다음 단계로 전개될 가능성이 있구나. 에타나는 지금보다 더 괴로워지겠어!"
"잉크, 너는 왜 그걸 기쁜 듯이 말해……?"
이러니저러니 해도 에타나와 잉크의 사이는 양호했다.
두 사람이 이야기를 나누는 사이에 밀키트는 플럼과 대화를 마치고 벤치로 돌아왔다.
플럼이 다치는 것은 싫지만, 그것이 강해지기 위해 필요한 일이라면 밀키트는 끝까지 그것을 지켜볼 생각이었다.
그리고 모의전 제2라운드가 시작되었다.
"으랏차아아아아아앗!"
플럼은 구령을 외치며 과감하게 덤벼들었다.
가디오는 그것을 냉정하게 막고 받아넘기며 때로는 튕겨냈다.
밀키트의 주의를 받고서도 그 모의전은 흡사 실전처럼 이루어졌고, 플럼은 수많은 상처를 입었다.
보다 실전에 가까운 형식으로── 그것이 그녀가 바라는 바인 이상 가디오도 대충하지 않았다.

시간이 없었다.

칠드런이, 키마이라가, 교회 기사단이 언제 움직일지 모른다.

내일—— 아니, 오늘도 평화롭게 끝나리라는 보증은 없다.

그렇다면 지금, 이 순간에 가르쳐줄 수 있는 모든 것을 플럼에게 전수하고 싶었다.

설령 아픔을 동반한대도 그것은 목숨을 지키는 데 필요한 것이니까.

"굉장해! 멋있다!"

공원 부근에는 어느샌가 아이들도 모여 관전하고 있었다.

플럼이 다치는 광경은 교육상 별로 좋지 못하지만, 그렇다고 해서 두 사람은 손을 멈추지 않았다.

가까이에서 보는 '생생한' 싸움에 아이들의 흥분은 여하튼 달아올랐다.

"누나가 당하기만 하네. 힘내!"

"아저씨한테 지지 마! 거기야. 가!"

너덜너덜해진 플럼에게 감정 이입했는지 이윽고 가디오가 악역 취급을 받게 되었지만—— 두 사람의 훈련에는 아무런 관계없는 일이었다.

플럼과 가디오의 모의전은 낮이 되기 전에 일단락되어 각자의 집으로 돌아가 쉬기로 했다.

밀키트는 가디오에게 함께 점심을 먹자고 했지만, 셰오르에서 있었던 일로 켈레이나를 불안하게 한 것을 반성하는지 자기 집으로 돌아가겠다고 했다.

그래서 함께 나란히 시답지 않은 이야기를 할 수 있는 것은 플럼네 집에 도착하기까지의 짧은 시간이었다.

"가디오, 아까부터 표정이 좋지 않네. 무슨 충격적인 일이라도 일어난 것 같아."

공터를 나섰을 때 에타나가 갑자기 입을 열었다.

"그래 보여?"

"몹시."

"실은…… 아니, 이런 질문을 하면 웃을지도 모르지만……."

가디오는 보기 드물게 우물거렸다.

어지간히 하기 힘든 말인지 결심하고 에타나 일행에게 물었다.

"내가 '아저씨'야?"

물어본 순간, 플럼과 밀키트는 어안이 벙벙했고, 대조적으로 에타나는 얼굴을 돌리며 "훗" 하고 어깨를 떨며 명백하게 웃었다.

그런 반응 때문인지 가디오는 괜스레 창피해서 저도 모르게 머리를 긁적였다.

"아니야. 됐어. 방금 한 말은 잊어줘."

"미안해. 못 잊겠어. 아마 평생 화젯거리가 될 거야."

"에타나, 너는 여전히 배배 꼬였구나?"

"정평이 났지."

"가슴을 펴지 마."

"누가 가슴이 없대?"
"그런 말은 안 했거든?"
"…………."
"에나타, 혹시 네 입으로 말하고 풀 죽은 거야?"
"성가신 녀석일세……."
가디오는 저도 모르게 머리를 감쌌다.
그의 질문에 가장 먼저 제대로 반응한 사람은 플럼이었다.
"가디오 씨는 아직 젊어요."
"젊다는 말은 진짜 젊은 사람에게는 쓰지 않아."
"으……."
에타나의 날카로운 한마디에 플럼은 우물거렸다.
"에타나의 말이 맞아. 역시 나도 아저씨가 되었구나……. 벌써 서른둘이니까. 별수 없는지도 모르지."
"가디오 씨는 멋진 아저씨예요. 분명 다른 남자에게 물으면 가디오 씨처럼 나이를 먹고 싶다고 말하지 않을까요?"
"그래. 댄디 가이 같은 느낌이야. 아저씨라기보다는 '신사' 같은 느낌?"
밀키트와 잉크는 긍정적으로 '아저씨'라는 말을 받아들인 모양이었다.
가디오도 그 말에 기쁘지 않을 리 없었다.
하지만 역시 자신이 아저씨라는 사실을 별로 인정하고 싶지 않은지 어쩐지 개운치 않은 표정으로 플럼 일행과 헤어졌다.

◇ ◇ ◇

가디오는 서구에서 동구까지 걸어갔다.

그 도중에 중앙로를 지났는데,

"어라? 가디오 아냐?"

우연히 그곳에서 장을 보던 켈레이나와 마주쳤다.

그녀는 가디오와 **때마침** 만난 것이 상당히 기뻤는지 유쾌하게 웃었다.

감정에 호응하듯 붉은 포니테일이 좌우로 흔들렸다.

"켈레이나, 여기 있었어?"

"응. 점심 장을 보려고."

가디오는 자연스레 켈레이나의 장바구니를 받아들었다.

그녀도 익숙한 모습으로 "고마워"라고 감사 인사를 했다.

"하롬은 어떻게 하고?"

"친구 집에 놀러 갔어."

"기운이 넘치네."

"여전하지? 네가 있는 덕분에 쑥쑥 자라고 있어."

"과대평가라니까. 하롬이 자라는 건 네가 좋은 엄마이기 때문이야."

"이렇게 겸손하다니까."

켈레이나는 조금 불만스레 입술을 삐죽 내밀었다.

두 사람은 자연스레 어깨를 나란히 하고 걸었다.

장보기는 거의 끝난 모양이라 이제 동구에 있는 집으로 돌아가기만 하면 된다.

잠깐의 시간이지만, 켈레이나는 그것을 '데이트'라고 생각하는 모양이었다.

하롬이 없어서 괜스레 더 그랬으리라.

그리고 그런 그녀의 생각을 알아채지 못할 가디오가 아니었다.

옆에서 걸으며 들뜬 켈레이나의 설레는 감정을 피부로 느끼자 자꾸만 죄책감이 솟구쳤다.

그리고 동시에 자신의 손으로 죽인 티아가 떠올랐다.

"표정이 왜 그렇게 어두워?"

"……아까 플럼과 연습을 했는데."

가디오는 얼버무리듯 관계없는 이야기를 꺼냈다.

"구경하던 아이들에게 '아저씨' 소리를 들었거든. 나도 그런 나이가 됐나 하고 속상해졌어."

"네가 그런 걸 신경 쓰는 스타일이었다니 의외네."

"켈레이나는 나보다 어려서 신경 쓰이지 않겠지――."

"신경 쓰이지 않는 건…… 아니지만. 아는 아이 중에 장난꾸러기가 있는데 그 녀석의 장난이 너무 심해서 혼을 좀 냈더니 '못된 할망구'라잖아. 이게 말이 돼?!"

"훗, 아이가 하는 소리를 뭘 신경 써?"

"그건 그렇지만, 역시 서른이 되니 신경이 쓰여. 가디오도 그런 거지? 내가 '가디오는 멋있으니 신경 쓰지 마'라고 말해도 여전히 신경 쓰일 거야."

"확실히 그건 그렇겠지?"

“그러니까 이건 인간의 운명 같은 거야. 우리가 할 수 있는 일은 되도록 멋지게 나이 먹는 것 정도지.”

“멋지게 나이를 먹는다……라.”

가디오는 문득 눈을 가늘게 뜨고 예전 일을 떠올렸다.

「자기는 어떤 아저씨가 될까?」

그건 아직 가디오가 티아와 결혼하기 전의 일이다.

「자기는 동안이고 몸은 날씬하니 분명 쿨하고 지적인 아저씨가 될 거야. 그에 반해 나는…… 으으음, 어울리는 아줌마가 될 수 없을 것 같아.」

「그렇지 않아. 티아는 아무리 나이를 먹어도 늘 귀여울 거야.」

「그럴까? 으흐흐, 자기가 그렇게 말한다면 그렇겠지.」

누구나 미래의 자신을 꿈꿔 본다.

“티아 생각하는구나?”

켈레이나의 목소리에 가디오는 현실로 돌아왔다.

“응……. 맞아. 예전에 비슷한 이야기를 했거든.”

가디오는 감추지도 않고 당당히 말했다.

하지만 켈레이나 또한 딱히 상처받은 모습도 없이 “훗” 하고 웃었다.

“이거 상당히 좋은 여자가 되지 않고서야 네가 돌아보는 건 꿈도 못 꾸겠네. 지금도 취향에 맞추려고는 하는데 아직 부족한가 봐.”

“너는 충분히 좋은 여자야. 내게는 아까울 정도지.”

“가디오는 또 그렇게 나의 의욕에 기름을 붓네.”

켈레이나는 호전적으로 웃었다.

그 표정은 그녀의 모험가 시절을 방불케 했다.

"말해두겠는데 나는 절대로 포기하지 않아. 네가 돌아볼 때까지 끊임없이 좋은 여자가 될 거야. 예정하기로는 10년 뒤쯤에는 반드시 사로잡을 거야. 각오해둬."

켈레이나는 자기 할 말만 하고 도망치듯 가디오의 앞을 걸어갔다.

그녀의 귀는 빨갛게 물들어 있었다.

그 뒷모습을 보며 가디오는 통감했다.

저렇게 멋진 여성을 끝나가는 자신의 인생에 끌어들여서는 안 된다고.

"……10년 뒤라."

하지만 미래를 생각하지 않을 수는 없었다. 그가 아직 완전히 아수라장에 들어서지 않았기 때문이다.

"아직 멀었군――."

가디오는 하늘을 올려다보며 중얼거렸다.

쏟아지는 햇빛은 평등하게 산 자를 골고루 비추었다.

끝을 생각하는 그에게는 그것조차도 멀게만 느껴졌다.

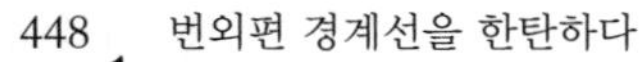

작가 후기

슬로라이프는 죽었습니다.(인사)

너 따위가 마왕에게 이길 수 없다고 이하 생략 제3권을 구매해 주셔서 대단히 감사합니다.

저는 저자인 kiki라고 합니다.

제4장 '네크로맨시 편'은 재미있게 보셨나요?

web판에서도 나오지 않은 단어가 많이 등장하고 여러 가지 불온한 요소도 군데군데 들어 있는데 앞으로 어떤 전개가 이루어질까요?

저도 매우 궁금합니다. 앞으로가 기대됩니다!

미나카타 스나오 선생님의 멋진 코미컬라이즈도 진행 중입니다.

플럼 멋있다! 초반에 밀키트의 미미한 반응도 귀여워! 이라 말고도 미인이야! 데인 수상해! 그리고 이놈은 뭐야?! 이러한 느낌으로 계속 흥분 상태입니다.

실은 코미컬라이즈를 진행하며 제1장을 대폭으로 수정했습니다.

web판에도 서적판에도 없는 전개를 펼치며 플럼과 밀키트의 대화가 미나카타 선생님께서 그리는 시점으로 아주 멋지게 완성되었으니 꼭 읽어보세요!

여기서 알아챘는데, 작가 후기란 힘든 일이네요.

여기서는 글자 수를 벌기 위해 최후의 수단인 '작중 캐릭터끼리 대화를 시키고 거기에 작가가 난입'하는 방법을 쓸 수밖에 없겠습니다.

가디오 "곤란하군……. 작가 후기라. 나는 이런 게 익숙지 않아."

티아 "하지만 자기야, 덕분에 우리가 이야기를 할 수 있잖아."

가디오 "……그러, 게. 이런 순간을 마련해준 저자에게는 감사할 따름이야. 고마워, kiki!"

티아 "그리고 잘 있어, kiki!"

인간이 궁지에 몰리면 이런 걸 쓰는군요——.

마지막으로 이 이야기가 책이라는 형태로 탄생하기까지 관련된 모든 분께 감사드립니다.

3권에서도 많은 캐릭터를 훌륭하게 디자인해주신 킨타 선생님. 권두화는 물론이거니와 각 캐릭터의 표정이 풍부한 삽화를 볼 때마다 승리의 포즈를 취했습니다. 감사합니다.

여전히 글자 수가 많고 여러모로 자잘한 요청도 있어 곤란하게 해드린 담당 편집자 I님. 정말로 늘 큰 도움이 됩니다. 덕분에 살았습니다. 감사합니다.

그 밖에 출판 관련자 여러분, 이번에도 매우 멋진 책으로 완성해 주셔서 감사합니다.

그리고 3권을 구매해주신 독자 여러분께도 진심으로 감사드립니다.

정말 감사합니다.

다음 이야기── 칠드런 편을 쓸 수 있다면 그때 또 뵙게 되길 바랍니다.

“너 따위가 마왕을 이길 수 있다고 생각하지 마”라며 용사 파티에서 추방되었으니 왕도에서 멋대로 살고 싶다 3

2021년 1월 5일 1판 1쇄 발행

저 자 kiki
일러스트 킨타
옮 긴 이 조민경
발 행 인 유재옥
본 부 장 조병권
편집 1팀 정영길 김민지 조찬희
편집 2팀 김다솜
편집 3팀 오준영 곽혜민 김혜주
편집 4팀 성명신
디 자 인 김보라 서정원
라 이 츠 김슬비 한주원
디 지 털 박상섭 이성호 최서윤
발 행 처 ㈜소미미디어
등 록 코리아피앤피
주 소 제2015-000008호
판 매 서울시 마포구 토정로 222, 403호(신수동, 한국출판콘텐츠센터)
제 작 처 ㈜소미미디어
마 케 팅 한민지 이주희 우희선
물 류 허석용
전 화 편집부 (070)4164-3962, 3963 기획실 (02)567-3388
판매 및 마케팅 (070)4165-6888, Fax (02)322-7665

ISBN 979-11-6611-405-2
ISBN 979-11-6507-665-8 (세트)